JN236075

紅葉狩

津島和彦

文芸社

今年の紅葉の美しさについては、早くから前評判が高かった。気象上のいくつかの条件が重なりあって近来稀な美しい紅葉が見られるだろうと、古都の紅葉便りが聞かれる一月ばかり前から新聞や雑誌の片隅に記事が現れた。その気象条件についても詳細に記述されていたが、それはもう覚えていない。もはや多くの春秋が残されているとも思えない私にとっては、そのような稀な条件がもう一度重なり合う秘跡に巡り合えるとは思えなかったし、それに生来のものぐさがますますひどくなって物を記憶するということが苦手になってきている。ただ美しい紅葉には執着があり、今年は心置きなく秋の一日を紅葉を観に京都へでも出かけようかと考えたりした。

しかし現実に秋がやってくると、仕事が忙しくなり、行楽に丸一日を捻出することが困難な状態になった。

秋が深まるにつれて、確かに今年の紅葉は異様なほど美しいことが実感されてきた。通勤電車の窓から何気なく見る山々の、ごく平凡な灌木の色彩がはっとするほど美しかったり、仕事の途中で通り抜ける中之島公園の木々が例年になく艶やかに紅葉し、中央公会堂の錆色の赤煉瓦に美しく映え、趣を添えていた。

その日、午後に予定していた仕事が先方の都合で急に中止になり、突然空白の時間が生じることになった。もちろんこの空白の時間を埋める仕事は山積していたが、新しい仕事を充当する気持は起こらなかった。この空白を奇貨として、紅葉を観に行くという考えが頭の中に居座り、どうしても退散しなかった。時間は十時を回っている。少し遅いが京都に出かけられない時間ではない。夕映えの紅葉には十分間に合う。しかし、京都に出かけるのは気がすすまなかった。このあたりで京都に勝る紅葉の名勝はないが、ただこの季節、日曜祭日に限らず京都は観光客で埋め尽くされる。突然生じた時間は、雑踏に似つかわしくなかった。

私はふと、宝塚市の自宅から二駅先にある蓬莱山清澄寺のことを思った。

蓬莱山清澄寺。正式に山号をつけてこの寺の名前を告げられて、その所在を明確に指摘できる人は少ないだろう。しかし清荒神といえば関西在住の人であれば「ああ荒神さんのことか」と直ちに了解する筈である。

神仏習合の形式で、もともと清澄寺の一隅にあった祠に祀られていた荒神がいつの間にか主役になってしまった。たびたびの火災に遭って寺院の伽藍がそのつど焼け落ちたのに対し、祠が一度も火災に遭わなかったことから、いつか民間信仰として火難除けの荒神が定着したためである。

若い頃の私は、清荒神の現世利益信仰を忌み嫌っていた。私は専ら大和古寺の巡歴に時間を割き、地元のこの寺を顧みなかった。

私がこの寺をたびたび訪れるようになったのは、境内の続きの土地に「鐵齋美術館」が開設されてからのことで、もともと富岡鐵齋の絵が目的であったものが、訪問を重ねているうちに、山中にあるこの寺が好きになっていた。

いつの頃からか、私は大和古寺巡りが億劫になっていたのである。若い頃、この地方にかけていた情熱が薄れてきた。大和の各地にあった砂利の田舎道が舗装され、車やバイクでわが者顔で疾走する若者たちが次第に増え、寺のほうもそれに迎合するかのように新しい伽藍の建設に着手しはじめた。たとえば薬師寺。私はこの寺が好きであったが、それは田舎の粗末な建築物ではあるが、荒廃の美しさをたたえた仮金堂の中に薬師三尊がひそかに配置されているような、何気ないたたずまいがひどく好ましいもののように思えたからであった。それが西塔の再建にはじまって、色彩豊かな龍宮城のような金堂に改まり、宝物殿や外構の整備にまでいたってまったく面目を一新してしまった。そのようなことに拘泥する私を、友人たちは「少なくとも創設当時の薬師寺は、君が懐しがる廃寺のようなものではなくて、いまの色彩豊かな薬師寺に近いものだったと思うよ」と嗤った。

それはその通りである。それに、舗装された道が嫌で、絢爛豪華に改築された伽藍が気にいらなかったとしても、大和には薬師三尊をはじめ、かつては私を魅了した法隆寺の百済観音や釈迦三尊、中宮寺の弥勒菩薩や秋篠寺の技芸天などの仏像が昔ながらに健在である。しかし、私には、昔それらの仏像に対峙した時のような緊張感、——いわば精神の張りといったようなものをいつの間にか喪っていた。

大和古寺のことを思うたびに思い出すひとつの事件がある。私は、勤めについて三年くらいたった時期に写真の面白さに取りつかれ、被写体に大和古寺を選んでこの地を彷徨していた。

ある春の日、法隆寺を訪れた時、突然一人の老人が大きな声で怒り出した。

「貴様らはここをどこだと思っているのか！　酒を呑みに来るところか！」

叱られたのは私ではなかった。おそらくどこかの会社の団体旅行の一群であろう、微醺を帯び、だらしなく背広を着崩した数人の若者が立ち竦んでいた。彼らの幾人かの手には酒の入った一升瓶が提げられていた。

老人は背が高く、鶴のように痩せていた。しかし、矍鑠《かくしゃく》としていて、当時としては最高に贅沢な仕立ての背広に身をつつみ、彫りの深い顔立ちをし、白い顎鬚をきれいに貯え、気品があった。(後年、晩年の志賀直哉氏の写真を見て、この時の老人のことを思い出した) しかしおそらくこの時、この老人の心の中は、日頃の品性も、知性もかなぐりすてるほどの激しい怒りが渦巻いていたに違いない。

老人はそれだけ言うと、背筋をしゃんと伸ばした素晴らしい姿勢で、真っ直ぐ前を向いて歩き出した。裂帛の気合いにおされて立ち竦んでいた若者たちの間に、

「くそじじい！」「ええ格好すんな！」などと罵声が飛んだが、所詮引かれ者の小唄で威勢がなかった。それに、すでに老人ははるか彼方に遠ざかっている。老人の気迫勝ちであった。私の脳裏にはいまでもまざまざとその時の情景が残っている。ただ、いまの私にはあの時の老人のように、自分の価値基準と相反する者に向かって、あれだけ激しく怒りをぶつけるだけの精神の張りは残っていない。そうであれば私自身が舞台から退場するほかはないのである。

一方、現世利益については若い頃のように神経質ではなくなっていた。民衆が現世での利益を期

待することはきわめて人間的なことであって、それを宗教に求めることを一概に否定するのは、あまりにも偏狭に過ぎることのように思われたし、それにどのように高邁な宗教であっても、それを信仰する人の心の襞に現世利益を期待する気持ちがまったく存在しないとは言えないのではないか。このような私の心境の変化を世慣れして融通性が出てきたとするのか、それとも堕落ととるのか、それは考え方次第である。いずれにせよ、寺を訪れる、いわゆる「善男善女」に対して、かつてのように批判的な視線を投げかけることはしないで、柔らかな眼差しを向けることができた。それでも私は阪急「清荒神」駅から約千五百メートルの上り傾斜の参道が参拝客で埋め尽くされる門日にこの寺を訪れることは回避したし、人と話す時は兎も角、頭の中で考える時は「清荒神」ではなく「蓬莱山清澄寺」であった。

その清澄寺にも最近二年ほどご無沙汰している。昨年の早々に関西を襲った阪神淡路大震災は、この寺の周辺にも大きな被害を与えた。

参道の沿道を埋め尽くしていた土産物店の多くは倒壊、または半倒壊の状態であった。私は震災の直後、仕事の上の調査のためにこの地を訪れたが、あまりの惨状に寺にまでたどり着かず、途中で引返してきた。その後、私は清澄寺を訪れていない。

地震の惨状をこの目で直視することに耐えられない、――もちろんそれもある。しかし、それだけではない。阪神淡路大震災の一年ほど前から、私の精神はひどい鬱状態にあった。きっかけは平成五年の夏の、四十年来の付き合いであった松村喬司の死であった。それを契機として、私が大切に思っている先生や先輩や友人の死が相次ぎ、私の身辺は俄かに荒涼としてきた。私はすでに最初の勤めを定年退職し、二度目の勤めの半ばで再度職場を離れて、ささやかな事務所に拠って生計を立てている身であるから、決して若いとは言えないまでも、いまの平均寿命からみて六十二歳という歳はいわば老人の門口に差しかかったあたりで、この時期に知人友人（高齢の先生方は別として）を次々と失うというのはちょっと異例ではないかと考えた。もっとも、最近の平均寿命の伸びにかかわらず、「昭和一桁生まれ短命説」というのをどこかで読んだことがある。幼年期の基礎体力を作るべき時期に戦時の食料不足にぶつかり、その後の成長期にも食糧事情がさして好転しないまま経済の高度成長期を迎え、その先兵として身体を酷使したこの世代は短命に終わるのではないかというのがその論拠であった。そうかもしれない。確かに私の失った知人友人の多くはこの世代の人たちであった。そして、猛烈に仕事をした人々だった。

しかし私の憂鬱の源は人との別れだけではなかった。ここ十数年来、私は私を取り巻く世界が、異質なものに変わりつつあるというふうに感じられてならなかった。いろいろと生起する事象に現実感が伴わず、夢、幻のように思えてくる。そればかりか、私の内部で何かが徐々に崩壊してゆくという強迫観念に近い想念が生じていた。

阪神淡路大震災も、それに続く世界に未曾有な衝撃を与えたいろいろな社会現象も、あるいは私の知人友人が次々とみまかるのも、すべて予定された一連の表象であるように思えるのであった。

さて、蓬莱山清澄寺のことである。この寺およびその周辺が先の阪神淡路大震災で相当の被害を受けたことはすでに記述した。

その後、周囲の復興はある程度なされたと聞いているし、一時休館していた鐵齋美術館も再開されて久しい。私は、その日通勤時に鐵齋美術館で秋の名作展が聞かれているのをポスターで知ったばかりだ。清澄寺には夥しい数の鐵齋の作品が蔵されているが、美術館はあまり広くないので、そのごく一部が展示されているに過ぎない。したがって、たまたま美術館を訪れても必ずしも鐵齋の名作に巡り合えるとは限らないのである。私は、鐵齋の作品が好きか、と聞かれた場合、好きなものは非常に好きだが、すべてが好きというわけではない、と答えることにしている。鐵齋が某氏にあてた書状だとか、戯れに書きなぐったような扇子絵にまで関心を持って熱心に見て回るほどの情熱は持ち合わせていない。鐵齋のいい作品を見たいと意気込んで出かけても、案外失望して帰ることも多いのである。

しかし主に春と秋に開かれる名作展には、この作家の真髄ともいうべき晩年の傑作が展示される。

ただ清澄寺は特に紅葉の名所として知られているわけではない。たしか境内に紅葉する木が何本かあって、以前訪ねた時にそれが夕日を浴びて美しかったことを記憶している。しかし、今年の秋の紅葉の特別な美しさを観賞するためなら、京都は別格としても他に近くで適当な場所があるに違いないのである。たとえば箕面公園の紅葉。この公園は京阪神地区で珍しい規模の滝と秋の紅葉で知られている。

しかし、その時私の頭の中に閃いているのは、その日の朝駅で見た「鐵齋展」のポスターだった。それがまるで辺境への誘いのような魅惑をたたえて、私の精神に漣《さざなみ》をうたせるのだった。ついさきほどまで私の気分を支配していた紅葉を観にいくという目的が、いつの間にか他のものにすり変わっていた。

——それもよし。

現実の秋にかかわるつもりが、観念の秋と付き合うことになっただけだ。——

私は清澄寺に行くことに決めた。

事務所のただ一人の所員である山内さんに、目的は告げず、ただ午後からいなくなるからと言い残して早々に引き上げた。

清澄寺へは普通、阪急「清荒神」駅から約千五百メートルの上り坂の参道をたどることになるが、この上り坂は私の年齢のものにとっては少しきつい。もう十年以上前に新道ができて以来、車を使って山門のところまで行き、帰りは下り坂の参道を、沿道の土産物店をひやかしながら帰ることにしている。

この日もタクシーを頼んで山門の手前で車を乗り捨てた。

山門を入ると、紅葉ならぬ黄葉が目に飛び込んできた。すっかり忘れていたが、境内手前のやや右寄りに、大きな銀杏の木があって、いま盛りの黄葉が落葉による乱れもなく、雲ひとつない青空を背景に、秋の日に映えて凛として屹立している。

境内は、それほど広くはない。中央の奥に本堂があり、一見すれば山門から——かなり広い前庭を経てではあるが——いきなり本堂に直結していて、他に何もないように見える。しかし、山門から本堂のちょうど中間あたり、——銀杏の木を背にするかたちで左手に曲がると、そこに階段があり、そこを上ると思いがけぬ空間があって、天堂、護法堂、龍王堂、納札所、火箸納所、行者洞などの建物、施設がある。ここが清荒神の領域であろう。いつもは素通りで鐵齋美術館へ直行するのを、その日はこの清荒神の領域に足を踏み入れた。この領域の西側には山が迫っていて、あるいは紅葉した楓の木でも見あたらないかと思ったからである。おおかたは常緑樹の山であったが、それでも中にあって赤く染まっている木々も散見される。そのさりげのない紅葉がまた美しい。私は秋の香りを胸いっぱいに吸って、しばらく山に向かって、ところどころ紅葉している秋の景色を飽かず眺めていた。

平日だというのに、ひっきりなしに参拝客が私のそばを通る。多くは中年以上の婦人連れで、関西弁で声高に話している。私はこのような場合、いつも嫌悪感と懐古の情が混ざりあった落ち着かない感情に襲われ、できるだけその場に長居しないようにしている。関西の婦人の多くが中年を過ぎた頃から次第に自己主張が強くなり、文字通り傍若無人になって多弁になる。私はもう少し何とかならないものかと眉をひそめるのだが、しかしそれは同時に幼い頃に私を庇護してくれた父方の伯母たちの世界だった。母方は山口の出身でいくらかこの弊を免れていたが、それでも親戚の集まりなどがあった時など、いつの間にか母までがこのペースに巻き込まれて声高になり、幼い私を不安がらせたものだった。その伯母たちのほとんどが泉下の人となっている。母も同様である。

私はいつか参拝客の流れに入って歩き始めていた。

天堂の前の小さな空間におみくじを引く場所があり、参拝客が群がっている。私はもう四十年近く社寺でおみくじを引いたことがない。別に高邁な理由があってのことではない。二十五歳の時、遠方の親戚が訪ねてきて京都の寺を案内したことがあった。この時、三度にわたって凶の籤を引き、その時は笑ってすませたが、その一月あとに自宅が火災に遭うという災難があり、以後おみくじの類は私にとって禁忌となった。しかしこの時、私は特に深い考えもなしに、他の参拝客に習って、籤を引いていた。七八番。籤の内容を知るためには、社務所の前の小さな引出から同じ番号の札をとってこなければならない。この段階で私は少しためらった。このまま籤の内容を知らずに立ち去ろうかとも考えた。しかし、それもこだわるようで嫌だった。私は他の参拝客と一緒に社務所のほうへ流れていった。

七八番の札はやはり凶であった。私は運命の女神の執念深さに驚かされた。「○事業成功せず、新規の企ては全て断念すべし、○失せもの出ず、早くあきらめるべし、○病人おぼつかなし神仏を念ずれば十に一は助かるべし、○悦事なし、○待人来たらず……」おおよそ縁起でもないことが次々と書き連ねてあり、ただ末尾に「よく荒神をお参りすべし」と書かれてあるのはご愛嬌である。

私は末尾の言葉に促されて、天堂に参拝した。この前の時は火災でひどい目に遭ったが、こうして火難除けの荒神にお参りしているのだから、それだけはないだろう、と考えていた。
階段を下りて左に折れ、清澄寺の本堂に向かうとき、これもう三十年以上前に読んだヨーロッパのある高名な詩人によって書かれた散文の末尾の一節が、突然頭の中に浮かんだ。

——しかし、神はまだなかなか彼を愛そうとはしないらしかった。——

（リルケ『マルテの手記』大山定一訳　新潮文庫）

本堂に参拝し、それから本堂を背にする格好で、いま来た方向を振り返った。私の記憶に間違いはなかった。視野の真中に紅葉した木が二株ばかり植わっており、それが逆光に映え、美しい。ただ、何か箱庭的で、近来稀な紅葉の美しさを観賞するには物足りない。
本堂の右手の道を行けば、鐵齋美術館にたどり着く。用心しなければならないのは、背後からいきなり水を浴びせかけられることである。本堂の右手、鐵齋美術館への小路の入口に唐金造りの一願地蔵尊が安置されており、この地蔵尊の頭に柄杓の水をかけて一心不乱に一事をお祈りすれば必ず願いはかなうとされている。しかし、地蔵尊の背丈はかなり高く、柄杓の水はなかなか届かない。参拝客は力を込めて水を柄杓から放り出すので、水は四方へ飛び散ってしまう。この時、たまたま鐵齋美術館への小路にさしかかると背後から水を浴びせかけられることになる。この事情を飲み込めないうちは、幾度か背中から水を浴びたものである。いまでは一人が水をかけたすぐ後に、小路を足早に通り抜けるコツを覚えてしまった。

左手にいま参拝したばかりの本堂を、右手に回廊を見て上り坂になった小路をわずか歩けば、美術館前の広場に出る。美術館はコンクリート造ではあるが、古式に則って高床造りの平屋のそれほど大きくない建物である。広場から階段を上って美術館に達するが、その左右に貴船、鞍馬、天龍峡、伊予など鐵齋ゆかりの地の名石が配置された小さな庭園があり、並みの美術館には見られない独特の静謐な気配が醸しだされている。

久しぶりの訪館ではあるが、私にはつい昨日この美術館を訪問したような親しさがあった。震災で相応の被害があったと聞いていたが、見た目にはそのような痕跡はない。外からそれと確認できない場所に大きな被害があったのか、それともよほど巧妙に修復がなされたのか、いずれかであろうと私は考えた。

チケットを買って、靴をスリッパに履き替え、展示室に入る。展示室はあまり広くなく、約二百平方メートルあまりのほぼ正方形に近い空間の一室のみである。ただ、普通の美術館と異なっているのは、床がコンクリートではなく、市松模様の床板貼りで、——入口で靴をスリッパに履き替えるという煩わしさはあっても、いかにも東洋画の名匠の作品を展示するにふさわしい格調がある。

清荒神にお参りする善男善女も、つい先にあるこの美術館に足を伸ばす人は稀で、いつも私一人である。相客がいる時も、私が少し長逗留する間にいなくなり、私は一人で贅沢に絵を楽しむことができる。それはこの時期の名作展という特別の催しの時もほぼ同じ状態である。

その日、さすがに秋の名作展に恥じない巨匠晩年の力作が数十点展示されており、私は久しぶりにこの画家の秀作の醍醐味を味わうことができた。

私は一体にこの作家の仙境、秘境を描いた作品が好きであるが、なかでも『東瀛僊苑図』の一幅は色彩豊かで主題に偏に媚びたところがなく豪華であって、それでいて仙境の雅趣を見事に留めている点気に入っている。この一点が展示されていることは幸運だった。

この種の作品はほかにも『寄情丘壑図』『茂松清泉図』『渓居清適図』など優れた作品が展示されていて、私は満足した。

これらの作品と比較して、『武陵桃源図』は、この作家としては比較的若描き（それでも七十七歳！）の故か、やや類型的で物足りない。

私は最近文庫本になった機会にあらためて読み直した、芳賀徹氏の『與謝蕪村の小さな世界』に書かれている蕪村の双幅の『武陵桃源図』を思い出していた。

私は陶淵明の『桃花源記』を昔から愛好しているが、この作品の主題は、ひとつは世俗を離れた無可有郷の世界を語ることにあるが、それ以上にこの里を訪問した漁夫と桃源郷の住民の人事に主題の比重がかかっていると考えている。その点を巧みに捉えているのは與謝蕪村の二幅対の絵である。一幅は、桃里についたばかりの漁夫を歓迎して出迎える村人が描かれており、もう一幅には何日かの滞在を終えた漁夫を送り出している村人が描かれている。著者も指摘されているように、特に興味が深いのは後者の絵である。この絵において、蕪村は文人としての洞察力を遺憾なく発揮している。世俗の漁夫をさりげなく送り出している桃源郷の村人には、ようやく厄介払いができたという安堵の様子が明らかに読みとれる。

漁夫は下面の右端においやられ、ご念のいったことに村人の一人が、漁夫が再び桃源郷の方に戻ってこないように立ちふさがっている。手前に三人の村人がいる。おそらく長老格と思われる一人が右手の人差し指を立てて漁夫に注意を促しているようであるが、これは陶淵明の文中にあるように、この里のことを他言しないようにと諭しているのであろう。

ただ、陶淵明はこの場面をここまで露骨に書いていない。村人はただこの隠れ里について他言しないという約束をさせた上で、漁夫を送り出すのである。村人は最後までホスピタリティの姿勢を崩してはいない。漁夫はこの約束を破って大守に報告し、大守は人を集めて桃源郷の探索に乗りだすが、ついにこの里を発見することができなかったのである。

蕪村は、一幅の絵のなかにすでにこの結果を予言している。漁夫の表情――一見魯鈍そうで、それでいて油断のならない表情に、何のためらいもなく約束を反故にする人柄が見事に描出されている。いや、油断がならないのは漁夫ばかりではない。指を立てて漁夫に注意を与えている長老の表情には、この凡俗の漁夫が違約をしてこの秘境のことを他に漏らすことを先刻承知のうえで、そして世俗の漁夫がいかに人出を集めて探索しようとも二度とこの秘境に戻ってこられないことまで承知のうえで、何くわぬ顔で漁夫に約束させる不気味な狡猾さがある。ここには陶淵明が書かなかった桃源郷の住人のリアリズムがある。秘境を外部の世界から守るためには、陶淵明の描く村人のような高潔さだけでは務まらないだろう。もっともこれは、市井の詩人蕪村ならばこそのリアリズムであって、もともとそのような人事の煩雑さから逃れたかった「帰去来の辞」の詩人の文学であり、また中国の高士の流れを汲む鐵齋の文人画であることを考えれば、そのようなリアリズムを求めるのは望蜀の誹を免れないだろう。しかし、それにしても、この『武陵桃源図』は些か物足りない。鐵齋には他に六曲の『武陵桃源図屏風』があり、これはまことに傑作のようであるが未見である。

私はようやく『武陵桃源図』の前を去って、『赤壁の図』など歴史に材を求めた作品の方へと足を向けた。

美術館を出たところで、私はしばらく佇んで、石庭の先に見える甲山を見ていた。この借景の巧みさにはいつも感心させられる。甲山は西宮市にある海抜三百メートルばかりの、兜というよりは旧ドイツ軍のヘルメットの形をした山で、清荒神の山合いに秋の日をあびて、明確に姿を見せている。箱庭的ではあるが、余計な夾雑物のないすっきりとした風景である。

私は、久しぶりに鐵齋の名作を見て、精神が昂っていた。いつものように美術館から山門まで、脇目もふらずに直行した。

山門を出て、しばらくは仮設の土産物店が沿道に並んだ参道が二百メートルほど続き、その後道は二手に別れる。右手は、自家用車で来た参拝客や、観光客用のバスや、タクシーを待たせる贅沢な客が利用する駐車場に通じ、左手は阪急「清荒神」駅に通ずる参道である。来る時に乗ったタクシーは、乗り捨てであったから、私は左手に曲がって、下り坂の参道をたどった。

清澄寺の境内がほとんど震災による惨禍の痕跡を留めていないのに対して、帰路の参道の沿道は震災の爪跡がところどころに見られる。

屋台掛けの店は、ほとんど従来と変わらないが、沿道に本格的な建物を構えていた店の多くは旧に復していない。私が専ら愛用した昔菓子の店だとか、季節の山芋や筍や椎茸を売っていた店は主に屋台掛けの店であったので、店主たちの懐かしい顔に出会うことができた。もっとも多くの顧客を持つ店主たちが、私の顔を覚えているわけはないので、こちらも気軽に声をかけるのを差し控え、そのままやり過ごした。建物を構えていた店の中で私が時々冷やかしに立ち寄ったのは参道のほぼ中間にある骨董屋と、それよりは参道の入口に近い「黄鶴」という屋号の小料理屋であるが、まず骨董屋の方は跡形もなく消え失せていた。この骨董屋には陶磁器の類が主に集められていたが、店が倒壊するぐらいの被害であるから、あの夥しい数の陶磁器の類は、ほとんどが破損したに違いない。更地になったところは櫛の歯が抜け落ちたようになっていて、以前にはまったく想像もできなかった田圃や小住宅がすぐ間近に見える。祝祭の場に、いきなり日常性が顔を出したような違和感がある。

この調子では、あの「黄鶴」も助かってはいないだろうと考えた。私が以前、鐵齋美術館に通った時には帰りによく立ち寄ったものだった。店頭におでんを煮る釜があって、その横に小さな入口があるが、入ってみると中は意外に広い。手前の土間にはテーブルと椅子が置いてあり、その奥には畳敷きの席がある。私はいつもこの座敷の奥に大きな窓を背にして座り、酒を飲んだ。ちょうど土間から入口のほうが正面になり、私は客の注文に応じ店員が忙しく立ち働いているのをぼんやりと眺めたり、それに飽きると首を巡らせて窓の外の風景を眺めたりした。窓の外は深山幽谷の趣——これは少し大げさだが、参道の賑わいからはちょっと想像のできない山水の風景が見られる。この店は参道のそばから小さな谷に切れ込む場所にあって、その谷に張り出した形で建てられているので、窓から谷間を経て対岸の山並が広く見渡すことができ、季節の移り変わりによってそれぞれの風景を楽しむことができた。

私は味つけのやや濃いおでんで酒を一合か二合飲んで、ちらし寿司の一皿も食べて帰るだけの客であったが、いつの間にか店主と言葉を交わすようになっていた。五十歳を少し出たばかりの、小柄で肉付きのよいまるまるとした体に、愛嬌のある——これもまるまるとした顔がのっかっていて、いつも愛想のいい笑みを浮かべていた。おそらく、六十がらみの男性の一人客が珍しいのであろう、店主はよく私のところにきて、今日は山菜料理がいいとか、珍しい酒が入ったとかいって声をかけ、その時々の私の応答次第では、——そして店が立て混んでいない時には、しばらく酒の相手をしてくれた。この界隈で気安く話し合えるただ一人の知人であった。

亭主が店の屋号の「黄鶴」の由来を教えてくれたのも、この店に立ち寄るようになった初期の頃の、比較的店が閑散としていた午後の時である。

亭主は比較的読書が好きで、店を出した時、中国の有名な「黄鶴楼」のことを思い出し、それに肖《あやか》ろうとしたのだという。ただ、小料理屋に「楼」とつけるのもはばかられたので、単に「黄鶴」に留めたのだという。

「しかし、困ったことにね、お客さんは『黄鶴』を酒の名前と勘違いして、あの酒をくれと言われるんで。」

亭主はちっとも困ったようには見えない童顔を綻ばせて言う。なるほど、「黄桜」「白鶴」というそれぞれ銘柄があるので、「黄鶴」が酒の名前と勘違いする客がいても不思議はない。それに酒の銘柄をそのまま屋号にする店も少なくない。

「それも『こうかく』と呼んでもらえるならまだしも、『きづる』とか『きいづる』なんて呼ばれるとがっかりしますよ。」

言葉とは裏腹に、亭主は嬉しそうに笑う。

「それでは、看板の『黄鶴』の下に、括弧で（どうか KOUKAKU と発音してください）と書いておけばいい。」

私も、そういう戯れ言を言って笑った。

私が沿道に多い食堂や小料理屋の中で、特にこの店を選ぶのは、やはりこの時の会話で『黄鶴』という屋号を印象づけられたためであろう。

跡形もなく消失した骨董屋から、約三百メートル下ったところにその「黄鶴」がある。屈曲した参道は視野がそれほど遠くまで及ばない。私はふとその店の前あたりに白い割烹着を着けた店主が立っているのを認めた。店主のほうでも目敏く私を見つけ、手を上げて小走りに近寄ってきた。

「ああ、ご無事でしたか。近頃さっぱりお見えにならないんで、これは地震でひどい目に遭われたんやないかと心配してましったんや、よかった、よかった。」

「いや、揺れが激しいんで、一時はどうなるかと思ったけど、家が岩盤の上に建っていたということで、なんとか助かった。お店も無事でよかったね。」

「いやあ、店のほうはひどうやられました。半年ほどお休みにして改築して、なんとか営業に漕ぎ着けました。まあできるだけもとの姿に復元したつもりです。お寄りになっていただけますか?」

もちろん、ここで店主に会っては素通りするわけにはいかなかった。

店はほぼ元どおりになっていたが、恐らく奥の谷間に張り出した部分が相当ひどくやられたのだろう、用材がすべて新しくなっていた。私はそこが常席となっている奥の座敷に座ったが、以前と違って、なにか座りごこちが悪かった。

私はいつものとおり、おでんの種を蒟蒻、茹卵、じゃがいも、そのほか二、三品選び、日本酒を頼んだ。

亭主は私の注文の品を伝票に書きつけていたが、日本酒のところで鉛筆をとめ、

「日本酒になさいますか、――実はこの間珍しい酒が入って、よろしければ封を切ろうかと思うん

ですが。」

「今日はどこの酒？」

「泉州の小さな造り酒屋がぜいたくな中国風の醸造酒に挑戦しましてね、この間ごく昵懇《じっこん》にしている少人数が発表会に招《よ》ばれましてね、なかなか好い物だから一甕取り寄せたんです、——ただ少しお値段は張りますがね。」

「ほう。」

私は珍しいことがあると思って亭主の顔を見た。いままでこの亭主から季節の料理や珍しい地酒を薦められたことはあったが、日本酒以外の酒を薦められたことはなかった。

「老酒かい。」

「いや、似てはいますが、もっと好い物です、もっと味合いがありましてね。なんでもそこの主人が柄にもなく漢籍に凝って、古い中国の仙人の書いたものから製法をそのまま真似て醸造してみたところ、とても好い酒ができたというんで、私も話半分で試してみたんですが、これはいけると思いました。」

私はちょっと眉唾物だなと考えた。頭の片隅で、「アイルランドの王妃の調合した媚薬なら試してみてもいいがね、」という冗談が浮かんだが、もちろんこれは口に出さなかった。いまヴァグナーの『トリスタンとイゾルデ』のレザー・ディスクに凝っていて、ほとんど毎日トリスタンとイゾルデが毒薬と取り違えた惚れ薬を飲んで、堅く抱擁するのに付き合わされている。

──はて、泉州は醸造業が盛んだったかな。それにしても仙人とは──おそらく鐵齋の画面から抜け出して何か悪戯を仕掛けるのだろう。よろしい、得体の知れぬ仙人よ、ひとつ付き合わせてもらおう。

「少し値段が張るといっても、まさか福沢諭吉先生に恥をおかかせするようなことはないだろうね。」

亭主はちょっときょとんしていたが、すぐその意味を理解して、

「そんな、北新地のクラブじゃああるまいし。」

「それでは一杯もらうかな。」

「わかりました、有難うございます。」

亭主はにっこりと笑って小走りに去っていった。

亭主が運んできたのは、ごく普通の徳利と盃である。

「中国風の酒にふさわしい容器があればいいのですが、そこまで準備ができなくて。」

亭主は一寸きまり悪そうであった。

「いや、中身が上々であればそれで結構。私は器で酒を飲むタイプじゃない。」

いつものしきたりどおり亭主は最初の一杯をついでくれた。酒は老酒よりはるかに色が薄く、ほとんど琥珀色に近い。

私はしばらく酒を眺めていた。私はまだヴァグナーにこだわっていて、こんどは『神々の黄昏』

でジークフリートが飲まされる過去を忘れ去る作用を持つ酒のことを考えていた。少なくともいまの私にとっては媚薬よりこちらのほうがふさわしい。数年前に物故した畏友松村喬司は、私のヴァグナーへの耽溺に批判的であって、「だいたいヴァグナーは、すぐに魔法の酒を飲ませてけしからんよ」と言っていた。敬虔なカトリック教徒であった松村は、ヴァグナーの音楽に魅惑されながらも、理性の喪失を霊酒のせいにするヴァグナーの楽劇に対して批判的な立場を忘れなかった。もっとも、これは必ずしもヴァグナーの責任とは言えないので、彼が楽劇の下敷きにした西欧中世叙事詩家の、さらには初期ゲルマン神話を支えた民衆叙事詩家の責に帰すべきであろう。

私は恐る恐る盃に口を近づけた。すするように口に含むと、なるほど亭主の言うとおり「なかなか好い物」である。

私はあまり癖の強い酒は好みではなく、世のグルメ評論家の言う「まったり」とした味の濃い酒は敬遠している。口に含んだ酒は、さらり、として殆ど抵抗なく喉を通り過ぎ、口の中にはかすかに花の香りが残る。「悪魔の美酒」とは無縁の、雅趣に富んだ好い酒である。

私は敬意を表して、亭主を労った。亭主はようやく安心したように、

「それは、よろしゅうございました、」と言って会釈をしてその場を離れた。

私はいままで、老酒を特に好んで飲んだことはない。中華料理には合う酒だとは思っていたので、それなりの付き合いはしてきた。

ただ、甕に入った最高級の中国の酒は、極上の味、香りがして、世界中のどの酒より美味である

と聞いている。

もちろんいま飲んだ酒が、このクラスの酒であるという保証はないが、私に中国風の酒に対する趣好を変更させるに十分であった。二、三杯口にしているうちに、酩酊してきた。口にさほどの抵抗はないがアルコール度数は高いのであろう。突然、私の頭の中に「旗亭」という言葉が浮かんだ。幼年時代を病弱の身で過ごした私は、病床の無聊を慰めるために母が買ってきた中国の昔話に夢中になった。桃花源の話とか、盧生の夢とか、腹中の蕎麦虫の話とか、それぞれ出典を異にする寄せ集めの物語集であったが、しかしこの書物は善きにつけ、悪しきにつけ、私の人格形成に大きな影響があったと思っている。その中に「旗亭」という言葉が出ていて、小料理屋のことだと聞いて納得していた。その後、自分自身が小料理屋に出入りするようになっても、本来中国出自のこの言葉を使うことも思い出すこともなかったが、いま突然この言葉が浮かんだのは酒の効用だろうか。おそらくこの山中の小料理屋が昔読んだ物語に出てくる「旗亭」の雰囲気を彷彿とさせたからであろう。小料理屋といっても、梅田や難波界隈の小料理屋では「旗亭」の名にふさわしくない。「旗亭」を背景にした物語は数多くあったが、なかでも私が好きだったのは、「黄鶴楼」の話だった。ただ私はこの黄鶴楼の話を二種類の話として記憶している。ひとつは、ある山中の粗末な旗亭に仙人がやってきて、傍らにあった蜜柑を手にとって、白壁に鶴の絵を描いた。仙人が歌を歌うと白壁から黄色い鶴が抜け出してきて、仙人の歌にあわせて舞を舞った。この話が評判となり、粗末な旗亭は賑い、名前も黄鶴楼と変えて、その地方一の大料亭となった。ここまでが第一の話。第二の話は、大料亭となったところまでは同じであるが、話はそこで終わらず、後がある。大料亭となった黄鶴楼の主人は次第に増長して、恩人の仙人を粗略に扱い始めた。ある日仙人は鶴が描かれている壁の前に座り、手を叩くといつものように鶴が抜け出してきた。このたび仙人は歌わず、ひらりと鶴の背に飛び乗ると鶴は飛び立ち山の彼方に飛び去ってしまった。その日から黄鶴楼はしだいに衰え、ついに寂れたもとの旗亭にもどってしまった。

さて、もとの話はどっちだったろうか、私は酩酊して朦朧としてきた頭で考えていた。

もとの話は、大料亭となったところで終わっているのだが、幼年時代の私がそれを嫌って、勝手に後の話を付け加えたのだろうか。それとも、あの書物に二通りの話が書かれていたのだろうか。あるいは、鶴の背に乗って仙人が去った後も黄鶴楼は大料亭として後まで栄えたという結末だっただろうか。

私はまた、高校時代に漢文で習った李白の七言絶句を思い出していた。

故人西辭黄鶴楼　故人西のかた黄鶴楼を辞し
煙花三月下揚州　煙花三月揚州に下る
孤帆遠影碧空盡　孤帆の遠影碧空に尽き
唯見長江天際流　唯見る長江の天際に流るるを

（唐詩選より、李白『黄鶴楼送孟浩然之広陵』前野直淋注解　岩波文庫）

この詩に歌われている黄鶴楼が、幼時に読んだ伝説のものと同じならば、この料亭は仙人が去った後も盛業であったということになる。

私は唐詩選のなかのもうひとつの黄鶴楼をうたった名詩、――この詩を前にして李白も筆を投げたという、あの崔顥の「黄鶴楼」を思い出していた。

昔人已乘白雲去　昔人已に白雲に乗じて去り
此地空餘黄鶴楼　此の地空しく余す　黄鶴楼
黄鶴一去不復返　黄鶴一たび去って復た返らず
白雲千載空悠悠　白雲千載空しく悠悠たり
晴川歴歴漢陽樹　晴川歴歴たり漢陽の樹
芳草萋萋鸚鵡洲　芳草萋萋たり鸚鵡洲
日暮郷關何處是　日暮　郷關　何れの処か是なる
煙波江上使人愁　煙波　江上　人をして愁えしむ

（唐詩選より、崔顥『黄鶴楼』前野直淋注解　岩波文庫）

この詩は、去った黄鶴と、仙人のことが強調され、二連の「此地空餘」の句が、その後に続く黄鶴楼を妙に寂しいものとしている。しかし、そうであるからといって、黄鶴楼が寂れてしまったというふうには読みとれないだろう。

私はこのようにたわいのないことに思いを巡らせながら、近年久しく持てなかった余暇を楽しんでいた。

そして、あのあまりに有名な杜牧の「江南春絶句」が私の頭の中に浮かんできた。

千里鶯啼緑映紅　千里鶯啼いて緑紅に映ず
水村山郭酒旗風　水村山郭酒旗の風
南朝四百八十寺　南朝四百八十寺
多少楼台烟雨中　多少の楼台烟雨の中

（中国名詩選より、杜牧『江南春絶句』松村茂夫編　岩波文庫）

第二連の酒旗は、旗亭の前に掲げられた、在処を示す旗であろう。私はほとんど自分がこうした漢詩の世界に身を置いているような陶酔感に浸っていた。

徳利が空になっていた。私は亭主を呼んで追加を頼んだ。そのついでに、

「いったい、どんな甕に入っているの？」と聞いてみた。

「お持ちしましょうか？」

「持ってこれるの？　甕って重いだろう？」

「いや、甕ったってそんな大きな物を仕入れていません。旦那みたいにこの酒を気に入ってくれる人が何人いるかわかりませんからね、試しに小さな物を仕入れただけです。」

亭主は、客席の横の、おそらく奥は調理場と推測される小さな入口の方に姿を消した。

やがて、腹の当りに甕を両手で抱えた亭主が姿を現した。確かに甕としては小さいが、しかし運んでくるにしては大きすぎる。私は甕を腹のところに当てて、懸命に両手で支えて持ってくる小柄な亭主の姿を見て、余計なことを言ったと後悔した。

白い磁器の甕には濃い藍色の釉《うわぐすり》で山水の絵と文字が描かれている。私は甕を手で回転させながら、酒の名前を読みとろうとした。ほぼ半回転させたところで、甕の中央に書かれている字がこの酒の名前であろう。ただ、私はその名前の意外さに息を飲んだ。

——「葛の葉」

何故、「葛の葉」だろうか。

たしかに、亭主は泉州の小さな酒造家が造った酒とは言った。言うまでもなく、泉州は葛の葉伝説で有名な土地柄ではある。しかし、この折角の中国風の美酒に何故「葛の葉」だろうか。私は、私の感性の座標軸がゆるやかに崩れてゆくのを感じていた。

亭主が甕を持って立ち去ったことも、ほとんど意識の閾になかった。ついさきほどまで、私の情緒を支配していた漢詩の世界が別の次元の世界に変わってゆくのを覚えた。

――琵琶の音だろうか。耳をつんざくような高い弦の音が聞こえ、

「恋しくば尋ねきてみよ和泉なる信太の森の恨み葛の葉」と女が詠う。

季節はちょうど秋、原色の落日に秋草の叢が怪しく映え、陰陽師安倍保名の妻葛の葉は幼児を腕に抱いて、魅入られるようにそれを眺めていた。いつの間にか葛の葉はその本性を現し、狐の姿に返っていた。幼児は母の異形の姿に驚き、泣き叫ぶ。葛の葉は、変化した己の姿に恥じ、墨を含ませた筆を口にくわえ、障子にさきの歌を書き終えるや否や、身を秋草の叢中に躍らせ姿を消した。この葛の葉伝説のハイライトともいうべき場面が、緩やかに私の面前で演じられた。

それからおかしなことになった。国籍不明、時代も不明の映像や歌がかわるがわる姿を現しては消えた。

落日の紅に染まっていた荒れ果てた秋の苑生はいつの間にか海に変わっていた。

――この朝きみに薔薇《そうび》を捧げんと思い立ちしを
摘みし花むすべる帯にいとあまた挾み入るれば
張りつめし結び目これを抑ふるにすべなかりけり。

(『詩話・近代ふらんす秀詩鈔』より、ヴァルモール夫人「サアディの薔薇」　齋藤磯雄著　立風書房)

私の目の前で、閨秀詩人の帯が緩やかにほどけ、薔薇はすべて海原めざして流れゆき、再び返らなかった。

波、ために紅に染み、燃ゆるかと怪しまれけり。

（『詩話・近代ふらんす秀詩鈔』より、ヴァルモール夫人「サアディの薔薇」　齋藤磯雄編　立風書房）

閨秀詩人の風に飛ぶ薔薇のイメージは、いつの間にか風に散る桜に変わっていた。
——あれ、春風が吹くわいな。
日本の古謡。もっとも、その道には疎い私には、それがどういう調べかわからなかった。ただ、ゆるやかな着物を着けた老爺が散りかかる桜の木の下で歌う。
その歌う口が丸い形で残り、ピエロの口になる。

——泣笑ひしてわがピエロ　秋じゃ！　秋じゃ！　と歌うなり。
——Oの形の口をして　秋じゃ！　秋じゃ！　と歌うなり。
ピエロは二人になり、大げさに身をよじって哀切きわまりない節回しで歌う。
——身すぎ世すぎの是非もなく　おどけたれどもわがピエロ　秋は
　しみじみ身に滲みて　真実なみだを流すなり。

（堀口大学『堀口大学詩集』より「秋のピエロ」　思潮社）

風が吹く。落葉が激しい。ピエロはいつの間にか散りしきる落葉に埋もれていた。
——主よ、今は秋です。過ぐる夏はまことに偉大でした。
——木の葉が落ちる　落ちる　遠くからのように
　大空の遠い園生が枯れたように
　木の葉は否定の身振りで落ちる

のアダージョが流れる。

天使が花園の上を舞う。マーラーの交響曲第4番のジャケットの花園。交響曲第5番の第4楽章
（リルケ詩集『形象集』より、「秋の日」「秋」富士川英郎訳　新潮文庫）

――タッジオ！　タッジオ！

シルバーナ・マンガノーの鋭い声。そう、トーマス・マンの、いや、ヴィスコンティの『ヴェニスに死す』

私は見知らぬ異国の石畳の道を歩いている。ここはどこだろう。語学の不得手な私が一人で不安げに異国の街を歩いている。立派な石の建造物の間を、一組の中年の姿のよい男女が通り過ぎる。男はツイードの上着、女は柔らかなカシミヤのスーツを身に着けている。道を聞くすべもない。視線を遠くにやると、下り坂の道は海に通じ、海の彼方に幻のような寺院が認められる。そうか、ヴェニスに来ているのか！　私は少し気が軽くなる。

宿を探さねばならない。右手の建物に入る。広いロビー。後ろから東洋系の若い女がスケートをするような素早さで私を追い抜いてゆく。追い抜きながら彼女は、「ヨウコソ［ヴェニス］へ」と片言の日本語で言う。「日本語ができるの？」と聞くとそれには答えず、ロビーの奥の螺旋階段をすり抜けてゆく。私もその後を追った。

二階は広い部屋になっていて、中央のテーブルを囲んで多くの男女が、カードに興じている。そのなかには子供も交じっていて、賑やかに笑っている。さきほど私を追い越していた東洋系の女は

見あたらない。

男の一人がカードを繰る手を止めて、私に隣の空席を指し、座るように身振りで示す。私は男の機嫌を損ねるのを恐れておずおずと腰を下ろす。

私はさきほどの片言の日本語を話す女を頼りにここへ上ってきた。しかし、女は見あたらない。

「宿を探しているのですが。」

私はほとんど会話が通じるのを期待せずに、ただ、そう言えばカードに加わる意志はないのだ、ということを伝達できるかと考えていた。

不思議なことに、相手は私の言葉を理解した。男は窓の外を指差す。窓の外にはアーチ型の小窓をたくさんつけた建造物が見られる。

男の近くに座っていたラテン系の中年の女性が、話す。日本語ではない。しかし、私にはその意味が理解できる。

——あれは大浴場だけれど、あそこで泊まることもできるよ。

私はうなずく。ホテルではないが、それでもなんとか宿を確保することができてほっとする。私の席のテーブルを隔てた筋向かいに、いかにも腕白そうな少年が二、三人いて、好奇心一杯のくりくりとした目を私に向けている。一人が私に話かける。

——ちょっと悪戯をしていい?

私が、ええ?と聞き直すのを待っていたかのように、私の半ば開いた口を目がけて、ポケットから素早くピストルをとり出して撃った。

私は口の中に軽い衝撃を受けて椅子からずり落ちた。口の中一杯に小粒の甘い菓子が広がっている。

悪がきは手を打って大笑いしている。テーブルの男女も大笑いである。私も怒りの代わりに笑いがこみあげて、大笑いした。

○

「今日もまた荒神さんの奥の院ですか?」と問う亭主の声で目を覚ました。

返事をしたのは、やや低めの響きの深いアルトの声の持ち主である。

「ええ、今日あたりからそろそろ風が強くなって、落ち葉が大変になりそうだから、休むわけにはいきません。」

このあたりの女性にしては珍しくイントネーションに狂いのないきれいな標準語である。私は目を開いた。

私が寝入っている間に、昼食の時間帯は過ぎたらしく、客は少なくなっている。

私のつい五メートルばかり先のテーブルに、こちらに背を向けて細身の女性が座っている。黒尽くめの作務衣――私たちが幼い頃、モンペと呼んだ簡略着をやや緩やかにした着物――を着ている。黒尽くめの着衣のせいか後ろから見える頸が驚くほど白い。

亭主はその脇に立って話している。

女性は、食事をすませて勘定を亭主に言いつけたらしく、亭主は勘定書を手渡したところのようである。女性は、懐から財布を出して札を取り出した。亭主は札を受けとると、予め用意していたらしい釣り銭を渡す。

女性は手際よく釣り銭を受けとり、手許に置いてあった鎌――ただし刃渡りのところには鞘がかぶせてある――と帯を取り上げて席を立った。背後から見た座姿から想像がつかないほど身長が高く、姿の美しい女性である。いままで私に背を向けていた女性は、立ち上がると同時に細面《ほそおもて》の端麗な横顔を私に見せた。

その女性が店から出るのを見とどけて、まだ私の近くにいる亭主に話しかけた。

「荒神さんに奥の院があったかしら？　中山寺の奥の院は有名だが。」

「ああ、お目覚めでしたか、――悪酔いをなさったかと心配していました。」

「いや、何かいろいろ夢を見ていたようだが、気分はいいよ、何かすっきりした。いったいどのくらい寝ていたの？」

「さあ、二十分かな、――長くても三十分くらいかな。」

うたた寝には適当な時間である。しかし旗亭の店先でのうたた寝としてはどうであろうか？　盧生は黄粱の炊ける間、旗亭で眠り、自分が栄達のはてに落魄する一部始終を夢に見たというが、時間としては三十分以上だろうか、以下だろうか？　私は亭主が私の説明に答えていないことに気がつき、方向を変えて話を聞き出そうとした。

「さきほどの女性は常連さんかい？」

「ええ？　ああ、東都さんのことですか？」

「とうとさん？」

「ええ、東の都と書いてとうとと読むようです。妙な名前ですね。」

「いや、昔、小説を書く人に京都という人がいたから、――名字としては変わってはいるけれど、京都という名前があって、東都が妙だということはないだろう。」

「東都さんは、震災の後、ボランティアでこの土地においでになった人で、——いや、あの後ボランティアでお見えになった人は多いんですが、そういう方々がお帰りになった後もあの方は残っていられるのです。」

「ああ、やはりこの土地の人ではないんだな、言葉が少し違うと思った。――ところで、その東都さんが荒神さんの奥の院に行くというような話を聞いたけれど、荒神さんに奥の院はあったのかな？」

亭主はちょっと渋面を作った。

「いや、私も実は荒神さんに奥の院があるなんて知らなかったんですがね、東都さんはたしかにある、というんです。ただ東都さんが出かけるのは、正確に言えば奥の院そのものではなくって、奥の院に通じる道をきれいにするんだ、と言うて、ああしてほとんど毎日鎌と帚を持って通うておられます。」

私は清澄寺が宇多天皇の御代に、蓬萊山七嶺七渓にわたって七堂七十二院の壮麗な伽藍を有していたというカタログに記された沿革が事実であれば、この山中に人の訪れない奥の院があっても不思議ではないかもしれない、と考え始めていた。

「東都さんはこの店には毎日立ち寄るの？」

「ええ、どういうわけか気に入っていただきましてね、……」

私は亭主の言葉のうちに、どこか迷惑そうな、陰気な調子を嗅ぎとった。

「毎日寄って戴くのだから、有難いお客さんだね。」

「ええ、それはそうです。――でも、ちょっと気味の悪いところもあって。」

「そうかな、後ろ姿しか見えなかったが、なかなか美しい、姿の好い女性に見えたが。」

私は、立ち上がる時にその女性が見せた細面《ほそおもて》の横顔を思い出して言った。

「それは、なかなか顔立ちの整った女性だとは思いますが、――でもちょっと気味が悪いところがあって。旦那さんのような、書物をよく読んでいらっしゃる方には、私たちのような者には発見できない美しさがおわかりになるのでしょう。」

私は亭主の発言にちょっと戸惑った。

「――ご主人だって、大変な読書家じゃないか。」

「いや、私の読むのは本です。旦那さんの読まれるのは書物――いや、書籍です。」

「何か禅問答のようだな。私だって、そんなに立派な本を読んでいるわけじゃあない。」

亭主はきょとんとした顔で私を見ている。

私は面倒になって、――それにどうでもいいと言えばどうでもいいことである、――とうとう降参した。

「いや、東都さんのことは、後ろ姿だけでよくわからない。――それはご主人の感じ方のほうがまっとうで、健康的なのかもしれないよ。」

それをしおに亭主は立ち去った。

私は、まだはっきりと目覚めぬ状態にあったのかもしれない。しきりと、清澄寺に奥の院が本当にあるのであれば、一度訪れてみたいものだと考えていた。

亭主を呼んで勘定をすまし、外に出た。

亭主は、私に従って店を出たが、帰りぎわに、

「もし、清荒神の奥の院に興味がおありになるのであれば、いまからもう一度お戻りになれば、東都さんは清荒神の境内におられると思いますよ、お酒を飲んだ後にもう一度上り坂を上るのは大変でしょうがね。」

「いや、好い酒は悪酔いしないから、気分は悪くないのだが、いま下りてきた坂をもう一度上るのはちょっと辛いかな。」

そうは言ったものの、この機会を逃がせば、こんどいつここに来られるかわからなかったし、まして この次に来た時に、うまくあの東都さんという女性に会えるという保証はないのに気がついた。

私はちょっと迷ったあげく、

「そうだな、折角だから、その奥の院に通じる道を教えておいてもらおうか。」

私は亭主に軽く礼を言って、さきほど降りてきた道をとりかえした。私は亭主の口元に浮かんだちょっと皮肉な笑みに気づいていたが、敢えて無視した。

この参道を上るのは何年ぶりだろうか。比較的若い時にはこの参道を上った記憶がある。しかし最近ではいつも、タクシーか家人の運転する車で山門の近くまで上り、帰路下り坂のこの参道を気楽に歩いて帰ることが習慣になっている。いつの間にか怠惰が身についてしまった。周囲には私より歳をとった女性の集団が、おしゃべりを楽しみながら、ゆっくりと参道を上っている。

山門をくぐったところで、立ち止まってひとわたり周囲を見回したが東都さんの姿は見あたらない。中央の銀杏は陽の光を受けて、あいかわらず見事である。午後になって、さっきよりいくらか人出は多くなっているが、その日は平日で、しかも門日とも重なっていないので、混み合うほどではない。

私は境内に入り、銀杏の木のたもとで清荒神の方角を見たり、水掛け地蔵の脇に立って振り返ったり、――つまり、見渡しのきく要所要所で境内を一瞥するのだが、東都さんは見つからなかった。とうとう、また、境内に附属している鐵齋美術館の前まで来てしまった。やはり、ここにも東都さんはいない。ここはこの清澄寺の限界地である。休日や門日で、境内に人が混み合っている時でも、この周辺は人が少ないのであるから、平日の場合はまことに閑散としている。美術館の広場を経た向かいに、鐵齋の絵葉書や書籍を売る売店と、それに附属した休憩所に人が二、三人いるばかりである。

私はしばらく立ち止まってどうするか考えていた、――「黄鶴」の亭主に唆されここまでやってきたものの、考えてみれば、東都さんがこの広い境内のどのあたりにいると聞いたわけではない。いや、亭主も清澄寺の奥の院に通ずる道が、どのあたりにあるのか知らなかった様子である。彼女に必ず会えるという保証は、最初からなかったわけである。私はいまさら、こうなるのは当然、と納得した。この構図は、私のこれまでの人生にたびたびあったことである。

空はあくまで青く、さんさんと陽の照る何の変哲もない秋の午後である。周囲には静寂が支配しているが、寂寥感などとは無縁の、明澄な、あっけらかんとした静かな秋の午後である。

私はふと、あるかなきかの風が運んでくるかすかな声を耳にした。それも普通の声ではなく、何か節回しのついている声である。

——時雨をいそぐ　もみぢ狩り、時雨をいそぐ　もみぢ狩り、深き山路を尋ねん
——これはこのあたりに住む女にて候
——げにやながらへて　憂き世に住むとも今ははや、たれ白雲の八重葎、茂れる宿の淋しきに、人こそ知らね秋の来て、庭の白菊移ろふ色も、憂き身の類とあはれなり、あまり淋しき夕まぐれ、時雨るる空を眺めつつ、四方の梢も懐かしさに

（『日本古典文学大系』より、「紅葉狩」横道萬里雄表章校注　岩波書店）

謡曲『紅葉狩』の一節。声は途絶えがちであるが、あの聞き覚えのあるアルトと判定された。シテとツレを巧みに謡い分けている。

わたしは耳を澄まして、声の方向を推し量った。声は右手の奥のほうから聞こえてくる。美術館の右手に細い杣道があり、その道が尽きるあたりに小さな滝がある。この周辺も境内に入るのかどうか。手入れが行き届かず、あまり背丈の高くない樹木が枝葉を乱雑に伸ばし、鬱蒼と昼でもほの暗く、ちょっと気味が悪い。私がこの鐵齋美術館に来る時でも、そのあたりまで足を伸ばすことは滅多にない。なるほど、東都さんがあそこにいたとすれば、謡曲のひとくさりでも吟じてもらわなければ所在を摑めないまま引き返すところであった。

美術館の南東の角を左手に曲がり、杣道に足を踏み込んだところで、私は息を飲んだ。

狭い範囲の、あまり数の多くない木々の葉がいずれも深紅に紅葉している。そして、ほとんど風

がないというのに、落葉しきりである。その下に東都さんはいた。
東都さんは例の黒尽くめの作務衣姿で、帚で落ち葉を掃き集める作業に熱中している。ただささきほどと違うのは、目立たずひっつめにした髪の毛をときはなち、まるで巫女のように背に黒髪を流している。作業の間も、低く、低く『紅葉狩』を吟じている。

——下もみぢ、夜の間の露や　染めつらん、朝の原は　きのふより、色深き　紅を、分け行くかたの　山深み。げにや谷川に、風の掛けたる　柵は、流れもやらぬ　もみぢ葉を、渡らば錦　中絶えんと、まず——木のもとに　立ちよりて、四方の——梢を　眺めて、暫らく休み給へや
(『日本古典文学大系』より、「紅葉狩」横道萬里雄表章校注　岩波書店)

私は謡曲については何の知識も持っていない。ただ、この『紅葉狩』については多少の関心をもっていた。戦後間もなく、奈良の興福寺で行われた薪能の演目にこの『紅葉狩』があり、当時相当の発行部数のあったアサヒグラフに取り上げられ、そのうちの一枚の写真が、まだ小学生だった私の心を捕らえた。写真は、白髪の鬼女が剣を持ち、篝火の下で荒々しい舞を踊っている。もちろん、スチール写真で動きはなく、それに当時のことであるからモノクロの写真であったが、私にはそれが揺れ動く篝火の下で、怪しい鬼女が荒々しい動きで剣を振るって舞う色彩豊かな映像に感じられた。私はその時、この『紅葉狩』という能は、いったいどういう筋書きなのだろうかと、強い

興味を抱いた。

中学に入って、図書館に謡曲集があり、そこで読んだのが『紅葉狩』との最初の出合いである。しかし、私の謡曲との付き合いはそれまでだった。謡曲の幽玄美に惹かれながらも、私には興味の対象が多く、結局その後、謡曲に深入りすることもなく終わってしまった。いま、こうして東都さんの謡うのを聞いて、さすがに歳月に洗われた謡曲の表現は見事である。現代の凡百の文章が太刀打ちしてもこの幽玄美に到達することは到底不可能に思えた。

それはそれとして、目的は東都さんから、奥の院の位置を訊ねることである。

ただ、私はさきほどとはちょっと様子の違う彼女の姿に何か近寄りがたいものを感じ、しばらく躊躇したが、やがて勇を鼓して近づいていった。

「失礼ですが。」

東都さんは落ち葉を掃く手を止めて、切れ長の目で私を見た。

「さきほど、『黄鶴』のご亭主に聞いたのですが、貴女はこの清荒神に奥の院があるとおっしゃってるそうですが、本当でしょうか?」

「ああ、さきほどのお店にいらっしゃった方ですね。よくお休みのようにみえましたが、お目覚めでしたか。」

私が畳の席でうたた寝をしているのに気づいていたようである。そして、彼女はちょっと笑いを見せたが、しかし目は笑っていない。このあたりが亭主が気味が悪いと言ったところであろう。私の視線は初めて正面から彼女の顔を捕らえていた。「黄鶴」の亭主がいかに難癖をつけようと、彼女の顔は美形であろう。——いや、それも「とび切りの」という形容詞を頭につけても差し支えない。膚は白磁のように肌理《きめ》こまかであくまで白く、細いが明確な輪郭をもった眉毛が白い富士額の下に緩やかに弧を描き、その下には切れ長で大きな目が人怯じもなくこちらの視線をひたと受け止めている。

ただ、彼女の年齢となると、いっこうに見当がつかない。二十代ということは、その所作の落ち着きぐあいからみて、まずありえないだろう。いや、三十代の女性であっても、ほかに人気のない山中で男と向かい合って、その不躾な視線をたじろぎもなく受け止められるかどうか。しかし、四十代以上ということになると、こんどは彼女の外見がその推量を許さない。要は年齢不詳である。ここらも、亭主の言う気味の悪いところであろう。

「いや、お恥ずかしい、あのご主人に珍しい酒を振舞われて、つい度を過ごしました。貴女がお帰りの間際に目を覚まして、お出かけになる最後の部分のお話は盗み聞きになってしまいました。」

「奥の院に興味がおありですか?」

「いや、興味があるか、と真直に聞かれると弱るのですが、清荒神に奥の院があるなんて、この歳になるまで知らなかったものですから。」

「私は、清荒神の、とは申さなかったはずですが、……いつの間にか、あのご主人は清荒神の奥の院と勘違いなさってしまったようです。私もいちいち訂正しなかったので、責任はありましょうが。」

　東都さんの顔には、わずかではあるが、当惑の表情が表れた。

「清荒神の奥の院ではない、ということは清澄寺の、という意味ですか？」

　東都さんの表情には、ますます当惑の影が拡がった。

　彼女は緩やかに首を振った。

「貴方は、オムボロスという言葉をご存じでしょうか？」

　その言葉は前に聞いたことはあった。しかし、いまの私にはそれがギリシャ語源の言葉であるという以外には記憶が甦らなかった。

「地球の臍という意味です。」

　私の頭の中で、閃くものがあった。

「ああ、デルフォイのピュティアの話ですね。」

　デルフォイのアポロン神殿の中にオムボロス（地球の臍）という土地の隙間があり、その上に三脚の台座を据えてピュティアと呼ばれる巫女が坐り、隙間から上ってくる瘴気を吸って憑依状態になり、予言を行うのだという話を前に読んだことがある。もっとも、今日の調査ではアポロン神殿にそのような土地の隙間は見あたらないという記事も同時に思い出していた。

　彼女はようやく表情を和らげ、

「よくご存知ですね。――でも、オムボロスはデルフォイに限らず、あちこちにあるものなんです。」

「この山のどこかに、そのオムボロスがあるのですか。奥の院の正体は地球の臍というわけですか。」

「オムボロスは、いまはこの山の中にあります。奥の院と言ったのは、オムボロスなんて言っても人を当惑させるだけですから、でも私はまるっきり嘘を言ったわけではないと思います。両者は結局同じことですから。これからも、人によってそう呼んでいきます。貴方もそう呼ぶほうがお気に召すなら、そうなさってください。――私はこの辺りの落ち葉を片付け、オムボロスへの道が埋もれないようにしています。」

私は、彼女の、何事かを顕にしない、もってまわった言い方がちょっと気に障って、何か皮肉を言ってみたくなった。

「それで、貴女は、そのオムボロスから立ち上がる瘴気を吸って予言などなさるんですか。そういえば貴女は巫女さんのようだ。」

彼女は、私の言葉に含まれている毒をたしかに認知したはずであるが、動じなかった。

「いえ、私は予言などいたしません。ただ、オムボロスへの道筋を明確にする役目です。それに巫女などと、貴方はとんでもない勘違いをなさっていらっしゃいます。オムボロスとは、人間が永遠に回帰してゆくところ。そして、聖と俗が交わるところ。」

彼女の謎めいた言い方を制しようとして放った矢は、逆に彼女を挑発したようである。

彼女の思わぬ逆襲に、私は受太刀を忘れていた。私はしばらく無言で立ち尽くしていた。

彼女は、私の相手をすることを止め、帚で落ち葉を集める作業に戻った。さきほどの会話でいささかも乱されることなく所作は相変わらず優雅である。ただ、謡曲『紅葉狩』は口にしない。

私はしばらく彼女の様子を眺めていたが、

「それで、――その奥の院へ行く道はどの辺りにあるのですか、」と切りだした。

「ああ、やはりお気になりますか。」

彼女は帚を掃く手を止めて、視線を私のほうに戻した。

「少しお待ちになって。ここの掃除がもうすぐすみますから、私もそちらのほうに移動しなければなりません。」

帚の最後の一掃きを終えて、彼女はポリ・バケツを持って谷川に降り、水を汲んできた。そして、集められた落ち葉を燃やしていた焚火に水を灌《そそ》いだが、火はバケツ一杯の水では消えそうにない。再び谷川に降りようとする彼女を押しとどめて、バケツを受け取って私が代わりに谷川に降りた。火を完全に消し止めるまで、数回谷川と焚火の間を往復しなければならなかった。

彼女は火が完全に消えてるかどうか、念入りに点検して、

「どうもお疲れさまでした。とんだお手伝いをお願いして。」

手早く、焚火の始末をすると、帚、鎌、バケツをひとまとめにして手に持ち、

「お待たせしました、それでは参りましょうか、」と私を振り返った。

私が彼女にしたがって歩いた距離はわずかだった。焚火の場所から二十メートルばかりの位置に、滝に連なる低い崖がある。彼女はそこでバケツと帚を置き、手にした鎌の鞘を払った。

彼女は、崖にびっしりと茂っている叢に鎌をあてがい、慣れた手つきで刈り始めた。草を刈り取られた崖は意外と勾配が緩やかである。たちまち、かろうじて人が通れる道ができた。彼女に促されて、その道を上る。彼女は私の後からついてくる。上り詰めたところにわずかな平坦地があり、その平坦地が尽きるあたりに滝の源流である小川が流れ、小さな木橋がかかっている。

「あの木橋を渡って、道なりに上っていけば奥の院に着きます。」

緩やかではあっても、勾配のある道を上って息を切らしている私にひきかえ、東都さんはほとんど息の乱れもない。よほど山道に慣れている様子である。

「どうも有難う。」

私は首を巡らせて、太陽の位置を確認した。陽は中天よりやや西に傾いている。

「陽のあるうちに帰ってこれるでしょうね。」

私の小心さを嗤うかのように、東都さんは口元に皮肉な笑みを浮かべた。

「もし、日が暮れてから帰られるようなことがあれば、私が焚く焚火の火を目指して降りてくればいいのです。私はこのあたりの掃除にとりかかって、おそらく夜更けまで帰れないと思います。」

私はそれを聞いて安心して、木橋のほうに進んだ。

私は木橋の上に立って、これから進む方向に目をやった。一筋の細い道がどこまでも続き、その周辺の山々は、深紅に、褐色に、あるいは黄金色に見事に紅葉していた。私は、軽い暈惑を覚えた。

今年の秋は思いがけないところで、私のために紅葉を準備してくれていたのである。

○

木橋の上で私を襲った暈惑は、山道を歩き出してからも続いていた。私は間違いなく異界の領域に足を踏み入れたことを知った。

しばらく歩いたところで私は後ろを振り返った。木橋の辺りに黒尽くめの東都さんの姿が見えた。その光景は、まるで双眼鏡を反対から覗いたようにいびつで遠かったが、東都さんが、帚を持って移動するたびに、その周辺の紅葉は強い風に吹かれたように散るのがはっきりと判った。

私は、初めて紅葉狩という言葉を理解した。春の桜や秋の紅葉の観賞行をそれぞれ桜狩、紅葉狩と呼ぶことに私はかねがね疑問を持っていた。松茸狩、潮干狩、筍狩のように、その目的が狩猟と一致する場合は判る。

しかし純粋に美の観賞が目的であるはずの桜、紅葉の観賞行を狩の言葉と結び付けるのはいかにも不粋で、言葉に対する感受性が鈍感なのではないかと考えていた。しかしいま、東都さんの動きを見て、やはりこれは紅葉狩という言葉にふさわしいと考えた。

私はいままで西欧の詩人の影響を受けて、紅葉、——落葉というイメージから、たとえば天上の庭からの落葉、といった形而上の美意識に傾きがちであったが、わが国の古典は紅葉の赤にもっと怪しい観念を秘めている。桜についても同様のことが言える。古典にまで遡らなくとも、桜の満開の下で何が起こるか、——これについては優れた現代作家の二人までがすばらしい短編小説に結晶させている。

私はさきほど東都さんが謡っていた『紅葉狩』の謡曲の筋を思い出していた。鹿を追って深山にさしかかった平維盛は、高貴な婦人とその伴の女性が紅葉狩の宴を張っているのに出合う。美女の差し出す盃を断り切れず、維盛もその宴に招じられ、酒を振るまわれ、美女の舞に興じる。やがて維盛は美女の色に溺れ、酒に溺れて前後不覚に酔いつぶれてしまう。夜になり、その場から姿を消した美女は身の丈一丈ばかりの鬼女に変身し、巌に火をつけ、虚空に炎を降らして、維盛に迫る。この時までに泥酔の夢の中で、八幡八幡宮の末社の武内神より鬼女討罰の神勅を受け、神剣を賜った維盛は、目を覚まして剣を奮い、鬼女を討ち取る。

私は、ふと鬼女に変身した東都さんを想像してみた。こんど麓にたどり着くのはおそらくつるべ落としの秋の陽が落ちてからであろうから、背景は整っている。それに、彼女は、林間に紅葉を焚いている。その火が虚空にうつり炎を降らせるなら、謡曲の筋書き通りである。しかし、——それからは筋書き通りとはいかないだろう。信仰心の乏しい私に神託が降りることも、神剣を授かることもかなわず、維盛と違って腕力のない私は、苦もなく鬼女にとり抑えられてしまうだろう。

私は、もう東都さんのことを考えないことにした。せっかく紅葉を見る機会を与えてくれた今年の秋に敬意を表して、私は自分が進んでゆく山峡の道の周辺の風景に注意を払うことにした。上り坂で、細い杣道の片側には山が迫っている。反対側は逆に下のほうへ切りこんだ谷になっていて、その谷の底から水の流れる音がかすかに聞こえてくる。こちらのほうも谷の底からまた急に地面がせり上がって山の斜面になっている。両方の山肌はいま紅葉が盛りで、燃えるように紅い。

両側の山の傾斜はいずれも急峻で、さきほどまで頭上に広く拡がっていた空が、狭まって見える。当然、日の当たらない場所も増えて、そこの紅葉は深い紅《くれない》に沈んでいる。

視覚に訴える力も強いが、菌糸類の発酵する匂いを基調とした、贅沢な秋の香りが周辺に満ちていて、嗅覚も楽しませてくれる。

やがて、山峡にわずかばかり霧の影が認められた。山の気象の変化は非常に早かった。

両側の山々の紅葉が、滲んだように薄れ始めると、たちまち霧は私の周辺に広がり始めた。そして、私はいつか深い霧に取り囲まれていた。

深い霧の彼方から、ごく幽かに鈴を振る音が聞こえてきた。遠い昔、耳にした調べが聞こえてきた。

——一つや二つや三つや四つ、十にも足りない幼な児が、——

それは私の母が、夜毎幼い私を眠りにつかせるために子守歌がわりに歌ったご詠歌だった。——一つ積んでは父のため、二つ積んでは母のため、——

それにしても、母はなぜあのご詠歌を私に繰り返し聞かせたのだろうか？

霧の中から、懐かしい姿が現れた。私の記憶の中にある最も若い時期の母だった。私は感動のあまりに不謹慎にも、

「——ああ、××小町」と心の中で呟いていた。母の弟、——私にとっては叔父にあたる人が母の死後、問わずがたりに漏らした話では、引っ越しのたびに母はその地の名を冠むらせた小町名を捧げられたという。

死者はたちまちその絶対的な能力で、生者の呟きを読みとった。

「ああ、清潔だったわが子も、いつの間にかいやらしい老年の男になり果てたね。」

私はうろたえて、

「いや、ある映画俳優で、自ら霊能力者と名乗る人が、死者は生きていた時の一番美しい時期の姿で来世を生きる、というようなことを言っていたが、あれは本当のことだな、と思っただけですよ。」

母は、私と肩を並べて歩き出した。

「正確にはね、相手が最も見たいと望んでいる姿で現れるということではないかしら。」

そういえば、母は、私が幼心に母が身に着けていた着物のなかで、一番美しいと思っていた、白地に桔梗の絵が描かれた夏物を身に纏っていた。

母は若い時の姿で現れていたが、物の言い方は、晩年のものだった。若い時の母の物言いは、もっと穏やかで優雅だった。

「――参ったな、母さんはそんなに理屈っぽかったかな。まあいいや、いま、こうして母さんと肩を並べて歩いているところを他人が見たら、親子だとは思わないだろうな。逆に、僕が父親で、娘をつれて歩いていると思うかな。」

母はちょっと口もとを綻ばせて、

「安心しなさい、お前も母さんが一番いいと思っていた時期の姿になっているよ、ちょうど大学に入った時代にね、あの時のお前はまだ痩せていて、髪も多くって、目もキラキラして、意欲的だった。」

「なるほど、そういうことか。」

「でも、いい時期は長くは続かない、大学の後半になって、そろそろ将来の方針を決めなければならない時期になって、お前は急に元気がなくなり、鬱屈した表情を見せるようになった。それから後、お前は二度とあの日の輝きも、生き生きとした表情もとり戻せなかった。」

「ああ、覚えているよ、あの頃どうにもサラリーマンになるのがいやでいやでしょうがなかった。松村も吉原も大学院に進むことになってたしね、――しかし、家の苦しい状態の中、大学院に行って、更にもう何年か収入なしの状態を続けることが許されるとは、思えなかった。かりに、母さんがそれでいいと言ってもね。」

私の家は戦前は、大阪市内にある家作からの収入で生活をしていた。戦災でそのすべてを失い、戦争の後は、急激に生計が苦しくなっていった。それでも戦前の衿持を保とうとして、両親は兄と私を関西の私学の名門K学院の中学部に通わせた。K学院は中学から大学への一貫教育制が敷かれており、私も当然そのコースを進む予定でいた。しかし私だけは高校を府立高校にかわるように命じられた。父は戦後新しい商売を始めていたが、息子二人を費用のかかる学校へ通わすことはできなくなっていた。私が高校をかわってからも、家計は一向に好転しなかった。私が高校の三年の時に、とうとう父の商売も蹉跌して、私はこれはとても大学に進学などできない、と覚悟を決め、担任の岡村先生に事情を話し、就職組に進路を変えたいと相談にいった。岡村先生は黙って私の話を聞いておられたが、突然、

「君は、親の世話にならんと大学に行けんのか！　そんなことでどうするんや！」と大声を出された。

「お母さんに来てもらえ。」

意外なことの成り行きに私は飛んで帰り、母に事情を話し、母はおっとり刀で学校に駆けつけた。そこで母は岡村先生から、進学がどうしても必要だと説得を受け、家から徒歩で通えるO大学なら、本人のアルバイトと奨学金で十分賄えるという見通しを告げられた。

私の父は、船場の商家の出で、大学教育も実業本位で、私を医学部か工学部に進めたがっていた。もしどうしても理科系がいやなら法学部にいって弁護士の資格を取るか、商学部にいって公認会計士の資格を取るというのが唯一の妥協点であった。私の兄は父の妥協点と折り合いをつけて、K学院大学の商学部に進学していた。しかし、仕事の蹉跌からすっかり発言権を失った父は、もう私に注文をつけることはしなかった。私はO大学の経済学部に進学した。もともとの志望は文学部であったが、さすがに家庭の状況を配慮してわがままを言えなかった。ただ、教養学部を修了するまでに家計が好転するようであれば、文学部に転部するというかすかな希望を持っていた。

しかし、私のかすかな希望はかなえられなかった。母は家計を助けるために針仕事までしていた。大学の四年生になった頃は、文学部への転部はとっくに諦めていた。ただ、どうしてもサラリーマンになるのは気が進まなかった。大学院に行って、そろそろ面白くなってきた経済学の勉強をせめて続けられないかと未練がましく考えていた。

K学院の中学部で仲の良かった松村と吉原は、K学院の高等部に進学した後、それぞれ国立大学へ転じていた。松村は神戸の経済学部へ、吉原は京都の文学部へ。抜群の秀才であった松村は名古屋のカトリック系のN大学に助手として採用され、そのまま母校の大学院に進学が決定していた。二浪して京都に入った吉原はその時点ではまだ教養課程であったが、もともと家庭に恵まれ、専攻は考古学で、すでに学究生活への意志を固めていた。

常に三人で行動をしていた仲間のうち、二人が学究生活に入るということで、私はなおさら実社会に入る意欲を無くし、鬱々として過ごしていた。

もちろん母は私の憂鬱の原因は見通していた、——もし、あんたが自分の力で大学院に行くつもりなら、それでもいいよ——。

母は一度だけそう言った。しかし私は黙って首を振った。私はすでにM銀行に採用が決定していた。

「それにしても、あれだけ社会に出ることを嫌っていたあんたが、人様がそろそろ引退なさろうという時期に、いまだに経済社会にしがみついているのが母さんにはよくわからないね。」

私の苦い、そして時間による変容で微かに甘味を付け加えられた追憶は、母の容赦のない指摘によって破られた。これは、油断がならないぞ、と私は身構えた。

「うーん、それはね、それこそ経済的な理由もあるし、——それに何となく、この世界がどのようになってゆくのか見届けたい気持ちもあるし……」

「おや、いつから、そんな偉そうな口をきくようになったの？　そういう言い方はあんたにふさわしくない、少なくともあんたの長所は、謙虚な性格にあると、母さんは思っていたけれどね。」

「母さんは、誤解をしているよ、『時鳥　厠半ばに　出かねたり』というところかな。いや、これも考え方次第では大変傲慢なものの言いようだな。」

せっかくこうして母さんに会うことができたんだから、もっと僕の小さかった時のことが聞きたいな。さっき母さんが姿を現す時に歌っていたあの歌ね、なぜあの歌を繰り返し僕に歌って聞かせたのかな、いま考えると不思議に思う。決して子守歌として適切な歌ではないと思うがね、——幼い子が死んで、地獄の賽の河原で父母の供養に石を積んで塔を作る、すると必ず鬼が出てきてそれを崩す、それが繰り返し繰り返し行われる。そんな救いのない歌をなぜ眠ろうとする小さな子供に聞かせたのかな。長じて僕の人生観がともすれば暗いほうに傾きがちなのは、あの歌のせいではないかと思うよ、母さんにブラームスの子守歌を聞かせてほしかったというような『無いものねだり』をする気持ちはないけれどね。でも、僕はあの歌を聞くのが辛くって、辛くって、——なにか、地面の底に引きずり込まれるような絶望感があって、——ずっと我慢してきたのだけど、もう耐え切れなくなって、ある日大泣きしたことを覚えている。すると母さんはようやく最後にお地蔵さんが出てきて、幼児たちは救われるのだと言ってくれた。それを何故早く言ってくれなかったのか、——いまでも怯えが残っている。ずっと後になって、カミュの『シジポスの神話』を読んだ時、ああ、この話はどこかで聞いたことがある、と考えたら、あの母さんの賽の河原のご詠歌にたどり着いた。母さんはまさか人間存在の頼りなさとこの世の不条理をあの話にかこつけて幼い僕に教えようとしたわけではないだろうね?」

「母さんにそんな難しいことがわかるわけないでしょう。——ああ、二十年ぶりに会って、子守歌の苦情を聞かせられるなんてね、所詮、親の気持ちは子供にはわかってもらえないものだよね。あの時、母さんもまだ若かった。あんたを生んだのが二十一歳の時、子守歌を歌って聞かせたのは二十五歳になっていなかった頃のこと。その歳で母さんは腎臓病を患い、三十まで生きられないだろうと医者に宣告されたんだよ。いまであれば、人工透析という手もあっただろうけど、当時のことだから、医者も手立てがなく、見放したということだろう。母さんはその時点では、もうそれ程長生きをしたいとは思っていなかった。ただ、まだ学齢期にも達していなかったお前の兄さんや、乳飲み子同然のあんたが、どんな人生を送るのか、それが不憫でしょうがなかったんだよ、――私がもっと賢い母親であれば、自分を襲った運命に冷静に対処し、あんたを不安がらせることもなかったんだろうけど、ただ自分の悲しみをどうやって幼児のあんたに伝えようか、その気持ちがつのって、ああいう悲しい歌を歌ってしまったのだと思う。」

――信太の森の恨み葛の葉。

私は思わず、成程、と声を上げた。

すっかり忘れていたが、母は生前葛の葉伝説に執着していたのを思い出した。

母の妹の主人が職業軍人で、私がまだ小さい時に信太山にあった陸軍の聯隊の聯隊長をしていた。この私の血の繋がりのない叔父の招待で、母と兄と私の三人が聯隊に遊びにいったことがあった。

当時、叔父は私たち兄弟にもっとも人気のあった親戚であった。それはその時代もっとも華やかな陸軍の将校であったということだけではなく、軍人にしてはくだけた人で、片手にアコーデオンを持って流行の映画の主題歌を歌うといった面を持っており、常に明るく、私たち幼い者に対してもほどよく気配りをしていて、如才のない気さくな人柄のせいであった。

季節は秋。私たちは聯隊長の親戚ということで、誰に気兼ねなく、聯隊の中を案内してもらった。叔父の姿を見ると、行進中の小隊が「聯隊長どのに敬礼！」と号令をかけ、歩調をとりながら一斉に私たちに向かって敬礼をする。叔父が答礼をするまでそれが続く。酒保では当番兵が私たちの面倒をあれこれみてくれる。いくらか調子に乗り過ぎた叔父はたわわに実っている夏みかんをサーベルで切り落とそうとして失敗する一幕もあったが、――叔父にとっても人生のもっとも華やかな時期であり、私たちもその余滴を受けて楽しい一日であった。その帰り、母は信太神社に行ってみたいと言い出した。叔父の案内で訪ねた神社は村の小さな社に過ぎなかった。

私は子供心に、母が何故このような小さな神社にこだわったのか不思議に思ったが、同じ思いであった叔母――母から見れば妹に、母は葛の葉伝説を話して聞かせていた。

黄鶴の亭主に甕を見せられた時点から、母の出現は予定されていたに違いない。

私は心のうちの動揺を知られまいとして、余計なことを口走ってしまった。

「しかし、母さんは結局、お父さんより長生きして、六十三歳まで生きた。」

「あんたはそのことで母さんに苦情を言いたいの？」

母は声をとがらせた。

「いや、それは重い病気を抱えながら、よく長生きをしてくれたと感謝しているよ、平均寿命の伸びた時代だから、世間一般の長生きの部類には入らないけれどね、――おかげで僕も幼くして母の無い子になる運命から免れた。」

私は、しばらく忘れていた、幼い自分に絶えずとり憑いて離れなかった、病弱の母を早く喪うのではないかという不安を思い出してしんみりと言った。

母はようやく機嫌を直したようだった。

「そう、――それならよかった。あんたは父さんと仲が悪くって、とうとう和解することなしに父さんと死に別れたけれど、いまでも父さんのことよく思ってないの?」

私は苦汁を飲まされたような気がして、深い溜め息をついた。

「いや、――天にむかって喀いた唾は、やがて自分に振りかかってくる。」

「そう、――今でも父さんのことを恨んでいて、それでお墓参りにも来ないのかと思っていた。」

母は更に私の痛い所を突いてきた。

「――やはりお墓参りに行くことは死者の慰めになることなんだな。これからはお墓参りに行くよ、と約束したいところだけど、今度は僕自身が母さんたちの世界に行くことになりそうだよ。母さんが死んだ年齢よりまだ一歳若いんだけどね、――そう長くはここにいられないのです、実は女を待たせている、――この台詞、一度は言ってみたかったんだが、しかし、本当のところ、どうも死神に取り憑かれたようだ。」

「山の麓で待っている女のことかい、――でも、まだあんたがこちらの世界に来ると決まったわけではないでしょう。この頃は冥界もうるさくなって、死神も安易に獲物に手を出せないのよね。無理をして冥界の評判を落とさなくっても、人間の世界のあちこちから、人間が死神の手を借りずに自分たちの手で仲間を冥界に送ってくれるから、冥界は結構忙しいんだよ。死神は生者を乱暴に拉致するのではなく、ある程度納得させた上で、穏便に手続きをとらねばならず、それだけ死神には技術の向上を要求されているということ。」

——なるほど、と私はうなずいた。たしかに人間は自然科学の発達によって、人間の自然生命の延長を図る一方で、世界中のあちこちでいろいろな形で大量殺戮を繰り返しているから、第二次世界大戦中ほどではないにしろ、冥土は結構忙しいのだろう。しかし、これはノサックの『死神とのインタビュー』の世界だな。ノサックがあの作品を書いてからもう半世紀の時間が経過しているが、事情は変わっていないのだな。——

ノサックが書いた死神は都市の郊外に住まいを構えている。戦争で大量殺戮をやってくれたおかげで、死神の出番はなくなり、死神の屋敷の敷地内には工場が設置され、死者が行列している。現代の死神は間違いなく企業の社長であって、自ら「人の命を鎌で断ち切るという役」は農耕時代のイメージであって、現代はソファに腰を掛けているのだと自認している。そして、「いったいガス室や防空壕のなかでも、黒いマントを着たあの高貴な人の姿が、なおその役割を演ずる余地があるのでしょうか?」と自嘲する。

この死神と比べれば東都さんの方がはるかに古典的である。黒尽くめの衣服を身に着け、小さな物だが鎌を手にしている。――そうか、東都さんは、つまりＴＯＤ（死・独語）さんか、つまらないゴロあわせをする。――

私がこのような感慨に耽って、相槌ひとつ打たないのを訝って、母は念を押すように言った。

「現にあんた自身、何年か前、立ちふさがる死神の腕の下をかい潜ったよね。」

「これは驚いた。――いや、驚いたのは、死者はなんでもお見通しなんだということと、あの時僕の前に立ちふさがった髑髏は幻視ではなく、本当に冥界からさし向けられた使者だったのか、と言うことだ。」

死神には一度出会っている。まだ、勤めにある時に、退社後すぐに地下鉄に乗る気がしないで、人通りの多い御堂筋を迫ってくる夕闇に紛れて歩いていると、突然黒衣を着た男が前に立ちふさがった。

私はその男を無視して通り過ぎ、――というより片手を上げて私の行く手を遮ろうとする男の中を通り過ぎたというのが正確であろうが、いずれにせよ、私はそのまま近くの喫茶店に入って、手近な席に腰を落として深い溜め息をついていた。死神の出自は知れていた。もう三十年以上前に見た、スウェーデンのイングマール・ベルイマンの映画『第七の封印』で、十字軍から脱落した騎士を脅かす、髑髏に似た顔を持つ死神。

「あの時冥界は、おまえは高圧的な絶対者に弱いと判断したんだよ。長年サラリーマンをやっている人間だから、上司の命令には絶対服従できただろうから、強権を持つ、恐怖感あふれる使者をさし向けたということ。」

　思わず私は声をあげて笑った。

「それは、冥界の調査不足だよ。僕がサラリーマンとして不適格者だったということぐらい、ちゃんと調査すればわかることだよ。――それで、こんどは搦め手から攻めてきたということか、こちらは余裕をもって、挑戦を受ける立場にあるというわけだ。」

「あんまりいい気になるんじゃあないよ、冥界の使者を恐れ過ぎてもいけないけど、甘く見ると大変なことになるよ。」

「――いや、いい気になっているわけではないんだ。実は、以前死神に会った時、必死になって立ちふさがる死神の腕の下をかい潜ったけど、こんどは何がなんでも死神から逃れなければならないという強い意志はないんだ。いや、誤解してもらっては困るよ、美形の女の死神だからまあいいや、なんて安易な気持ちでいるわけではないんだ。冥界はそれをあてにして、あの死神を派遣したのだろうがね。その思う壷にはまったように見えるが、そうじゃあないんだ、――もう疲れたよ、母さん。この前に死神が現れた時に、必死になって逃れた後に何があったか、辛いこと、経験したくないことの連続だよ。もうそろそろこのあたりでいいのかと思う。」

　このたびの母の出現以来、警戒心で防御されていた私の精神は、ようやく溶解し、かつて幼児の時そうであったように、母に依存するようになっていった。

「おや、さきほどこの世の中がどういうふうになってゆくか見届けたいと言っていた人が、もうそんな弱音を吹くの?」

「いや、あれは生きていれば、の話だよ。生きている間はそうありたいと思っているよ。しかし、そうであっても、できるだけ生きて、この世の中がどういうふうになっていくのか見届けなければならない、というふうには結びつかないんだよ。」

「母さんは、三十まで生きられないだろうと医者に宣告された。でも、この子たちのためにどうしても生きなければならないと懸命に生きてきた。幸い健康に恵まれたおまえが、母さんの死んだ一歩手前の年齢で、無抵抗に死神に命を預けるなんて、贅沢な話だね。」

私は、これは母のひどい裏切りだと思った。私は意気込んで言った。

「いったい、死者である母さんの冥界に対する立場はどういうことなの? 母さんは僕を迎えにやってきたんじゃないの? 僕の冥界入りを拒むためにやってきたのか? もしそうだとすれば、現に所属する世界に対する裏切りではないのか?」

母は、謎めいた微笑みを頬のあたりに浮かべた。

「それには答られないの。秘密漏洩は許されないの。」

母はおどけるように私の詰問口調を真似て、それでいて私の「?マーク」をばっさりと切り捨てた。

「ただ私に言えることは、人の死というものは、その本人が死神の差し出す手を受けるかどうかの問題であり、いつに本人の意志にかかわっているということ。」

私は死者の発言を逆手に取って切り返す、というような気持ちはなかったが、結果的にはそうなった。

「そういうことであれば、すべての死は自殺ということになるね、——母さんも死神の差し出す手を自分の意志で受け取ったわけだ。」

私は長い間、気にかかっていたことをこの質問に込めていた。母の死は、私が長い独身生活に終止符を打ち、結婚して得た一人息子の誕生から一年余り経った時点で起こった。親類の人たちは一様に、母は私の結婚と、男の初孫の誕生に安心して眼をつぶったのだと言った。大筋において、それは正しかった。しかし、私は母の心理の襞の中で、私の結婚によって安心する一方、自分が生きている意味が無くなったと感じとったのではないかと案じていた。母の死の一週間前、病院に見舞いに行った私の顔を見て、

「もう、あんたの顔を見ても、以前のように嬉しくなくなった、」と、ぽつりと言った。

私は自分の家庭の安寧にかまけて、入院中の母に対する気配りを疎かにしたのだろうか？　母にそのように感じさせる何かがあったのだろうか？　私には即座に、とんでもない、と否定しさるだけの自信はなかった。私は沈黙し、母もそれきり口を噤んでしまった。

あの時、何がなんでも母の疑念をきっぱりと否定すればよかったのだろうか？

私は母の死を思い出すたびに、このことについて思いを巡らせていた。

母の死は、それから間もなくだった。私の結婚は母の強い要望でもあった。母は、

「あんたが独身でいる間は死んでも死に切れない、」と言っていた。

私はその言葉を逆手にとって、

「俺は母さんを長生きさせるために、独身でいるんだ、」などと冗談を言っていたが、内心では母の希望を早く実現させてやらなければいけないと自戒していた。そして、母が死に至る一歩手前で、私は母の希望を実現させた。


――しかし、私の質問に対して、母はやはり寂しそうな笑みを浮かべて、首を左右に振った。

「それに対する答えも、やはり秘密漏洩になるのよ。」

「それでは仕様がない、いや、それでいいのかもしれない、いまその答えを聞かされても、僕としてもどうしようもないのだから。」

母は、笑いながら言った。

「おや、聞きわけのいいこと。では、そろそろ私は行くよ。」

私は、もし母に会えるなら、あれも聞こう、これも聞こう、と思ったことが何ひとつ聞き出せなかったことを思い知った。それに、情緒纏綿としたところがまったくなかったことも意外だった。

母はたしかに私の記憶の中で一番美しかった時の姿をして出現してくれた。

しかし、母の話し方も、考え方も若い頃のものではなかった。私は全的な意味で、やはり若い頃の母は私の記憶、――というか、感性の中にしか存在しないのだと考え、寂しさと同時に、ある種の満足を感じた。

「死神のことは、ゆっくり考えて結論を出したほうがいいよ。もうすぐお前がもっと会いたい人、――もっと頼りがいのある人に会えるから、よく相談してみたら。」

「母さんより会いたい人なんていないいないな。それに僕の好きだった人はまだ誰ひとり鬼籍に入っていない。」

「馬鹿だね、女の人のことじゃあないよ、――お前は、女の人のことをあてにしすぎるよ。」

母は笑いを堪えて言った。

「ああ、松村だね、松村に会えるんだね。」

母はそのことを否定しなかった。

「それから、ひょっとしたら、ほかにもね。」

――松村以外に誰だろう。

私が少し考えているうちに、――つまり、母から少し意識を逸らしている間に、母はあいかわらず濃密な霧に紛れ、見えなくなった。


母が姿を消してからも、霧はなお濃密に周囲にたちこめていた。おそらく霧は相当の湿気を含んでいるのだろう、私の衣服もいつの間にか、湿っぽく水気を含み、重く感じられた。私は遮られた視界の中で、専ら視線を下に落とし、ただ足元に注意を払って、歩を進めていた。上り傾斜の杣道は、滑り易くなっていた。紅い楓系の落ち葉が杣道にたまっているが、その表面が水で光り、不用意に足を置くと、滑って危険である。私は一歩一歩慎重に足を踏み出す作業にとり組んでいた。

私は、母との会話の中で、明らかになった東都さんの身許をごく自然に受け止めていた。——というより、母が積極的に身許を明かしたというのではなく、私があらかじめ予想していたことを切り出したことについて、母は否定しなかったというだけだった。私には、あの木橋の上で感じた、そして木橋を越えてもなお続いた暈惑のなかで、あらかじめ彼女の出自を了解していたといえる。

それよりもわからないのは、母の役割である。私に薄命のベアトリーチェが存在しない以上、冥界への案内役として、母以上の存在はないと思うのであるが、どうも母はその役割を果たす気持ちがないようである——いや、冥界は母にその役割を割り振らなかったということなのだろうか。

私は、母が最後に言った言葉を反芻していた。松村に会えることはたしかのようである。そして、ほかにも私の前に出現する人がいるようである。先に述べたように、この数年、鬼籍に入った知人、友人は多く、そのうちの幾人かとまた再会できるのかもしれない。しかし、——必ずしも彼らのうちの一人という保証はないのである。六十年以上も生きていれば、友人たちの中に久しく行方の知れない人も多く、その中には私が知らないうちに、幽明の境を異にしているという可能性もあった。

──大川はどうしているのだろうか？　私は高校の二年生の後半から、三年生の前半にかけて急速に親しくなりながら、高校を出てからほとんど音信不通になっている友人のことを思い出していた。

彼は、高校の二年生の時に東京から転校してきて、私と同じクラスになった。彼はそれまで私の周辺にいた同級生とはひと味違った雰囲気を身の回りに漂わせていた。何か弱々しく頼りなげであったが、それでいて妙に大人びた振舞いをしていた。頭はよかった。しかし、自分の学業の成績をよくするために努力をしようというような素振りはまったく見せなかった。彼は、その頃私たちの間でひとつの流行語となっていた、ニヒルという言葉を一身に具現させているように思わせた。

ただ、──というよりも、当然というべきか、文学書はよく読んでいた。その点で、私とうまがあった。何度か書物の貸し借りがあった。彼が好んだのは主にフランスの小説で、当時全集が出て人気のあったジイドやラディゲや、──それから官能的なピエール・ルイスの『アフロディテ』にも関心を示していた。

その当時私は雑誌『新潮』を購読していたが、この雑誌に連載されていた齋藤磯雄氏の『ふらんす詩話』に熱中していた。彼にこの話をしたところ、是非読みたいというので、雑誌を貸したが、彼も「あれはいい」と感心したので、連載中ずっと雑誌を貸し続けた。そんなことで急速に親しくなった。もっとも、私と彼の文学の趣味はすべてが一致したわけではない。

たとえば、私が日本の小説も好んで読んだのに対して、彼はその類の小説にはほとんど興味を示さなかった。私が好んで読んだドイツ文学にも彼はあまり興味を示さなかった。教養小説という概念がそもそも彼の気に入らないことはこちらにも十分推察がついたし、ドイツ・ロマン派――ちょうどホフマンの『悪魔の美酒』がある文学全集に入っていて、私は愛読したが、あの怪奇なゴシック・ロマンが大川の気に入るはずがないと思って、こちらから話題にすることを控えた。

しかし私は、彼の文学鑑賞の水準が相当なものであると一目置いていた。私が志賀直哉の短編がいかに素晴らしいかを熱心に説明するのを黙って聞いていた彼は翌日、一冊の本を私に渡した。

「僕はこの本に入っているような小説が、優れた短編小説だと思う、志賀直哉の小説がこのゴーリキーの短編小説以上だと君が保証するなら読んでもいいよ。」

私はちょっと意外だったのは、彼がゴーリキーの短編小説を絶賛したことだった。私は、彼のような男も、ご多分に漏れず流行の左翼文学にかぶれたか、とちょっとがっかりしたが、それは杞憂だった。彼が貸してくれたゴーリキーの初期短編集を読んで、私も感心した。彼が左翼活動家としてのゴーリキーにかぶれたのではなく、純粋にゴーリキーの短編小説家としての技量に惚れ込んだのだということがよくわかった、――それは彼の文学に対する鑑賞眼が卓抜している証左であるように思われた。

彼が、密かに文章を書く練習をしているのも知っていた。ただ、彼はそれを私には隠していた。ある日、彼の机のそばに一冊のノートが落ちているので、拾ってみると、氏名欄にＪＡＣＫ・ＡＭＡＮＯと記名があり、中をパラパラとみると細かな字で、文章が書き綴ってある。

その時大川が席に戻ってきて、珍しく狼狽して、

「こらこら、人のノートを黙って覗くんじゃない！」と言って荒々しくノートを奪い返した。

「ああ、君のか、ごめんごめん。妙な名前が書いてあったので、誰のノートかわからなかった。」

この時には、ＪＡＣＫ・ＡＭＡＮＯが天邪鬼のことだとわかって、私もいかにも大川らしいと笑いが止まらなかった。

映画もよく見ていた。文学に対しては非常に厳しかった彼が、映画に対しては、ごく無邪気に楽しんでいた。『欲望という名の電車』の女主人公（この汚れ役を、当時最高の美人女優として評判が高かったヴィヴィアン・リーが扮していた）の台詞をふざけて真似たり、『シーザーとクレオパトラ』のシーザーが、女召使のフタタチータをどうしても発音できず、奇妙なふしまわしでフタチータと呼ぶのを巧みに真似て、私を笑わせた。

考えてみれば、この二年生の時が、趣味で通じあった大川という友人を得て、高校生活を通してもっとも楽しい時期であった。

母がさっき言った台詞ではないが、「いい時は長く続かない」のである。

三年のクラス替えで大川とは別のクラスになった。始業式の後、クラスに帰って、一年後に迫っている大学受験の心得などで、担任の先生から厳しい話を聞かされて、――それに大川と別のクラスになったショックもあって、憂鬱な気持ちで帰途に就くと、後ろから私の名を呼ぶ者がいる。大川だった。

「ちょっと、桜でも見て帰ろうや。」

高校の裏手に、見事な桜並木がある。毎年新学期の頃は満開で、私は毎年始業式の後、この桜並木の下を歩くのを楽しみにしていたのだが、その年はさすがにそんな気持ちにもなれなかったのである。大川に声をかけられ、渡りに船だった。

例年通り、桜は淡い桃色をうちに秘めた白色の花を一杯に枝につけている。青空を背景に、輝くばかりの美しさである。時々風が吹いて、花を一杯につけた重い枝を揺するが、まだ落花を誘うほど花は爛熟していない。

私たちは、黙々と桜並木の下を歩いていった。その日の大川は、いつもと少し様子が違う。

「ああ――憂鬱だな、家でも学校でも大学受験のことで責められてな。君はそろそろ受験の準備を始めているのだろうな。」

「いや、まだそんな気になれない、小説ばっかり読んでいる。」

「ほんとうか。」

大川の顔にぱっと明かりが点ったようであった。

「ああ、それに受験をするかどうか、実の所よくわからないしな。」

私は家庭の状況を少し話した。

「そうか、そんな事情があったのか。」

大川はしばらく黙っていたが、

「君のほうのそういう事情を聞かされると、ちょっと話し辛いな。僕の事情なんて、君からすれば贅沢と思うだろうがね、」と切り出した。

「俺のほうは、親父がどうしても国立大学に入れとうるさいんだ、親父は東京商大——今の一橋大学を優秀な成績で卒業したと自慢なんだ。それは、自慢するのは勝手だが、息子にも自分と同じ生き方を強制するなってんだ。親父の書斎の本箱に麗々しく経済学の本がいっぱい飾ってある。『DAS KAPITAL』とかね。だいたいね、マルクスに心酔しているとしたら、商社の重役をやっているなんて、矛盾もいいところなんだ。自分の生き方と関係のない本を麗々しく飾ってある場所は、これは聖域、——というよりも神棚と同じなんだ。親父は毎朝、神棚のお灯明を点し、柏手を打ってご出社なさるというわけだ。」

私たちはいままで、会えば文学の話か映画の話しかしてこなかった、それは高校の二年生という、もっとも良き時代に限られてできたことであって、最終学年の冒頭——といってもまだあの良き時代からひと月も経過していないのだが——になって、大川とこのようなきな臭い話になるのは残念なことだった。ただ、それが発端で、私も大川の家庭の状況を情報として入手することとなった。

私から見れば、大川は随分家庭的に恵まれていると思えるのだが、——大学を実学としか見ない私の父親と比較して、たとえ今の自分の生き方と適合しなくなったとはいえ、かつて自分が大事に思い、情熱をかけた学問を、未だに大切に考えている大川の父は素晴らしいと考えるのだが、大川にとってはただ「うっとうしい」だけなのだろうか?

「しかし、君自身も大学には行くつもりなんだろう?」

「まあ、本当はどうでもいいんだけれど、行くとすれば私学に行って、のんびりと自分のしたいことをやってみたいな。国立へ行って、切磋琢磨——これ、親父の得意の言葉なんだ——するなんて、やりきれないんだ。」

「君がどうしても私学に行きたいといえば、両親だって許してくれるよ。お父さんはともかく、お母さんはやはり君の側に立ってくださるよ。」

「——これは、話したくなかったんだが、実は母はもう長くないんだ。胃癌の手術をして、いまは退院して家にいるが、死ぬまでの束の間の時間を平安に過ごしている。」

私は驚いて彼の顔を見た。いままでのちょっとニヒルで、斜に構えていた彼がいつになく憔悴していた。

「手術は成功だったんだろう。胃を切ってから却って健康になった人もいるよ。」

私は、慰めにはならないと知りつつ、そう言っていた。

「いや、それは、——母のはそういう状態ではない、一年持たないことははっきりしている。」

私には返す言葉もなかった。

それから、私たちは、それぞれの考えに閉じこもって、黙々と歩いていた。今年は、満開の桜の美しさがかえって辛かった。それから、私たちはそれぞれの家路への岐路で別れた。

――一年という単位は、いまでは夢のように過ぎてゆく。しかし、あの当時はそうではなかった。一年という月日には、ぎっしりとした時間が詰まっていた。

私は受験生にとって貴重な夏休みを父の事業の蹉跌に伴う「ごたごた」をいいことにしてまったく無為に過ごした。そして、秋になって、担任の岡村先生に進学を断念すると言いに行って、大目玉を食らい、ようやく本格的に受験勉強を再開しだした。

秋が深まったころ、大川の母が亡くなったという噂が耳にはいってきた。何日か、毎日のように彼のクラスを覗いてみたが、彼の机は空だった。

ある日、下校の時に校門で大川が待っていた。

「今日から出てきた。たびたび、僕を尋ねてくれたと聞いた。」

私たちはどちらから言い出すともなく、例の桜並木のほうへと足を向けていた。あの時満開だった桜は、きれいに紅葉していた。

「母さんが亡くなられて、君も寂しいね。」

私は、お悔やみを言ったつもりだったが、やはり彼はその言葉を冷静に受け止められないらしく、

「ふん」と言って、顔をそっぽむけた。私はその、子供のような仕草を彼らしくないと思ったが、同時に彼の受けたショックの大きさを推察した。

「君のほうはどうなった。」

大川は話題を自分の母親のほうから、そらせたいようだった。

私はこの秋に起こったことを手短に話して、

「そういうわけで、もう間に合わないかもしれないけど、ついこの間から受験勉強を始めたばかりだ。」

大川はしばらく黙っていた。しかしやがて、

「君、間違いなくO大に通るよ。」

ポツリと言った。

「そんなこと、わかるものか。」

「いや、君がそこまで決意したんなら、間違いなく通るよ。」

「それなら、君だって通るよ、君と僕とそんなに成績の差はないよ。」

「いや、僕にはもうエネルギーがない。」

彼は深い溜め息をついた。

「それは、いまの君の気持ちからすればそうだろうけど、——でも大学に進学したほうがいいと思うよ。」

それに対しても、やはり彼は、「ふん」と不貞腐れたような返事しかしなかった。

私は私で、彼が敵視していた国立大学への準備をし始めたことにかすかな後ろめたさを感じていた。私は中学をK学院で過ごしたせいもあって、私学の素晴らしさは十分わかっていたので、大川

と同じ私学に入れたなら、これも素晴らしい人生であろうと考えた。

しかし、私に私学を選択する経済的な余裕はなかった。

冬になって、体育の吉野先生から呼び出された。吉野先生は、中年の、どこか古武士の面影をたたえた先生で、私は尊敬していたが、体育の成績が特によいわけでもない私が吉野先生に呼び出しを受けるのはちょっと腑に落ちなかった。先生は私を伴って、職員室を出て、人気のない廊下を選び、小さな声で私に話しかけられた。

「君、大川とは随分仲良くしていたようだが、彼から何か聞いていないか?」

「は?」

「実は、僕は大川とは遠い親戚に当たるんだけれどね、——これから話すことは絶対内緒にしておいてほしい。」

「はい。」

「大川が三日前から家に帰ってないんだ。」

「え?」

「ほうぼう、親戚のほうを捜したが皆目行方がわからないんだ。親しい友人のところにでも厄介になっているのではないかと思ったんだが。」

「……今度のことは何も聞いておりません。ただ、大学は私学に行きたいのだが、お父さんが国立大学でないと駄目だと言われる、と悩んでいたことは知っています。」

「ああ、――やはりその話は聞いているのか、実は母親を亡くして、大川はかなりショックを受けていて、――そこへ相変わらずお父さんが厳しく大学のことを言われるんで、彼も追い詰められたらしい。」

「大川は、――妙な気持ちでもおこさないでしょうね。」

母親の死がそこまでこたえたのか、父の国立大学への進学の強要がそこまで重荷だったのだろうか、――私はそのことを考え、声が震え、涙が出るのを止めることができなかった。吉野先生は、

「いや、余計な心配をさせてすまなかった。もし何か知ったら教えてくれよ、こちらも大川の消息がわかれば知らせる。」

それから、もう一度「内聞にな」とつけ加えられた。

大川は無事だった。しかしもう高校には出てこなかった。それから一週間ほどたったある日、吉野先生はまた私を廊下の隅につれていき、大川が何日かの後親戚に姿を現し、無事家に帰ったこと、父親もこれに懲りて、私学のP大学の推薦入学を承知され、その件は無事落着したが、今回のことで、大川の精神的な打撃は大きく、高校の友人たちには面目がなくて会わす顔がないと言っている、ついては君も大川の家を訪ねてゆくことは遠慮してほしい、高校のほうは出席日数も足りているのでこのまま卒業が可能だ、というようなことを告げられた。

この後一度だけ、大川に会っている。大学四年の秋、私は行きつけの「ラプラート」というクラ

シック音楽を聴かせる店で、偶然彼に出会った。彼は私を認めると懐かしそうに近づいてきて、空いている私の隣の席に腰を下ろした。三年余りのブランクはまったく関係なかった。私たちは昔の通りなんのこだわりもなく話すことができた。ただ、やはり彼の失踪前後のことについてはお互いに遠慮して話題に上らせなかった。それに、かつて私たちの話題の中心であった、文学や映画のことも話題に出なかった。その時かかっていたのはバッハの無伴奏チェロ・ソナタであって、あまり会話を交わす雰囲気でなかったことも原因であった。

そのうち、彼はテーブルの下の本に気づき、手にした。私が卒論の準備に読んでいた、シュンペーターの『経済発展の理論』だった。私はせめてその頃繰り返し読んでいたカフカの『城』であればよかった、と思った。

大川はその本をじっと見ていたが何も言わなかった。やがて、

「模擬試験をしてやろう、――ドル不足の現状を踏まえて、我が国のとるべき諸政策について述べよ――。」

私は苦笑いをした。彼は入社試験の準備にシュンペーターを読んでいると勘違いしたらしい。私はその時もう既に就職が決まっていた。しかしそのことは黙っていた。

「君は、就職はしないのか?」

私は彼に聞いてみた。

「就職?」

彼は、口元にうすら笑いを浮かべた。彼の家庭が、裕福であることは知っていたが、就職を必要としないほど恵まれたものであるのかどうか、判断がつかなかった。私はその頃、毎日のように家庭教師のアルバイトをしていた。時間が迫っていた。

「今日は時間がないので失礼する、ここへはよく来るんだろう? またここで会えるね?」

「ああ、ここに来る楽しみがひとつふえた。」

私はこの時、間違いなくここで大川と再会できると信じてしまった。電話番号も聞かなかった。

しかし、結局それ以後彼と会うことができなかった。彼が私を避けたのではなかった。「ラプラート」のマダムによく「大川さんがこの間来てたよ、いつあいつに会えるのかな、と言っていたよ、」とよく言われた。しかし出会いがなかった。そのうち私も就職し、勤めの関係から、「ラプラート」への足も遠のいた。そのまま今日に至るまで彼とは会っていない。同窓会の名簿にも彼の住所はブランクになっている。

もし大川が泉下の人となっているのであれば、次に姿を見せるのは間違いなく彼だろうと私は考えた。——私はやはり正常な神経ではなかったのだろう。かつて親しかった友人が、他界しているのであれば、という仮定は、私が正常な神経を保っている時であれば、不謹慎きわまりないこととしてたちまち退けたことであろう。いまの私にとっては、死は生の対極にあるのではなく、つい隣り合わせにあった。——

しかし、次に姿を現したのは大川ではなかった。

霧がいくらか薄らいできたのか、やや視界が広くなった。視線を下に落として歩いている私には、ただ足元の落ち葉だけが眼に写っていたが、その時までに五、六メートル先まで視界の広がりが生じていた。

私の視界の片隅に野の石仏が入ったその刹那、――石仏はゆらりと揺れて、小児が一人、飛び出してきた。

「××ちゃん。」

小児は、私の幼馴染みが私を呼んだ名前で私に呼びかけてきた。

「――信ちゃんか?」

私は、幼年時代に私を気に入って、常に私にくっついて歩いていた、一歳年下の小児の面影を見いだしていた。不幸なことに、彼は集団疎開の列車が米軍の戦闘機の機銃掃射に遭い、小学校の四年生で命を落とした。その時までに、私たち兄弟は揃って肺門リンパ腺炎――ありていに言えば初期小児結核――にかかって、大阪の土地を離れ、兵庫県の宝塚――当時はまだ市制が敷かれてはおらず、田舎の小さな町だった――に住まいを移していて、この幼馴染みの不幸を風の便りに耳にしていた。

悲劇は彼の死だけではなかった。彼の両親と、ちょうどお産のために里帰りしていた年齢のはなれた姉と、その生まれたばかりの子供とが、その前夜、大阪を襲った大空襲で全滅していた。私たち家族のもとへは、この悲報が先に届いていた。

そして、後になって、信ちゃんの死の情報が届いた時、母は、「きっと、お母さんが、信ちゃん一人で残しておくのに忍びなくて、連れていかれたんやろう、」と言って涙を流した。

私は、人生のごく初期に、最初に私を襲った、身を切りさかれるような激しい悲しみをまざまざと思い出していた。

「信ちゃんが、あんなに早よう姿を消すなんて、僕は信じられへんかった。」

私はいつの間にか、幼馴染みと取り交わしていた会話の調子に戻っていた。

信ちゃんの眼に映じた私は、私が信ちゃんと過ごした、三、四から六歳の、いつの時期の姿をしているのだろうか。

「××ちゃんのほうが、僕の前から先に姿を消したんや。なんや、ひどい病気にかかって、死ぬんやと聞いて、僕はものすごく悲しかった。」

当時の肺結核は不治の病だった。そのような噂が、私の生家である大阪の西区の街で交わされたとしても不思議ではなかった。

「いや、僕はわからなかったんやけど、ひどい病気にかかっていたらしいな。でも、郊外に住まいを移してから、信じられへんほど身体が丈夫になった。——もっとも、小学校は人より一年、入るのが遅れたけどね。信ちゃんと同じ学年になってしもうた。」

「うん、××ちゃんが、身体が丈夫になったのは知ってるよ。」

「嘘や、信ちゃんが知ってるはずないよ、僕が本当に身体が丈夫になったのは、戦争が終わってからや。それまでは、しょっちゅう熱を出してたもん。」

「あのね、これは××ちゃんの知らんことやけど、僕は死んでからもある時期まで、君にくっついてたんや。」

私は驚いて信ちゃんの顔を見た。

「汽車の中で、機銃掃射の弾に当たった時、僕は自分の身に、何が起こったかわからへんなんだ。ただ、身体が、――本当のことを言えば、僕の霊が――ふわふわ浮いて、遠くの方まで見渡せるようになった。××ちゃんがいないか、と見ると、ランドセルを背負って、学校から帰る××ちゃんが見えたんで、そのままくっついて家まで行ったんや。」

「――それは、全然知らんかった、ずっと、僕の後にくっついてたの?」

「いや、ずっと、ということはないけど、時々。」

「それで、いつ頃まで?」

「うん、――戦争が終わって、しばらくして××ちゃんが学校で泣いてるのを見る時まで。」

「嘘や、僕は学校で泣いたことなんかあれへん。」

「いや、泣いたよ、僕はそれを見て、ああ、いつまでも××ちゃんにくっついていたらいかんと思うて離れたんや。」

「嘘や、僕は学校で泣いたことなんか、絶対にあらへん。」

私は執拗に言い張った。

信ちゃんは、いつの間にか手にもっていたぎぼしのような大きな硝子玉を私の前に差し出した。

「よう見て。」

私は、その硝子玉に目を凝らした。硝子玉の奥のほうにいびつな映像が映っていた。それは、私が通っていた宝塚の小学校の教室だった。小学校四年生の担任の小森先生が教壇の上で何かを指示されている。生徒は先生の指示にしたがって、墨汁で黒く教科書を塗りつぶしている。戦争に負けて、それまで使っていた教科書に不適切な個所があり、新しい教科書ができるまで、一部教科書を塗り潰して使うことになった。先生はそう言われて、その場所を指示され、生徒はその通り教科書を塗り潰している。この光景は覚えている。

一部どころか、塗りつぶす場所が多く、残ったところはほんの僅かであり、情けなかったことを覚えている。

教室の一番後ろに私の席がある。硝子玉の映像の隅に、小学校四年生の私がいる。

私は、墨汁をたっぷり含ませた筆を持ち、小森先生の指示を待っている。先生はなかなか指示されない。迷いに迷って、声を振り絞るように指示される。しかし続かない。すぐに途絶える。私は肩を震わせ唇を震わせて泣いている。信ちゃんの言った通りである。

——私の記憶では、この教科書に墨を入れるという事件は、少年の私に、戦争に負けるということとはどういうことかを実感させた事件であった。ただ、私は自分が泣いたという記憶はなかった。ただ、悲しかった。

「僕は、××ちゃんのそばにいて、一緒に生活をしているような錯覚をしてたけど、やはり現実に生きている人たちの感覚は失われてたんや。××ちゃんが泣いてるのを見て、そう思うたんや。ああ、この世の中では大変なことが起こっていて、生きてる人たちは大変なんや、――これから、もっともっと大変なことが起こるんや、そう考えたら、それを自分が横で見てることは到底許されることではない、と思うたんや。それで、××ちゃんのそばを離れたんや。」

「それから、ずっとここにいたの?」

「うん、ここでとうちゃんや、かあちゃんを待っているんや。」

「ええ?」

私は驚いて、信ちゃんの顔を見た。

「僕は、××ちゃんにくっついている時も時々離れて大阪のほうに行ってたんや、せやけど、大阪は焼け野原になってて、とうちゃんや、かあちゃんの姿が見あたれへんのや。僕は二人を捜すのをあきらめて、そのかわり、そのうちここにやってくるはずの二人を待つことにしたんや。どっちが先にやってくるのかな?」

私は言うべき言葉を失って、茫然と信ちゃんの顔を見ていた。私は死者の能力は絶対的なものと考えていた。しかしどうやら信ちゃんは自分の死の前日に両親が先に冥界入りをしたのを知らないらしい。

「信ちゃん、おかあさんも、おとうさんも亡くなられたよ。ここでいくら待ってても会えないよ、——ずっと待ち続けることになるよ。」

信ちゃんの顔つきが変わった。

「嘘や、ここで僕が待ってるのに、二人はけえへんかった、まだ生きてるに決まってる、××ちゃんはそんなひどい嘘を僕につくんか。」

信ちゃんは泣き出した。

私は、慌てて、事態の収拾を図らねばならなかった。

「ごめんごめん、きっと、君の言うとおりやろう。僕はただ、噂で聞いただけや。あの大阪の空襲の後は、目茶苦茶になってしもうて、いろんな噂が飛び交って、——考えてみると僕が聞いたのもその噂のひとつや。君が待っていれば、きっと二人はやってこられるやろう。」

——このような弁解がはたして信ちゃんに通じるだろうか？　できれば、今さっきに言った言葉を呼び戻し、飲み込んでしまいたかった。

しかし私の言葉は案外素直に信ちゃんに受入れられた。

「ああ、二人がやってくるまで、いつまでも待っているよ。また××ちゃんとも会うことができるよ。」

信ちゃんは、涙目のまま、にっこりと笑っていった。

「――それでは、僕はこれで消えるよ。あんまり君を引き留めても悪いよね。」

信ちゃんはあとずさりし、石仏に重なるようにして姿を消した。

冥界もひどい仕打ちをすると私は考えた。しかし私は考え直した。あるいは冥界は、なにか深遠な意味を持って、信ちゃんに永遠に両親を待つという役割を与えたのかもしれない。私は何かの詩の一節として、「死者には死者の役割がある」というフレーズを読んだ記憶がある。

私は信ちゃんと遊んだ、あの遠い大阪の町を思い出していた。それは、高度利用されたいまの大阪の街とは、まったく様相を異にしていた。背の高い建物は産院の赤煉瓦の建物と、カトリック教会の尖塔だけで、あとは低い二階建の民家だった。夕方になるとおびただしいコウモリの群れが現れ、真っ赤に夕焼けした空を背景に、黒い姿をひらひらとゆらして通り過ぎた。信ちゃんと過ごしたのはわずか五年に満たない時間だった。――そして、あのコウモリは、あの大空襲以来今日に到るまで、大阪では姿を見せない。しかし私には、異なる次元のどこかで、まだあの世界が存在していて、――そしてその世界では、コウモリの群れは、夕暮れになると夜空を点在して妖しい舞踏を踊っているように思えてならなかった。

なかつみ空で、誰かが歌ってる。

コボルト空に往交へば、
野に

蒼白の
この小児。

黒雲空にすぢ引けば、
この小児
搾る涙は
銀の液……

（中原中也『中原中也詩集』より、「この小児」 思潮社）

○

霧は、急速に薄れはじめた。そして、再び秋の明晰な空気は甦り、周辺を支配した。私はやや平坦な、小さな盆地のような地勢の場所にさしかかっていた。ここでは黄金の色が主調であった、――いや、誤解を招くような、抽象的な言い方は避けよう。紅葉系の植物が姿を消し、銀杏をはじめとして、秋に葉を黄金色に変色させる植物の分布が支配的な場所にさしかかっていた。

私はこの場所で、次に現れるのが、松村であることを疑わなかった。松村との付き合いの節目々々の思い出に、何故か黄葉が絡んでいた。まず、K学院の校庭のポプラ並木の黄葉。

K学院中学部の二年生の時に、彼と同じクラスになって、たまたま帰る方向が同じで、電車の中でたびたび彼に出会うようになったのが付き合いの始めであった。当時は彼が宝塚に住んでおり、私は大阪府の池田市――両親は戦災の痛手から、宝塚にあった家を支え切れなくなって、池田市の草屋に住まいを移していた、――に住んでいたので、学院のある阪急今津線の仁川駅から電車に乗ってわずか三つ目の駅である宝塚南口で彼は降りる。私はそれから今津線の終着駅である宝塚駅まで行って、宝塚線に乗り換え、八つ目の駅である池田までの長旅になる。

後に、――といっても、二、三か月後に、この仲間に吉原が加わった。吉原は私が降りる池田駅の次の石橋駅で、さらに箕面線に乗り換え、終着駅の箕面までの長丁場である。以後、高校を卒業するまで、三人で仲良く付き合った。

学院内の付き合いにとどまらず、休日にはよく三人で、京都や奈良にまで足を伸ばした。

私はこの二人の友人から、多くのものを吸収した。後に考古学者となる吉原は当時文学少年で、私など理解しがたい象徴詩などを愛好していた。私が今、蒲原有明や薄田泣菫の詩を一部暗誦できるのは、この時の吉原の特訓の賜物である。彼は私に象徴詩の解説を行い、理解できなければお経のつもりで暗誦せよ、といった。当時私は、文学に多少興味を引かれながらも、草野球に打ち込んで校庭を駆け廻っている野球少年でもあったので、吉原の、自分の嗜好を人に押しつける強引さに反発を覚えることもあったが、私もまた吉原の推薦する詩歌に興味を持つことになって、忠実に彼の言うとおり暗誦にと努めた。「ああ大和にしあらましかばいま神無月」などは私も好きな詩であり、いまでもかなりの部分を諳んじている。

一方松村のほうは、吉原のように教育的ではなかった。付き合いはじめた最初の頃から、彼が成績抜群であったことはわかっていたが、それでも彼が私のはるかに及ばない存在であるということにはまだ気がついていなかった、と思う。もしそうであれば、彼を敬して遠ざかっていたかもしれない。彼には秀才ぶったところが少しもなかったし、むしろ人に対して細かな気配りをする内向的な性格であった。私はもうすでに、後年私の人生を悩ませることになる社交性の欠如と、それに伴って生じる人間関係の不均衡に必要以上に悩む性向が現れはじめていて、――それに、戦災によるやむを得ぬ事情からとはいえ、宝塚にあった家から、池田市の小さな家に移らなければならなくなったわが家の落魄が拍車をかけて、極端に人見知りする性格が顕《あらわ》になっていた。校庭で野球に熱中して、暗くなるまで走り回っている半面、急に生きていることの不安にさいなまれ、沈み込むことが多くなっていた。私は友人を作ることに極端に臆病になっていた。そういう状態の時に、松村のように成績優秀でありながらそれを顕示せず、控え目で、人格の円満な人間が私の前に姿を現したことに感謝しなければならない。吉原の場合と違って、松村からは、もっと後になってから、多くのことを吸収させてもらうことになる。

K学院の校庭のポプラ並木は、校歌に歌い込まれているように、見事であり、また学院の象徴であった。秋になると、このポプラ並木は見事に黄葉する。私たちは、この並木道を通って登校し、そして下校した。特に、中学三年生の時の、これで、K学院とも別れることになると意識しだした時期の、ポプラ並木の黄葉は忘れがたい。私にとってK学院との別離は、松村や、吉原といった友人との別離を意味した。中学から大学までの一貫教育制をとっている建前から、学院側は中学部だけで他の高校に転校してゆくことを歓迎しなかったし、学院の意向を受けて、同級生も途中で出てゆく仲間を表だって擁護することは難しかった、――少なくとも当時の私の受け止め方はそうであった。

私は学院を途中で去らなければならなくなった自分の運命を恨んだが、次第にその気持ちは収まってきていた。私は、自家の落魄とともに、良家の子弟が集まるK学院に通学することにある種の違和感を感じはじめていたのである。しかし、松村、吉原をはじめ、心から打ち解けて付き合える友人との別れは、身を切られるように辛かった。

しかし、松村は優しかった。私が高校の入学式を終えて帰った時に、母から、

「松村さんが見えたよ、家で待ってもらうように頼んだけれど、外で待ってますと言って自転車に乗っていかれたよ」と告げられた。私は、慌てて自転車を出して、彼の後を追った。しかし私の追跡はすぐに終わった。家のすぐそばの小さな村社の石段の横で、松村が自転車に跨って、片足を地面につけた姿勢で私を待っていた。彼は、輝くような笑いを見せて、「やあ」と私に声をかけた。

「無事、高校に入学したかどうか、見届けにきた。」

彼は明るく冗談を言って、笑った。学院高等部の入部式は、公立高校の入学式より二、三日後である。この日程のずれのため、彼はまだ春休みの恩恵に浴していて、その余暇を利用して、私を尋ねてくれたのだった。

宝塚から池田まで、自転車で三十分以上かかる。彼は時間をかけて私に会いにきてくれた。私はこの時彼が見せた優しさと、笑顔の素晴らしさをいまでも忘れられずにいる。こうして、松村と吉原との付き合いが復活した。

松村との付き合いは、K学院の中学部の二年生の時から、彼が平成五年に亡くなるまで、約四十年間続いたが、付き合いの頻度がもっとも多かったのは、大学の時だった。それまで吉原と松村の三人で行動していたのが、吉原が浪人生活を送っていたので、彼を誘うことは遠慮して、松村と私の二人で行動することが多くなっていた。

その頃の松村の生活の基盤は神戸であり、私のそれは大阪であった。私たちが大学に通っていた時期には、月に一度か二度、必ず会っていた。だいたい交互に、神戸と大阪をどちらかが訪問する形式をとっていた。ただ、秋の一時期、会合の場所は大阪に集中した。それは、大阪のほぼ中央を南北に縦断するメイン・ストリートの御堂筋の並木道の黄葉に、私も松村も、偏愛といっていいほど執着していたからである。——断っておかなければならないのは、いまの御堂筋の銀杏並木の黄葉を想像して、私たちの銀杏並木に対する偏愛を判断してもらっては困る、ということである。御堂筋の沿道に高層建築物が林立したおかげで、この通りの日当たりはすっかり悪くなってしまった。それに世間一般のモータリゼーションの影響で、自動車の排気ガスがひどくなり、御堂筋の銀杏並木はすっかり萎縮してしまった。いま、御堂筋の秋の黄葉は、往時を知るものにとっては、まことに無残なものになってしまった。

——夏に陽を一杯に吸った銀杏は、肉の厚い葉を枝一杯につけ、秋の陽を浴びて見事に黄葉した。ちょうど、蓬莱山清澄寺の境内の中央にそびえている銀杏の銘木が御堂筋の沿道にずらりと並んだようなものである。そして、秋が深まると、まるで雨が繁く降るように落葉した。

その頃、リルケの詩に惑溺していた私は、その詩の中にある「天上の庭の落葉」というイメージを御堂筋の銀杏の落葉に重ねたり、「並木の道を不安気に、行ったり来たりするのです」という詩の一節を自分の感受性と対照したりして、——要は独りよがりの考えの中に閉じこもって、ただ歩いていた。「沈黙にも相手がいる」と喝破したのは、たしか評論家の河上徹太郎氏ではなかったか？松村は、私にとって最上の沈黙の相手であった。

だからといって、逆に私が松村にとって、最上の相手であったという自信はない。この頃には、もう松村は、私がどう逆立ちしても及ぶ相手ではないということがわかっていた。彼が大学を、開闢以来の高い成績で入学したという話が地元の新聞に取り上げられた。入試の成績が、平均点で九十五点——この高得点が、その後破られたかどうか？　それは、どうでもいいことである。私が特に注目するのは、彼がそれほど激しい受験勉強を行っていなかった点である。公立高校と違って、K学院の高等部は、同学の大学進学が建前であったから、そもそも他の大学に受験するための特訓が行われていなかったことは当然である。事実、私が高校時代に自転車で、お互いに池田と宝塚の間を往復していた時期でも、松村がそれほどハードに受験勉強をしているようには思えなかった。そういう環境のもとで、抜群の成績で大学入学を果したということは、やはり彼の天性の資質が非常に優れていたというよりほかはない。——もちろん、学校の成績がいいというだけでは、多くの人々の敬愛を集めることはできなかっただろう。ともすればこの類型の人間に欠けている人間的な暖かさと生来のやさしさを備えていて、その一生を通じて、彼は多くの友人や崇拝者を常に保持していた。すでに、大学時代においてもそうであった。その松村にとっても、私は比較的古くからの気心の知れた友人であり、——私が沈黙している間も、余計な気遣いもせず、自分は自分の時間を自由な思索に使っていたのだと思う。

私たちは晩秋の時期、御堂筋を梅田から難波まで、幾度も往復したものである、

彼から、将来の方針として、学究生活を選ぶことにしたという報告を受けたのも御堂筋の並木道を歩いている時だった。それは突然にやってきた。彼が成績優秀で、学者にもっとも適性があるということは、おそらく当時彼を知る人の共通の認識であっただろう。しかし、その当時、庶民の生活はそれほど楽ではなかった。彼の父は、上場会社の大阪支店長の要職にあったから、私の家の家計よりも、——いや世間一般の家庭よりも、恵まれた状況にあったに違いないが、それでも六人兄

弟の長男である彼が、親の脛をかじって大学院に通うことは彼の良心が許さなかったのだろう。そういう意味では、まだまだ当時の日本は貧しかった。彼があれほど成績優秀でありながら地元の、住まいから一番近い国立大学に入学したのもそのためであった。当時は、家を離れて、たとえば東京の大学に入学するというようなことは、よほど経済的に余裕のある家庭でなければできないことであった。

彼は私たちと同様に就職を考え、学生課の掲示板の前で、自分の入社する会社の選択を行っていたという。そこに突然、降って湧いたような話が起こってきた。その頃新興のカトリック系の私学のN大学が将来の大学の礎となる人材を探していて、松村に白羽の矢が立った。ゼミナールの教授から呼ばれて、研究室に入った彼は、I先生からその話を聞いてその場で応諾したという。条件は、N大学の助手として採用、そのまま母校の大学院に進学し、博士課程終了後にN大学に着任するということであった。

彼はその次第を、夕暮れがせまる御堂筋の並木道——銀杏の黄葉はそろそろ色づき始めていた、——を私と肩を並べて歩きながら、遠慮がちに話した。彼としては、一歩話し方を間違えば、自慢話になりかねない。それと同時に、私の気持ちに対する、彼独特のきめこまかな配慮があった。私はすでに、世間で一流とされているM銀行に就職が決まっていた。就職が決して容易ではなかった当時としては、祝福されるべき将来への門出だった。しかし、実業界への出発が私にとって本意ではないことを彼は見抜いていたし、また私の社交的ではない性格が、実社会で通用するのかどうか、彼も危ぶんでいた節がある。専門課程に入って、私は通常の学部の学生以上に理論経済学に興味を持ち出して、松村を相手に経済学上の問題点を話題にしたがっていた。その時期松村は、文学や哲学や、社会思想史や、——それに当時私はまったく気がつかなかったが、宗教に関心があって、経済学にやや距離を置いていたようだ。後に吉原が、二年目に大学を受ける時に松村に、経済学部はやめて文学部にしたいがどうだろうか、と相談したら、即座に自分のやりたいことをやれと賛成し、暗に自分が経済学部を選んだことを後悔していたようだ、と回想していた。あるいはそうであったかもしれない。そうであれば、当時の私は、彼にとって迷惑な存在であったかもしれない。いや、それほどではなくとも、松村を沈黙の相手としていた時の私、また、ヴァグナーやマーラーの音楽や、トーマス・マンやカフカの小説について話している時の私のほうが、松村は安心して付き合えたのではなかっただろうか？　もちろん、優秀な松村のことであるから、いくら経済学に距離を置いていたといっても専門課程に入って受ける授業程度の知識の咀嚼は十分であったので、私の議論の相手を務めるぐらいは造作もなかっただろう。ただ、主に文学に関心のあった私が、経済学に急傾倒しだしたのを彼はどう思っていただろうか？——それは兎も角、少なくとも、私が実社会に出るよりも、経済学の勉強を続けたいという意志を持っているくらいの察しはついていたに違いない。

　私は彼の報告を聞いて、彼の幸運を祝福すると同時に、羨望の念が心のうちに生じてくるのを抑えることができなかった。しかし、それは抜群の秀才であった松村であればこその幸運である。私はそう考えて納得した。この友人と対等に競争するということがいかに愚かなことか、ということを私はすでに理解していた。ただ、松村と同じ社会の空気を吸うことができなくなった、――つまり、松村と帰属する社会を異にするようになる、ということが、たまらなく寂しかった。

――最後に京都の御所近くの黄葉。

学院のポプラ並木、御堂筋の銀杏並木はもちろん現在もその所在が明確であるが、最後の場所については場所の特定は困難である。たまたま訪れた京都で、彼から重大な告白を受けることになった。したがって、いま、その場所がどこであったのか、――御所を中心に、東西南北の方向を示せと言われても、その記憶は定かではなく、ただ御所近く、としか言いようがない。それに、京都にあって、吉原が同行していないというのもやや不自然である。吉原が浪人生活を終えて、大学に入学してからは、以前ほどではなかったにせよ、三人の付き合いは復活していた。ただ、吉原が大阪府箕面市から、京都市に住まいを移していたので、自然阪神間の付き合いは、松村と私の二人になることが多かった。私は勤めに入っていたが、幸いその当時はまだ大阪勤務だった。松村は、月に一度か二度、名古屋のN大学に出向くほかは、神戸の大学院に通っていた。日曜日など会いたいと思えば、電話をして、お互いの都合がつきさえすれば、神戸か大阪で落ち合うことができた。しかし、ちょっとした小旅行には、吉原を加えて、三人で行動することになった。たとえば、大和古寺を巡るという企画や、奥州旅行の計画には、必ず吉原に声をかけた。ことに、京都となると、吉原に声をかけない筈はないのである。しかし、吉原は専攻の考古学の発掘調査に出かけることも多く、おそらくその時、吉原はその類の用事で参加できず、たとえば京都の近代美術館の催しに松村と二人で出かけることになったのかと思う。記憶は定かではない。その日の京都行きの主目的であった美術館の行程を終えて、まだ時間に余裕があったので、御所周辺にまで足を伸ばしたのだと思う。あるいは、松村にとって、主目的はこの後の方にあったのかと思う。

いまは場所の確定も困難である。ただ黄金色に染まった木々の間を松村と私は歩いていた。風が強い、黄金色の落葉が散る。散った落葉は風にあおられて、地面を小さな生き物のように走る。意外に早い冬の到着を予想させる、不安に満ちた晩秋の午後であった。全く唐突に松村は、彼の人生において――同時に私の人生にとっても――重要な意味を持つ問題について、切り出した。

「カトリックの洗礼を受けることにした。」

「え?」

私は松村の言う意味を計りかねて、問い返した。

「もう、随分前から、考えてきたが、ようやく決心がついた。やはり、君にはそのことを報告しておいたほうがいい、と思ってね。」

不覚だったが、私にはまったくその予感がなかった。中学の一時期、彼が死について、異常に怯えた時期があることを知っていた。ラジオの科学番組で、宇宙生成から今日まで、それから今後続くであろう宇宙の果てしない時間の長さと比較すれば、私たち人間の生命は、計り得ないほど短いものだという、ごく当然な解説を聞いているうちに、松村は突然、瞬間に尽きるわれわれ人間の生命に対して、激しい恐怖を抱いたという。

「それは怖かったな、——他の世界が、そのまま続いているというのに、自分はもう無くなるんだ、と考えて、恐ろしくて夜も寝られなかった、——その番組のテーマ・ミュージックがシューベルトの『鱒』だったもんで、いまでも『鱒』は怖くて聴けないし、『死と乙女』も、その延長で聴くのは怖いんだよ、——」

　私が、シューベルトの『死と乙女』がいいと言ったのに対して、彼はながながと自分を襲った死の恐怖を語り、『死と乙女』を好きになれない理由を、音楽に対する審美眼以外のところに帰納した。

　私はその時、松村の過剰ともいうべき神経の繊細さに驚かされたが、しかし、その後、私が付き合った範囲で、彼の病的な神経の繊細さに二度と触れることはなかった。高校時代から大学時代にかけて、彼の才能はあらゆる分野において、一斉に開花したようだった。高校時代に、すでにシャーロット・ブロンテ、ウォルター・スコット、サマセット・モーム、ヘミングウェイ、——それにあの、チャタレイ裁判で一躍有名になったD・H・ローレンスなどのような英米系の文学は原書で読んでいた。私が彼の語学力をほめると、「いや、読めないところは飛ばすんだよ、」と言って、はにかんだような笑いを見せた。

　大学に入ってからは、彼の関心は哲学や社会思想の分野に及んだ。当時、大流行の、実存主義、——いまから、当時彼が私に語った内容から推察すると、彼はフッサール、ハイデッガー、ヤスパース、ニーチェ、それから文学的なものとしてはサルトルやカミュに傾倒していた。当時の彼は、それ以前の彼と比較して、貪欲といってもいいほどの知識欲をもって、私を圧倒した。それはかつて、宇宙の神秘に怯えた繊細な神経とはまったく無縁の、逞しい精神のあり方を示しているように思えた。彼はいわゆる性の文学と言ったものについても、たじろぎを見せなかった。当時、ヘンリー・ミラーの『セクサス』がその種の文学として、いろんな意味で評判が高かったが、私が読むのを躊躇している間に、彼ははやばやと読み終えていた。

なかでも、彼は特にニーチェに心酔していたように思う。ことにツアラトストラを評価していたと思う。

私が彼の、カトリシズムに対する帰依にまったく気がつかなかったとしても、その迂闊さ故に非難されるべきではないと思った。

神は死せり、と言ったニーチェ、そして永劫回帰という、直線的なキリスト教の時間観念とは真っ向から対立する哲学で武装したニーチェをもっとも評価していた松村に、このような転向が訪れようということは、予想できなかったとしても当然ではないか？

私は深い溜め息とともに、

「それは、――もう、これで、僕との付き合いは終いにするということなのだろうか？」

「いや、そういうことを言いたいのではない、それを前提にして、いままでと同じように付き合ってほしいということだ。」

そう言われても、私には今後松村との付き合いが、どのようになってゆくのか見当もつかなかった。それにしてもカトリックとは！　K学院はミッション・スクールであったが、プロテスタントであった。プロテスタントとカトリックが西欧の歴史において、いかに悽惨な闘争を繰り広げたか、高校の西洋史の教科の内容程度のことは、私も知っていた。その解釈において、K学院に籍をおき、教育を受けたものとして、私はプロテスタント側に即して理解していた。それは、松村も同じだろうと考えていた。しかし、松村がたったいま行った告白は、それがまったく、自分の独善的な考えであったことを私に思い知らせていた。

「しかし、どうしてカトリックなんだ？　プロテスタントを選ばなかった理由は？」

「そう真正面から聞かれると困るな、——カトリックのほうが、教義として徹底してると思う。どうせ信仰生活にはいるのなら、よりキリスト教として徹底しているほうがよい、——こんな返事では、君は満足しないだろうね。」

　そう、その答えでは満足できなかった。いや、——私には、心の奥底では、プロテスタントにしろ、カトリックにしろ、やはりそれが異国の神であることにこだわりがあったのだろう。私はK学院で受けた教育の影響で、当時の同年代の青年よりはキリスト教を理解し、親近感をもっているつもりであったが、それは、あくまで知識の蓄積の上のことであって、信仰とは程遠いものであった。無二の友が異国の神に帰依するということが、彼本人にとって、どういう意味を持つのかということを考えるよりも、——その結果、私がかけがえのない友人を失うことになるかもしれないという不安のほうが先に立って、松村の信仰告白に動転したのが、本当のところであろう。要するに私は神に嫉妬したということであろう。

「もう、決めたのか?」

もし、彼が迷っている段階であれば、私は彼の翻意を促すために、あらゆる努力を試みたであろう。

「そう、迷いがあるならきみに話さなかったはずだ。」

松村の答えに接して、私は深い溜め息をついた。

「僕は、——君のように才能もあり、精神的に均衡のとれた人が、……そう、きわめて理性的な人が、キリスト教——いや、キリスト教に限らず、宗教の虜になるとは、思いもよらなかった。それも、もっと歳をとって、人生の辛酸をなめつくした結果として、宗教に入るというのならわかる。しかし、君は青春のさなかにあって、才能に恵まれたわれわれの旗手だよ。いや、これは、僕だけがそう思っているのではない、君を知っている多くの人が、君にその役割を期待しているに違いない。その君が、カトリックの洗礼を受けてしまうなんて……。」

それは一種の裏切り行為だよ、——私はさすがに、その後に続けようとした言葉を飲み込んだ。

「それは君の買いかぶりだよ、——僕は非常に弱い人間だよ。」

彼は弱々しげに言った。

私は、できれば彼の洗礼を思い留めさせたいという気持ちがこうじて、執拗になった。

「われわれは、K学院の中学部で、聖書の授業も一緒に受けてきた。キリスト教に対する理解は、ほかの同世代の人よりは進んでいると思う。しかし、われわれにとって、——いや、君と僕を一緒にするわけにはいかないから、これは僕に限定しての話だが、——キリスト教が宗教として、最高であるとは、僕には思えないんだよ。キリスト教は『神は愛なり』という、しかしもし神は愛であるとしたら、なぜ他の宗教に対してあれほど不寛容なのだろうか、ヨーロッパ世界にキリスト教以前に広がっていたギリシア、ローマの神々を放逐するにとどまらず、神々の像の鼻まで削ぎ取ったのはどういうわけなんだ。それは、愛という言葉と対極の、憎しみ以外の何物でもないと僕は考える。いや、他の宗教だけではない、同じキリスト教のなかで、宗派が違うというだけで、プロテスタントとカトリックが、あれほど憎しみあったという歴史はどういうふうに解釈すればいいのだろうか、——たとえば、聖バーソロミュの大虐殺。あの怒れる砂漠の神が人類に課した厳しい戒律の旧い契約を、キリストが自ら十字架にかかることによって神と新しい契約に結び替えた、そのキー・ワードが『愛』であると言いながら、彼らが——すなわち、キリスト教者がしばしばみせるあの不寛容、あの自らの出自である怒れる神が透かし彫りになるようなあの瞬間を、どういうふうに理解すべきなんだろうか。僕はきわめて非宗教的人間で、仏教のこともよく知らないけれど、しかし、宗教としての純粋さは、仏教のほうが上ではないかと思う。もちろん彼らも他の宗教に対して不寛容ではあるけれど、しかし人間以外の生命、——一木一草に至るまでに目を配る姿勢は評価しなければならないと思う。」

しかし次の瞬間、彼はかつて私が彼との付き合いの中で経験したことのない鋭い調子で、挑戦的な質問を発した。

「君は原罪ということをどう考えているのか?」

もちろんその言葉は、K学院の聖書の教科で、しばしば耳にした言葉であった。しかし私の理解は知識の段階で留まっていた。

「それは、……その言葉は、僕には人間は生まれながらにして、罪を背負っている、といった程度の理解しかないが。」

私は松村の突然の逆襲にしどろもどろになってかろうじて言葉をつないだ。

「ある程度、その意味は理解することができるよ。しかし、僕たち人間は、好むと好まざるにかかわらず、そのように規定されて生まれてきている。神に対する贖罪がなぜ必要なのか、実はよくわからない。むしろ僕は、自分が生まれてきていままで、自分が意識するとしないにかかわらず、生きてゆく過程において、他者を傷つけてゆくこと、——合法的であっても、知らず知らずのうちに他者を侵害し、精神に打撃を与えてゆくこと、そのことにむしろ罪の意識を感じる。その意味で、他者に対して犯した罪に対して、より責任があると思う。もちろんこの罪だって、贖罪の方法があるのかどうかわからないし、もし、あるとしても神に対してではなく、自分が罪を犯したその当事者に対してだろうね。しかし、現実には贖罪というところまでいかず、かすかな良心の呵責程度で終わってしまうのが実態だろうがね。そして積もり積もったそういう良心の呵責の重荷を背負って、喘ぎながら生きてゆくことになるのだろう。――僕のような俗人にはその程度がせいぜいであって、とても原罪というところまで、思いは届かない。」

私がそこまで言うと、松村は、

「僕から見れば、君は、非常に、――幸せな人間だと思うよ。」

私は思わず息を飲んだ。明らかに松村は、「幸せ」という言葉に最大の皮肉を込めていた。いや、その言葉を発する前に、彼がいくらかの間をおいたことから、もっと強烈な侮蔑の言葉を準備していて、かろうじて直前に「幸せ」という言葉に置き換えたことは容易に推察がついた。それに松村が、そのような、冷たく突き放すような言い方をしたのは、初めてであった。

私は沈黙した。それは松村も同様だった。それから、私たちはどうしたのだろうか、いつもなら京都で食事をして、河原町通りにある丸善や、古本屋を梯子して帰るのだが、その日はどうであったか、記憶にない。ただ、もっとも親しかった友人を失うことになった自分の運命が悲しかった。私は何とか修復を図らなければならない、と考えた。松村はあの日、自分のカトリックへの帰依を報告した上で、これまで通り付き合ってほしい、と言ったではないか。それを自分が生半可なキリスト教批判をしたものだから、話がこじれてしまった。やはり、自分の非を素直に認めて、カトリック教徒であることを前提に付き合いを続けたいと言えばいいのでないか。わかっていながら、修復の方法が見つからなかった。

三週間ほどたった土曜日の午後、勤めの帰りに御堂筋を通ると、銀杏が見事に黄金色に染まっている。私はすぐ、公衆電話に近づき、松村に電話した。幸い、彼は家にいた。

「いま、御堂筋にいる。銀杏がとてもきれいだ。よかったら出てこないか?」

「ああ、いま退屈していたところだ、すぐ行く。待っててくれる?」

彼がやってきたのはそれから一時間ほど経ってからで、陽はすでに西に傾いていたが、夕日を浴びて銀杏の色彩は絢爛である。夕方から風が出てきて、落葉が舞う。私たちは、格別言葉を取り交わすこともなく、ただ落ち葉の降りしきる御堂筋を歩いていた。

それから、私たちは御堂筋に面した音楽を聴かせる喫茶店に入った。私は、まず、

「この間は、失礼した。君がカトリックの洗礼を受けようと、どうであろうとやはり僕はこれからも、君と付き合っていきたいと思う。この間君に対していろいろ言ったことについては、僕の思慮不足だった。」と詫び、それから、今後松村と付き合っていく上で、自分が注意しなければならないのは、どういうことなのだろうか、と質問した。

「そう改まって聞かれると困るな、――いままでと同じように、としか言いようがないいんだが。」

松村は当惑していた。

「ただ、――カトリックの方は、戒律が厳しいということを聞いている。たとえば、禁書のリストがあって、信者はそのリストに掲げられた書物を手にすることは許されないと聞いている。もし、そうであれば、僕としても、話題に注意しなければならないんじゃあないか、と考えるわけだ。」

「ああ、そういうことか、確かに禁書のリストはある。ただいろいろ段階があってね。」

「段階？」

「うむ、ある人にとっては禁書であるが、ある人にとっては、禁書でない、といったことでね、——見方によれば差別ということかな。まあ信仰の程度によって、禁書のリストが異なるということ。極端に言えば最上位の人には、禁書が存在しない。どんな本を読んでも、信仰にゆらぎの生じることはない、と認定されてるわけだ。僕がどの段階になるかは、洗礼を受けてから判定されることになる。ただ、そんなにひどい段階にはならないと思う。あらかじめ君が僕との話題に神経を使ってもらう必要はないと思うよ。」

私たちは、音楽を聴く合間合間にそのような会話を交わしていた。

その時聞いた音楽のひとつひとつについて覚えているわけではない。

ただ、セザール・フランクの、あの難解で重厚な弦楽四重奏曲が、メニューのひとつであったことは間違いない。

結局、秋に松村と御堂筋を歩く行事はこれが最後となった。それから間もなく、松村は大学院のドクター・コースを終えて名古屋に赴任したし、私は私で転勤人生を繰り返すようになった。

私が、長い回想に耽っている間に、銀杏が規則正しく並列している場所に来ていた。ここは風の通り道であるのか、それとも高度のせいなのか、黄葉が極端に少なくなっていた。そして、いまは風もないのに、黄葉が思い出したように、時々静かに落ちてくる。

その並木道は、何故か私には、古代ギリシャの、廃墟の大理石の柱列のように思われるのだった。

その並木の果てにポツリと小さな影が浮かんだ。次第にその影は大きくなってきた。松村に違いなかった。

○

近づいてくる人影は、やはり松村だった。

並木道の向こうから近づいてくる人影、風もなく静かに落ちる木の葉、――これはいつか見た光景だった。そうだ、キャロル・リードの映画『第三の男』の有名なラスト・シーン。この映画には音楽はかかせない。アントン・カラスのチターの演奏。前半は軽快な躍動に満ちた音楽。しかし、この場面では、チターの音楽はしずかな、人の心の琴線に訴えるようなメロディーに変わる。

もっとも、あの映画のシーンでは、向こうから歩いてくるのは女――チェコ・スロバキアの女優アリダ・ヴァリが扮する密入国の女優――であり、男――ジョセフ・コットン扮するアメリカの三文文士――は並木の道で女を待っていた。女は待っている男に一瞥もくれず、完全に無視して通り過ぎてゆく。この映画は、松村と私が非常に好きであった映画だ。封切られたのは私たちが高校一年の時、それからたびたび、再上映のたびに私はこの映画を観ている。松村も何度か観ているはずだ。松村はいち早くグレアム・グリーンの原作を読んで、「原作ではハッピー・エンドだよ、監督のリードがそれを嫌ってあの結末にした。グリーンも原作よりこの結末のほうがいい、と喜んだそうだ」」など、例によって博学で、貴重な情報を提供してくれた。後に、松村がドイツ留学の途中でウィーンに立ち寄ったその土産話に、『第三の男』に出てきたあの観覧車はまだ健在だよ、というのがあった。

この並木道での松村の出現は、あるいはあの映画にヒントを得た、誰かの演出であるのかもしれない。そうであっても、ここで彼とすれ違ってしまうことがあってはならないのである。私は、遠くに彼の姿を認めた瞬間から、彼を見失わないように視線を外さなかった。松村は、やはり彼のもっとも華やいでいた、大学の一、二年生の頃の姿だった。ただ、学生服姿ではなく、彼がラフな姿で現れた時に身に着けていたシャツにジャケットをまとっていた。彼は、私の知人友人たちの間でも、顔だちの立派なことでは一番だった。緻密な眉毛は明確で太く、その下には、二重の、大きな目が輝いていた。鼻筋はきれいに通っていて、その下に形のいい鼻翼を備えていた。唇はやや官能的で、それが彼の容貌の峻厳さを和らげ、親しみやすくしていた。総じて日本人離れしていて、彼自身も後にドイツに留学していた時、日本人には見られず、地中海沿岸のラテン系に見られて困った、と述懐していた。

彼は私を認め、かつてそうであったように、顔を綻ばせ、「やあ」と声をかけてきた。それは、つい二、三日前に別れた友人と交わすような気安い挨拶だった。

これに対して私の返答にはいくらかずれがあったのかもしれない。

「やあ、また会えたね。」

彼の死から約三年の歳月が流れている。ただ、こうして二十歳前後の彼の姿を見て、物理的な時間の流れを、そのまま受けとっていいものだろうか？　時間は逆行しているのだろうか？　しかしいかに彼が――そして、おそらく私も――若い時の姿をしているといっても、私の意識がまだ物理的な時間の流れにしたがっている限り、これを無視するわけにはいかないだろう。

彼は私を待ち受けるように立ち止まり、私と並んだところで方向転換し、私と肩を並べて歩き出した。

「君がいなくなってから、いろんなことがあってね、――いや、君ももう知っているだろうがね。」

私は、これまで冥界に所属する母と信ちゃんに会って会話を交わしたが、冥界の人たちが現世についてどれほど知識があるのかわからなくなっていた。こちらがどきりとするほど人の心理の動きを見通して指摘するかと思えば、意外に重要なことがらを知らなかったりする。

「ああ、知っているものもあればそうでないものもある、君がこの三年間に起こったことのうち、一番僕に知らせておかなければならないと思うのはどういうこと？」

「やはり、阪神淡路大震災のことだろうな。あの後、神戸に行って、僕たちがよく歩いた三宮界隈が、ほとんど壊滅状態になっているのを見て、ああ松村はこの光景を見て、どんなにか悲しい思いをするだろう、と考えた。この光景に接する前に亡くなったことは、かえって幸せだったかもしれない、とさえ思った。」

「ああ、震災のことは知ってる。」

松村はちょっと寂しそうな顔をした。彼は神戸の街を愛していた。南側は海に開け、関西を代表する貿易港がある。街は東西に細長く伸び、北側にはすぐ山が迫っている。松村はよく神戸のこの地勢上の利点を口にしていた。海の景観と、山の景観がほどよく混在していて、その中間には非常に洗練された――一昔前の言葉で言えばハイカラな――都市がある。松村の母校は、この神戸市の東部、六甲山系の麓の高台にあったが、授業のない日はよく神戸の街に出かけていた。私も彼の案内で、よく神戸の街を歩いた。外人墓地や、三宮の繁華街、――何時間ねばっても鷹揚に対応してくれる喫茶店と、数は少ないが珍しい掘り出し物がある格調の高い古書店。山手の異人館、カトリック教会、イスラム教のモスク、それに神戸港。神戸は、松村が婚約時代に、奥さんとよくデート――いや、当時はデートなんて言葉は使わなかった、何と言ってたのだろう？ ランデブーはそのひと昔まえ、そうだ、アヴェックなんて言葉を使ってたな、「あいつ、昨日アヴェックで映画観てやがった、」と言うふうに。――した場所であり、いわば彼の青春が凝縮したような街であった。その多くが崩壊、あるいはそれに近い状態であった。

「それから後、信じられないオカルト的な事件が起こった。それが社会不安を呼んでね、――バブル崩壊の不況から、ようやく立ち直りかけていた日本の経済を再び混迷に陥れた。そして、今日に至るまで、不況は長引いている。」

彼は、私の話に静かに耳を傾けていたが、突然、

「それが君の憂鬱の原因かい？」

彼は私の意表をついた。

「ええ？」

私は驚いて彼の顔を見た。彼はまったく平静だった。

「君が長い鬱状態に入っていると聞いてね、実は今日診断にやってきた。」

「ああ、そういうことか、僕の鬱は、――それほど有名なのか。それは遠くで心配してくれてありがとう。――診断していい処方箋を書いてくれよ。」

私は彼がどれだけ真面目に物を言っているのかわからなくなって、こちらもつい冗談に切り替えていいような返答を選んだ。

「いや、診断はするが処方箋は書かない。それは自分で手探りで書くより仕方ない。」

しかし、彼はあくまで真面目に受け答えした。ただ、彼が言った「診断はするが処方箋は書かない」という言葉にはかすかに記憶があった。

「なるほど。それでは処方箋は諦めるとして、――ただ診断は、正確にやってくれよ、せっかく松

村先生の診断を仰いで、まさかいま流行の『初老性鬱病』なんて、ありきたりの病名を告知されることはないだろうね。」

「いや、案外そんなところかもしれない。それでは不服のようだね。まさか、いい歳をして、いまさら実存的不安なんて気障な診断書が欲しいというわけでもあるまい。」

松村もようやく私の意図を察して、冗談めかした口調を交えるようになった。

「いや、僕はそんなに哲学的ではない、それは君がよく知っているはずだよ。」

確かに若い頃、当時流行の実存哲学について彼と議論したことがあった。しかし私は、その分野の松村の膨大な知識と分析力に、遥かに及ばなかった。

私は、哲学については、学生時代に流行した実存主義のところで止まってしまったが、松村はその後も執拗に哲学に食い下がっていた。構造主義、ポスト・モダン等々――。

一方私は、その後の哲学の潮流については、「縁無き衆徒」として距離をおいて過ごしてきた。しかし松村に会うと、彼の最近時点の関心のある事象について話を聞いていたから、――私にとって、松村は、かつて私が住み、その後喪失した楽園への通底口であった、――彼のその後の関心のあり方に無知ではなかった。彼は、どちらかと言うと、専門の分野でいえば理論経済学よりも、規範的なものに惹かれていたようで、――事実彼は、社会思想史や社会政策の講座を担当していたように思う、――更に言えば、もしその後、選択のやり直しが許されるとすれば、経済学よりも哲学を選んだのではないかと思う。彼は後年、ヴィトゲンシュタインに熱中していた。哲学の主任教授から、ヴィトゲンシュタインに対する没頭を、「火遊びはいけませんよ、彼にかかずりあっていると、大火傷をしますよ」とからかい半分に忠告されたと、愉快そうに話していた。その時、彼から、『ヴィトゲンシュタインとウィーン』という本を推薦されて読んだが、結局私はヴィトゲンシュタインにまでは辿り着かず、途中で止めてしまった。しかし、私にウィーン学団に関する知識を加えさせてもらったことに感謝している。もっとも、いまとなってはもう少し熱心に彼の話を聞き、ヴィトゲンシュタインについて彼の講義を聞いておけばよかったと後悔している。

「僕が、いなくなって三年間、猛勉強したかもしれないしな。君は時々、――集中的に何かと取り組んで、それなりの結果を出す、というようなところがあった。多分に躁鬱的だったからね。僕が死んでから、すぐ躁の時期に入って、その反動でいま鬱の時代に入ったのかな、と思ってね。」

「おや、もう問診に入っているのか。しかし、情けないことを言ってくれる。君が死んですぐに、僕が躁状態になれる筈がないよ。実のところ、俺の鬱状態は、君の死がきっかけとなっている。」

「そんな、――他人のせいにしちゃあ、いけませんな。」

松村はちょっとおどけたものの言い方をした。以前から彼は、こういう当意即妙の軽口で、話題が深刻になるのを防いでくれた。

「君はまだ仕事をやっているの?」

彼は鉾先を変えてきた。

「勤めを止めて、事務所を開いたのは、君が亡くなるちょうど一年前のことだ。君も覚えていてくれたね？　まだ細々と続けている。」

松村は、私が仕事をし過ぎることに、かねがね批判的だった。それは、彼の宗教的な立場によるものらしかった。私の貧弱な聖書の知識では、その根拠はあの有名な、「空を飛ぶ鳥を見よ、播かず刈らず……」くらいしか思い当たらなかった。

――彼は、カトリックだからな、もしプロテスタントなら、「勤勉は美徳」なのではないかな、すなわち、マックス・ウェーバーの『プロテスタンティズムの倫理と資本主義の精神』。もっとも他人にはそんなことを言いながら、松村自身は猛烈に仕事をした男だからな。――

私がこのような、たわいのないことに思いを巡らせていると、果たして、

「仕事はもういいんじゃあないかな。そろそろ余裕を持って、好きなことをやったらいいと思うがね、」と松村は切り出した。

「ああ、できればもうそろそろ、そうしなければならない年齢だね。ただ、生まれついての貧乏性なんだろうね、収入がまったく途絶えるのが心細いんだろうな。最も、今の仕事は、忙しいわりには収入は知れたものでね。やはり、仕事を通じて、社会と接触が保てているという自己満足のほうが大きいのかも知れないよ。」

「生まれついての貧乏性」は誇張だった。少なくとも戦災に遭うまでは、私の家は、家作からの収入で相当の生活水準を維持できていた。後に母が述懐したように、「一生、生活に困るという時期が来るということは考えられなかった」のである。それが大阪の大空襲で、六十数件あった家作が

一夜で灰燼に帰し、たちまち生活に困ることとなった。もちろん当時は戦災によって一家全滅の憂き目を見た家庭も多かったことであり、たまたま二人の子供が揃って病身だったために早くから郊外に生活の拠点を移していたおかげで、家族全員の生命に破損がなかったことを喜んだが、しかし、長年の生活手段を失ったということで、現実には苦しい局面に立たされることとなった。父は残った土地を元手に商売を始めたが、温室育ちの父が戦後の混乱期を通過することはきわめて困難であった。ほとんど詐欺同然の形で最後に残った土地を奪われ、父の事業が完全に蹉跌したのが私の高校三年生の時である。私は一旦あきらめた大学の進学を、高校三年の担任の岡村先生の叱咤によって、ようやく続けることができたことは、私の人生にとって大きな幸せであったが、同時に数々の後遺症を抱えることになった。私は、ほとんど毎日家庭教師のアルバイトで追われ、いつまで学業を続けられるかわからないという不安感から、大学の三年生の時に卒業に必要な全単位を取得するというハードな計画を立て、それを実行した。しかし、それは余裕のない、追われるような生活であった。一冊でも多くの書籍を購うために、昼食を抜きにして、空腹のために胃痙攣を起こして、アルバイトからの帰り、私鉄の駅のベンチに横たわって激烈な痛みが通り過ぎるのを待っていたこともある。精神的には、両親が生活の上の苦労を抱え、悪戦苦闘を強いられ、辛酸を嘗めているというのに、自分がその手助けもせず、――のんびりと、というわけでは決してないが、――学業を続けているという後ろめたさ。そういうことが重なって、私は極度の不眠症に陥ったりした。私は同級生がスキー・ツアーや北海道旅行に誘っても同行しなかった。マージャンの仲間にも加わらなかった。私にはそういうことをする経済的には勿論、精神的にも余裕がなかった。学業と、アルバイトと、そしてそれ以上に時間の余裕がある時は小説を読み、音楽を聴き、映画を観た。それが私の娯楽のすべてであった。

社会に出てからも、私の生活姿勢は変わらなかった。これは私のサラリーマンとしての経歴に有利に作用しなかった。社交の術としてのマージャン、ゴルフは、私のもっとも苦手とするところだった。マージャンに関してはそもそも、勝負事というものに興味がなかった。ゴルフについては、中学時代、草野球に熱中したこともあって、自分に運動神経が欠落しているとは思えなかったが、ゴルフは特権階級のスポーツではないかという意識が邪魔をして、上達するには至らなかった。ゴルフも大衆化が進んで、決して特権階級のスポーツではなくなっていたが、私の意識は学生時代のままで止まっていたのである。ある上司は私に、「いくら仕事ができても、マージャンもゴルフもできない奴を偉くするわけにはいかないよ、」と露骨に言った。あるいはその言葉は、私がマージャンや、ゴルフをするように仕向ける上司の温情の言葉であったかもしれない。しかし私にはその言葉に素直に従う心の余裕はなかった。いつか私には、社交性のない、正論ばかり吐く、扱いにくい奴というレッテルが貼られていた。私は仕事の上で不完全燃焼のまま定年を迎え、そして第二の職場で、仕事に対する考え方の相違から、辞表を提出し、現在に至っている。そして、あいかわらず実務的な仕事にかかずりあって、多忙な日々を過ごしている。私はもう半ば諦めている。私は童話の赤い靴を履いた少女のように、生きている間はこの靴を脱げないのではないか、と予測している。あるいは、ヴァグナーの『さまよえるオランダ人』――ヴァグナーの音楽に魅了されながらも『さまよえるオランダ人』に一向馴染めないのは、あの主人公の呪われた運命と、私の頑なな生き方に生々しい共通項を見いだしているからかもしれなかった。

「それに、」しばらくの沈黙の後に私は言葉をつないだ。

「すっかり仕事中心の生活に慣れてしまって、仕事から離れても、何もできないのではないかという恐怖感がある。」

松村は、哀れむように私を見た。

「君は社会に出る時、ある決意を僕に話したのを覚えているかい?」

私はどきりとして、記憶の糸を手繰ってみたが、糸は手応えをよこさず、虚しく私の手元に引き寄せられた。

松村は私の反応を確かめた上で、

「君は、――銀行の仕事の間に一日一時間の読書をし、文学の上ではフランツ・カフカの、経済学ではヨーゼフ・アロイス・シュンペーターの研究をし、これをライフ・ワークとする、――こう言ったよ。」

私は恥辱のため、顔に血を上らせた。

おそらく、松村と吉原が学究生活に入るのに対して、自分一人が就職することに対するこだわりが、私にそのような発言をさせたのであろう。もちろん、そこには多少の本音が含まれていたであろうが、それから四十数年経過した現在、何らの成果もない。

私はぶつぶつと呟くように言った。

「おそらく、そういうことを言ったのだろうな、そういう強がりを言ったのだろうな、カフカとシュンペーターとは、なんという組み合わせだろうな。しかし、その時はそれなりの意味があったのだろうな、——そうとでも考えなければやりきれないよな。」

私は深い溜め息をついた。

私は少し落ち着きを取り戻して、言葉をつないだ。

「カフカについてはね、高校の二年生の時に、新潮社から、プルーストの『失われし時を求めて』と、『カフカ全集』がほぼ同時に発売された。どちらも魅力があった。しかし、僕には、この二つのシリーズを両方買うだけの小遣いの余裕がなくて、どちらにしようか、ずいぶん迷ったものだった。プルーストについては、当時われわれの世代に圧倒的に人気のあった掘辰雄の随筆や小品によく登場したし、何よりも小林秀雄のような大評論家が若い時に傾倒した作家という意味で、是非読んでみたい小説だった。もちろん、二十世紀を代表する小説という定評も確立されていて、その小説の手法である意識の流れは、ジェイムス・ジョイスの『ユリシーズ』の手法と並んで、従来の小説の手法をはるかに凌駕する新しい手法として喧奨されていた。一方、カフカの方は、すでに中編小説の『変身』が翻訳され、評判が高くこの作品を中心とした中短編小説集がある文庫から出版されていて、僕はこの小説を繰り返し読んでいた。この文庫に入っていた小説は、『変身』と『支那の長城』『皇帝の使者』、それに『掟の門』など。結局さんざん迷ったあげく、カフカ全集に決めた。この選択は、以後僕の読書傾向を方向づけることになった。プルーストのほうは結局いまに至るまで読み通してない。いつも『スワン家の方へ』は、何とか通過するが、『花咲ける乙女たち』のあたりで挫折する。

カフカはとにかく全集は一応目を通したし、その後僕の文学に対する趣向をドイツ文学――というより、ドイツ語圏の文学のほうに押しやることになった。といっても、もちろん僕の読んだ分量などたかが知れていて、それにサラリーマン生活に入ってからは、とにかく忙しくて、――それに、もともと付焼き刃にすぎなかった僕のドイツ語はすっかり錆び付いてしまって、まったく役に立たなくなっている、それですべて翻訳に頼ったわけだから、君に大言壮語したところで、所詮カフカの本格的な研究なんてできっこないよ。

それに、日本人で、ドイツ文学の専門外の方で、すばらしいカフカの研究をされた方がいらっしゃる。坂内正さんという方が、三長編をはじめとして、カフカのほとんど全作品に及ぶ精緻な評論を書かれている。氏の評論によって、カフカについて実に多くのことを教わり、目から鱗が落ちる思いをした。同時に、――このすばらしい仕事を前にして、カフカの研究なんて到底自分の侵すべき領域ではないということをはっきりと思い知らされたわけだ。坂内さんの仕事は、たとえばエムリッヒの『カフカ論』よりは僕にとっては刺激的だった。もちろん、エムリッヒの著作にも、僕は敬意を払っているがね。」

松村は、短くあいづちを打って、なお先を続けるように促した。

「……それに、カフカの作品に対する僕の考えも多少は変わってきている。ひとつは、僕の老いの問題だろう。僕は長い間、僕の心の中に、グレゴール・ザムザ氏が棲みついていると考えてきた。しかし、いつの間にかザムザ氏の父親の年代――あるいは、それ以上かもしれない、――になっている。僕は、何かの本で、カフカが死んだ後のカフカの両親が、寄り添うようにして、並んで立っている写真を見たことがある。向かって右側に、父親が立っている。あの、精悍で、体格がよく、自信にあふれた壮年時代の父親――たしか、ヘルマン・カフカだったな――は、すっかり年をとって、身体は左側に不自然に傾しいでいる。壮年時代には、形良く整えられていた頭髪は、短く切られ、胡麻塩のいがぐり頭になっている。皮膚は弛み、頬はげっそりとこけ、老人特有の放心したような表情が、かすかに見てとれる。身体つきは相変わらず大柄だが、あの豊満な身体は、痩せてゴツゴツとした体型になっている。その身体に、オーバー・コートを羽織っているが、ボタンはだらしなくはずされたままである。母親のほうは、おそらく一生そうであったように、夫にすがり切っている風情である。彼女は小柄な身体で律儀に夫の横で両手を真っ直ぐに下におろし直立している。しかし、その母親の表情も決して幸せそうには見えず、人生に疲れ切ったような表情をしている。一目見て、僕はカフカの死がこの二人にとって、――とりわけ父親にとって、どういう意味を持っていたかを即座に了解した。できれば、この写真は見ないほうがよかった。

「そう。」

カフカの熱心な読者であれば、——いや、それほど熱心な読者でなくても、父親がカフカにとって、どれほど威圧的な存在であったかは、十分わかっている。彼の作品の多くは、強迫観念と被害妄想の産物であって、——いかにそれに哲学的な意味合いをつけようと、いかに時代の精神的状況との関連をつけようと、根本的にはカフカの精神の病理に結びつけなくては、解決不可能な問題を含んでいると、最近の僕は考えるようになった。——そして、彼の強迫観念の対象として、父親がその中心に位置づけされている。フランツ・カフカの側からすれば、父親は自分を抑圧する、絶対的な存在である。しかし、ヘルマン・カフカの側からすれば、当然彼の生活体験に裏打ちされた強固な人生観があって、息子フランツ・カフカの人生に、よかれと思う干渉があって、当然なのだろう。父ヘルマンは、抑圧され、差別されていたユダヤの民として、苦汁に満ちた努力を重ねて、ようやくカフカ商会の経営者という地位を獲得する。プラハのゲットーから抜け出して、豊かな資産を保有する市民として世間に出た彼は、一応の成功者である。

ヘルマンは、人生の辛酸を嘗め尽くして、いまの社会的地位に到達した。ヘルマンにとって、およそ望むべくもなかった大学教育を息子フランツに受けさせた。ところが、息子のほうは、父親の恩寵に感謝するどころか、文学というような非生産的な趣味に没頭している。勤めの傍ら、父が与えたせっかくのアスベスト工場への経営参画という生産的な仕事を、息子は失敗させた。いや、それどころか、立派な市民としての絶対条件である良き妻を求め、一家をなすということについても、息子はわけのわからないことを繰り返して優柔不断である。——そう、こちらのほうは、父へルマンばかりか、カフカに同情的な一般の読者にとっても、この、対女性問題に対してカフカのとった行動は不可解である。彼は三度婚約している。ただ、同じ女性と二度婚約しているから、対象の女性は二人である。一回目と二回目はフリーチェという女性。この女性は、写真で見たところ、堅実で実務肌の女性であるように見受けられる。多くの伝記作者の記述もこれを裏付けている。そして、父ヘルマンも、――そしておそらく母親も、この女性との婚約を喜んでいた。なによりも、文学というような得体の知れないものと取り組んでいるフランツのような男性の連れ合いとして、現実にしっかりと根を張ったフリーチェのような女性が適任であると両親が考えたことは十分納得できる。いまも残されているフランツとフリーチェが並んで写っている写真を見ると、たしかにフリーチェは、地母神のようにたくましく、痩身で華奢なカフカとくらべて、いかにも実務家としての存在感にあふれている。しかしこの女性との婚約は結局結実しなかった。一回目はあるホテルでの関係者の集まりの会合で、フランツは糾弾される。この時の経験が、フランツに小説『審判』を書かせたというのが、エリアス・カネッティの小論文『もう一つの審判』の主張であって、この説によれば、フランツ・カフカの長編小説のなかで、おそらくもっとも多くの読者をもっていると思われる『審判』――人間存在の深淵を鋭く剔《えぐ》ったとされるこの小説も、きわめて現実的な実体験――被害妄想と自己弁護によって、多分にバイアスのかかった体験――をなぞったものということになる。二度目の婚約破棄は、――つまり、何年かたって、フランツはフリーチェと縒りを戻し、二度目の婚約を結んだというわけだ、――ある意味では不可抗力、しかし現実にはきわめて巧妙に仕組まれたトリックと言えなくもない。彼は喀血をした。――あたかも脳と肺が結託したように――、と彼は語っている。

フランツの親友でもあり、後にその作品の集大成を試みるマックス・ブロートは、この間の事情を記し、この病める魂に深い同情を示している。だが、僕はこのブロートの同情が果たして正当だろうかと考えてしまう。たしかにフランツは、フリーチェとの、二度にわたる婚約が成就しなかったことに、深く傷ついたに違いない。しかし、同時に『脳と肺が結託して』、婚約破棄の正当理由を与えてくれたことに、フランツは自由と解放感を感じている。それから間もなく三度目の婚約が、今度は別のユーリエという娘との間に行われる。――いや、ここでフランツの女性遍歴をあげつらうのが目的ではない。ただ、この三度目の婚約に対して父親のとった態度が、父と子の関係を破滅的なものにしてしまう。相手の女性に対して、父親がとった侮蔑的な態度を、フランツは決して許そうとしなかった。彼は、父親を糾弾する『父への手紙』を書く。幼児から威圧的であった父、その後現在に至るまで父ヘルマンが息子フランツにとって恐怖の的であった経緯が書かれている。この手紙は結局――まことに幸いなことに父に渡されることなく終わった。そしていま、カフカ研究の第一級の資料として扱われている。

――つまり、カフカの文学を理解することは、この父ヘルマンと息子フランツの関係をフランツの側にたって理解することが前提ではないのかな。つまり、いまの僕のように、父ヘルマンの立場に少しでも同情的であるということになれば、カフカの文学から離れていかねばならないということではないのかな？　そういう意味では、僕はカフカの文学に没入する時期としては、歳をとり過ぎたということだ。」

「なるほどね。」

松村はうなずいた。

「もっとも、人のことだと客観的になれるが、自分のこと、――即ち、自分の父に対する態度としては、結局父と仲違いしたまま、和解することなく終わってしまった。」

私は深い溜め息とともに、力なくつぶやいた。

「それは、君の側の秘密漏洩だね。」

松村は、ちょっと冷やかすような笑いを口もとに見せて言った。

松村の微笑につられて、私も苦笑した。

「まあ、こういう時は、自分のことを棚に上げないと、先に進まないからね。……

この、ユーリエの時の父ヘルマンの発言の粗暴さは、確かにひどいものだった。――フランツの記述に、寸分の狂いもないと前提しての話だが、ヘルマンにとっては、ユーリエの所属する社会が、プラハに在住するユダヤ人としては最下層に属するということが気に入らなかった。勿論、このヘルマンの偏見は、まだ身分差別の強かった当時にあって、――しかも自分自身が辛酸を嘗めて、その社会から脱出し、上昇してきたというヘルマンの来歴からみて、ありうることであり、自分の跡継ぎであるフランツの世俗的な幸せ――もちろんヘルマンの一方的な思い込みであることを留保条件として——を願う父親の愛情の表れととれなくはない。しかも、先にフリーチェという堅実で、実務能力の優れた女性を、自分のわがままから、——喀血は口実にすぎないことをヘルマンも見抜いていたのではないか？——婚約破棄にみちびいた息子の所業、そしてそれからあまり年月が経過していない時点のフランツのユーリエに対する没入に対して、ヘルマンがいらだたしい気持を抑えられなかったとしても不思議ではない。勿論その後に続くヘルマンのフランツに対して放った、フランツの性にかかわる揶揄に満ちた言葉は、繊細な感受性と父に対する強迫神経を合わせ持っていたフランツに、修復不可能の打撃を与えたこともまた当然かもしれない。——一旦こじれ出した父と子の問題というものは難しいものだ。それにカフカと同時代人であったフロイトの学説がこういう問題の解釈に非常に微妙なバイアスをかけているのではないだろうか？

僕にはヤノーホが『カフカとの対話』（G・ヤノーホ『カフカとの対話　手記と追憶　増補版』吉田仙太郎訳　筑摩叢書）で書いている挿話も、また忘れられない。

ある夕方、ヤノーホは勤め帰りのカフカにしたがってカフカ商会の方に歩いて行くと、商会の前に恰幅のいい男性が立っている。男は二人を迎えるようにこちらに視線を向けている。ヘルマンだった。

ヘルマンは、フランツに対して、『空気が湿っていて、いい状態ではないが気分はどうか？』と尋ねる。フランツは、ヤノーホに対して『父は私の健康状態を気遣っているのです』と耳打ちし、『過度に心配されるのも気が重いものです』と言い、そのままヤノーホとは、いつも習慣になっている握手もせずに、父のほうに歩いていった。——このような光景もあった。ささいな気象上の変化に病弱の息子を気遣う父親、それをややうとましく思いながらも、若い友人と握手することも省略して父親のほうに向かう息子。このような情景もあったのだ。

僕には、一方的にヘルマンが悪く、フランツがすべて正しいとは言えないのではないかと思っている。いや、これは善悪正邪の問題ではない、父と子が持つ永遠の問題であり、たまたまフランツの病的に過剰な神経過敏が、問題をいっそう複雑にしたということなのだろう。裏を返せば、ヘルマンがどのように正しく振る舞っても、フランツはその行為のなかに、巧みに腐臭をかぎつけ、父を非難する方便を手にするだろうということだ、――しかし、こういうどちらかというと父親の側に立った考察自体が、カフカの文学を理解する上でマイナスの作用をすることになるのだろう。」

松村はうなずいた。

「ヘルマンとフランツの関係についての君の感じ方はわかったよ、もうひとつの問題点は?」

「もうひとつの?」

「いや、君がさきに、『ひとつは、……』と前置きして、ヘルマンとフランツの関係について話したのだから、もうひとつ、あるいはひとつ以上の問題があるのだろうと思ってね。」

「相変わらずシャープだな、かなわないな。」

私は笑って頭を掻いた。

「たしかに、もうひとつの問題はある。ただ、できればその問題には触れたくはなかった、僕の恥を話すことになるかもしれないからね。——実は、僕はカフカの小説が本当に好きなのだろうか？という疑問から始まって、われわれ標準的な日本人が、はたしてカフカの文学を理解できるのだろうか？という疑問に転化し、さらにそれが、カフカの文学が果たして世界文学として、二十世紀を代表する偉大な文学なのだろうか？という重大問題に転化する。ただ、あとの二つは自分の理解能力不足を、一般論に転嫁すると思われる恐れがあるから、専ら自分自身のカフカ文学の理解に関する欠陥として話したいと思う。まず、カフカの小説の中で、未完成の三つの長編を除いて、僕が本当に素晴らしいと思うのは、『変身』を筆頭に、わずかしかない、ということだ。『変身』——これはまことに傑作。どの角度から見ても非の打ちようがない傑作。巨大な虫に変身したグレゴール・ザムザ氏は、ある人間類型に所属する人たちにとっては、自分の分身のようなものだ。僕自身、長い間、自分の内面にザムザ氏が巣食っていると思っていた、——ああ、このことは、もう話したな。

しかし、初期の『ある戦いの記録』や『村医者』については、カフカ研究者は別として、一般の人間にとって、かならずしも愉快な読み物ではないだろう。初期の問題作とされる『判決』も、カフカの父との相克を生のまま提示したという意味はあるにせよ、反面息子の側の幼児性がグロテスクに提示されているようで、文学として成功しているようには思えないね。カフカの作品の中では、比較的ポピュラーな『流刑地にて』も、——さすがに、話としてはよくできていて、今日のS・F小説と比較しても、決して古さを感じさせないけれども、カフカの精神の病理が透けて見えるようで、読後に舌がざらつくような不快感が残る。後期の『巣穴』『歌姫ヨゼフィーネ』にしろ、陰鬱で暗く、良質な芸術が人に与える感動——それが爽やかであれ、重く暗いものであれ、——に欠けるような気がする。」

私は息を接ぎ、しばらく黙っていた。

松村は沈黙したままだった。

私は再び、口を開いた。

「『皇帝の使者』や『支那の長城』のようないわゆるシナものは好きだな、もっと短いものでいいものがある、たとえば『掟の門』。これは非常に好きな作品だが、古いユダヤのカバラに似たようなものがあるということだから、カフカの独創というわけにはいかないかもしれない。あと、有名なオドラディクや、相似の二人の男性や、生き物のように跳ねる二つのボールに対するカフカの執着については、僕にはちょっとその意味が計りかねる。」

松村はちらっと私の顔を見て、

「もし君の言うとおりだとすれば、君の編むカフカのアンソロジーは、一冊の小冊子で終わってしまうね。」

「中・短編に関して言えばその通りだろう。カフカと言えばやはり中・短編が得意な作家なのかな。長編はすべて未完だしね。カフカの長編がすべて未完であるということは、やはりこの作家のひとつの資質であろう。その資質についてあれこれ評価を下すだけの能力は僕にはないが、しかし、未完のまま残された小説は、その完成度において、大きな欠陥を持つことは間違いないだろう。――そうであっても、僕はカフカの作品のなかでいま、一番関心をもっているのは『城』だよ。昔君に大言壮語したような、カフカの研究をするといった、時間も能力もないことは明らかだ、ただ『城』について断片的な文章を書いてみよう、いや、書いておかねばならないという気持ちはまだ残っている。……」

松村はかすかに微笑んで、

「初心にかえるということだね。」

「ええ?」

「高校二年生の終わり頃、君の家に行った時、君は真新しいカフカ全集の『城』を貴重品を扱うようにして、僕に見せたね。」

私は古い記憶の堆積物の中から、松村の言う場面を探り出した。

「思い出した。カフカ全集の第一回の配本が『城』で、僕は、その第一章を読んだところで、このまま読み続けるかどうか、迷っていた。」

「そう。君はこれは大変な小説だと思う、出だしのところは完璧だ、ただ、このまま読んでゆくとすれば、長期にわたって相当の緊張を強いられることになる、春休みになるまで、読むのはお預けにしておこうと思う、そう言ったな。それから君は、出だしのところの、Kが夜闇のなかで木橋の上に立って、城山が所在すると思われる虚空を見つめている場面、宿に潜り込み、粗末なねぐらを見つけてようやく寝入った途端に若者に叩き起こされる場面、Kがはじめて城から招聘されている測量士だと名乗り、電話で城とかかわりを持つ場面、……それから、雪の中を城に接近を試みて、果たせない場面、一軒の家の中に入り、雪明かりを反映した青い光の中で椅子に座って幼児を抱いている〝城の娘〟に出会う場面。」

「ああ、そうだった。」

「君は、ああいう場面の話し方は非常にうまいからね、僕もこの小説を読んでみたくなった。しかし、君がまだ読んでいない小説を貸してほしいとは言いだしかねて、もじもじしていた。すると君のほうから早く読むつもりなら貸してもいいよと言ってくれた。」

「そうだ、それも覚えている、自分がまだ読んでいない本を貸して、先に読まれてしまうのは残念なことだが、相手が君なら、それもそんなに気にならなかった。――それより驚いたことは、貸した明くる日に君が本を返しにきたことだった。君の読書のスピードが、非常に早いことは僕も気がついていたが、まさか『城』を借りて帰ったその日のうちに読んでしまうなんて、想像もつかなかった。しかも読まずに返しにきたのではないことは、本を返す時に僕に言った、少しばかりルール違反の言葉でよくわかった。」

「僕は何を言ったのだろう？　ルール違反とは何だろう。」

「君は、『君の期待に反して、あの〝城の娘〟はあれから最後まで姿を現さないよ、行方不明だよ、』と言った。」

「ああ、そんなことを言ったか、それは立派なルール違反だね、いま推理小説を読んでいる人の前で、その結末を話すようなものだ。ただ、君が話した内容の中で、僕自身があの〝城の娘〟に惹かれたからかもしれないね。」

「たしかに、〝城の娘〟は小説の最初の章で、わずか一場面姿を現したきりで、行方不明になっている、しかしその作品を通じて、彼女の気配は濃厚である。ほかの女たちはKが〝城の娘〟に執着するのに嫉妬し、いや嫉妬というほどではなくても、批判的であるし、作品が中断する寸前で、Kは、彼女の息子ハンスを媒介にして彼女と会う約束を取りつける。おそらく小説の後半において、〝城の娘〟は重要な役割を与えられることになっていたのではないかと思う。ただ、逆説的に言えば、この〝城の娘〟に何らかの役割を与える段階にいたって、カフカは大きな障害に打ち当たって、この小説を中断することになったのかもしれない。」

「君は特に〝城の娘〟を重要視するようだけれども、君の解釈では〝城の娘〟はいったい何者なんだ？」

「〝城の娘〟が何者か、それに対する厳密な回答を用意するためには、そもそもカフカは『城』に何を暗喩しようとしたかを究明しなければならないね。しかしこれは大問題だ。批評家がそれぞれ解釈を加えているが、それこそ百家争鳴でね。マックス・ブロートの神学的解釈、つまり、『神の恩寵』説にはじまって、『官僚制の象徴』『権力の象徴』『現存の危機の象徴』など多種多様だね。いずれの説も、ある部分では説得的であっても、『城』の実態はなかなか見えてこない。いや、ますます遠ざかってゆく。ちょうど、あの小説の中の城のようにね。――〝城の娘〟については、ブロートは〝恩寵〟の場所としての『城』に所属する聖母としている。これに真っ向から反対するのはエムリッヒで〝城の娘〟は〝聖なる女〟ではなく、〝不幸な女〟である、とする。エムリッヒは、『あらゆるこのような宗教的解釈は、瀆神、宗教そのものの侮辱である』と手厳しい。」

「諸家の講釈はその辺までとして、君自身の判断を聞きたいところだね。」

「『城』が何の象徴であるか、——これは、大変難しい問題だな。おそらく、唯一の象徴ではなく、その時々において暗喩されるものは微妙に姿を変化させるのではないか、よく言われるように、プリズムに光を当てた場合、その当てる場所によって反射する光の色を様々に変化させるようにね。ブロートの説は非常に評判が悪いが、僕は必ずしも全面否定ではない。神学的解釈ということについては、僕自身が神学にほとんど無知であるから、判定の下しようがない。エムリッヒのいう宗教への侮辱ということも、——つまり、ブロートの解釈がそれほどエムリッヒを熱くさせ、度を失わせることになるのか、よくわからない。ブロートの言う〝神の恩寵〟ということも僕には十分には把握できないがね。しかし、少なくとも『城』に神性なものを認めても差支えないように思える。ただし、その神性なものは、神聖なるものと必ずしも関係を持たないかもしれない。いまは病み、衰微し、道徳的に好ましくない状態にあるのかもしれない。あるいは、死の領域に浸食されつつあるのかもしれない。それでもなお権力を保持し、姿を現さないヴェスト・ヴェスト伯爵にかわって、官僚機構が支配する。ここのところ、いくとおりにも解釈できる。カフカ自身、城の暗喩は常に一定ではなかったのかもしれない。ちょっと脇道に逸れるが、カフカの宇宙は極端に膨張もし、収縮もする。収縮の場合は『変身』『審判』。膨張の例としては——こちらのほうの例は少ないが、『皇帝の使者』、それに『城』。『城』はまさに膨張する宇宙だな。おそらくカフカがあの時にこの作品を中断しなかったとしても、——いまなお生命を保って書き続けていたとしても、測量士Kは、〝城の娘〟に再会できていないかもしれないよ。皇帝の使者が永遠に目的地に到達できないようにね。〝城の娘〟については、僕はブロートの聖母説にある程度同調できる。ただ、キリスト教の聖母マリアそのものではないがね。それは、エムリッヒの言う〝不幸な女〟の要素を同時に合わせ持っても一向に差し支えないと僕は思う。聖母の根拠は?——それは、カフカの描写だよ。短い一日を——何故かここではすぐに日が暮れ、——城を求めて深い雪の中を彷徨したKは、疲れ果てて一軒の家に入り休息を求める。そこでは、猥雑で陽気な、太古から続いているような村人の生活がある。片隅からは、子供たちの叫びわめく声がし、女たちは大洗濯に大わらわであり、一方の片隅では、もうもうと湯気を立てる大きな木のたらいがあって、二人の男が風呂をつかっている。驚くべきことに、——カフカはわざわざ、『何が驚くべきことかははっきりとはわからないのだけれども』という注釈をつけている。——右手の奥に青白い雪明かりが射し込んでいて、高い安楽椅子に疲れ切った様子で乳飲児をかかえ、ほとんど横になっている女の衣服に絹のような光沢を与えている。女は、周囲にいる百姓たちとは異なって、上品である。

仮眠の後、Kは突然身を翻して、安楽椅子の女の前に立つ。女は、疲れた青い目で、Kをじっと見つめている。

『あんたは、誰かね？』とKは尋ねた。女は、軽蔑したように――もっとも、その軽蔑がKに向けられたのか、それとも、自分の言葉に向けられたものかは、定かではなかったけれども（と、カフカはわざわざ断りを入れている）――答えた。〃城の娘〃です。

この部分は、それまでの部分と比べて、カフカの描写の姿勢は微妙に変化している。――絵画的に説明すれば、ブリューゲルの描く農民の世界に突然、フェルメールふうの柔らかな光が射してきたような違和感がある。あきらかにカフカは、〃城の娘〃の周辺に高貴なもの、聖なるものの残光を与えている。青白い光は、雪明かりのせいだけではないだろう。もしそうでなければ、測量士Kが、小説の中断の寸前まで、息子のハンスに伝言してまで、何とか母親の〃城の娘〃に会おうとする努力を続けるだろうか？」

松村は、しばらくの間黙っていたが、やがて、ためらいがちに口を挟んだ。

「文学上の問題として、描写が重要な要素ということはわかるけれども――作品の根本に横たわる重要事項の判定に、描写力を持ち出すのは、やや客観性に欠けると思うがね。それはあくまで君の感性の問題であって、それを一般的なものに敷衍するためには、君自身が相当の権威者でなければならない。たとえば、君が小林秀雄であるとかね。」

最後のところは、ちょっと冗談めかした言い方だった。

「小林秀雄とは、古いな。」

私もそれに応じた受け答えをした。

「――君の言うことはもっともだよ、いわば骨董の鑑定においての印象批評は、骨董の目利きとしてのオーソリティのみに許されることだということだろう。よろしい、それでは、視点を変えよう。カフカの重要な作品の裏には必ず女性の姿が見え隠れする。カフカは、常にその作品の成立にミューズを必要としている。『城』の場合、ミューズは、ミレナ・イエセンスカーというチェコ人の女性だった。

この女性はそれまでのカフカのミューズとはいろんな点で異なっていた。まず、ミレナがユダヤ人ではなかったこと、文学関連の仕事を経験していること（カフカがミレナを識ったのは、ミレナがカフカ作品のチェコ語への翻訳者として彼の前に姿を現したことが契機だった）、すでに有夫の人妻であったこと、それに重要なことは、ミレナがカトリック教徒であったことだろう。

カフカは、『城』を書き始めるにあたって、日記の中で、重大な決意を述べている――。

これから書こうとしている『城』が、『限界への突進』であり、『シオニズムが介入しなかったら、容易に、一個の新しい秘教、カバラのようなものにまで発展する』ものであるとしている。おそらく、この作家が作品を始めるにあたって示した、最大の決意であろう。つまり、『城』は、この作家が、従来のすべての作品（もちろん未完成の二つの長編を含めて）を越える、――というよりも、一線を画する作品であった。それは、世に問う初めてのロマンであり、われわれの世代の流行語で言えば世界文学としての資格を獲得するということだ。そして、注目すべきことは、この作家の特性として、この決意は文学を超越した、ひとつの宇宙を創造する意味合いを持つ。『カバラのようであろう。『城』は、ミレナとの交際の影響の下に書かれた作品であるが、ミレナがその影響下にあったカトリシズムがかかわりを持たなかったはずはないだろう。もちろん、カトリシズムそのものが、直接的なかたちで、作品の中で息づいているということではない。

カフカは、ミレナとの接触を通じて、自らの出自であるヘブライズム、――その中心的な宗教であるユダヤ教の宇宙から、よりカトリシズムのほうに近づいたということではないだろうか？　同時に、――これは、必ずしもカフカの意図したことか、結果としてそうなったというべきなのか判らないが、――その作品をより西欧的な世界文学の概念に近づけたということではないだろうか？『城』の主人公Kは、――あの『審判』の、見えざる法廷から受身で訴追されるヨーゼフ・Kではなくて、――より積極的な役割を担わされている、と考えられる。この点に関してのマックス・ブロートの発言は、ややわれわれを困惑させる。ブロートは、カフカが生前語った『城』の結末として、――Kは、城に到達しようとする努力（あるいは村に居住しようとする努力）を最後まで捨てないが、徹底的な敗北に終わり、疲労困憊のために死んでしまう。そして、たったいま死んだKのところに、城からの知らせが到着する。その内容は、『Kの村に正式に居住しようとする主張は通らないが、ある種の附随的事情を顧慮して、特に彼がこの村で居住し生活しかつ働くことを許可する』という決定である。――カフカの親密な友人であったブロートが本人から直接聞いたということであるから、この証言は重要であるが、しかし、ブロート自身によって、過剰にパセティックなものにまで発展する』ということはそのようなものであったということであろう。

感情が加味されているような気がする。『城』の宇宙は膨張する宇宙であり、この結末——かりに結末がこのとおりであったにせよ、——に到達するまでに、Kはさまざまな過程でそれぞれ異なる対応をし、いわばその過程が、ひとつの膨大な小説的宇宙を形成していき、新しい価値、新しい宇宙、新たなる倫理を創造していく可能性がある。結末から、過剰に主人公Kの敗北を強調する必要はないかもしれないよ。

もうひとつ。僕はかなり前に、ブロートが脚色した『城』の戯曲を読んだことがある。小さな本で、ジイドが脚色した『審判』が前半に入っており、ブロートの『城』は後半部分である。この本は、もうずっと以前に僕の手許からなくなっており、この本を読んだのは夢でなかったか？と思えるくらいで、詳細は覚えていない。ただ、あのブロートが脚色した、ということで大いなる期待をもってこの本を読みはじめたことは覚えている。その結果は、——唖然とした、というほかはないね。僕が一番驚いたのは、この戯曲の後半に『掟の門』の寓話が出てくることだ。ちょうど『審判』の後半、伽藍の中で僧がKに語るのと同じ取り扱いでね。ブロートにとっては、『審判』のヨーゼフ・Kと、『城』のKとは、同一線上にあるのか、と愕然としたな。Kは、すでに小説の冒頭の部分で掟の門のひとつは越えている、と僕は考えている。夜更けに村に到着したKは、夜闇の虚空を眺め、——Kが、城の在処をあらかじめ知っていたのかどうか、問題になる場面であるが、僕は知っていた、あるいは、ここに城があることを確信していたと考える、——更に言えば、Kが確信をもってこの辺境に城があると判断すれば、間違いなく城はそこに存在するということであろう。彼が故郷を捨ててこの辺境に到達したのは、まさにそのためであって、Kがこの辺境の、村との境界上に立って、虚空を見つめて一歩足を踏み出したということは、いわば限界突破の確信犯であるということだ。これは、『掟の門』の自分のためにのみ開かれている門をひとつ突破したということなのだ。

もちろん『掟の門』の寓話では、掟の門は無限に存在するのであり、そこには屈強の門番が待ち構えており、すべての門を潜り抜けることは到底不可能であろう、僕は主人公のKは、『城』の中で多くの門を潜り抜けたと解釈しているが、無数に存在する『掟の門』のどこかの段階で、疲労困憊の末、死に至るというカフカがブロートに語ったとされる結末も当然考えられることではある。ただ、これをKの、徹底的な敗北と見るのは間違っているのではないか?と考えるわけだ。ましてKが、自分にのみ開かれている掟の門の前で、ただ死に至るまで待ち続けているとは思えないのだよ。Kの行動はまったく無意味な徒労だったという結末を迎えるのだろうか? たとえば〝城の娘〟の息子ハンス・ブルンズウィックが、Kに対して異常に関心を持つのは何故だろうか?」

今まで自由勝手に自分の意見を述べていた私がいきなり質問形式で言葉を切ったのに対して松村は、苦笑いを見せた。

「残念ながら、カフカの『城』は、高校生の時に君に本を借してもらって読んだきり読み返す機会もなかったたし、ましてカフカの研究書の類はいっさい目を通していないから、君の言っていることが正当かどうか判断する基準は持っていないよ。ただ、何となく君の都合に合わせた講釈を聞かされているような気がしなくもない。」

「そこまでわかっているのなら、覚悟を決めて、もう少し付き合ってくれよ。

Kは果敢に『城』に挑戦する、あらゆる手段を使って『城』の手ががりになりそうな人間に接触を求めようとする。愛人フリーダとのなれそめも、実はフリーダが『城』の高官のクラムの愛人であり、フリーダを通じてクラムに接触が可能ではないかというKの打算が見え隠れしている。この『城』への挑戦の行動原理が何かということは、再びわれわれを『城』は何の象徴か?という問題に引き戻し、堂々巡りに陥る。これはカフカの仕掛けた巧妙な罠であり、論理のみでこれを追求しようとすれば、必ずこの罠に落ち込む。ここでは、ある程度論理を超越した飛躍が必要である。僕は、よく言われるようにKが、『この村に定着するための闘争』というような消極的な目的にとどまらず、Kには改革を準備する預言者としての性格も付与されているのではないかと思う。

現在残されている小説『城』の中間あたりに、例の〃城の娘〃の息子、ハンス・ブルンズウィックという少年が、Kに接触を求めてくる場面が準備されている。この場面で少年は、さまざまな会話の後、『いまはなるほどKの身分は低くておぞましいものだけれども、ほとんど想像を絶するほど遠い将来にはあらゆる人びとに卓越したような人物になるに違いない』という確信をもつにいたるのである。この少年の確信は、すくなくとも少年がKに『改革を準備する預言者』としての性格を認めたということではないのだろうか?　そして、このハンスの仲介により、Kは〃城の娘〃と会う約束をとりつけるが、残念ながら小説は、Kが〃城の娘〃に会う前のところで中断している。

おそらく小説の後半において、〃城の娘〃ならびにその一家とのかかわり合いが、この小説の重要なモティーフになって発展することになったのではないか?

ところで、このブルンズウィック一家の中でも〃城の娘〃は特異な扱いを受けている。すなわち、無名性。ハンスの父親——すなわち〃城の娘〃の夫——はオットー・ブルンズウィック、そして、〃城の娘〃の胸に抱かれていたハンスの妹にまでフリーダという名前が与えられているのに、〃城の娘〃には特定の名前が与えられていない。強いて呼ぶとすれば、ブルンズウィック夫人ということだけれど、これは属姓にすぎない。ほかの登場人物にはそれぞれ名前がつけられているのに、この無名性をどのように考えるべきなのか? われわれはごく慣れ親しんでいるが、考えてみれば、主人公が単にイニシャルのKで表されているのも不思議なことだ。『審判』の主人公はヨーゼフ・Kだが、『城』の場合、ファースト・ネームによる特定さえ取り除かれている。より、無名性に近づいている。より、抽象化され、——純化されている。そして、〃城の娘〃は、さらに純化され、イニシャルさえ与えられていない。〃城の娘〃が、名を与えるほどの重要性を持たない登場人物というわけでは決してない。〃城の娘〃の胸に抱かれた乳飲児にすら名前が与えられている。フリーダという、この小説のヒロインと同じ名前をね。このフリーダというハンスの妹の名前も謎めいている。カフカは何故、この乳飲児に、わざわざヒロインと同じ名前をつけたのだろうか?」

私はここで息を接ぎ、しばらく間をおいた。次に続ける話は、敬虔なカトリック教徒であった松村に不快感を与えるのではないかと懸念し、躊躇した。しかし、ここで止めてしまうわけにはいかなかった。

「カフカはここで、やや位相をずらせた聖書物語を展開しようとしたのではないだろうか？　ナザレ人イエスの周辺には、三人のマリアがいたという。聖母マリア、マグダラのマリア、そして妹のマリア。いま『城』にはフリーダが二人存在する。ヒロインのフリーダはマグダラのマリアに比定されるのではないか。マグダラのマリアの前身は、――イエスの教えに目覚める前はマグダラの娼婦だった。一般的な基準からみて、ヒロインのフリーダ、そしてこの人物に大きな影を落としている現実のミレナに娼婦性があるというわけでは決してないが、しかし禁欲的なカフカ、――性を伴わない理想結婚というようなことを思いつき、これを現実の女性に求めたカフカの基準から見れば、性に対して決してストイックというわけではない女性、――すなわち、ごく一般的な女性にもある種の娼婦性を認めたとしても不思議ではないのではないか？　フリーダは、城の高官クラムの愛人でありながら、初めて会った夜にKと抱き合って酒場の床を転げ回る奔放な一面を持つ女性であり、現実のミレナは、文学者ポラックの妻でありながら、――夫が大変な放蕩者であったという同情に値する事情があったにせよ、――カフカと文通し、カフカと逢引し、カフカを愛しながらも、カフカの性に対するストイックな考え方にたじろぎ、結局性に対する――夫に対する執着を断ち切れないでいる。カフカはミレナが手紙のなかで書いた『私は彼が好きなのです。でもF、あなたのことも私は好きなのです』（『カフカ全集8　ミレナへの手紙』辻理訳　新潮社）という文章の〝も〟にこだわり、ひどく傷ついている。

乳飲児フリーダが妹マリアに比定されていると考えるのはごく自然だろう。そうすると、最後に聖母マリアは、あえて無名性のうちに封印された〝城の娘〟とも考えられるのではないか?

聖母マリア、あるいはマリア信仰は、カトリックにとって非常に重要な意味をもっていると聞いている。処女懐胎、――つまり、イエスの無原罪性の神学の基礎を成すものとしてね。カフカもまた原罪意識の非常に強い人だった。そして、性のない理性結婚というような考えに囚われていた人だった。そのカフカが、『処女懐胎――聖母マリア――城の娘』という一連の繋がりを小説の縦糸としたと考えることもあながち荒唐無稽とは思えないのだよ。

もちろん、〝城の娘〟に封印されたものは多重的である。単純に聖母マリアそのものである筈はないだろう。カフカが敢えて〝城の娘〟を無名性にとどめたのは、この多重性を担保するためのものであるかもしれない。

〝城の娘〟は、同時に病んでいる。ただ、『どんな病気なのかということになると、いっこうにはっきりしながった』と作者はわざわざ断っている。Kは、ハンス少年に対していろいろ質問をするが、母の病気について明確な回答を求めるのは困難であった。ハンス少年は、『あれは、実は病気でもなんでもないのです。』と守秘の姿勢をとり、『おそらくここの空気には耐えられない』という漠然とした、断片的な知識を与えただけで、用心深く母をガードする。ただ、Kが『自分は医学の知識がある』と言い、必要だと思われる転地療養について、せめてお父さんに注意してさし上げることができると提案をした段階で、逆に母親の〝城の娘〟に会う可能性を引き出すのである。

また、〝城の娘〟は狂気をおびているのかもしれない。――いや、事実はどうであれ、周囲からそのような目で見られていることは明らかであろう。第一章で、『あんたは、だれかね』というKの強引な質問に、安楽椅子に横たわる女が『城の娘です』と答えた瞬間、Kは男たちに左右から取り押さえられ、戸口のほうに引っ張っていかれ、――それを見て老人は、なにがおかしいのか、手をたたいて喜び、突然気が狂ったように騒ぎ出した子供たちのそばにいた洗濯女も、声をたてて笑う。この突然の騒ぎは、単純にKが捕らえられたことによって引き起こされた、ともとられるが、一方〝城の娘〟という女の出自が、村人たちにとって一種のタブーであり、〝狂気の沙汰〟と考えられていた事を意味しないだろうか？　少なくとも、Kが、そのように捕捉されたことは、村人側からみれば、Kがそれ相応の罪を犯したと認めたということだ。Kの行為の、何がこの罪に相当するか。それは、安楽椅子に横たわっている女から、タブーである〝城の娘〟という言葉を引き出したからに相違ない。少なくとも、この村の権力構造の、――いまは痛み、衰弱しているかもしれないが、なおこの村を支配する最高の権力である『城』と直結するということを主張する女は、――事実はどうであれ、村人からみれば狂気の沙汰であるに違いない。もし『城』の暗喩として宗教性を認める立場からすれば、それは聖なる狂気と言えるかもしれない。

キリスト教ではマリアは聖母であるが、ユダヤ教は、マリアにそのような地位を与えてはいない。ユダヤ教からすれば、マリアは未婚の母であり、イエスは私生児である。――いや、未婚の母、私生児どころか、タルムード（もちろん僕は読んだことはないのだが、）はもっと明確に、イエスを〝姦淫の女の息子〟〝娼婦の息子〟と呼んでいるようである。キリスト教とユダヤ教は、――そしてイスラム教も――同根の宗教と言われながら、その教義や文化の乖離も大きい。キリスト教徒がユダヤ教徒と決して相容れることができないのは、イエスとマリアを巡るこの解釈の相違からいって当然のことだろう。カフカが果たして熱心なユダヤ教徒であったかどうか、僕は不勉強でよく知らないのだが、少なくともイエスとマリアを巡る解釈については、当然自民族の宗教による解釈をまず基本的なものとして受け入れ、――後にカトリック的な解釈を重ねて受け入れていったのではないだろうか？　もちろんカフカは、ミレナに会う以前からカトリック的な、〝処女懐胎の神話〟〝無原罪の神学〟を知識として知っていたと考えるのが自然であろうが、この時期にいたって、より自身の実存にかかわりあう問題として、このダブル・スタンダードを意識しだしたのではないだろうか？　事実、わずか一場面の出現で、〝城の娘〟は、〝聖母〟の――あるいは、〝永遠に女性的なもの〟の――崇高さと、その運命に宿る悲劇性を過不足なくわれわれに伝えているように思われる。その意味では、〝城の娘〟を〝聖母〟になぞらえることは、おそらく熱心なキリスト教徒であろうエムリッヒからみれば瀆神であっても、異教徒でありながらカトリシズムに接近を図ろうとするカフカにとっては、自身の実存にかかわる切実な問題であったのだろう。

それは僕のようにキリスト教に多大な関心を払いながらも、全面的にはそれを受け入れることができない人間にとっても、また興味のある問題だよ。」

私が予測したとおり、松村はその理知的な顔を曇らせていた。しかし、決して感情的ではなく、静かな調子で私の話を遮った。

「もう、そのへんで止めてくれないか？　その後は、君自身が今後の課題として、真剣に検討してほしい。君としてもまだ十分に熟成していない考えをここで披露することはよくないよ。ただ、僕としては、君がカフカの『城』を手がかりにして、聖書に接近しようとするのではなく、聖書そのものに直に接近してほしいと思うよ。もっと素直に聖書の言葉に耳を傾けてほしい。――僕は、僕の晩年に、君がかなりキリスト教の方に接近してきているように思ったが、その後どうしてしまったのかね。」

「たしかに、君が指摘するとおり、その傾向はあったよ。――初めて君から信仰告白を受けた時に僕がつまらないキリスト教批判をして問題をこじらせてしまったことに懲りて、君との付き合いにおいて、以後宗教問題は一切話題にしないようにしてきた。しかし、僕も中年を過ぎる頃から、やはり、宗教問題を避けて通れない状況になってきた。両親との別れは自分が予め考えていた以上に僕の精神に打撃を与えていた。それに、社会生活で挫折の連続であった経験から、実生活を越えた次元での価値を探ろうとする傾向が強くなってきたのだと思う。僕は依然として、君との付き合いにおいて用心深くこの傾向を秘匿していたつもりだった。――たとえば、君に聖書を読むとすれば、どれがいいかと聞く時も、信仰に関係なく、ちょっと調べてみたいことがあって、というような留保事項を必ず付け加えた、――しかし、君のほうは気がついていたようだね。僕は密かに晩年の生活の中で、君とのかかわり合いが深まっていくような予感がしていたし、もう一度君とあの少年時代から青年時代のような濃密な付き合いが復活するような予感がしていた。さしあたって、お互いに余裕ができたら、——つまり、君が最後の要職であったN大学の副学長（学長は常にドイツ人であったから、この地位は日本人として組織の長であり、大変な責任が君の両肩にかかり、君がこの職務を全とうするために心血を注いでいることはよくわかっていた）の地位を辞し、僕が新しく始めた事務所がある程度軌道に乗った適当な時期に君が案内者の労をとってくれて、二人でドイツへ旅行に出かける約束はできていたし、そして最晩年、——これは君との了解事項ではなかったが、君の手から洗礼をうけて僕の生が閉じるというような予感が僕にはあった。しかし、早すぎた君の死ですべてが水泡に帰した。それから後、僕の信仰への傾向は春の淡雪のようにはかなく消えていった。そうだな、ジャンヌ・ダルクの殉教の後のジル・ド・レ伯爵というところかな。もっとも、僕はジル・ド・レほど極端で残虐な背徳者にはなれないけどな。」

「それは当然だよ、僕がジャンヌのように聖人列伝に加わるほどの偉大な信仰者ではないからね。テーゼとアンティ・テーゼの振幅の均衡上それは当然だよ。」

松村は、爽やかに笑った。そして、

「僕としても、死があれほど間近に迫っていることを知っていたなら、君にいろいろ聞いておきたかった。僕が信仰生活に入ってから、君がお互いの交友関係を永続させるために宗教問題に触れることを極力回避したように、僕のほうでも遠慮があったのだよ。君が中年以降になって、宗教問題を避けて通れなくなった事情はよくわかるよ。ただ、なぜキリスト教なんだろう。あるいは、なぜカトリックなんだろう。君はかつて仏教のほうが、宗教としてより純粋だと言ったね。通常の日本人の場合、若い時西洋のほうに目がいっていても、中年を過ぎた頃から、東洋への回帰、——あるいは日本人への回帰が始まる。若い時仏教を比較優位とした君が、中年を過ぎてキリスト教に接近するというのは、いわば逆コースだね。このあたりはどう解釈すればいいのだろう。」

私は、笑い出した。

「なんだか、『江戸の仇を長崎で……』という具合になってきたね。四十年近く前に、僕が君にした質問をそのまま返されるとはね。ただ違うのは君には堅い信仰があってのことだし、僕のは信仰への傾向に過ぎないということだね。それから仏教のことだが、あの時ああいう言い方をしたのはひとつの弾みであって、——実は、僕は仏教については何も知らないのだよ。家の宗教は、一応浄土真宗だったが、——浄土真宗は、一般に門徒とよばれ、俗に『門徒もの知らず』と言われるように、日常に宗教色はない生活だった。それに、僕たち兄弟の病気や戦渦のおかげで、わが家には非日常の時代が長く続き、たとえば両親や親戚の叔父さんから宗教的な問題について話を聞くこともなく、ようやく親戚の法事などで仏事に接触するくらいだった。もちろん、それは宗教としての仏教ではなく、儀式に過ぎなかった。——むしろ、僕には仏教に対してある種の恐怖心があった。幼い時に見せられた地獄絵図や、母親が子守歌がわりに歌った賽の川原のご詠歌、それに比較的幼い時に親戚の葬儀が重なって、阿倍野の斎場にたびたび連れていかれたことで、実は長い間、阿倍野周辺は僕にとって恐怖の場所となったが、――そういった恐怖の種子が、小児結核という当時の不治の病に冒され就学に先だって床に就く生活を強いられた時点で不気味に成長し、あらためて恐怖の壁として自分の前に立ちはだかった。いや、恐怖の壁に取り囲まれたのは僕だけではなかった。これは仏教とは直接には関係のないことだが、ある日の午後、僕の家の屋根にカラスが止まり、陰鬱な鳴き声をあげた。その不吉な声を聞いて、母は顔色を変えた。死人が出る家には、その日の夕暮れカラスが屋根の上に止まり不吉な鳴き声をあげる、という言い伝えを思い出した母は顔色を変え、まだ明るいというのに凶事から僕を守るために慌てて雨戸を閉め切った。」

――私は、この自分を地底に引きずり込むような暗い記憶を封印するかのように、そこで話を休止した。

松村はしばらくの間、私に沈黙を許したが、やがて、

「――それで、K学院に入って、聖書の授業や、礼拝によってキリスト教に関心を持ちだしたということ？」

「いや、それ以前に、僕の生まれた大阪市西区の、今は町名も変わってこの世には存在しない［阿波堀通三丁目］の一角にキリスト教会があった。普段は子供たちにとって縁のない場所だったが、クリスマスの頃になると、この一角が突然さんざめくのだった。クリスマス・イブの夜に教会を一般に開放し、スライドや映画を見せてくれるのだった。ちょっとしたプレゼントもあったのかもしれない。

ただ、僕は六歳のクリスマスにはもう大阪にいなかったから、それにあまり幼い頃は夜遅くまで外に出ているわけはないから、明確にこの行事の記憶が残っているのは二回だけだった。一回目は多分四歳の時。僕より二歳上の兄はそれまでに幼な友達と一緒にこの行事に参加していたのに違いない。おそらく兄は、『××ちゃんも大きくなったから、今年は連れていってやったら?』というようなことを母に言われて、しぶしぶ了解したものと思われる。その日、まだ日が明るいうちから、そわそわし、緊張していた。その反動でクリスマスの行事が始まり、兄に案内されて教会の中の席に着いた頃から僕は猛烈な睡魔に襲われていた。牧師の説教が終わり、スライドの放映が始まった。当時としては珍しいカラー・スライドで、――そうだ、当時はスライドとは呼ばずに幻燈と言っていた、――おそらく、ナザレ、ベツレヘム、イエルサレムなどの聖地であろう、地勢を示した地図や風景の写真が次々と映し出される。中にはスライドが逆さまに映り、観客の間にざわめきが起こって、慌てて映写技師が映写機の操作をストップする騒ぎもあった、――そのうち、僕は睡魔に負けて眠ってしまった。つぎに僕が目を覚ました時には、映写幕にはモノ・クロームの画像が映っていた。スライドの静止画像とは違って、中の人物が動いている。ただ、スライドの画像の明解さと比較すれば暗く、陰鬱である。一人の沈鬱な面持ちをした男が中心にいる。幾人かの人たちが、そのまわりを取り巻いている。明らかに人々は、うろたえている。女たちの中には、泣いているものもいる。――僕の記憶は断片的だ、次の画面では、人々は山の斜面を暗闇の中で、何かから逃れようと移動している。――また別の画面、夜目にもきらめく甲冑を身に着けた戦人が誰かを捜しながら移動している。そして、あの沈鬱な面持ちの男が捕らえられる。——いまから考えれば、映画は明らかにイエスの生涯を撮影したものであり、僕が目を覚ましたのは最後の晩餐からゲッセマネの夜、イエスの逮捕という結末に近いところであったようだ。その頃の僕に、どの程度イエスの生涯に関する理解があったのだろう。皆無ではなかったと思う。おそらくその時の牧師の説教の中にクリスマスの意味、誕生を祝福されるイエスの生涯、最後に十字架にかかる運命についての解説は当然あったのだろう。あるいは、母が僕にイエスについて簡単に話していてくれたのかもしれない。母はキリスト教信仰を持ってはいなかったが、後にわれわれ兄弟をK学院に進学させたように、また日常生活で賛美歌を好んで歌ったように、この異国の宗教に対する尊敬と親愛を持ち続けていたように思う。

——とにかく僕はこの映像を見ながら悲しくてしょうがなかった。そして、おそらくイエスと思われる男が逮捕された瞬間僕は大声をあげて泣いていた。この映画でイエスが十字架にかかる場面があったかどうかはわからない。僕が大声で泣いた時、兄に教会の外に連れ出されそのまま家に帰されてしまった。翌年のクリスマスは僕は教会へ連れていってもらえなかった。僕は前の年のクリスマスの夜、大泣きした事件をそれほど重視していなかった。その年も兄と一緒にクリスマスの集会に連れていってもらえるものと信じていた。ところが夕方近くになると兄をはじめ、いつも一緒に遊んでいた仲間が誰もいなくなっていた。僕は慌てて家に帰り、そこで母から今年は家で留守番しているようにと告げられ、『なぜ?』と聞く僕に母はまだ小さすぎるから、来年のクリスマスには間違いなく一緒に連れていってもらえるように母さんから頼むから、と言った。母も共犯だった。僕はすっかり落胆した。その夜のことははっきりと覚えている。二階の母の部屋では母は針仕事をしている。僕はその横で転がっている。静かな夜だった。近くで賑やかなクリスマスの集会があるなんて信じられなかった。遠くの方で夜泣きソバの屋台のチャルメラが聞こえる。もっと遠くのほうで犬が遠吠えするのが聞こえる。

『にいちゃん、まだ帰ってけえへんな。』

『もうすぐ帰るやろう。』

母は、いまが大切なところなのか、針仕事の手先から目を離さず、もの憂く答える。

会話はすぐ途切れる。

僕は、どうしても母に告げたいことがあった。去年僕が泣いたことはそんなに悪いことだったのか? イエスを襲った運命を悲しいと感じたのはそんなに悪いことだったのか? あの教会の中で、僕が一番あの映画を真剣に見て、イエスの運命を自分のことのように、考えていた証拠ではないのか? それなのに、おいてきぼりを喰うというお仕置きを受けるのは間違いではないのか? ——しかし、その時僕は、そのような複雑な論理を展開するには幼すぎて、ただ黙って耐えているよりほかはなかった。それがまた悲しかった。」

「——その話はよくできているが、ちょっとできすぎだね。ことに、最後のところの、君が映画を見て泣いたことを一年たって、そのように意味のあとづけをするような論理を、——たとえ表現できないにしろ、四、五歳の年齢で、心の中でたどることができるだろうか？　時間が記憶を変容させているのではないか？」

　松村は疑わしげであった。

「いや、それはないと思うよ。実は、いままで僕はずっとあの教会がカトリック教会だと思っていた。しかしたったいま、どちらかわからなくなってしまった。カトリック教会ならクリスマス・イブには正式のミサがあって、子供や一般の人々を集めてスライドや映画を映写する余裕はなかったのではないか？ということにふっと気がついた。確かに記憶は時間の経過にしたがって変容を受けることは間違いないが、僕はたえず客観的な事象でチェックして、できるだけ記憶に間違いを生じないように修正しているつもりだよ。もっとも昭和十年代の初期に、キリスト教がどのような布教方法をとっていたのかは不明だがね。したがって、あの教会がプロテスタントかカトリックかということについては、あの教会が戦災で焼け落ちたいま、調べようがないがね。」

「――まあいいか、自分の出産の場面を覚えていると主張するよりずっと罪が軽いかもしれない。」

　松村は、奇妙な折り合いをつけて笑った。

「もうひとつの思い出は、間違いなくカトリック教会だよ。」

「まだあるのかい？　つぎの問題も控えているよ。」

「つぎの問題？」

「そう、シュンペーターの問題。」

「え？　それをまだやるのか？――それは、酷だな、ことに経済学者だった君に、いまさら僕がその問題について話すことなんかないよ？　それに調子にのって随分おしゃべりをして時間をとったから……」

私は太陽の位置を確認するために後ろを振り返った。不思議なことに太陽はさきほどからほとんどその位置を変えていなかった。

「時間は気にしなくてもいいよ、少なくとも僕と会話をしている間は時間は経過しないことになっている。」

「それでは、なおさらこの問題をしっかりと片づけておかねばならないだろう。――みんなから一年遅れて小学校に入ってからも、僕はしょっちゅう熱を出して、医者の世話になっていた。ただ戦争が激しくなるにつれて、薬品の出回りが少なくなり、町医者では思うような手当ができなくなってきた。神戸の山手のカトリック教会で、週に一度、特別な経路で入手した薬品を使って、信者の医者が結核患者の手当をしていることを聞かされ、母は僕と兄の二人を神戸へ行かせることに決めた。最初の一回は母の付き添いがあったが、二回目からは兄と二人だった。いつも大勢の患者が来ていて、一時間以上待たされて、注射を一本打ってもらって帰るのが決まりだった。医者は寡黙であり、病状を問診するわけでもなく、ただ注射を打つ作業に専念していた。僕は町医者との違いに最初は戸惑った。数年来の主治医であり、一時期は週二回の往診をしてくれた町医者との間には、いい意味でも悪い意味でも慣れが生じていたが、この医者の前では、マスとしての患者の一人だった。このことがまず新鮮だった。それに医者が持っている医療器具が町医者のものと比べハイカラだった。町医者の注射器は、太いガラスの筒で、僕たちが昆虫採集で使う昆虫を麻痺させるために打つ注射器の延長上の器具であった。教会の医者が使う注射器は、極細の濃紺のガラスでできていて、ずっと小ぶりだったが、器具としての品等はずっと高級で、専門的のように見えた。聴診器も繊細で、いかにも専門家が愛好する高級な医療器具のように見えた。ただ、――町医者のところと違って、自分の順番がくるまで辛抱強く待たねばならなかった。ある日僕は、この待ち時間を利用して、ちょっとした冒険を試みた。立入禁止となっている階段に足を忍ばせて上り、踊り場に出たところで、僕はぎょっとして足をすくませた。踊り場の正面の壁に巨大な十字架がかかり、そこにイエスの彫像が大きく磔にされていた。彫像は彩色が施され、リアルだった。イエスは悲しげな表情をし、首を大きく傾けていた。脇腹に聖痕があり、生々しい血の色が塗られていた。僕は、恐怖とは少し違う、不思議な感情に鷲摑みにされ、しばらくそこを動けなかった。僕は一定の時間の後、何くわぬ顔で兄のところに戻ってきた。兄には、階段の踊り場の壁面にかかっているイエスの磔の彫像については黙っていた。この神戸行は、神戸を襲った米軍の大空襲によって神戸の街が灰燼に帰したことによって打ち切られた。神戸の空襲の知らせは当然宝塚の僕たちのところにまで届いていたが、ひょっとして教会は焼失を免れているかもしれないという期待が、兄と私を神戸まで向かわせた。三宮駅を出たところで、焼け野原が広がっているのを目にした時、これは教会が残っているはずはないと直感したが、それでも万一のことを考えてその場所に行くことにした。いつも乗る市電は止まっている。二人は、周囲が見事に焼け落ちている坂の道を歩いて行った。教会の建物が焼け落ちていたのか、それとも残ってはいたが治療が行われていなかったのか、それについてはっきりとした記憶は残っていない。ただ、僕たちの神戸行はそこで中断した。」

「いまの山手教会のことかな？　神戸のことは君より僕のほうが詳しいはずだけど、戦争中のことはわからないね。」

松村はもともと東京の下町の人形町付近の出身だったが、父の勤めの関係で満州で就学し、大連で終戦を迎えていたので、日本の殆ど全国で起こった戦争末期から終戦直後の混乱を体験していなかった。

「それから、K学院に入るまでに、S女子大のキャンパスに迷い込んだことがある。僕は小学校の五年生の時に宝塚から池田に転居していたから、おそらくその前年の夏のことだったと思う。僕が住んでいたのは、逆瀬川の沿岸であったが、この川から南へ、S女子大のキャンパスにいたるまで、当時は橡や楢の林が続いていて、かぶと虫やくわがた虫の生息する宝庫だった。ある日僕はその辺の事情に詳しい堀田という友人と一緒に早朝から昆虫採集に夢中になっていた。素晴らしい成果に夢中になって、いつの間にか、僕たちはS女子大のキャンパスに迷い込んでいた。

小学校の校庭とは違って、自然の地勢がそのままキャンパスとなっていて、外部と明確な区別はない。ただ、イエスを抱いた聖母マリアの彫像や、小さな羽をつけた天使の像が収められた、小さな屋根をつけた東屋のようなものがあちこちにあり、それがおのずから威厳を示して、日常の世界と一線を画していた。

『こんな所に迷い込んで、叱られへんか?』

僕は、周囲の異常な雰囲気にすっかり圧倒されて、臆病風に吹かれて、おずおずと堀田に尋ねる。

『大丈夫や、人が来たらこうやって手を組んでいたら何も言わへん。』

堀田は胸の前で手を組んで、殊勝な様子を見せた。彼の住まいはS女子大のすぐ下にある。このキャンパスに迷い込むのは常習犯のようである。

僕がおそれていたことがやってきた。校舎のほうから、ひとかたまりの人影が現れた。

堀田は僕に目配せして、マリア像の前から離れて、胸の前で手を組んで、人影に向かって歩き始めた。僕も堀田に習って、胸のところで手を組みあわせ、堀田と並んで、歩き始めた。おそれている対象に向かって歩いてゆく堀田の大胆さに感心し、これはまことに適切な戦略であろうと考えた。近づいてゆくにつれて、人影はそれぞれに分解していった。中心にいるのは、僧服に身をつつんでいるまだ若い異国の修道女だった。取り囲んでいる四、五人は、おそらく女子大の附属高校の学生だったろうが、小学校の児童からみれば一人前の大人の女性である。彼女たちの制服は僧服に似て黒く、若い女性の持つ華やぎからは遠かった。しかし、硬質ではあったが、質実で敬虔な内面がうかがわれる美しさがあった。とりわけ、修道女の横で、修道女と話を交わしている背の高い女性は、美しかった。この時の印象は強烈で、いまでも僕はその女性の表情のひとつひとつを思い出すことができる。ボッティチェリの描くヴィナスに似た古典的な顔立ちだった。」

「クリスチャンといたしましては、カトリック系のミッション・スクールの校庭を歩む内面的な美しさを持つ女性の形容に、ヴィナスを持ち出すのは若干抵抗がありますね。」

松村は冗談めかして、柔らかに抗議した。

「うーん、ヴィナス全般としてはそういうことだろうが、しかし、ボッティチェリの『ヴィナスの誕生』のヴィナスの顔の表情には、女性の優雅さ、気品のある愁い、——恥じらいのようなものがあって、もっとも官能的なところが少ないヴィナスだと思うよ。」

「それで、その女性が、君のベアトリーチェというわけか？」

「いや、残念ながら、その経験がそれから後の僕の人生を拘束するほど強烈なものではなかったということだよ。もしそうであれば僕にも『新生』や『神曲』や、それにずっと時代は下るがネルヴァルの『シルヴィ』のような系統の小説が書けたかもしれないがね。ただ、『新生』や『神曲』はともかく、『シルヴィ』に僕が執着しているのは、あの時の経験の影響が強いと思うよ、——少年時代の主人公（おそらくネルヴァル自身）は村娘シルヴィを連れて、いまは僧院となっているヴァロア王朝時代の城の前で、その地方の少年少女たちと踊りの輪を作っている。おりからの落日の斜陽と立ち込める霧が周辺を夢幻の世界に変えている。踊りの輪の中に、高貴な生まれの少女——いつもは村人たちとは隔絶した生活を送っているアドリエンヌという少女が参加している。彼女はその日、祭りのために特に許されて村の少年少女たちの集まりの中にいるのだった。祭りの掟にしたがって、アドリエンヌはネルヴァルと踊り、ネルヴァルはアドリエンヌの髪に接吻した。それから後、少年少女たちはアドリエンヌを中心に輪となって座り、アドリエンヌは愁いに満ちた古い調べの歌を歌った。それがすむとアドリエンヌは皆に一礼し、城の中へ帰っていった。それから一年後にアドリエンヌは修道女となり、ネルヴァルは二度と彼女に会うことがなかった。情熱的なネルヴァルは、一生を通じて多くの女性と恋をした。しかし、同時にネルヴァルは、一生アドリエンヌの面影とあの夢幻的な経験に拘束された。晩年は狂気の淵に生き、パリの片隅の路地奥で縊死して果てた。——いや、これはとんだ脱線をした。そういうことを言うのが目的ではなかった。これが僕がK学院の中学部に入る前に、キリスト教に接触したすべてだった。もちろん、プロテスタントとカトリックの区別も知らなかったから、K学院の礼拝堂にも、十字架やキリスト像やマリア像や天使の群舞している彫像があると考えていた。ところが実際に目にした礼拝堂は簡素そのもので、装飾的なものは皆無だった。間もなくプロテスタントは偶像崇拝禁止の立場から、教会の礼拝堂に彫像類の装飾を一切施さないのだと聞き、簡素な礼拝堂に納得した。ただ、少なからず失望した。

K学院の中学部長であった矢部先生は、真摯なプロテスタントの信者であり、また熱心な教育者であったので、私たち学院の中学部の学生はこの先生の情熱的な説教に魅了された。僕もいつの間にか、K学院の礼拝堂に、カトリック教会にあった装飾や彫像がなかったことに対する失望も忘れて、聖書の講義や礼拝の説教に耳を傾けるようになっていった。この矢部先生の説教に感動して、中学部の三年間に多くの同級生が洗礼を受けた。しかし僕は、洗礼を受けるところまでいかなかった。僕には矢部先生の説教が感動的であればあるだけ、信仰生活というものが自分とはほど遠い世界に思えたのだった。当時、僕の精神状態は必ずしも良好とは言えなかった。前にも言ったように戦災を境にして、家庭の環境は激変しており、僕の精神は不安定だった。そういう不安定な精神状態の時に、宗教が入り込むということも世間ではよくあることかもしれないが、当時の僕にとっては現世利益の宗教ということは考えられなかった。宗教というものは現世世界を越えたより高度な精神のありかたを目指すもののように思えた。矢部先生の説教も、その方向を指示されているように思えた。現世の生活の桎梏に喘いでいる間は、形而上のことは保留しておく、というのが僕の姿勢だった。

それに、クリスチャンの強引な布教のやりかたに反発した面もあった。矢部先生をはじめ、K学院の先生方は、決して押しつけがましい方法はとられなかったが、時々学院に招かれて説教にこられる宣教師は必ずしもそうではなかった。いちばんひどかったのはアメリカの高名な——事実はどうであったかは知らない、ただそういうふうに紹介された——宣教師で、説教の間傲岸不遜の態度でわれわれを威圧し、強引に改宗を迫った。寒い日だった。外はめずらしい大雪になっていた。当時のことで、暖房施設もなく、僕たちは凍りつくような礼拝堂の中で震え上がっていた。

最後に宣教師は、われわれに顔を伏せて目を閉じるように命じ、

『皆さん、これから私がよいというまで決して目を開いてはなりません。いままでの私の話を聞いて、洗礼を受けようと考えるようになった人は手を挙げなさい。他の人に知られることはありませ

ん。勇気を出して手を挙げてください。』

僕はこれはとんでもない話だ、これでは、もし誰かの心の中に信仰が芽生えたとしても摘んでしまうことになるだろう、手を挙げる者なんていないだろう、と考えていた。

しばらくして、

『いま、勇気のある人が手を挙げました。続いて一人、ああ、またあちらでも手が挙がりました。』

興奮した宣教師の声に僕は驚いた。ついに僕は禁を破る決心をした。僕は薄目を開いて、気づかれないように慎重に周囲を見渡した。かなりの数の手が挙がっている。そのとき、手を挙げた一人一人について確認したはずだけれど、それはまったく記憶にない。おそらく自分の行為が決して許されるものではないという自責が、記憶をきれいに拭い去ったものと思われる。ただ、松村、君が手を挙げていなかったことに安堵したことはいまでも覚えている。」

私は、生前彼に内緒にしていたことをいま初めて打ち明けた。

「悪い奴だな、君はいままで僕にそのことを言わなかったね、——あの集会のことは僕も非常に不快だった。人を試すようなやり方で、信仰生活が始まるはずはない、と反発していた。しかし僕は君のように目を開けて挙手の状況を確認しようとは思わなかった。」

松村は軽く、咎めるような調子で言った。

「そう言われると面目ないな。やはり君は文字通り品行方正の優等生であり、僕は無頼の徒であったわけだよ。あの日、帰りに降り積もった雪を掬って同級生のだれかれとなく投げつけて憂さばらしをした。もちろん投げつけられたほうも黙ってはいなかったから、時ならぬ雪合戦になった。」

「ああ、覚えている。君は雪の中を転げ回っていた。僕は大連で育っているから雪には慣れていたが、君は大雪が珍しくてはしゃいでいるのかと思った。しかしあれは君なりの贖罪の方法だったのかな?」

松村はその時の情景を思い出しているのか、いつまでも低い笑いを続けていた。

「K学院時代はキリスト教と非常に近い生活であったが、結局信仰心を見いだせないまま終わってしまった。高校、大学時代はキリスト教と無縁の生活だった。しかし、この頃はまだ文学書や哲学書をつうじてキリスト教のことを考える機会があった。善きにつけ悪しきにつけ、僕らの世代はヨーロッパ文化の強い影響下にあったわけだからね。

ただ、当時の世間一般の唯物史観的な考えが、僕が通っていた高校にも侵入してきて、向学的な学生は何らかの形で影響を受けていた。僕は、そうした風潮に必ずしも馴染めなかった。熱心な学生は、岩波文庫や青木文庫のマルクスやエンゲルスの著作を読んでいたが、僕は解説書程度の読書に留まっていた。高校時代はまだ文学や音楽や映画に興味があったし、それにマルクスやエンゲルスを持ち出して議論をする学生たちは挑戦的で、批判的な対応をする者に対しては執拗に食い下がり、相手の言うことをすべて否定し、相手が降参するまでは何時間も捕らえて離さないというような面があった。不躾で、押しつけがましく、野卑で油断がならない、というのが僕の印象で、論理以前の嫌悪感があった。どうしても説得できない相手は、保守反動のレッテルを貼って、無視しようとする。僕は、マルクスの経済学がいかに立派であっても――事実、僕は経済学者マルクスについては、経済学史上の巨峰として敬意をはらっている、――無誤謬である筈はない、訓詁の学で終わるのは間違いだ、それを批判的に発展させることが学問の道である、というスタンスを崩さなかったので、『保守反動』の一方の旗頭のように言われて、つくづく参っていた。そのような状況で、K学院時代にせっかく接近したキリスト教とも疎遠になっていった。というより高校時代に習った世界史で、宗教問題がいかに世界史の歩みの枷になっていたか、――たとえば、ヨーロッパ中世が暗黒時代であったとする説。つまり、中世はカトリック世界が地上の国家をも支配し、人々の理性も、思想も抑圧され、人々の自由な発想も、行動も著しく制限されたとする説、――という点が強調され、そこには唯物史観への道が、準備されていたように思う。カトリックとプロテスタントの関連で言えば、中世社会に猛威を振るったカトリシズムはどちらかというと不利な立場であり、宗教改革の立役者であるプロテスタントは有利な立場に立っていた。この点は、K学院の中学部で受けた宗教教育の立場と同一であった。いつの間にか僕は、幼年時代から少年時代の初期に持っていたカトリックの、――いや、正確に言えばカトリシズムの持つ神秘性や美的側面に対する関心を忘れてしまった。後に、君がカトリックの洗礼を受けると聞いて狼狽したのも当然だったと言える。

それはともかく、僕は当時流行の唯物史観には距離を置いていたが、やはり教育的効果はあったのだろう、宗教に対しても距離を置くようになっていた。」

松村はちらっと白い歯を見せて、

「天の邪鬼だからな。世の中の主流に対して一定の距離を置くのは君のいつものやり方だよ。」

「そうかもしれない。」

旧友の容赦のない指摘に、私も——笑いの性質上、白い歯を見せることはなかったが、——苦笑した。同時に私の頭の中には、大川の「JACK　AMANO」というノートの署名が浮かんでいた。

「大学時代は、O大学の経済学部が当時のわが国の経済学部としては珍しく社会主義経済学の講座がひとつもないという近代経済学尊重の講座編成で、しかも新進気鋭の近代経済学者がずらりと揃っておられたおかげで授業の質も高く、僕は安心して、勉強できた。もちろん、学生の中には、マルクス経済に傾倒している人も多かったから、唯物史観に立って議論を仕掛けてくる人もないわけではなかったが、高校時代と違って、こちらにも多少の理論武装はできていた。といっても、せいぜいマックス・ウェーバーの『社会科学方法論』をたね本にして、価値自由の立場を鮮明にするくらいのものだった。余談だが、ウェーバーについて読んだのは、岩波文庫に入っている比較的小さな本——『社会科学方法論』『プロテスタンティズムの倫理と資本主義の精神』『職業としての学問』くらいのものだな。もちろん不勉強を指摘されても仕方ないけれど、当時の出版事情にも責任があるな。マルクス・エンゲルスの全集をはじめ、左翼系の出版は盛んだったけど、ウェーバーのような大学者でも、反マルキシズム系の学者の翻訳出版の点数は非常に少なかったと思う。ウェーバーに宗教社会学に関する膨大な著作があることを知ったのはずっと後のことで、当時は僕から宗教はどんどん遠くなっていった。

——もちろん、職場に入ってからは、宗教のことを考える機会もずっと減ってしまった。君と吉原との付き合いは継続していたけれど、高校、大学の時代と違って、それぞれ住む世界が違っていたからね。会話は日常的なことや、趣味の話にとどまり、形而上のことは話題にしなかったからね。君と吉原二人の時は、どうだったか知らないけど。」

「別に、相手が吉原一人であったとしても、あの時期、話題がそういう問題に触れることはなかったよ、それに就職した君は結構職場での生活が楽しそうだったよ。」

「——そうだね、ちょうど日本の経済が、高度成長に入る前夜の頃で、われわれの生活も戦後の混乱から脱して、やや安定してきた頃だった。まだまだわれわれの生活は貧しく、解決することはいっぱいあった。そして、ようやく、戦争が終わった直後の絶望的な経済状態を克服し、いろんな経済問題を解決することができるという感触が得られ出した頃だった。経済白書が『もはや戦後ではない』と宣言したのが昭和三十一年、そしてわれわれが社会に出たのが昭和三十三年、それから後、いろいろ曲折があったものの、ほぼ一貫して経済は成長、拡大の一途だった。これは、大学の経済学部を卒業し、ことに流行のマルクス経済学ではなく近代経済学の分野の経済学を専攻した人間にとっては、まことに喜ばしい時代だった。会社に入って最初の二、三年は戸惑いがあったものの、比較的早くから重要な仕事を任されたこともあって、やりがいはあったね。ただ、僕は経済の問題は最終の目的ではなく、最終の目的を達するための手段だ、と考えていた。それでは、最終的な目的とはなにか？ということだが、非常に甘い、と言われそうだけど、やはり終戦直後の国家理念であった文化国家の建設というようなことが頭の中にあったのかと思う。誤解をしないでほしいのだが、それは必ずしも戦後民主主義と言われるものを至上のものと考える立場とも違うということだよ。戦後のある時期、哲学者の出隆さんが東京都の知事選に立候補されたことを後に知った時、もしその時出隆さんが当選されたら、古代ギリシアの哲人政治を実現なさるおつもりではなかったのではないかと残念に思ったが、案外僕の理想とする政治は、そのあたりにあったのかもしれない。」

「それはある意味では、非常に危険な考えだね。エリート主義と紙一重だね。それに、社会科学をやった君にしては、現実味にかける選択だね、少人数のギリシア都市国家でも実現できなかったことが一千万都市の東京で実現できるはずはないよ。出隆さんが万一当選されたとしても、そのような政治をめざされなかったかもしれないよ。それに出隆さんは、君が忌避する左翼系の政党から立候補されたのではなかったかな。」

「いや、僕は必ずしも左翼系の思想を忌避するということではないのだよ。資本主義経済にもいろいろウィーク・ポイントがあって、それを修正しなければ生き延びることができなかったはずだよ。左翼側からの指摘のいくつかは正当であり、体制側がその修正にいろいろ工夫を凝らし、混合経済体制を構築したことが、いまなお現在の経済体制を維持できているということではないかな。

僕が忌避するのはドグマを盲信し、自らの体制を無誤謬として、もっぱら資本主義の欠陥のみをあげつらい、歴史的必然とやらで資本主義の崩壊を予言して、昂然としている姿勢そのものだよ。それはともかく、話をもとに戻そう。

——経済面の生活が水準以下、——いや、以下であっても差し支えないが、飢餓線上にさまよう状態では、文化国家の建設など画餅にすぎないだろう。ただ、現実の経済は成長につぐ成長で、歯止めがなくなっていった。

その頃から、現実の世界と僕の内面生活とに大きな齟齬をきたすようになった。同時に、この日本という国が不気味な怪物に変貌してゆくような恐怖感があった。次第に僕は、現実社会から一歩退いたところに自分の生活のスタンスを位置づけるようになった。現実世界に対するある種の失望が、再び僕の関心を文学や形而上の問題に向けさせた。その頃から徐々に宗教に、——ことにカトリックに対する関心が復活し始めた。」

「その頃のことは覚えている。君はしきりに僕のところに電話をかけてきて、ジャック・リヴィエールのことや、新・旧約聖書のことで僕に質問した。」

「うん、——ただ、あの時君にいろいろ教えてもらったのは、必ずしも信仰に関連してのことばかりではなかったよ。たとえば、カフカの『城』について、さきほど君に阻止されたような論考をするための聖書読解だった時もある。——僕が非常に衝撃を受けたのは、君のお父さんが亡くなられた時、君が臨終間近のお父さんに、カトリックへの改宗を薦め、お父さんも、『万事お前にまかせる』とおっしゃって、その場で君の手で洗礼が施され、葬儀はカトリック教会で行われたことだった。もちろん親戚の方々は、父君の改宗のことなど知る由もないから、カトリック教会での葬儀は寝耳に水の事態で、戸惑いを隠さなかったと君は僕に話したね。」

松村は静かに微笑んで、

「あの話をした時、君も戸惑っていたね？」

「ああ、君にも伝わっていたか。僕は君の思いがけない側面を見せられて、文字通り唖然としていたね。まず第一に、ある宗教の信者は、徹底的に人に改宗を迫るが、クリスチャンの場合、ある程度節度があるよね。ことに君の場合は、カトリックに改宗してからも、引き続き物静かで、自分からすすんで宗教の話題を選ぶようなことはなかったし、もちろん人に改宗を迫るというようなことは一切なかった。僕も安心して従来通り付き合うことができた。その君から、お父さんの臨終に際して、改宗を薦めるというような行為は想像がつかなかったからな。それに、その場の状況がわからないから軽々しくは言えないけれど、普通なら本人に死が近いことを悟らせないのが良識というものだろう。それにそのような質問をされたお父さんのお気持ちはどうであっただろうか？　今際《いまわ》の際《きわ》に、――これまで病臥中いろいろ世話をかけ、今後も葬儀一切を取り仕切る苦労をかける長男の意志を配慮して、信仰とは異なる次元で応じられたのかもしれない。『お前に任せる』と言われた言葉にその気配りが感じられる、と僕は考えた。そこに、ちょっと目を逸らしたくなるような、違和感があった。」

松村は、顔を曇らせた。

私は急いで後を続けた。

「しかし、そのうち僕の内面で大きな変化が生じた。君の信仰が強ければ強いほど、そしてお父さんを敬愛していればいるほど、次の世界でお父さんと同じ神のもとで過ごしたいというのはごく自然のことではないかという考えがひとつの啓示のようにひらめいた。これは、お父さんの側からも言えることかもしれない。最愛の長男、——当然君のお父さんにとって最愛の、そして自慢の長男であることは疑いのない事実であろう、——と次の世にも繋がりを持つということは、お父さんにとっても切望されていることだろう。その長男が信仰する神に自分も身を預けようとされたことは当然のことと理解することができた。そういう視点で見れば、そこにはわれわれが描き得る最高の来世が透かし彫りになって見えてくる。

そして僕も来世というものがあるならば、君と同じ世界で過ごしたいと考えるようになった。将来、この生の最後の瞬間に君の手で洗礼を受けて、カトリックに帰依することになるかもしれない、——この考えがいつか生じて、そしてそれが確信に変わっていった。僕が君の後に残されるということはまったく考えの外にあった。君は、僕の死に立会い洗礼を授ける、——それ以外のシナリオは考えられなかった。」

松村は深い溜め息をつき、

「どうして君がそう考えることになったのだろう、たしかに君は幼少の時に大病をして学校を一年遅らせることになったようだけれど、大きくなってからは総じて健康で、草野球のピッチャーで大活躍していて、僕は運動神経に恵まれた君が羨ましくて仕方なかった。それに、僕は中年を過ぎた頃から、肝臓に宿痾を抱えることになって、それほど長生きできないことは、君にもわかっていたと思ったけれどね。」

「たしかに、四十を過ぎた頃から、肝硬変に近い状態の疾患を抱え、日常生活にも注意しなければならないということで、飲酒も控えていたことは知っている、ただ、一病息災という言葉もあることだし、君は肝臓の病気と仲良く付き合って、意外に長生きするのではないかと、無理矢理自分に信じ込ませていたふうがあった。事実、君の死病は肝臓疾患ではなくて膵臓癌だった。君の奥さんと、それから立て続けに君の弟さんから電話を頂き、君がただならぬ状況にあったことを知ったのは平成五年の七月頃だった。腹部に違和感があり、その検査から膵臓に腫瘍が発見され、直ちに入院、療養しているが、病気が病気だからあと半年、持つかどうかというのがお二人の話を総合して得られた情報だった。」

「友人の中では、まず君に連絡すると二人が判断したのは、いままでの付き合いからいって、当然のことだったろう。」

私はその言葉を聞いて、悄然とした。

「その僕が、案外頼りにならなかった。」

「いや、それは君のほうでもいろいろな事情があっただろうから。それに忙しい中、一度名古屋のほうに来てくれたし、電話でもなんどか話をすることができた。それまでに君とは長い付き合いの中で、いろいろ話し合ってきたから、あれで十分だったよ。」

松村は、慰めるように言った。

――私が第二の職場を離れて、小さな事務所を構えたのは、平成四年の五月、松村の死の一年余り前のことだった。当初より覚悟はしていたが、バブル経済崩壊による景気後退の影響を受けて、事務所の滑り出しは厳しいものがあった。退職の経緯からもとの職場に頼ることは一切止めると決心して、一から名刺を配って営業活動を始めたものの、新規の取引先獲得は難行した。半年の間に資本金を食い潰し、さらに資本金の半額相当の資金を追加をして苦しい展開に耐えていた。翌平成五年になって、それまでの地道な営業活動がようやく実り始め、ぼつぼつ仕事が入り始めた。それが七月に入って、突然仕事が増え出した。休日の返上、残業につぐ残業を重ねてもまだ仕事に追いつかなかった。しかし、ここで放り出すわけにはいかなかった。後半の人生の正念場であり、――私はすでに第一の職場の退職金の半分以上の資金をつぎ込んでいた――大げさな言葉で言えば、背水の陣で臨んだ結果であった。ここで仕事を積み残すことは、せっかく軌道に乗りかけた仕事を自らの手で脱出不可能な暗礁に乗り上げさせるようなものだった。松村の奥さんと弟さんから電話をもらったのはそのような時だった。私は松村の状況を心配しながらもなかなか大阪を離れられずにいた。結局、九月に彼が危篤状態に陥るまでに名古屋の病院に彼を見舞ったのは一回きりであり、そのほかは電話で彼と数回話したきりであった。

松村が療養の途中で心臓発作を起こし、危篤状態に陥ったと知らせがあって、名古屋に急行した時には、もう彼の意識はなかった。

「主人が意識のある前にいらしていただきたかった。」

私の顔を見るなり松村夫人は言った。

私は、面を伏せて、ただ頭を下げるよりほかはなかった。

夫人は松村が危篤状態になったときのことを落ち着いた状態で私に説明した。

――松村の病状は、病気の性質上、快癒に向かうということはありえなかったが、モルヒネを使って痛みを抑え、それなりに静かな療養生活を送っていたようである。ただ、あいかわらず神経が細やかで、見舞い客に気を遣って、見舞い客が帰った後極端に疲労するというようなことはあったようであるが、好奇心の強い主治医の求めに応じて経済学の話をして感謝されたり、家族と歓談したりして、比較的穏やかな日々が過ぎていたようである。ところが一昨日の午後、突然心臓発作を起こし、人事不省に陥った。一時は心臓が停止する状態となったが、医者が懸命に人工呼吸を行って、ようやく心臓は脈を拍ち始め、最悪の状態は回避できた。ただ、意識は戻らず、危篤状態が続いているということであった。

部屋には松村夫人、大学院に通っている寡黙な長男、それから大学を卒業して勤めに入っている近頃には珍しい清楚な感じの、姿のよい次女の三人であった。アメリカに留学中の長女は帰国の途上にあった。

私は松村の枕もとにすわり、穏やかな表情で眠っている彼の顔をじっと見つめ、黙って松村夫人の話を聞いていた。

松村は、静かに横たわって呼吸している。あの、たぐい希な明晰な頭脳をもった秀才が、幼児のように眠っている。

私の頭の中では、四十年以上に及ぶ、彼との付き合いの、いろんな場面が走馬灯のように目まぐるしく駆け回っていた。

医師が看護婦も連れず、病室に立ち寄った。定期の回診ではなく、私的に見舞ったという感じだった。われわれとほぼ同年配の、おだやかな感じのする人であった。

松村夫人に紹介を受け、挨拶を交わした後、医師は問わず語りを始めた。

「松村先生には、患者としてよりも、友人としてのお付き合いをさせていただきました、――経済学の講義をしていただいたりして、私のほうが勉強をさせていただきました。ちょうど基礎編が終わったところで、また時間があればもう少し深いところまで教えていただくことになっていたのですが、残念でした。」

そう言って、医師は眠っている松村に軽く会釈をした。

私は松村の病状について、医師に質問をしてみたかったが、家族の面前でもあり、控えていた。

しかし、いまの話で、医師の診断がどのようなものであるか、おおよそ見当がついた。

「ほぼ予定通りの経過でした。末期癌の苦しみをできるだけ避けていただくよう、意識のはっきりしておられる段階ではできるだけ平安に過ごしていただけるよう、それを心がけておりましたが、——ただ、心臓の発作という予期せぬ事態があって、こちらが考えておりましたより時期がやや早まりましたが、——ほぼ予定の線に沿った経過でした。」

医師の語りはおだやかではあるが、そこには科学者としての冷徹な目があった。私は厳然たる事実を突きつけられた思いで、沈黙するよりほかになすすべもなかった。私はまったく無力であった。

やがて医師は病室を去った。それを潮に私も長すぎた見舞いの時間に終止符を打つつもりで暇乞いを告げた。

松村夫人は、

「ちょっと、松村に声をかけてやっていただけません？　私、どうも主人には聞こえているような気がするのです。」

私は、身を屈め、彼の手をとり、彼の耳に唇を近づけて彼に声をかけようとした。しかし、どうしたわけか声が出なかった。

私の口からは、かろうじて空気の漏れるような、声のない悲鳴に近い音が絞り出されただけであった。

「まーつーむーらー」

私は、どうしようもない悲しみと無力感にうちひしがれ、いままで耐えてきた感情の爆発を押さえられなかった。私は激しく嗚咽した。その発作が終わりきらぬうちに私は松村と別れることになった。

病棟の入口のところまで送ってきた松村夫人に、取り乱してしまった不作法を詫び、

——しかし、まだ平静心に戻っていなかったために、

「ああ、僕には何らすることができない、」と口走っていた。それは、四十年来の友人が死の淵にあるのに何の役にも立たない自分の無力さを嘆く言葉であったが、松村夫人は誤解した。

「ご心配は要りません。夫が亡くなっても、私たち家族は協力して立派にやってまいります。」

もちろん、敬虔なカトリック教徒である松村夫人は聡明な女性であり、三人の子供もそれぞれ成人した松村家に何の不安もあるわけではなかった。私もその面の心配をしたのではなかった。しかし、その場で釈明する状況ではなく、私は夫人の誤解を解く方法がないまま別れた。——

私はこの間のことを、いま松村に話すことなく、いきなり通夜と葬儀の場に話をつないだ。

「僕が危篤の君を見舞って、大阪に帰った直後、おっかけるようにして君の訃報が入った。弟さんからの電話だった。お通夜と葬儀の日取りを知らせていただいた後、どちらか一方にでも出席していただけないかということだったが、もちろん両方に出席させていただくと答えた。別途、お嬢さんから、家のほうに連絡をいただいた。家内が電話をとり、知らせを受けた。お嬢さんは悲しそうに泣いておられたようだ。それからK学院の同窓会や、九州にいる吉原に連絡をとって、宿の手配をし、すぐ名古屋に向けて出発した。」

「忙しい時に迷惑をかけたね。」

「いや――そのやさしい言葉は、僕にとってはまさに『とどめの一撃』だよ、君との付き合いの深さからいって、どんな理由があったにせよ、君の意識のある間に一度しか見舞わなかったということは、僕の精神の外傷となっている。」

「うん？――まあ、それは本質的な問題ではないさ。」

「ありがとう、――あの頃、自分のやることなすことがちぐはぐでね、お通夜の時、地下鉄の駅を降りて、教会の尖塔が夜暗の中にその影を明確に浮かび上がらせているのを認めながらなかなか近寄れないのだ、周囲をぐるぐる回ってしまってね。通夜のミサの前に、家族にお悔やみを申し上げようと思いながら、ミサが始まる直前にようやくたどり着いた。」

　松村は吹き出して言った。

「それは、『城』の読み過ぎだね。」

「いや、観念的な問題ではなくて、事実なんだ。――さすがに君の人徳だね、あれだけ参列者の多い通夜も珍しかった。もちろん翌日の葬儀もね。参列者が多かっただけではなく、ミサの絢爛で荘重だったことも印象に残っている。ただ、神父の説教の中で僕は躓いた。」

「トマス神父の説教？」

「トマス神父だった？　上背があり肩幅も広い美丈夫で、顔立ちの立派なドイツ人だった。」

「トマス神父だよ。神父の説教のどこで躓いたのかな。」

「神父の言葉のひとつひとつについて、復元するほど記憶は明確ではないのだが、おおよそ次のようなことを言われた。——松村先生の病気が膵臓癌だと知らされた時、私は神の奇跡におすがりするよりほかはないと考えました。私は神に、松村先生の命を助けていただくよう、松村先生の身に恩寵を、奇跡を顕現してくださるようお祈りを捧げました。しかし私の祈りは神のお聞き届けになるところではありませんでした。しかし、神は別の奇跡をおこされたとも考えられます。神は松村先生が病気の進行による激しい苦痛を経験する前に、先生をみもとにお召しになりました。——」

松村はちょっと顰めっ面をした。

「うん？ それが神の奇跡に値するかどうかは別として、トマス神父の言われたことは事実だよ。あの心臓発作によって、末期癌の苦痛を免れたことは、やはり神の恩寵であったかと思うよ。」

「僕も、後になって、ある程度その意味を理解したよ。しかし、それはあまりにも次元の違う話だよ。君が死の淵から生還することと、君の死が早まることによって、君が苦痛を免れることとはね。あの時僕は猛烈に腹を立てていた。僕にとっては、君の死は総ての喪失を意味していた。それは決して相対化することのできない意味を持っていた。しかし神父、——つまりは神のみこころにとっては究極のところ、一人の人間の死にすぎなかった。いや、それどころか死の持つ尊厳すら相対化されている。しかも、神の恩寵や奇跡まで相対化されてね、——僕は、急速に神に対する心が冷えていくのを感じていた。」

葬式の後、九州に帰る吉原と新大阪まで一緒だった。私は松村を喪った悲しみに耐えかね、ビー

ルを口にし、溜め息をつき、嘆きの言葉を吐いていた。吉原は、

「今となって嘆いてもしかたない。彼のような希有な友人を持てたことに感謝して、いまは彼の冥福を祈ろう、」と私を慰めた。吉原の言葉どおりであった。しかし、私は自分の気持ちに整理をつけかねていた。

「僕の死を惜しんでくれるのは有難いが、何か君はおかしいよ、――神の前では、僕は一個の人間に過ぎないのだし、君のように僕の死を特別視するのは、神に対する冒瀆だよ。もともと、君のカトリックに対する接近が、君が前に言ったように、死後に僕と同じ世界に所属したいということにあるとすれば、――そのこと自体は僕としても歓迎するが、――カトリックに接近する動機としては本末転倒もいいところだよ。」

「いや、われわれ凡人の宗教に接近する動機としては、案外そんなところかもしれないよ、もちろんその『われわれ』の中には君のような選ばれた人は入ってないけれどね。」

松村は深い溜め息をついた。

「困ったもんだね、――それで、わがジル・ド・レ伯は、どのような背徳の行為に身を委ねられたのかな?」

後半の部分は、思い直したように、冗談めかした口調に繋げた。

「いや、そんな大したことはしてないよ。しょせん肝っ玉の小さい僕が、大それた背徳の行為に身を委ねることなどできはしないよ。相変わらずキリスト教関係の本も読み、映画も見ているよ。し

かし僕の関心は——君の忠告にもかかわらず、聖書そのものよりイエスをめぐる歴史的事実のほうに移っている。ちょうど、例のクムラン文書の解読の成果の一部が発表され始め、——いや、これは君の亡くなる前からのことで、不勉強な僕がたまたまそのような文章に接する機会が遅れたということなのだろうが、——またその成果を基礎にした新しい歴史解釈の書物が出版されている。代表的なものとして、バーバラ・スィーリングの『イエスのミステリー』をあげておけば十分だろう。この書物によれば、聖母マリアの処女懐胎も、クムラン文書の解読によってイエスが結びついていたと推測されるエッセネ派の制度的習慣から、超自然的解釈を媒介としないで普通の人間的レベルで解釈が可能であるとしている。もちろんその結果として、カトリックの『無原罪の宿り』の神学は根底から崩れてしまうことになる。また、イエスはマグダラのマリアと結婚しており、十字架の上では死なず、通常言われている復活は、仮死からの回復であったとする。そして、イエスは長生きし、マグダラのマリアとの間に三子を授かる。後に離婚し、リディアという女性と再婚する、というおよそ聖書の記述に、——もちろんカトリックの教義にも——背馳する驚くべき伝記が語られている。

映画ではマーチン・スコセッシ監督の『最後の誘惑』が魅力的だ。原作はギリシャの哲学者ニコス・カザンザキスということだが、僕はもちろん原作を知らないし、また映画がどの程度原作に忠実なのかも知らない。この映画は一九八九年に日本で封切られているようだから、君も知っているかもしれない。僕は最近ビデオ・テープで見たばかりだ。

ここにも、イエスの生涯を巡って、従来とは違ういろんな解釈がされている。イエスは神の声を聞くが、何故自分を選んだのかと神を恨み、現代社会の青年のように懐疑的である。イスカリオテのユダは、銀三十枚でイエスを売った卑劣な裏切者ではなく、イエスをとり巻く人々の中でもっとも勇気のある強い性格の人物で、イエスの信頼を得ていた。ただ、ユダは過激で、地上にユダヤの王国を実現するための革命を志しており、イエスにもその路線を歩むことを要請する。イエスも一時はその路線に沿い、神殿の境内に店を張る両替屋を暴力により制裁したが、寺兵による介入を排除できず力による改革に挫折し、神の命ずる十字架上の死を早めるために、ユダにイエスがゲッセマネの園にいると密告するよう頼む。もちろんユダは、イエスの申し出を拒むが、イエスは執拗に食いさがる。ユダが以前イエスに言った、『革命から逃げ出せば、あなたといえど殺す』という言葉を言質にとり、『私はいま革命から逃げ出したのだ、約束どおり殺すのだ』と迫り、『私は復活し、神の子として人々を救うのだ』ということでようやくユダを説得する。ユダはイエスの要請どおりローマ兵をゲッセマネの園に導き、イエスに抱擁して死の接吻を与える。もちろんユダの裏切りは、イエスの方針に沿った表面上のものだから、ユダの自殺はありえない。ユダは約二千年後にこの映画によって復権を果たすことになる。

しかし、何と言っても圧巻は、最後の三十分だった。イエスは十字架の上でエリ・エリ・ラマ・サバクタニ（我が神、我が神、何ぞ我を見捨てたまう）という多分に問題を含んだ問いかけを神にするが、——君は覚えているかな、K学院の中学部の時の聖書の授業時間に、僕をはじめ無頼派の連中が、この言葉はどう考えても神に対する恨みの言葉としか思えない、イエスが人類の罪を贖うために自らすすんで犠牲になって十字架にかかっていながら土壇場で神に恨み事を言うなんておかしい、いやおかしい程度ですますことはできないので、この言葉ひとつで聖書はそのメッセージを変えてしまうと執拗に食い下がって先生を困らせた。この問題をこの映画は見事に解決してくれる。十字架の上のイエスが、この言葉を叫んだ瞬間、イエスの時間は静止する。十字架の上で、イエスは激痛が去ったことを知り、平安をおぼえる。足もとに、天使が一人蹲っている。天使はイエスの守護天使だと名乗り、神にイエスを助けるように言われてここにきた、と告げる。天使は十字架からイエスを下ろし、手のひらと足の甲の生々しい傷口にやさしく接吻する。私は犠牲になるのではないのか、というイエスの問いに、天使は旧約聖書のアブラハムとイサクの挿話を例にとり、アブラハムが神の告示通りにイサクを犠牲にさし出すために包丁を振り下ろそうとしたその瞬間に神がお許しになったように、神はわが子の血を望んではおられない、神はイエスをお試しになったのだ、そしてイエスは十分苦しんだのだ、神は天使を遣わしてイエスをお救いになったのだ、という。そして、イエスの、私は救世主ではないのか?という問いも否定する。——天使は実は悪魔の化身だった。イエスが十字架の上で苦しさのあまり、呻きとともに漏らした『エリ・エリ・ラマ・サバクタニ』という言葉の隙をついて悪魔が出現したのだった。それから天使（悪魔の化身）の主導でイエスの上を夢のような時間が流れる。イエスはマグダラのマリアと結婚する。彼女が身ごもった時、神はマグダラの命を奪う。憤り、神を呪うイエス。しかしこの時も天使はやさしくイエスを慰める。マグダラのマリアはもう愛する人の死を見ることもなく、幸せのうちに死んだのだ。神はあなたのためにマグダラを殺したのだ、世の中には女は一人しかいない、数多くの顔を持った一人の女だ。一人が死ねばもう一人が生まれる、マグダラが死んでも、ラザロの妹マリアがある。彼女は、違う顔のマグダラで、彼女の胎内にはあなたの命が宿っている、――天使は巧みにイエスを説得し、かつてイエスの弟子であったラザロの妹マリアのところへ連れてゆく。ラザロの妹マリアはイエスが生きていたことを喜び、二人は生活を共にする。そればかりか、天使の『世の中に女は一人しかいない』という言葉に唆されて、イエスはこのマリアの姉とも交渉をもったことが暗示されている。イエスは二人の子を授かり、夢のような時間がすべってゆく。街頭で、神の子イエスの死と復活を説くパウロの姿を見かけたイエスは、『お前は甦ったイエスを自分の目で見たのか？そんな話は嘘だ』と言い捨てる。やがてイエスは老い、ローマ兵の手でエルサレム中が真っ赤に燃える夜、臨終の時を迎える。イエスの臨終を神に知らされたかつての弟子たちは、イエスのもとに詰めかける。ペテロ、ナタナエル、ヨハネ、そしてユダ。弟子たちはそれぞれの方法で、イエスの教えを伝道し、苦難の道を辿っている。ユダはまだ怒っている。激しく『裏切者』とイエスに詰めより、『あなたの場所は神の定めた十字架の上だ。そこを死を恐れて逃げ出し、普通の生活の中に身を隠した。私はあなたを愛した、だからあなたの勧めにしたがって裏切ったのだ、十字架の上で死を迎え、三日後に甦り、世界を救うという言葉を信じてね、それなのにこの女や子供は何なのだ』と激しく責める。イエスは、『お前はわかっていない、神が天使を遣わして私を救ったのだ』と答える。ユダは、『天使？　どこに天使が？　あれか、あれは悪魔だ！』ユダに指さされ、悪魔は正体を現す。驚愕するイエス。もう立ち上がれないイエスは、ベッドから滑り下り、床を這って戸外に逃れる。追いすがる悪魔の声――もうあきらめろ、お前はこういう生き方を受け入れたのだ。終わりだ、お前の人生は終わったのだ。普通の人間として死ね。――

燃えさかるエルサレムの街を前にイエスは神に跪き、前非を悔い、もういちど神のみこころに沿って十字架にかかり、神の子として死に、甦って人々を救うようお計らいください、と祈る。その瞬間、ふたたびイエスはゴルゴダの丘の十字架の上にいる。イエスは、自分が悪魔に唆されて十字架を降りる以前の状態に戻っていることを確認し、祈りが神に聞き届けられたことを知り、『これで、成就されました』と呟いて息絶える。――」

松村は私の長い話にじっと耳を傾けていたが、

「これも、非常によくできた話だと思うな。それは認めるとしても、――しかし、十字架の上のイエスの苦悩は、そんな作り話で解決できはしないよ。」

「君としては当然の反応だろう。しかし、僕はこの物語は、あの『エリ・エリ・ラマ・サバクタニ』という言葉も認め、また聖書のメッセージを損なうことをも救う絶妙の構成をもっていると思うよ。――実は先のスィーリングの『イエスのミステリー』の翻訳が出版されたのが平成五年の暮れのことで、僕はこの本について君の感想を聞きたいと思ったのだが、気がつくと君はもういないのだ。

君がいれば、この本に書かれているのが歴史の事実だとすれば、カトリックの教義がどう変容するのか教えてもらえるのに、と残念だった。しかし、考えてみれば、クムラン文書にどのような歴史的事実が記述されていようと、カトリックの教義はびくともしないだろうと思い直した。なにしろ科学の世界でコペルニクス的転回があっても、長らく天動説を変えなかった世界だからね。今でも天動説なのかな？　クムラン文書の解読がすすみ、その結果、どのような歴史的発見がなされようと、——歴史的事実としてのイエスがどのような変容を受けようと、信仰の対象としてのイエスはいささかも変容を受けることはないだろうね？」

松村は、しばらく視線を真っ直に向けて、考え事をしているように見えたが、やがて、

「スィーリングの説は、クムラン文書に記述されている『義の教師』が、間違いなくイエスと同一であるということが前提とされなければならないが、これは完全には実証されていないはずだよ。ほかに、『義の教師』がバプテスマのヨハネとする説、イエスの弟のヤコブとする説もあるが、われわれには伝えられていないまったく別の人物である可能性のほうがもっと高いと思うよ。スィーリングのあの書物は、かなり強引な、自説の展開に都合のよい推定に基づく著作物であって、その意味では、第一級の科学的な資料とは言い難いと思うね。つまり、君は間違った仮説にしたがって議論を進めている可能性があるよね。」

私にはこの問題で、真っ向から彼と議論を闘わせる気持ちはなかった。

「——おっしゃるとおり、僕がまとまって読んだのはあの本一冊きりで、あとの資料は断続的に目

を通したに過ぎないので、君の指摘に強く反論する材料は持っていないのだよ。ただ、センセイショナルな内容に、驚いたというか、――むしろ聖書の記述に背馳するあの内容にひそかに共感することによって、背徳の喜びを密かに噛み締めていたのかもしれない。その意味では、著者のせいというよりも、僕自身の精神の卑しさ、退廃こそ責められるべきかもしれない。」

「いやに素直なんだね、わがジル・ド・レ伯は。」

松村は、拍子抜けをしたように言って、爽やかな笑顔を見せた。

「たしかに実務屋の僕が、昼間の雑役に疲れきって、夜の時間に読む書物といえば、難解な純粋学術書はもう歯がたたなくって、どうしても安易な方向に、向かうのかもしれない。」

「いや、そのことで君を非難しようとは思わないよ。ただ、その知識で、キリスト教の批判をするということであれば、僕としてはその点を指摘せざるを得ない。――しかし、そんなことよりも、問題は君の神に対する姿勢だよ。――いままでの話を総合して考えると、必ずしも無神論に鞍替えをした、というわけではなさそうだね。」

「その質問に、僕はどう答えればいいのだろうね？　もともと信仰には至っていない段階で、――つまり、もともと神を見いだすに至っていない段階で、挫折したのだからね。」

「いや、神を見いだせない段階とは、積極的に神を否定する状態とは異なるということだよ。」

「なるほど。君の言うことはわかるよ。僕はかつて、どうしようもない窮地に陥った時、一度だけだが神の名を呼んだことがある。もちろん、神は沈黙したままだった。だからといって、それが神の不在証明とはならないだろう。神の沈黙は常のことなのだから。神を否定するということは、おそろしくエネルギーを必要とする。所詮、僕はイワン・カラマーゾフにはなれないということだよ。――『神が存在しないとすれば、何をしても許される』か？――そのような問題提起に、僕の衰弱した精神は到底耐えられない、ということなのだ。僕が無神論者になれないということは、僕の弱さの証であるのかもしれない。もし、神が存在するとするならば、さしずめ僕はヨブの役割を担わされたというべきか？――しかし、いまの僕には、そのようなことに執拗に食い下がって考え抜く精神の強靭さは持ち合わせていないのだよ。当面は『神無し』でいこうということだよ。」

「それは、あのフランスの実存主義者の立場なのかな？」

「うーん、――むかし君とそのようなことを議論したことがあったというかすかな記憶が残っている、しかし、そんな格好のいいものではないよ。せいぜい剣を持たない宮本武蔵というところかな？」

私はようやく冗談にまぎらわせてこの問題から逃げ切った。

「なるほどね。神仏を敬えど神仏を恃まず、か。――それも非常にプリミティブではあるが、ひとつの信仰の形態であるのかもしれない。僕としては、君が本来の信仰への道に立ち戻ってくれることを祈っているよ。」

私の頭の中で、ある考えがひらめいた。

「――この問題については、僕のいよいよ最後の瞬間に、もういちど君が姿を現して、僕の意思を確認してくれることを望むよ。」

「うーん、君がその必要があるというならば、そうするより仕方ないな。——さあ、そろそろお別れの時だね。最後に、ひとつだけ君に聞いておきたいことがある。君はさきほど人生の後半に至っていろいろ挫折があったと言ったね。君との付き合いはほとんど間断なく続いたけれど、君はそういう問題を慎重に秘匿したね。君の挫折とは何だったのだろう。」

私は松村の漏らした「お別れの時」という言葉に軽い衝撃を受けていた。いま少しの間松村と時空を共有したかった。私は松村のいう最後の質問に丁寧に答えることによって、いまの状況を少しは延引することができると判断した。

「いや、別に秘匿したわけではないよ、ただわれわれの文化は、——といえば大袈裟に過ぎるから僕の人生体験では、『ひとの世の旅路のなかば、ふと気がつくと、私はますぐな道を見失い、暗い森に迷い込んでいた』（ダンテ『神曲（地獄編）』寿岳文章訳　集英社）というような告白に慣れてはいないのだよ。——挫折は多岐に及んでいて、そのすべてについては短い時間で話すわけにはいかないから、社会生活の面に限定して話すことで勘弁してほしい。君もうすうす感じていただろうが、僕にはサラリーマンとしての適性が十分に備わっていたとはとても言えない状態だったが、それでもある時期、仕事にやりがいを感じて、生き生きと活動していた。戦後の混乱から脱出したある時期からの日本の経済成長を誇りに思い、たとえ一兵卒としてであっても、その一翼を担っているということに生き甲斐を感じていた。しかし、結果的にはそれは非常に短い期間だった。ある段階から、わが国の飽くことなき経済成長に対する執念に疑問を抱き始めた。僕が国家成立のひとつの手段に過ぎない、と考えていた経済上の目標がとめどなく高次に設定され、それ自体が目的となり始めた。そして、投機的な経済行為がしだいに経済の主流と絡み合ってくる。――僕の危惧に対して、嘲るように投機的行為が資本主義の実態だよというやつがいる。しかし、これは非常に難しい問題だ。資本主義経済において、その経済行為の中に投機的な要素が介入してくるのはたしかだが、それが主役となってはならない、いや主役としてはならないということだ。幸い、資本主義社会の英知は、混合経済という体制をつくりだした。僕の所属していたある小さな文学サークルの中で左翼的な考えを持つ人たちは、この混合体制は資本主義の欠陥を糊塗する一時的な弥縫策と揶揄していたが、もともと経済体制に唯一の真理など存在しない。頑くなに訓詁の学を奉じたマルクス経済学が、資本主義経済に対するきわめて優れた分析力を持ちながらも社会主義経済学としての建設的かつ有効なテクノロジーとして十分に発展の余地を見いだせなかったことと比較すれば、いわゆる近代経済学の側が資本主義の持つ欠陥を十分に自覚しながら、それに対処する方法を積極的に発見し、有効に延命を図ったことは賞賛に値することだと思う。われわれを含め西側諸国は全体主義固有の構成員に対する過度の拘束を何よりも恐れ、精神の自由を確保することをまず第一義と考え、経済体制の純粋性を固持することを敢えて放棄したのだ。そこには、経済問題は人間にとって非常に重要な課題ではあっても、決して第一義的ではないという哲学が窺われる。資本主義という猛牛の、角を矯めてしかも牛を殺さない方法を獲得したとも言えるのではないか。資本主義の持つ固有の現象であっても、人間社会にとって有害なものは抑制し、社会主義的であっても有益なものは進んで取り入れていったのだ。これは、日本の場合も同じだと思うよ。僕たちの学生時代、いまよりずっと左翼側が強力であり、左翼革命がいつ起こるかわからないという危機感があった。これは噂話で、現実にそうであったかどうかいまとなっては確認のしようもないことではあるが、北浜あたりで左翼系の政党が企業に対していま政治献金をしておけば、社会主義国家となった場合、それが実績として評価される、というような勧誘をしており、企業側も真面目にそれに対応している、というような話があった。もしこれが単なる噂話に過ぎないとしても、当時の社会の危機感がどのようなものであったかを推察することができる。多くの大学の経済学部の主流はマルクス経済学だったしね。そういう状況にあって、過度の独占の弊害を排除し、所得の再配分を通じて所得の公平化を図り、産業政策を通じて市場を整備し、企業の慣行としての終身雇用制を通じて労働の質と量の安定を図り、――そのほかさまざまな政策、施策によって日本は世界でも屈指の高度経済成長を示現することになった。もちろん労働市場の流動性は硬直化し、過度の平等化は、過酷ともいえる累進課税に悩む高額所得者から日本は資本主義ではなく社会主義だよ、との悲鳴に近い嘆きが聞こえるというマイナス面もなくはないけれど、総じて日本の経済は奇跡的に成功したと言えるだろう。しかし、そうではあっても当然限度というものがあり、いつまでも経済の高度成長を維持するのは無理がある、ということだろう。常識的に考えても、戦後ほとんどゼロに落ち込んだ生産状態から出発した時点では高度成長は比較的容易であるが、成熟社会にいたっては経済成長率はおのずから鈍化する。しかし、われわれの大部分は必ずしもそうは考えなかった。あくまで、経済成長率にこだわり、高次の目標設定がなされていった。経済の実力以上の成長を期待し実現するということは、経済に大きな歪みをつくり、後に大きな禍根を残すことになる。ある時期からの日本の経済は、決して国民所得の増加率が示しているほどの実力はなかったのだと思う。たしかに戦後失われた生産力を回復し、戦前の水準を遥かに凌駕する経済成長を遂げたその速度と達成度合いには目覚ましいものがあった。ただ、限度を自覚して、ある段階で手綱を引き締めるということが必要だった、と考えられる。この時期がいつであったか？　僕は一人のエコノミストのことを思い出す。下村治氏。池田内閣の経済政策のブレーンで、所得倍増計画の理論的支柱であった人だ。筋金入りの高度成長論者だったこの人が、ある時期を境に突然ゼロ成長論者に変貌する。時期は昭和四十七年、第一次石油ショックの直前の時期。もっとも、当初はマイルドな形で日本経済成長の減速を予測され、まもなくゼロ成長という大変厳しい理論構成がなされたのではなかったか、と思う。下村さんのゼロ成長論は、驚きの目で迎えられ、当時これに同調する人は皆無ではなかったか？　いまとなっては僕は、下村さんは、いわゆる列島改造期における土地投機に走る同胞の行動を通じて、あらかじめ今日のバブル経済の崩壊の地獄を見ておられた、ということではないかと思う。」

松村は、私の長広舌を断つといった具合に口を挟んだ。

「君は、あの下村治さんのゼロ成長論が発表された時、——いまの状況を前提としてではなく、あの当時において、下村さんのゼロ成長論に同調していたの？」

「正直なところ、ゼロ成長は極端だ、と思ったよ。それはいまでもそう思うよ。下村さんがゼロ成長と言われたのは本当にそう分析されたのか、それとも警鐘を鳴らすためにあえて極端な理論を提唱されたのか、いまでも疑問に思っている。ゼロ成長といえば新規に労働市場に参入する者の雇用が到底おぼつかないということだからね。あの時期、まだまだ新卒者の数は多かったからね。ただ下村さんのゼロ成長論には身の引き締まるような思いがしたことははっきりと覚えている。当時の僕は経済成長の果てにとんでもない破局が待っているのではないかと虞《おそ》れ、なんとか経済成長の神話をそろそろ放棄すべきではないかと考えていたからね。もう、文化国家の建設という虚構とも、哲人政治という幻影ともとっくに無縁になっていたけれどもね。もっとも、僕のは理論的分析の結果というよりも、多分に蓄積された疲労感と、——それと、僕の心象の原風景には、終戦直後の焼け落ちた都市の光景の残像が強固に根を張っていて、立派に現代都市として復活し、さらに高層化、機能化を果たして未来都市へと変貌してゆく東京や大阪といった大都市の目前の姿が、幻のようで現実感を伴ってこないという生理的というか、むしろ深層心理的な要素が多分に含まれていたのかもしれない。」

松村は、私の顔をのぞき込むようにしてうなずいた。

「そう、あまりにも変化が早かったからね、——ある時期から、いつ君に会っても疲労困憊した姿を見せられて辛かったのを覚えている。」

私もそれに呼応して大きくうなずいた。

「ああ、あの頃は仕事仕事の連続で本当に疲れた。それはともかく、現実には下村さんの理論はあまり尊重されなかった。たしかその直後に第一次オイル・ショックがあって、一年間戦後初めてのゼロ成長を記録した瞬間があって、すわ下村新理論の実現か？と慌てさせた一幕もあったが、しかしその後は、それまでの二桁成長は到底無理であったが、それでも昭和五十年代を通じて、先進諸国では筆頭の三〜五％の経済成長を示現することができた、一見、下村理論は間違っていたと言える。しかし果たしてそうか？　昭和五十年代の経済成長はそれまでと違って、膨大な赤字国債の発行を必要とした。そして、恒常的に発生する赤字は累積して、日本経済の構造を歪めてしまった。下村さんは後年、『日本経済はモルヒネ体質になってしまった』（岸宣仁『経済白書物語』文藝春秋）と嘆くのが口癖であったそうだが、赤字財政の下支えを要する成長はそれ以前の成長とは区別して考えておられたのではないかと思う。」

「下村さんに対する思い入れが強いんだな。もっとも、昔から君は時流に迎えられている得意の人よりも、時流に敢えて逆らって生きている人の側に立ってものを考える傾向はあったな。池田内閣のブレーンとして、高度成長策の理論的舵取りをし、見事に所得倍増政策の公約を実現させた得意絶頂の頃の下村さんより、後半の、時流に抗したゼロ成長論時代の下村さんに共感をもつなどいかにも君らしいと思うよ。」

「そうかもしれない。しかし、ゼロ成長論時代の下村さんの考えに対する共鳴は必ずしも僕の個人的傾向で片づけられても困るんだがね。いずれにしても時流は赤字国債を累積させても経済の成長を優先させる方向だった。それはそれなりに成功を収めたと言ってよいだろう。先進資本主義諸国も日本の素晴らしい経済的成果を賛美し始めた。この頃しきりに日本の経済成果を礼賛する外国の著作物が氾濫した。『ジャパン・アズ・ナンバーワン』を筆頭に、二十一世紀は、日本の時代であるとか、――いまから考えれば、これは先進諸国の陰謀、つまり誉め殺しではないかと思うのだが、――日本の経済を賛美した諸外国の書物が本屋の店頭に並び、日本人もまたこの甘い言葉を無批判に受け入れ、有頂天になった。もし、陰謀とすればまさに大成功であった。毒の回りは実に早かった。」

松村は驚きを隠さなかった。

「そこまで言うかね。『誉め殺し』とか『毒の回りは早かった』とか、詩人気質で日本語の語感を大事にした君にはまったく似つかわしくないね。それに、いまの段階になれば、ある程度君の言うこともわからないではないが、当時としては、世界中の人々が素直に日本経済の実力を信じたということではなかったのか？　それに、少数の例外を除いて、それらの著者は経済学者というよりはジャーナリストが多かったわけで、日本の経済を鋭く分析した結果というよりは、多分に日本経済の表層をなぞったものが多かったように思うよ。君が『誉め殺し』などと深刻に考えるほどのことはないと思うがね。」

私は松村の抗議に、やや斜に構えた姿勢で対応した。

「もちろん、経済学者の君と違って、実務屋の僕がもう純学術書に取り組むことができないのは先に言ったとおりだよ。もうひとつ、このレベルの書物について触れさせてもらうよ。——なかには辛口の本もあった。英国のエコノミスト、ビル・エモット氏の『日はまた沈む』。僕はこの本は、日本の経済の実体をよく把握した警告の書で、日本人の過熱した意識を沈静させる格好の書だと考え、知人たちに推薦した。しかし、この本に対する反応は鈍かった。週刊誌はこの本の分析を、英国病に冒されて日本に遅れをとった英国人の嫉妬とする論難を加えた。——エモット氏は必ずしも日本に厳しすぎる判断を下したのではない。バブル経済の実体を冷静に分析しながらも、適切な政策によって、バブル経済の処理をうまくすませることによってなお世界第二位の経済大国であり続けるという評価であったから、僕にはエモット氏の著作はむしろ日本に好意的であるとすら思えた。しかし多くの同胞はそうはとらなかったのだろう。あくまでナンバー・ワンでなければいけなかったのだろう。——相変わらず甘口の、日本経済を持ち上げる本が歓迎された。何度も言うようだが、毒の回りは早かった。あきらかに、あの頃の日本人は、古代ギリシア人の言う「ヒュブリス(驕慢)の罪」に捉えられていた。神々の裁定は厳しかった。われわれの社会は多量の財政赤字を抱えたままバブル経済に突入し、そして崩壊した。」

「なんだか一気に駆け抜けてしまったね。そこのところ、もう少し肌理《きめ》の細かい分析が必要だと思うがね?」

今度は私も逆らわなかった。

「君の言う通りだろう、赤字財政を続けながらとはいえ、それなりの経済の成長があったそれまでの経済運営と、バブル経済突入以降とを峻別して考えなければならない、ということだ。それは、その通りだろう。しかし、両者を支える心理構造は案外類似しているのではないか?——バブル経済の発生は、実に痛恨の一言に尽きる。いまとなって、人々はバブル経済崩壊以降の後始末のまずさについてあれこれ言うけれども、——そして、その批判はある程度当たっているだろうけれども、——一度発生したバブル経済をその崩壊の過程で、後処理を完璧にやるということは至難の技だよ。やはりバブル経済を絶対に発生させてはならなかったのだよ。バブル経済は、経済を破壊するだけでなく、人の心を、——ひいては一国の文化をも破壊する。いや、破壊するというのは大袈裟に過ぎるとすれば、大きく変質させると言い換えてもいい。しかも残念なことに、こんどのバブル経済並びにその破壊がわれわれにとって初めての経験ではないということだ。第一回目は列島改造の合い言葉とともに、多くの人たちが不動産の投機に走り、一億総不動産屋と言われた時期。この時期を境に、たしかに日本は大きく変質したと思う。もちろんこの時期の後半が第一次石油ショックの時期と重なり、その後の日本経済の苦しい運営の淵源が、はたしてこのいずれにあったか焦点がぼやけてしまったきらいがある。純粋経済の問題で言えば、廉価な石油をふんだんに使えた時代と決別せざるを得なかった事情が、間違いなく日本の経済の体質を変えたと言えるかもしれないが、しかし、あの列島改造の時期の凄まじい土地投機が、これも間違いなく日本人の心情を変えたということはだれも否定できないだろう。おそらくこの時期を境に、日本人の倫理観が大きくねじまげられたと言うべきだろう。この経済上のミニ・バブルの末期には一国の総裁が刑事訴追人となるという悲劇までついた、——これで、一国の倫理が、無傷でいられると期待するほうがそもそも無理というものだろう。

人間というのは心底懲りない動物であり、また忘れっぽい動物だと思うよ。列島改造で痛い目に遭ってから再度のバブル経済の発生に至るまでに経過した年月はわずか十年あまり、——それにしてもわが国の場合、極端に短すぎる。あの有名なオランダのバブル事件、——チューリップの球根事件の教訓は、少なくとも約一世紀は有効であったと思うよ。

バブル経済発生の原因は何に、求めるべきか？　原因は多岐にわたるだろうが、僕は最大の原因はアメリカの強い要請にしたがって超金融緩和政策を執り続け、資金をジャブジャブ市場に垂れ流したことだ、と考えている。当時アメリカは一九六〇年代前半のレーガノミックスの放漫な総需要政策で膨大な貿易赤字を発生させていた。そしてその原因を日本の内需不足、それに起因する日米貿易不均衡に求めてきた。言いがかりに近いこの指摘を、われわれの選良は、とんでもないことだ、という勇気にかけていた。

まことに残念ではあるが、わが国もしぶしぶながらそれを認めたという結果となった、——いや、認めざるを得なかったということなのだろう。

当時、日本の経済はすでに過熱気味であり、金融政策の常道から言えば、むしろ金融を引き締める時期にあったのではないかと思う。そのような時期にあえて金融緩和に踏み切ったのは、常々外圧に弱いと言われているわが国の特質を遺憾なく発揮したということなのだろう。

膨大に垂れ流された資金を前にして、困ったのは金融機関である。すでに実体経済の資金は潤沢であり、新たな資金需要はない。当然の結果として、膨大な資金が一斉に不動産と証券市場に向かった。まことに幸いなことに、モノ余りの状態で資金が実物に向かわなかったことでハイパーインフレーションは回避でき、庶民の生活を極度に圧迫することは免れた、——これが当時の受け取り方であり、もしバブル経済が初期の段階で崩壊していたなら、この見方も正しかったかもしれない。しかし、放置しておけば究極に至らないかぎり破裂しないのもまたバブル経済の特質である。資産、——つまりストック経済は実体経済に対して中立的ではあり得ず、過度の資産インフレも、資産デフレも、当然の事ながら実体経済に深刻な後遺症を残す。

いま魔女狩りが始まっている。魔女は銀行をはじめとする金融機関である。たしかにバブル期に、公共性を担っているはずの金融機関のとった行動は誉められたものではなかった。ただ、金融機関の多くは私企業であり、株式会社である。公共性にも自ずから限度がある。公共性を重んじるあまり、潤沢な資金をかかえたまま野垂れ死したのでは、その金融機関の経営者は株主から訴追を受けることになる。それにあの時期少数の拗《ひね》れ者以外は、バブル経済に浮かれたのだ。魔女を裁き、娼婦に石を投げつける資格のある人が何人いるのか?——たとえばあの頃、これだけ投資機会があるのに運用もしないで現金を持ったままでいる奴は無能で大馬鹿だ、と居丈高にバブルを煽った著名エコノミストが、いま素知らぬ顔で日本経済の再生を説く世の中だよ。

当然引き締めるべき金融をそのまま放置して、資金をジャブジャブに市場に垂れ流した罪は大きいよ。まさに国益に反する行為であった。この行為の心理的背景を考えると、第一に国益に対する意識の希薄さ、――なにしろ戦後民主主義の特徴は国という観念を忌み嫌い、その反射として国益という観念は存在しないも同様に希薄になっていたということなのだろう。いや、存在しないと同様どころかもっと悪い、国益という言葉は戦後民主主義にとって負のベクトルだったわけだよ。第二に、ここでもヒュブリスの罪だよ。

これは、君たちのような優れた経済学者には無縁のことで、われわれダス・マンのクラスの床屋政談のレベルの話であるが、双子の赤字に喘ぐかつての（とわれわれが錯覚した）覇者の苦境脱出に手を貸す、というまことに高慢きわまりない感情がこの時われわれの優越意識をくすぐったという面も否定できないのではないか？　実態は先にも見たとおり、苦渋の決断であったのだがね。

そこにはもうひとつの驕慢があったに違いない。確かにいまは金融を引き締める時期であるが、しかしアメリカの要請にしたがって、ここで引き締めるべき金融を緩和の方向で運営しても日本の経済の実力はよくこれに耐え得るだろうと。

まさに『油断』、『蟻の一穴』だよ。

バブル経済崩壊によって、単に経済の問題だけではなく、いままで強固だと思われていた日本の社会のあらゆる面においてその脆弱性が露呈され始めた。――つい先日も、行きつけの飲み屋の亭主が、僕の顔を見て、『大将（僕のことだよ）、何でやろ、日本がたがたになってしまいましたな、』と言うんだな。庶民の代表のような飲み屋（断っておくが決して旗亭ではない）の亭主にまで日本のぼろが見えてきたということなのかな。先進各国のそれまでのわが国に対する賞賛は、たちまちごうごうたる非難の合唱にとって代わった。そして、情けないことに、ヒュブリスの罪に取りつかれて、先進国の識者の適切な忠告を切り捨てたことも忘れて、わが国の多くの知識人は、こんどは口を合わせて手の平を返したように自国の欠陥をあげつらい始めた。そしてそれはいまでも続いている。

わが国のバブル経済が頂点に達していた頃、世界的な歴史の大事件が発生した。東西ベルリンを隔てる壁が崩壊し、それに続いてソ連邦の、そして東欧諸国の共産主義体制が崩壊して市場経済に移行した。その時、多くの西側の人々は社会主義の敗北と資本主義の勝利を宣言した。――二十世紀の社会改革の壮大な実験がひとつの結論を出したことは確かである。しかし僕はそれを果たして資本主義の勝利と受けとっていいのかどうか戸惑っていた。明確に説明できないが、何か違うと感じていた。そして、資本主義もまた重大な危機に直面したのだと。資本の論理は実に危険な要素を孕んでいる。左翼側の指摘の多くは真実である。資本主義側は社会主義国の存在を意識して、資本の論理の横暴をある程度緩和させる政策をとらざるをえなかった。しかし、いま、社会主義国家の崩壊により軛《くびき》を解かれた資本の論理は凶暴な牙をむき出しにし、弱肉強食の社会が出現するのではないかという不安。それから、崩壊した社会主義国が一斉に市場参入することによる混乱に対する不安。――いま、社会主義国の衰退の結果、資本主義国の側で、だれに遠慮することなく市場の論理が至上のものとされている。いわゆる市場原理主義というやつ。バブル経済の崩壊で、すっかり低迷している日本経済を建て直すためには何よりも市場の機能を復活させることであるという論理、そのキー・ワードとしての『規制緩和』の大合唱だ。しかし何故いま『規制緩和』なのだろう。バブル経済は、市場の規制が厳しすぎるから発生したのではなくて、むしろ市場の自由放任が原因であった、という事実は否定できないと思う。市場が十分に働くためには相応の規制は必要なのだよ。もちろん、その規制が何らかのグループの利権の対象になることは当然忌避しなければならないが、――どうも、そこのところに議論の混乱があるのではないか? もちろん機能不全に陥り、腐食している規制を見直し、社会に負の影響を持つ規制を撤廃して正常な経済の循環・成長を図るということはいつの時代にも必要なことであり、そのことは敢えて声高に言う必要もないことだ。それは規制緩和というよりも古い規制を新しいより有効な規制に置き換えるということではないだろうか? 規制緩和によって市場の機能の回復を果たし、その市場にすべてをゆだねることによって、今日ぼろぼろになってしまった日本の経済を立て直すことが可能であると安易に考えているその考え方が問題なのだ。下世話な言葉を遣えば ――『愛は地球を救い、市場は世界経済を救う、』というやつさ。」

松村はにやりと彼独特の笑顔を見せ、

「君も案外つまらないテレビを見ているんだな、――それはさておき、君が市場否定論者だとは、たったいままで知らなかった。これは驚いたな。」

「いや、そうではない。もちろん市場の役割のすばらしさを僕は否定をするつもりはない。共産圏では一人の高級官僚がおよそ千品目以上の商品の価格を決定していたという。これは実に恐るべきことだ。市場による経済計算の存在しない社会のインディ・ジョーンズ的大活劇だな。このようなことが不可能であることはわかりきっている。市場はたちどころにこのような経済計算をやってのける。だが、市場の機能を無制限に評価し、市場が無誤謬であると考えることもまた非常に危険なことだ。自由市場に対する信仰は、古くはアダム・スミスの素朴な『神の見えざる手』に始まり、高等数学によってエレガントに構築されたレオン・ワルラスの一般均衡理論、そして価値論的帰結は『パレートの最適』――つまり完全自由競争市場が、資源の最適配分を行い、効用の最大享受を実現し、社会的公正を保証するという数学的検証――に至る経済学の論理装置の系譜である。しかし、一方、市場もまた失敗することを示したのも近代経済学の論理である。『市場の失敗』論は、自由競争市場が、必ずしも『パレートの最適』をもたらさない場合、すなわち社会的公正の実現に失敗する場合を摘出した理論といえる。『市場の失敗』は、規模の経済があるところ、外部経済の問題があるところ、――などなど多岐にわたっており、この諸項目がまったく存在しない社会は今日では少ないと思えるので、自由経済市場が社会的公正を実現する場合というのがむしろ特殊ケースだとすら思えてくる。この『市場の失敗』論は、より現実に即した、――即ち長期的かつ動態的に資本の論理の行き着くところを示したものであろう。市場は生産と需要とが出合う場所である。生産の側には資本の論理の貫徹が支配し、需要の側には効用の測定の論理、――と言えば聞こえはいいが、実は個々人の欲望の束であろう。資本の論理は実に強固な自己増殖の本能であり、確とした自己主張である。一方、欲望の束は頼りなく無節操であり、気紛れだ。デマゴーグに弱い大衆社会の大衆そのものだ。消費者主権という論理はまやかしに過ぎないことは、ガルブレイスが指摘した通りである。この両サイドが市場を巡って壮烈なバトルを繰り広げたとすれば勝敗は明らかである。生産の側は苦も無く需要側をネジ伏せてしまう。——一方生産の側も死屍累々だろう。資本の論理は強者の一人勝ちで終わるケースが多いからね。——われわれの英知は、ようやく市場の横暴を封じ込めるところまで到達した。

ドストエフスキー流に言えば、『市場、市場とは恐ろしい、おっかないもんだよ!』(ドストエフスキー『カラマーゾフの兄弟』をもとに文中の「美」を「市場」に改訳)。更に、『往々マドンナの理想を抱いて踏み出しながら、結局ソドムの理想をもって終わるということ』なんだよ。君に対して釈迦に説法だけど、——言うまでもなく、『マドンナの理想』とはパレートの最適であり、『ソドムの理想』とは市場の失敗およびそれに随伴する様々な悪行のことだよ。まったく、『いや市場の本質は広い、あまりに広すぎるくらいだ、俺は出来る事なら少し縮めてみたいよ』ということだな。」

松村は渋い顔をして、私の話を遮った。

「それは、『カラマゾフの兄弟』の、ドミートリーのモノローグの『美』の一語を『市場』に置き換えたものだな。ドストエフスキーが怒ってくるよ。まったく、つまらない悪戯をするな、悪ふざけも度がすぎるよ。」

私は苦笑いして頭を掻いた。

「相変わらず君は真面目なんだな。パロディとして、決して悪い出来ではないと思うがね。――すぐれた文学者、とりわけ詩人は時代の予言者だよ、われわれがその一部を借りて、パロディとして用いることに、彼等も怒ることはないと思うがね。まあ、それはともかく、こうしてわれわれは市場の横暴な部分の一部をパンドラの匣に封じ込めたのだよ。

しかし、いつの頃からか、市場にもう一度好き勝手にやらしてみたら、という囁きが聞こえ出した。パンドラの匣を開けよという悪魔の囁き。ついに古城に夜な夜な亡霊が現れる。デンマルクのハムレットの城の話ではない。現代のアメリカの大都会に、砲弾の跡も生々しい先代から譲り受けた甲冑で装備し、古色を帯びた古い旗印を掲げてね。」

「君の言う舞台装置は読めたよ。アメリカの大都会はシカゴで、古い旗印にはマネタリズム、あるいはその上に［ネオ］の字が新しくつけられているのかもしれない。甲冑に残る砲弾の跡は貨幣の非中立性という砲弾によるものだ、――しかし、ノーベル経済学賞の大学者を亡霊になぞらえるなんて不敬もいいところだ。この印籠が目に入らないか、とお叱りを受けるぜ。」

松村はテレビの『水戸黄門』の中で助さん格さんが印籠を振りかざす真似をした。

「さすが松村教授、鋭いね。たちまち謎を解いてしまう。だが、僕としても不敬罪の罰の恐ろしさは十分知っているから、舞台装置を少し変えてある。亡霊は十字軍の騎士。旗印はもちろん十字だよ。ただし、この十字はちょうど四十五度傾いている。つまり×字だな。右肩上がりの直線（と見えるのは目の錯覚で、実は曲線）は、よく見るとぎっしりと配列されたSの字で構成されている。

左肩上がりの曲線は同じくＤの字で構成されている。彼らは聖地を奪った異教徒（実は同根の教徒）から、聖地奪回の使命を帯びて甦った。」

「うまく言い逃れしおったな。旗印はＳＤ（需給）曲線か。すると君の言う異教徒の旗印はＩＳ・ＬＭ曲線かな？」

「ああ、松村教授は何でもお見通しだ。そのとおり。異教徒の旗印も二つの曲線の組み合わせからできている。ただ、こちらの×字はやや複雑だ。左肩上がりの曲線は、Ｉ（投資）とＳ（貯蓄）のアルファベットが交互に組み込まれ、右肩上がりの曲線にはＬ（流動性選好）とＭ（貨幣）が交互に組み込まれている。彼らのカリスマ的な教祖Ｊ・Ｍ・ケインズはかつてその革命的な理論で、パルタイＳＤを聖地から駆逐した。このときの旗印は単純な右肩上がりの、四十五度の傾斜を持つ直線だった。この教祖の使徒たちのひとりＪ・Ｒ・ヒックスが、教祖の思想をより明確に伝えるために考案したデザインがＩＳ・ＬＭの旗印で、以後この旗印は信徒たちの熱烈な支持を受けているが、ただ、この旗印はそれを背負う騎士によって、その形状は微妙に違うということだ。曲線は騎士によっては垂直に近い線でもあり、水平に近い線の時もある。ごく少数ではあるが、はたしてこの旗印が教祖の教えを忠実に伝えるものであるかどうか、疑問を投げかける使徒もいる。――それはともかく、聖地を喪ったパルタイ・ＳＤも脈々と生き続けていて、隙あらば聖地奪回の機会を窺っている。最近になって、パルタイ・ＳＤは力を盛り返し新たな理論で武装した騎士たち（あるいは古い理論で再武装した騎士たち）が続々と結集している。」

「舞台装置は十分にわかったよ。まどろっこしいから、直接法で頼む。」

「わかった。ただ僕としては、経済学者である君を前にして、この種の議論を真っ向から話すのは、いささか面映ゆい。所詮同じ土俵で相撲がとれる相手ではないからね。」

「余計な遠慮は無用だよ。僕はいま昔の友人として君に向かい合っている。このたびは、君の話を聞くのが目的で、いままでも僕の側からの発言は最小限に留めたつもりだよ。寓話やパロディの影に隠れず素直に話してほしい。」

「そうしよう。――ケインズ経済学は一九三〇年代に資本主義経済社会を襲った激しくかつ長い不況への対処療法的理論として出現した。彼が一九三六年に出版した『雇用・利子ならびに貨幣の一般理論』が、そのバイブル的基本書である。それまでの新古典派経済学では、不況は価格の調整機能が何らかの理由で一時的に作動を失したために起こり、やがて価格が新しい事態に応じて伸縮し、新しい均衡点を見いだして不況は解消するというのがその理論的帰結である。しかし現実にはこの時の不況は全世界的規模に波及し、失業者が世に溢れて社会不安が深刻化し、新しい均衡点に到達するどころか、解決の糸口が見つからない状態であった。ケインズの理論を政策的側面にのみ即して非常に簡単に言えば、国民所得は消費と投資で決定される。いま国民所得が完全雇用水準にまで至っていない時には財政出動によって投資を増やし、完全雇用水準にまで国民所得を引き上げればよい、ということである。簡単と言えば簡単――しかし、それはコロンブスの卵であって、この理論の背後には革命的な価値の転換がなされている。価格のパラメーター機能は市場によっては失われている。価格の伸縮性は新古典派理論のようには保証されていない、もはや市場だけを当てにしていては問題は解決しない、というコペルニクス的転回である。『ケインズ革命』と言われる所以である。この不況、――市場に失業者が溢れている状態は政府が進んで政策出動をしないかぎり解決不能であるという宣言である。――もし投資機会がなければ砂漠に石を埋めてまた掘り出してもよい、というような極端なことをケインズは言うが、もちろんこれはレトリックであり、政府の行う政策的に有効な投資機会が存在しないということはないだろう。現実に資本主義経済はケインズ的財政政策と福祉国家の理念がうまく融合した混合経済体制をつくりあげ、巧妙な有効需要管理政策によって、それまでと比較して失業のはるかに少ない、豊かな社会をつくりあげていった。もちろん、混合経済体制下の資本主義社会の運営がすべての面でうまくいっていた、ということはできないので、たとえば成長の限界、――あくことのない成長への意思が地球の資源を食い潰し、地球環境の著しい劣化をもたらすという問題。また、政府が肥大化し、財政赤字が慢性化するという問題。しかしこれらの問題は、ケインズ経済学に内包する問題というよりは、すぐれて政治的な問題に帰結するのではないか。たとえば財政赤字の問題。たしかにケインズは、有効需要が不足する場合、財政出動のための財源がなければ、均衡財政にこだわることなく国債の発行により資金調達することを提案している。しかしこの政策的提言は有効需要不足を解消し、有効需要に余裕が生じた場合、国債の償還を行うということを前提にしている。しかし現実には、時の為政者は経済規模の縮小、経済成長の減速につながる思い切った国債残高の圧縮政策をやりたがらず、後へ後へと繰り越されて、財政赤字は累積的に膨らんでいく傾向にある。これは政治の問題で、政策当局が厳然とした態度で問題に対処するのを回避するという姿勢の問題であり、ケインズ経済学自体の問題ではないことは明らかである。しかし、反ケインズ主義者はこのような民主主義政治の傾向、——政治家が選挙を配慮して有権者の機嫌を損なうような政策を避けて通るという傾向を配慮していない政策は、政策そのものに問題があると主張する。

たしかに、ケインズ経済学は多分に一九三〇年代の大不況の対処療法として登場した短期的性格をもつ経済学——長期においてはわれわれはすべて死んでいる、とケインズは言ったそうだが、いま味わうとなかなか含蓄のある言葉だよ、——であった。その後使徒たちの実りある理論的成果を加え成長論を含んだ長期の視野も獲得し、鬱蒼たる大樹に成長した。とはいえ、この理論体系が提示する政策手段も万能ではないだろう。事実、期待した政策的効果が現れない事態が増えている。それがケインズ理論に内在する問題なのか、あるいはそれ以外の要因なのかは別にしてね。そこに現れたのが先にみた市場復活論、——その過激さから市場原理主義と言っても差し支えないだろう。ケインズ経済学に代わる新しい、そして有効な理論が出現するならば話はわかる。しかし、『ケインズはもう古い』といって代わりにさし出されたのがそれより更に古い、しかも多分に問題含みの衣装だというのは納得できないね。

この派の理論に、合理的期待形成仮説というのがある。政策当局がなんらかのケインズ的政策をとろうとしても、人々はこの政策の内容を明確に、正しく予測し、この政策がもたらす経済諸量の変動を織り込んだ合理的な行動をとり、政策の効果をまったく減殺してしまうという仮説であり、——したがってケインズ的政策は無効であり、余計な政策に依存せずにあるがままの経済の動きを市場に委ねておいたほうがよいのだとする。たしかに、こういう傾向があることは認めてよいだろう。われわれの時代の経済学も告知効果という形でそのことは認識していた。しかし、経済政策の効果を相殺してしまうほど人々の予測は的確であり、行動は精緻だろうか？　土地の急激な値下がりも、バブル経済の崩壊も予測できなかった人々がだよ。いや、これはわが国だけの問題ではない。おそらく、ベルリンの壁の崩壊を、ソ連から始まって東欧共産圏の市場経済への移行を半年前に予測し得た人が何人いるだろう。合理的期待が形成されて、政策効果が無に帰するなんて思えないのだよ。現実の経済は、貨幣数量の調整だけを配慮して、あとは市場にまかせておけば経済がうまく循環する、というほどには単純ではないだろう。しかし、現実に市場原理主義はまさに燎原の火のごとくひろがり、世界を支配している。グローバリゼーションという、多分にいかがわしい新しい旗印の下にね。

繰り返すが、『市場とは恐ろしい、おっかないものだよ』——いま、火は先物金融市場に飛び火している。先物市場は古くから主として農産物を対象に行われてきた。これが、金融市場に飛び火したのは、まずはシカゴであった。シカゴ学派の領袖ミルトン・フリードマンたちが先物市場における投機の合理性を主張して働きかけた結果だった。しかし、農産物と金融を同列に取り扱っていいものだろうか？という疑問がまず生ずる。貨幣は実物経済を覆う被服（ヴェール）にすぎない、というのが貨幣数量説（マネタリズム）の大前提で、貨幣数量を調整することによって物価水準をコントロールすることができると考えた。この理論が挫折したのは、貨幣は時には退蔵され、時には放出されるという貨幣所有者の恣意的行為を通じて決して実物経済に対して中立的ではないという事実を前にしたからだった。今日、貨幣は退蔵・放出というよりはるかに複雑な機能で実体経済とは異なる動きをし、実体経済を脅かしている。こういう貨幣をふくむ金融を通常の商品と同じように先物市場で扱って投機の対象としていいものだろうか？　いま、デリバティブという新しい金融商品が出現している。あまり評判が高いので、いろいろ資料に当たってみたが、もひとつ仕組みがわからない。ある大手証券会社のしかるべき地位にある人に教えを乞うたところ、彼はうすら笑いを浮かべて、『デリバティブの仕組みを一口で説明せよ、なんて無茶言ってはいけないよ、あれは金融工学ともいうべき大変難解な理論に基づいて、その道の専門家が高等数学や最新の経済理論や統計理論を駆使して練りあげた商品で、極端に言えばそれぞれの商品を組立てた本人をはじめ、ごく少数の人たち以外には理解することが困難な商品だ、』と言うんだな。これを聞いて僕は愕然としたな。こういう妖怪のような商品が徘徊する金融市場というのは、経済学で言う市場とはまったく別物ではないか？　市場成立の要件というものがいくつかあって、たしかその中に、市場参加者が、その市場における商品に関する情報を公平に入手しているという要件があったように思う。――僕は一瞬、ケインズの美人投票の話を思い出したが、それとも違う。」

私がちょっと息をついた瞬間、松村は私の言葉を引きとった。そして――おそらく私に任せておけば、だらだらといたずらに費やす時間がもったいないともいうように、今日、私と再会以来とっていた、中立的立場を放棄して、――一気に結論に持っていった。

「それは大違いだよ、少なくともケインズの美人投票の挿話は、自分の好みを明確にしながら、懸賞金が狙いで、あえてその好みと異なるタイプの女性に一票を投じるということ、――つまり自分はブルーネットの女性が好みだが、一般大衆がもっとも多く投票するとの予測のもとにあえてブロンドの女性に投票するということだから、保留されているとはいえ、商品に対する知識は明確に存在し、自分の好みに対する判断は的確であるわけだよ。――確かに君が危惧するとおり、二十一世紀にもし波乱があるとすれば金融市場から端を発する可能性が強いだろうな。実物経済とは何の関係もなく大量の資金が世界を駆け巡り、放置しておくと一国の経済を破滅に追いやることくらいは朝飯前だろうな。それにもうひとつ。基軸通貨のドルも、必ずしも万全ではないことだしね。二十一世紀には、おそらく一度は片隅に追いやった経済倫理学ともいうべき分野から強烈な哲学が提示されることになってくるのではないか。あえてそれがクリスチャニズムを基礎としたものとは言わないがね。――ところで、……」

松村はちょっと皮肉な笑みを浮かべて私を見据えた。

「――政治家でも、高級官僚でも、経済学者でもない、こう言ってはなんだが、一サラリーマンにすぎない君が、――ああサラリーマンはやめたんだったな、いまは職業専門家か、――いずれにせよ日本の将来を憂うる立場にない君が、なぜそこまでわが国の来し方行く末について執着するのかが僕にはわからないね。」

松村は私の痛いところを突いてきた。

「君も随分手厳しいね。もちろん、ご指摘のとおりさ。ただ、若い時に読んだ『ホワイト・カラーの犯罪』あたりが――いまは著者の名前も忘れ、議論の詳細も覚えていないこの本が、意外と僕の深層心理の基底に巣食っていて、僕を支配しているのかもしれないよ。それに、経済学を学んだということにも、微力ながら時代の方向について、――ことに経済の側面から考えていかなければならない、という義務感を生じさせたのかも知れない。」

「しかし、生兵法は大怪我のもと、という諺もあるよ。」

「うーん、これはますます手厳しいね、たしかに日本に経済学を学部で学んだ人間はゴマンといる、――いや、五万どころの話ではないな、――いまや大学教育は決して特別なエリートの要件でもなく、むしろ大学教育に捕らわれない自由闊達な精神、ならびに思考力が尊重されるわけであって、おそらく二十一世紀にはそのような人たちが時代を動かす原動力になるだろう。その予測に立ちながらなお僕が経済の問題に執着するのは、家庭の窮状にかかわらず進学を許してくれた両親、――特に針仕事の内職までして支えてくれた母親に対する贖罪、それと、本来の志望は文学であったにもかかわらず、いろいろな事情で専攻することになった経済学という学問に対するある種の思いのようなものかもしれない。それともうひとつ、――われわれは戦争によって灰燼と帰し廃墟となった世界から、もういちど復活した。いま、わが国はあの戦争で失った国富のおそらく何十倍の資産を保有する国を形成した。これはわれわれの先の世代の血の滲むような努力の賜物であり、われわれも一兵卒としてこれに参加したという自負もある。しかし、あの廃墟に立ってわれわれが復興を誓ったのは単に物質的な回復だけではなかったはずである。

いま、日本人が日本のことを語る場合に『この国』という言い方が流行っている。これは小説家の司馬遼太郎氏の著作『この国のかたち』以来のことだが、司馬氏の場合、むしろ一種の含羞――一小説家ごときがわが国のことについて大上段にふりかざして物申すのは烏滸《おこ》がましいが、といったためらいがこのような表現をとらせたと考えられるが、これ以来、政治家、教育家、学者など日本の指導的立場にある人たちまでがこの言葉を使い始めた。それだけ偉大な国民的作家の人気が高かった表れであったと思われるが、司馬氏も晩年の著作に罪な題名をつけられたと思う。この場合『この国』という言い方は、一見冷静な客観的立場を確保しているように見えるが、実は他人事に接するように妙にクールで、無責任な姿勢の表れだと思えるが、これは僻目だろうか。

事実、経済の面で大変成功した国でありながら、わが国――決して『この国』ではない、――の国家としてのスタンスは明確に定まらない形で経過してきたように思う。これは、戦後わが国が、高度経済成長を唯一の目標として固執し、ほかの価値基準を顧りみなかった咎《とが》であった、と思う。前にも言ったとおり、戦渦で壊滅状態にあった経済を建て直すことにプライオリティを認め、高度経済成長を最重要課題として政策目標に掲げた判断は当然であったと思う。しかし、経済状態がある段階に到達した時期に、当然ほかの価値に対するスタンス、――新しい日本の文化を築く必要があったのだ、と思う。経済のすばらしい成功にいつまでも酔い続け、国家のかたちが形成されなかったことはつくづく不幸なことであった。わずか優位に立った経済の面でも、バブル経済の崩壊によって深手を負い、さらにいま流行のグローバリゼーション——グローバル・スタンダードとはすなわち西欧先進国の、とりわけアメリカン・スタンダードに過ぎないということ、——によって追い討ちをかけられている。どうもわが国の論者の中には、経済のグローバリゼイションを進めた結果、国境というものがなくなり、世界はひとつになるという甘い幻想があるのではないかと思うのだが、これはとんでもないことだよ。国という概念、国家という観念がすっ飛んでしまっている。ほかの国の人々は国益というものをまず第一義的に考えている。経済のグローバル化の旗の振り手は決して自国の国益に反する政策を採用しないであろう。その政策が地球規模の観点から正義であったとしてもね、正義の観念はねじ曲げられてしまうだろう。経済のグローバル化によって国境がなくなるどころか、超大国を頂点とした、新しい国々のヒエラルヒーが形成されてゆく。もう一度言うが、グローバル・スタンダードとはアメリカン・スタンダードということだよ。」

私の頭の中にさきほど信ちゃんのガラス玉の中で見た、教科書に墨を入れて肩を震わせて泣いている少年時代の自分の姿が、ちらっとかすめて過ぎた。

「その君の心情はよくわかるよ、——ただ、ここはひとつ、君のさきほどの『すぐれた詩人は時代の予言者である』という言葉にしたがって、中原中也の詩でもって締め括ろうよ。」

彼は、ちょっと目を宙に泳がせ、記憶を甦らせているふうであったが、やがてよく通る声で朗唱を始めた。

『幾時代かがありまして
　　茶色い戦争ありました
幾時代かがありまして
　　冬は疾風吹きました
幾時代かがありまして
　　今夜此処での一《ひ》と殷盛《さか》り
　　　　今夜此処での一と殷盛り

サーカス小屋は高い梁《はり》
　　そこに一つのブランコだ
見えるともないブランコだ

頭倒《さか》さに手を垂れて
汚れ木綿の屋蓋《やね》のもと
ゆあーん　ゆよーん　ゆやゆよん』

あとは君が続けてくれよ。」

「なるほど、中也の『サーカス』か。ただ、僕はすぐあとをつづけられるほど記憶力がよくないから、明確に覚えている最後の節にいきなり飛ばさせてもらう。

『屋外《やがい》は真ッ闇《くら》　闇《くら》の闇《くら》
夜は劫々と更けまする
落下傘奴《らっかがさめ》のノスタルヂアと
ゆあーん　ゆよーん　ゆやゆよん』

（中原中也『中原中也詩集』より、「サーカス」　思潮社）


これはまことに適切な締め括りだね。」

私たちは顔を見合わせて笑った。しかし、それは私にとっては非常に苦い笑いであった。

十年一昔というから、この十年をひとつの世代と考えると、われわれのひとつ前の世代はあの『茶色い戦争』（もちろん中也は太平洋戦争を指してはいないが、）で多くの命を失い、残された人々の中から復興の一歩が踏み出された。失われた命に対するレクイエムと廃墟からの復興。そしてそれはわれわれの世代、更に次の世代へと受け継がれていった。

しかし、初期の段階で当然次の世代に手渡された何物かが指の間から漏れ始め、次第に希薄となっていった。

物質的な問題のみが強く意識され始め、精神の世界はいつの間にか薄明の中に閉じ込められてしまった。世界で有数の豊かさを実現した国には、物質の豊かさとは裏腹に、けだるい退廃の陰が忍び寄っていた。そして、いまはその豊かさも苛酷な国際競争にさらされ、基底に揺らぎを生じ始めた。——失われた命はいまこの現状をどのような気持ちで見ているのだろうか？　私はしばらくこうした暗い想念に捉えられていたが、やがて松村の声でわれに返った。

「さて、と。あとは君からシュンペーターのひとくさりを聞かせてもらえば今日の会見は見事終結を迎える。」

「君もいい加減しつこいな。やはりどうしても話さなければならないのかね。——ヨーゼフ・アロイス・シュンペーターか。懐かしい名前だな。まるで、長い間音信不通の古い恋人の名前を聞くような気がする。」

「うん？——君はずいぶん気難しい恋人を持っていたんだね。」

「ああ、気難しくって、気取り屋で、それに痛烈な皮肉屋さんときてる。」

松村は声を出さずに、にやりと笑った。

私は観念した。もはや遠い世界のシュンペーターについて話すことによって、松村と共有する時間を長引かせることが可能であればそれもまた有意義であろうと考えて、私は話をつないだ。

「――カフカとは小説『城』で、かろうじて皮一枚で首がつながっているが、シュンペーターとは随分長い間縁が切れている。

――シュンペーターとの出会いは大学四年生の時、東北から移ってこられた熊村隆夫先生がゼミでシュンペーターの『資本主義・社会主義・民主主義』を取り上げられたのがきっかけだった。熊村先生はすでに中堅の学者としての名声が高く、この高名な学者の謦咳に接したいという気持ちが強かった。しかしそれだけではなかった。それと併せてシュンペーターの経済学を勉強してみたいという意欲もあった。O大学の場合、講座は近代経済学一本で、しかも先端的な先生が多くいられたので、古典派経済学・新古典派の経済学と並んでケインズ経済学が講義のほとんどを占めていた。おそらく、この当時学部でこれだけ集中的にケインズ経済学の講義が行われたところは珍しいことで、その意味では僕たちは幸せだったといえる。一方シュンペーターは孤立した巨峰、というのが僕の受け止め方だった。シュンペーターが学派というものを形成しなかったこと、それに政策的かかわりでケインズ経済学が一世を風靡し、その影に被われてシュンペーターの経済学が時代的にやや不幸な立場にあったことは事実であろう。ケインズと同年齢の人でありながら、何か非常に年齢の離れた世代の人という印象があった。ただ、僕はこの学者に強く惹かれていた。ひとつは日本の社会学と経済学の両分野にわたって大きな足跡を残された高田保馬先生が、当時O大学の経済学部と文学部の両学部の教壇に立たれていて、僕は先生の最後の経済原論の講義と、文学部における社会学特殊講義を受講し、この老大家に傾倒していたが、先生の講義の中にしばしば登場したのがシュンペーターだった。シュンペーターが戦前来日したとき京都で会合され、そこでシュンペーターと議論になった。会合が終わっても議論は続き、京都駅へ向かう車の中、京都駅のプラットホームにまで持ち越され、さらに車中の人となったシュンペーターとの間で窓越しに議論は続けられた。やがて発車のベルがなり、汽車はゆっくり走り出した。高田先生はプラットホームを汽車について走り出された。『Aber der Professor!（しかし教授！）』それが高田先生がシュンペーターに対して発せられた最後の言葉だった。汽車は加速し、高田先生はプラットホームに取り残された。——この話は高田先生のお気に入りの話であり、幾度か聞かされた。講義の時点でシュンペーターは既に他界している。同年齢の先生はシュンペーターを偲んで壇上でしみじみと回想される。與謝野鉄幹によって『青白き情熱』と評された、明星派の歌人でもあった高田先生のまさに面目躍如たる一場面である。肝心の議論の内容についてはよく覚えていない。高田先生が持論の勢力説を開陳され、シュンペーターが必ずしもその説に同調しなかったことから議論が果てしなく続くことになったのかとも思うが、記憶は明確ではない。——このほかにシュンペーターの『経済発展の理論』の中に出てくるイノヴェーションという概念が、アンリ・ベルグソンの哲学と関わりをもっていること、また同じ書物の中に出てくる企業者という概念が、近代経済学の中では珍しく血肉を備えた人間の姿を彷彿とさせること、——近代経済学の取り扱うホモ・エコノミックスとの付き合いにいい加減うんざりしていたからね、——それに、やはり『資本主義・社会主義・民主主義』という晩年の大作において、未来社会に対するヴィジョンを展開していること、――マルクスの『資本論』に書かれた資本主義社会がカタストロフィーに終わるという予見が悲観的であるにつけても、それに書名ばかり有名でその頃姿をまったく現さなかったシュペングラーの『西欧の没落』が、すでにその書名から窺えるように資本主義という経済体制のみならず西欧の文明自体が没落の運命にさらされているという未来予測の暗さにつけても、――僕は当時、別のかたちの将来予測に渇望していたと言えるだろう。当時のO大学では、ゼミは一年単位であり、三年から四年に移る際のゼミの変更は容易であったから、僕は希望通り熊村先生のゼミに入ることができた。先に話したように、僕は三年生の時までに卒業に必要な科目を四年次のゼミを除いてすべて取得済みであったから、四年次はゼミ以外は文学部の講義に出席したりして比較的優雅な時間を持っていたのだが、――少なくともこの生活が怠惰に流れなかったのは熊村先生のゼミに参加させていただいたおかげだった。熊村先生は日常は温和で、学生にもやさしく接しておられたが、ゼミの授業は厳しかった。第一回目のゼミの冒頭で、先生はシュンペーターの『資本主義・社会主義・民主主義』の英語がドイツ語ふうの複雑な構文になっていることにふれられ、『この英語がすらすら読めなくても、自分の英語の実力に決して悲観することはない、』ということを言われたので、われわれ学生は翻訳書を使うことを暗に認知されたというふうに受け止め、当時三冊本で出版されていた訳書の第一巻を買い込み、専ら翻訳書によって読み進めていたが、ある時発表者の説明に疑問をもたれた先生が、『君、何ページにそういうことが書いてある?』と質問され、うっかり翻訳書のページ数を言ったものだから、先生はかんかんになって怒られた。以後われわれは原書にも目を通すようにした。たとえ翻訳書を通じてであっても、『資本主義・社会主義・民主主義』は決してやさしい本ではなかった。僕は学生生活の最後の一年間にできるだけシュンペーターのほかの著作を読むことに費やそうと考えた。シュンペーターが二十代の半ばで書き上げたという『理論経済学の本質と主要内容』は、古本屋で希に見かけることがあっても、高価でとても手が出せなかった。この本は中之島の図書館にひと夏通うことで読了することができた。『経済発展の理論』『帝国主義と社会階級』は、当時岩波から新刊されていて、これも高価本だったが、小遣いをやりくりして手に入れることができた。しかしシュンペーターの著作もそこまでだった。『景気循環論』が翻訳されたのは僕たちが卒業してからのことだったし、『経済分析の歴史』は、翻訳が出版されている途中（全七冊のうち四冊目あたり）だったし、これも大変高価な本だった。おそらく君に大言壮語したのはこの四年生の時の読書習慣が、職場に入っても継続的に続けられるという甘い見通しにしたがってのことだったろうよ。しかし、そうはうまくいかなかった。それに君も知っている火事で、僕は蔵書の大半を失うことになり、あらためて書物を集めることが空しくなって、読書からも遠ざかった一時期がある。

社会に出てから十年以上もたって、蔵書焼失の痛手からようやく回復し、また多少小遣いに余裕ができてからシュンペーターの著作を買い直した。ただ、僕たちがゼミで使った『資本主義・社会主義・民主主義』の原書は書店には見あたらず、これは訳書だけだ。もちろん丸善あたりに頼んでおけばすぐ手に入るとは思うが、いまさら原書でもないだろう。それに『租税国家の危機』のような小冊子も見つけることができなかった。『経済発展の理論』は岩波で再版されたし、古本屋で高値を呼んでいた『理論経済学の本質と主要内容』は岩波文庫に入ったからね。それに高価本で、七冊あって学生時代には手が届かなかった『経済分析の歴史』も揃えることができた。ただ残念なことは、社会に出てはじめの頃、つまり安月給の頃出版された『景気循環論』は高価で、また冊数も多かったから買えなかった。この本は小部数の発行であったらしく、本屋からすぐ消えてしまい、今日古本屋でも見かけないから、今後も手に入れることはできないだろう。」

私はこう言いながら、かすかに心の揺れる思いがした。こうしてシュンペーターの著作を買うには買ったが結局手にとることはせず悪戯に書架を狭めただけであった。そして今日、これらの著書は文字通り手の届かぬ場所にある。私はここでも大川のことを思い出していた。大川は父親がマルクスの「資本論」——彼は『DAS KAPITAL』と表現していたから、おそらく原書だろう——などのマルクス系の経済書を麗々しく書架に飾りながら、商社の重役をやっていることを軽蔑していた。まあ、私はサラリーマンとしては成功しなかったから、その分罪は軽く、大川の非難も少し緩やかかもしれない。

「僕の古い友人が、自分の生き方と関わりを持たない本を読みもしないで書架に飾っている人間を、書架を神棚にたとえて軽蔑していたが、僕もその部類だね。結局、シュンペーターの著作は、飾ってあるだけで改めて読み直すことはしていない。」

「まあ、そう自分を貶しめることはないよ。今後また読み直すこともあるだろう。シュンペーターの体系は膨大だから、勤めの傍ら、一時間の読書くらいでは到底追いつかないかもしれないよ。思い切って時間をつくって、晩年を過ごす大きな仕事と考えたらいい。」

私は強く首を振って、

「いや、それはもう、無理な話だよ。それに、十年ほど前に、若い頃のシュンペーターと、マックス・ウェーバーとの論争の挿話を読んで躓いている。」

「ええ？　君もよく躓くんだな。いくらか神経症の傾向があるね。」

「そうかもしれない。ウィーンのカフェでウェーバーとシュンペーターがロシア革命について論争した話は有名な話なのだろうな？」

「ああ、あの話ね、君は最近読んだの？」

「残念ながら、ああいうアネクドートの類は学校でも教えられなかったからね。それに二人の年齢差からみて、この二人が対等の立場で議論をした、というようなことは考えたこともなかったよ。もちろん、シュンペーターが大変な早熟児だったということを考慮したとしてもね。一方のウェーバーはすでに鬱然とした大家だったからね。――一九一八年、ウェーバーとシュンペーターはほかの二人の友人と四人でウィーンのカフェで落ち合った。この時シュンペーターはロシア革命に対して満足し、『社会主義はいまや机上の空論ではなくなり、その存在能力を示すにちがいない』と肯定的な意見を述べた。これに対し、ウェーバーは『いまのロシアの発展段階で共産主義などというのはまさに犯罪である。その道はいまだかつてない人間的悲惨を通じて恐るべき破局に終わるだろう』と反対意見を述べた。シュンペーターは、『そうかもしれない。しかしそれは我々にとって面白い実験室になりますよ』と応ずる。ウェーバーは即座に『人間の屍が積み重ねられた実験室にね』と言い返す。シュンペーターもひきさがらず、『解剖室はどこもそうですよ』と応酬する。このシュンペーターの対応にウェーバーはますます怒る。彼は声高にシュンペーターを非難する。この論争の場として、ウィーンの上流階級の集うカフェは適切な場所ではない。人々は眉をひそめ、無言の非難を二人に投げかける。この状況に耐えられず、ウェーバーは怒りの収まらぬままに席を立つ。後に残されたシュンペーターは平然と『カフェでなぜあれだけ大きな声を出せるんでしょうね』と呟く。——僕はむしろウェーバーの姿勢に好感を持った。社会科学方法論で価値自由の立場を鮮明にし、ドグマの支配を受けない客観分析を主張した彼が、社会現象を論じるにあたって場所がらも忘れて、倫理的視点から激昂して議論したことは僕には意外ではあったがすばらしいことだ、と感じたよ。一方、シュンペーターの対応は当然といえば当然、——僕は卒論で『自然科学者がフラスコの中で化学反応を確かめるのと同類の冷徹な科学者の目で社会現象を分析し、考察する、』とシュンペーターについて書いたから、いまさらこのアネクドートにたじろぐのはおかしいと言える。しかし、何十万、いや何百万かもしれない人々が犠牲になるという暗澹たる予測を前に憂えているこの大家の前で、嘲笑的かつ挑発的な議論で対応するシュンペーターにはちょっとやりきれないものを感じたね。」

松村は興味深げに私の言葉に耳を傾けていたが、

「そう言ってしまえばシュンペーターに気の毒な気がするな。この大家の前で虚勢を張って、精一杯アンファン・テリブルを演じたのかもしれないね。シュンペーターが、別のところに発表している文章からは、ウェーバーと同じく、社会主義への移行は、資本主義経済としての一定の段階を前提とするという考えを述べているから、シュンペーターの考えはウェーバーのそれとそんなに開きがないように思える。どうもシュンペーターは、マックス・ウェーバーに突っかかってゆくところがあったようだね。もう一度別の場面でウェーバーの面前で、ウェーバーの提唱した理念型についてからかい気味の批判をしているね。シュンペーターとウェーバーは決して異質の学者だとは思えないがね。シュンペーターは近代経済学者としては社会学的考察を重視した人だからね。もちろん方法論の違いはあるだろうが、この大天才二人の星座は、経済学という宇宙において、比較的近い位置を占めると思うのだがね。そういう意味では一種の近親憎悪かもしれないね。――ここで考えておかねばならないことは当時のウィーン大学の経済学講座を巡って二人の間に微妙な緊張が生じつつあったということだ。偉大なボエーム・バヴェルクがウィーン大学の経済学講座の教授の地位を去っており、大学当局は後任の人事を迫られていた。いわゆる経済学上のウィーン学派は創始者のカール・メンガー、二世代目のボエーム・バヴェルク、そしてボエームの優れた弟子であったシュンペーターはいわば三世代目にあたり、年齢的には若かったものの――すでに三十歳までに二つの大きな主著で経済学という天空に強い光芒を放って出現した彗星シュンペーターが、自身を後継者に擬したとしても不思議ではないだろう。しかし、大学当局はドイツ歴史学派の巨星――

ウェーバーを後任に望んでいた。結局ウェーバーは、ウィーン大学の招聘を断り、この問題に鳧《けり》をつけた。ただし、その結果としてシュンペーターがウィーン大学の教授として招聘されることもなかったが。このような、人間的な生臭い問題が背景にあったということも忘れてはならないだろう。

たしかにシュンペーターの若い頃のアネクドートを読むと、傍若無人で、——時として傲慢で、——鼻っ柱が強くて、機知に富んではいるが痛烈な皮肉の針を潜ませた警句で人に深手を負わせるところがある。しかしこれはシュンペーターの若さと、それから時代背景も考慮しなければならないだろう。二十世紀初頭の時代はわれわれの時代とは違ってまだまだ人々は熱心に、時として歯に衣を着せずに議論をしたようだからね。アメリカへ渡った後半の時代、——ハーバードの教え子たちの回想にはシュンペーターの温かい人柄を窺わせるものも多いと思うよ。ゼミの場で、自費で取り寄せたライン・ワインを学生に振舞ったりしてね。」

「シュンペーターも歳をとって円満になったというわけだね。もっとも、彼にもいろいろ躓きがあったわけだよ、——僕は昔、ずいぶん若い頃、シュンペーターをモデルにして、二十世紀のヨーロッパ知識人の運命を小説にできるのではないかと考えてシュンペーターの伝記的記録をちょっと調べてみたことがあったが、これが既に小説より奇で、悲劇と喜劇が紙一重の多くの事件で埋め尽くされていて、——つまり、伝記自身が面白すぎていまさら小説にするまでもないと思ったね。それに、アメリカへの移住もナチに追われてとか、戦乱を避けてとかいう時代の状況とはかかわらず、公的、私的両面における蹉跌でヨーロッパでの生活が困難な状況に直面していたところにハーバード大学から招聘を受けて、新天地に自身の運命を託したということであろう。ほぼ同時期に日本から東大が同じくシュンペーターに対して専任教授の招聘を行い、それまでに一度訪日して日本に親近感を持っていたシュンペーターに一考を促す一局面もあったようだが、最終的には資本主義に関する莫大な統計資料を保有するアメリカを彼が選んだということは、ちょっと残念な気がするが、その選択は正しかったのだと思う。

同年齢のケインズが、その生涯を通じて、公私にわたって幸福な生活を送ったのに対し、シュンペーターは必ずしも幸せではなかった。三十歳までに『理論経済学の本質と主要内容』、『経済発展の理論』の大著を書き上げた時点で、少なくとも経済学者として同世代の第一人者であったことは間違いない。しかしその後政界に転じて、一九一九年にカール・レンナーを首班とする社会民主党内閣の大蔵大臣に就任したが、さまざまな人間的な軋轢と政策上の対立のなかで傷つき、長年の友人であるオットー・バウアーとの友情をも失い、わずか七か月で辞任させられることとなる。その後、グラーツの大学に戻るが、間もなく教授職を辞任、ビーダーマン銀行の頭取職に就任する。小規模ながら歴史もあり信用も高いこの銀行も、第一次大戦後のインフレ収束にともなう安定恐慌と同僚の不正によって破産し、シュンペーターは頭取職を失うばかりか私財を投げ打ってもなお余りある大きな借財を抱えて、失意のうちに実業界を去ることになる。さらに家庭的な不幸が彼を打ちのめす。シュンペーターは若い時、自分より十二歳年上のイギリスの婦人と結婚したが後に離婚、長らく一人身でいた。一九二五年にアニー・ライジンガーと結婚する。時にシュンペーターは四十二歳、新婦のアニーは二十二歳。シュンペーターの伝記的記述の一章がある書物には必ず掲載されているアニーの写真を見ると、ある時期、——つまり古き良き時代のヨーロッパの庶民派（貴族趣味のシュンペーターの相方としてはやや意外の感はあるが）の美しい娘の典型を見るようである。二十歳年下のこの新妻は、シュンペーターが生涯を通じてもっとも愛した女性だった。その年の秋にボン大学に教授職を得て、多難であった彼の生活もようやく安定期を迎えたかに見えたが、しかし翌二六年、最大の悲劇が彼を待っていた。六月にシュンペーターを溺愛し、絶えず庇護してきた母親が死に、八月にアニーが出産時の出血多量が原因で、母子ともに息を引き取るという不幸に見舞われる。この不幸がシュンペーターに与えた影響は大きかった。鼻っ柱の強いこの野心家の周辺に無情の風が吹き、諦感とペシミズムの衣装が似合ってきた。政治に対する野心も実業界における成功の夢も捨て、ただ経済学一筋に打ち込んだ。ボン大学はドイツにおける経済学の中心となり、全世界から多くの学生、研究者が集まるようになった。もちろん、日本からも中山伊知郎、東畑精一、早川三代治等の後の優れた学者がシュンペーターのもとへ留学した。そして一九三二年にハーバード大学から招聘を受けてアメリカへ移住する。当時のハーバードの経済学部は世界的にみれば二流の域を出なかった。しかし、シュンペーターの移ってきた頃から次第に優れた学者や研究者が移動してきて、今日のハーバード大学経済学部の礎となった。シュンペーターは良き学者、良き教育者として当時のハーバードの中心となった。ただ、この時期、シュンペーターがきわめて幸せな日々を送っていたか?といえば必ずしもそうとは言えなかっただろう。彼がこれまでの研究の総決算として書き上げた『景気循環論』は、ケインズの『雇用・利子及び貨幣の一般理論』の出版と重なり、『一般理論』の名声に隠れて、予期した世評を得ることができなかったという学者としての不遇があり、何よりも母親とアニーを同時に失った精神的な打撃から十分には回復していなかったのである。一九三七年、シュンペーターは三度目の結婚をする。教え子のエリザベス・ブーディ・フィルスキイ。彼女はシュンペーターの晩年の良き伴侶となり、研究生活の良き協力者であった。最後の大作『経済分析の歴史』は未刊に終わり、最後の部分はエリザベス・ブーディの精力的な遺稿の整理によって成立している。しかし、——悲しいことに、このエリザベス・ブーディの献身的な共同生活もシュンペーターの心からアニーを追い出すことができなかったようである。実は、シュンペーターは、アメリカに移るためにボンを離れた日から、アニーが十六歳から死の二十三歳までつけていた残された日記を写し続けていた。この作業は一九三七年にエリザベス・ブーディとの結婚で一時中断するが、一九四〇年から復活し、死の直前の四九年まで続くのである。シュンペーターはアニーの日記の背後にアニーの面影のみならず、彼を庇護し続けた母親の姿、それに何よりも古き良きヨーロッパ世界を見いだしていたのだろう。——」

私の話がここで終わると、松村は微笑し、

「君はまだまだ昔の恋人に未練たっぷりだよ。是非、シュンペーターにもう一度挑戦してみたらい。それが、シュンペーターを君たちに紹介された熊村先生に対する何よりの供養だよ。」

熊村先生はつい最近、今年の六月に亡くなられていた。

「いや、これはあくまで伝記的興味であり、とてももう一度シュンペーター体系に挑むというような大それた野望は持っていないよ。熊村先生には申し訳ないと思うがね。」

「君が先に躓いたという、ウェーバーとの論争?の中でのシュンペーターの発言と姿勢の問題だが、経済学にもドストエフスキーの言った『往々マドンナの理想を抱いて踏み出しながら、結局ソドムの理想をもって終わるということ』があるわけだよ。その中にあって、シュンペーターの場合はまず『冷徹な科学者の目』の許容範囲だよ。僕が君にもう一度シュンペーターの精読を勧めるのは、やはり原典を究めなければならない、ということだよ。君が先ほど熱心に述べた日本経済と、それからそれに付随して言及した経済学の問題と、——おそらくそれは正しい部分も多く含まれているとは思うけれども、少なくとも前段の日本経済に対する君の考え方については、ひとつの感想ということで了とされると思うけれども、後段の経済学に対する君の論評は軽はずみの弊を免れないよ。君が先に対立的に捉えたケインズ経済学の分野も、新古典派の分野も、それぞれ独自の理論的発展がなされていてその分析も精緻になってきている。もし君がこれらの理論を原典にあたらずに二次資料、三次資料によって論難を行ったとしたら軽率というほかはない。今日、経済学の理論はますます精緻になり、素人がちょっとやそっと勉強しても容易に理解することが困難なところまできている。日夜研究にいそしんでいる専門家がいることを忘れてもらっては困るということだよ。」

「もし、そういうことであれば、素人はいっさい口出しするな、ということになるよ。これは酷なことだな。君の発言とは思えないね、——僕が言いたいのは、繰り返しになるかもしれないが、次のようなことだよ。

僕は必ずしもケインズ経済学と新古典派の経済学を対立的に捉えているわけではない。むしろ、逆に一方を是とし、一方を非とする対立構造を回避すべきだと考えている。

僕も、市場の機能は十分に認めているつもりだよ。ただ、市場にすべてを任せてしまった場合に、強者の市場制覇が確立され、社会的弱者がますます惨めな状態に追いやられるような社会が現出する。これは必然だと思うよ。規制緩和ではなく、規制の見直し——つまり、その経済社会にとって、有害な古い規制の撤廃は必要であるが、新たにその経済社会が必要としている規制は大胆に実施されねばならない。市場が機能するためには、一定の規制は当然必要なわけで、アナキーな市場はやがて牙を剥き出し、弱肉強食の暴力的な市場と化するだろう。ケインズ政策もまだまだ有効な部分を有しており、合理的期待形成学派が言うように人々の合理的期待が政策的効果をまったく減殺するとは考えられない。市場経済を前提としつつ、無駄な行政支出を排除し、なお必要に応じて政府が政策介入をすることで混合経済体制を充実させ、弱者の救済も十分視野においた福祉国家の運営がまだまだ可能だと考えている。僕が懸念するのは、大流行の市場原理主義とグローバリゼイションの併行によって、地球規模において壊滅的な弱肉強食の世界が出現することである。

ベルリンの壁の崩壊により、社会主義の壮大な実験は崩壊した。同時に、西側の社会の高度福祉社会という大きな理念もまた後退した。せっかく角を矯め、われわれの社会の理想に適合するように修正した資本の論理を、——市場を、再び生のままの姿で跳梁跋扈させるような方向転換は、果たして進歩なのだろうか？　いや、それだけではない、地道な物作りを忘れ、金融の先物取引の組み合わせという、それこそ素人が介入する余地を与えないマネーゲーム、——究極のところ、博打であり、それは経済学が、社会の良識がかつてはタブーとした世界だよ、——しかも、グローバル・スタンダードという名のもとに、そういう社会が全世界を被うという恐ろしさだよ、ある経済学者が警告を込めて言ったカジノ資本主義というやつ。ここでもひとつのエピソードが僕を捉えて離さない。一九六五年頃のイギリスはポンド危機に直面し、市場ではポンド切り下げの予測が一般的であった。この時フリードマンはシカゴのコンチネンタル・イリノイ銀行の窓口に行き、一万ポンドの空売りを申し入れた。対応した銀行のデスクの返事は『われわれはジェントルマンだからそういうことはやらない、』というものだった。つまり、フリードマン、——後のノーベル経済学賞の大学者は体よく銀行の窓口で追い払われたというわけだ。フリードマンは、怒り狂って大学に帰り、『資本主義の世界ではもうかるときに儲けるのがジェントルマンだ、』と息巻き、大演説をぶった。これを聞いてシカゴ学派の創始者でフリードマンの師であるフランク・ナイト教授は激怒し、みんなを集めて、以後フリードマンは自分のもとで博士論文を書いたということを禁ずると厳しい裁定を行ったという。つまりナイト教授は、必死にポンド防衛に腐心しているイギリスの不幸につけいるような投機は、『人間の尊厳を否定して自分だけもうける自由を主張している』という点においてフリードマンを断罪したのであった。——これがかつてのアメリカの一部が所有していた良識であり、正義であった。フランク・ナイト教授のようなエリートにも、コンチネンタル・イリノイ銀行の窓口のデスクのような実務家にも共通してみられた良識であり、正義であり、——理想であり、倫理である。われわれが戦後、戦勝国であるアメリカに追随していったのは必ずしも戦敗国の不条理だけではない。また物質的な豊かさに幻惑されて、というだけでもない。まさしく、ナイト教授の行為に示されるような若きアメリカの提示する良識、正義、理想、倫理にわれわれの社会が到底及ばない、という苦い悔恨があったからであろう。しかし、いまやアメリカン・ドリームは終焉した。そこには、モノ作りの世界で、新興国に一歩遅れをとったアメリカの苦い事情があるだろう。しかし、依然としてアメリカは、他国の追随を許さない国民所得世界第一位の基軸通貨国だよ。かつて社会を支配した良識、規範、倫理を抛《なげう》って、カジノ資本主義で、場合によっては小国の経済を崩壊させる可能性を秘めた選択をするほど追い詰められた社会なのか？」

「君の苛立ちはわかる。そうであっても、もしそういう経済学に君が何らかの批判をさし挟むというのであれば、原典に当たってみなければならないということだよ。君は比較的早くから、高度成長政策の行き過ぎや、バブル経済の発生、崩壊を予測していたが、——このことは、僕が生きている間に君から同じ意見を聞いていたから、君が今の時点でそのような意見を後付けしたのではないことはよくわかっているよ。ただ、もしこれを厳密な論証の結果でないとすれば、単なる君の気質の問題に帰着してしまうだろうね。気質の問題、これは意外に人間の思索の方向を決定するものだろう。そしてある考え方がその人の気質から生じたとしてもそれは一向に差し支えないだろう。しかしそれはあくまで論理による綿密な実証過程を経てのことであって、もしこの実証の過程がなければ、単に気質から出た妄想ということに帰着してしまう。——同様に、君が重視する経済学者たちの挿話は、その人となり、思索の形式を知る手がかりとして、たしかに重要な意味をもつだろう。しかしそれを重視し過ぎるのも危険だよ。あくまで副次的な要素に留めるべきであり、やはり仕事の成果物を最重視するべきであろう。

君がさっき話したナイトとフリードマンの挿話は、すっかり有名になって、フリードマンはいささか損な役割を分担させられてしまった感があるが、フリードマンもまた、立派な人格の優れた経済学者だと僕は思うよ。学説上の見解についていろいろ議論することは許されるにせよ、あの挿話にあまり拘泥するのもどうかと思うよ。それは、さきほど見たシュンペーターとウェーバーの場合と同様だよ。これは、文学でも同様であり、たとえば君が敬愛する中原中也でもそうだと思うよ。たしか、河上徹太郎氏の文章に、今日、中原をその作品を通じてのみ知ることができる人は幸せである、という意味のことが書かれていたが、さんざん詩人の実生活に付き合わされ、詩人の撒き散らす毒に当てられた人の実感だと思うよ。僕が君に勧めるシュンペーターの読解は、——今日の理論経済学の最先端はますます精緻になり、高等数学の知識（僕の記憶がたしかであれば、君は数学が苦手だったね）が前提であり、到底素人には歯が立たないということだ、しかし反面経済体制や、経済政策の価値の問題に対してはなお君が接近する可能性があるかもしれないと思う。この分野においては、二十世紀の前半が持った二人の巨人、ケインズとシュンペーターになお多くのことを学ばねばならないだろう。ケインズとシュンペーターは、相並び立たない両雄であり、生前ケインズはシュンペーターの経済学について触れることはほとんどなかったし、シュンペーターがケインズについてオマージュを捧げたのはケインズの追悼論文においてであった。この二人のライバル意識が強烈であったということは、二十世紀の前半における傑出した経済学者としてお互い認め合っていたという証拠でもあろう。この二人の経済学者は、方法論においても、分析の手法においても相容れぬところが多かったが、共通点は経済学の領域に留まらず、資本主義の運命といった文化社会学的領域にまで考察が及んでいることだろう。シュンペーターについては、『資本主義・社会主義・民主主義』において彼の行った予測、——資本主義はその成功が故に崩壊し、社会主義へと移行するという予測について、再吟味が必要だと考えるがどうだろう。この予測に関しては、ことにベルリンの壁の崩壊以来、シュンペーターは結局誤っていたのだ、と帰結されがちであるが、果たしてそうであるのか？　たしかに、二十世紀における社会科学の最大の実験が失敗裡に終わったことは言うまでもないが、社会主義のタイプは、二十世紀型の社会主義が唯一無二のものではないだろうし、何よりもシュンペーターが、このメッセージで後世に何を伝えたかったのかを掘り下げて考えてみなければならないと思う。君が晩年に取り組む課題としてこれ以上のものはないと思うがね。『生兵法は大怪我のもと』なんて失礼なことを言ったが、——僕の真意は、危険極まりない経済学の批判はうちに秘めて、価値の問題に取り組んだ方がいいという進言だよ。おそらくすぐそこに迫っている二十一世紀は、経済理論の根本に遡って、解決を迫られることになるのではないか？　さらに、君に余力があれば、ぜひマックス・ウェーバーに遡ってほしい。ウェーバーは、すでに二十世紀の初頭に今日の状況を予言している。ウェーバーを精読することによって、あるいは二十一世紀に生起する事象についてある程度の洞察が可能になるかもしれない。」

「――貴重な進言に接しても、それに従っていく能力のない自分を悲しいと思うよ、――おそらく君は、ほかの面でも僕に批判的なのだろうね。」

彼はしばらく、遠くのほうに視線を泳がし、考えを取りまとめているふうであったが、

「カフカについては論評の限りではない、僕の専門外のことだからね、ただし、後のほうのイエスの歴史的実像については、多くの学者が様々な観点から研究を続けている最中だよ。クムラン文書の研究はまだ緒に就いたばかりであり、いまの段階で、性急な結論を出すわけにはいかないと思うよ。まあ君は一種の叙事詩を読むようなつもりでイエスの運命について空想を巡らせているようだけれど、それは信仰とは無縁の世界であり、無関心よりなお悪いかも知れない。君自身のヒュブリスが生んだ妄想でなければ幸いだが。――いや、これは大変な脱線をした。君の挑発に乗って危うくタブーを犯すところだった。少しは犯したのかな？　冥界の住人は現世の住人に深く影響を与えるようなことは許されないのだよ。さあ、お名残り惜しいが、そろそろ僕は失礼するよ。」

すでに彼の姿はかすかな揺らぎを見せている。

私は、慌てて、

「君、大事なことを忘れているよ。まだここで別れるわけにはいかないよ。」

「ええ？　何のことかな。」

「君が僕に会いにきてくれた目的は僕の鬱状態の診断ではなかったのか？　たしか処方箋までは無理だが診断書は書いてくれる約束だったよ。」

「うむ？　もう、君にはわかっていると思ったがね。」

「――君との会話の中で、もう明らかになっているということだろうね。しかし、自分のことになると案外わからないものなのだよ。はっきりと指摘してもらったほうがありがたいな。」

「一口で言うのは難しいな。――あえて言えば、『モラトリアム人間』と言うことかな？」

私は自分が思いもしなかった診断を松村が下したことに驚いた。

「――それはちょっと意外だな。たしか『モラトリアム人間』とは、なかなか職に就かず、社会に出るまでの猶予期間を自分に与え続けている人間のことを言うのではなかったのかな？　僕は学生時代からアルバイトで学資を稼ぎ、卒業後すぐ就職し、そして人が仕事を離れてそろそろ悠悠自適の生活に入る時期になっても、まだ仕事を続けている。社会に出るまでの猶予期間など僕にはなかったわけだよ。」

「たしかに、通常使われている『モラトリアム人間』の尺度は君の言うとおりだろう。しかし、まさに君はその仕事に対する勤勉さを理由に、君が当然なさなければならない自分の生存に対する内面的な省察をあとへあとへと繰り延べてきたわけだよ。そして、モラトリアムの期間の絶対的な時間、――手持ち時間がもはや極端に少なくなっているのに気づき、あせりを感じながらも、なお本格的に内面の考察に入ろうとせず、自己の周囲に自分のお気に入りの知識の壁を張り巡らせてひたすら防備している。生の終わりに対する精神的な覚悟と言ったもの、――つまり精神の覚醒という視点から見れば、君の状態は『未だ醒めず池塘春草の夢』という状態ではないか？」

「なるほどね。『階前の梧葉既に秋声』――どころか、あらかた梧葉は落ち尽くしているのにね。あるいは人工の一枚の青い葉だけが、吹きつける嵐の中で耐えている。」

「その一枚の葉は、一夜の嵐には耐えられても、君の残された時間をずっと支え続けることはおそらく困難だろう。――それは君自身も十分承知していて、その焦燥が君の鬱状態の原因だと思うよ。これが僕の診断だが、そして書かない約束だったけれど、僕の処方箋は君にも明らかだと思うよ。ただ、その前段階の僕の診断を君が受け入れるかどうかは別問題だけれどね。」

「――君の診断はしっかりと承っておくよ。あまり意外な診断で、すぐにはどう受け止めてよいかわからない。何か非常に痛いところを突かれたような気もするが、反面これ以外にどんな生き方があったかと開き直りたいような気もする。後でよく考えてみるよ。

最後にもうひとつ。すべての死は、死者が自らの自由意志で、すすんで死神に手を委ねることに始まる、――つまり、すべての死は、ある意味では自殺だという説は本当なのかな？」

「ええ？　それはいったい誰の説かな？」

「実は、君が姿を現す前に母と会っている。母が僕にそう言ったのだよ。」

私は、母との出会いとその経過を手短に彼に伝えた。

「まず最初に君のお母さんが姿を現されたことは当然だと思うよ。君はお母さんの秘蔵っ子だったからな。」

「――いや、それは必ずしもそうとは言えないよ。母はやはり兄のほうを頼りにしていたと思うよ。昔の民法は長子相続で、――新民法になってからもしばらくは旧民法の考え方が支配的だったからね。長男以外はすべて分家として外へ出てゆくことになるから、その意味では幸薄き子で、母が僕に示した過分の愛情は、やはりその幸薄き子に対する憐憫の情が重なっていたように思うよ。」

「いくらか屈折した考え方だね。長男だった僕にはわからない心理だね。僕の弟もそんな考えをした時期があったのかな？　それはともかく、すべての死が自殺ということはないよ、もしそうであれば信仰の篤いカトリック教徒は永遠に死ねなくなる。」

「なるほど、キリスト教徒にとって、自殺は最大級の罪だろうな。」

「ただ、こういうことは言えるだろう。肉体が滅びる前に、精神が死を迎えたがるということはあるだろうな。それを君のお母さんは死神に手を委ねると表現されたのかもしれないな。ひょっとしたら、――」

松村はそこで言葉を切って、じっと私の顔を見た。

「お母さんは、君にその危険あり、と判断されたのかもしれないいな。」

松村が、さりげなく放ったこの言葉は、私に重くのしかかり、私は沈黙した。

やがて、私は独り言を呟くように言葉を連ねた。

「もしそうであるとするならば、親子の縁というのは現世だけでは終結しないものなのだな。自身病弱の母が、肺門リンパ腺炎という当時の不治の病に冒された二人の息子に対する気遣いは大変なものだった。僕たち親子はともに相手を失うのではないかという不安に怯え、生活してきた。僕たちが健康になり、母も腎臓に宿痾を抱えながらも、何とか日常の生活を過ごせるようになって、僕は死と隣り合わせで生活する感覚をいつか忘れてしまっていたが、――あるいは母はそうではなかったのかもしれない。生涯、息子を失うのではないかという不安に怯え、それが冥界に入ってもまだ続いているのかな。ただ、いまあの世界の住人となっている母から見れば、今度は自分と同じ世界で暮らすことになるのだから、それは歓迎すべきことではないかと思うのだが、やはりもう少し現世に留まってほしいということなのかな？　肉体的には健康になったが、こんどは心の病を心配するということであれば、まったく母親の心配の種は尽きないものだな。」

「すでに君の精神は東都さんという死神を呼び寄せている。そのことはお母さんだって十分承知の上だろう。」

「ええ？　君は東都さんのことを知っているのか？」

「冥界が誇る第一級の死神。美貌で博識でしかも節度を弁えている。さすが君が呼び寄せただけのことはある。ただし死神はあくまで死神。」

「ちょっと待ってくれ、僕が呼び寄せたということはどういうことなのだ。あれは衰弱した僕の精神の妄想ということか？」

「妄想、とは言ってない、現に存在する。しかし、君が呼び寄せたこともまた事実だよ。君もまたある意味で「エリ・エリ・ラマ・サバクタニ」の言葉を洩らしたのかもしれない。――断っておくが、これはさきほどの君の説をなぞっての比喩であって、僕の信仰とは背馳する物言いだよ。」

「――なるほど。」

私は深い溜め息をついた。そして、

「しかし、精神がいくら頑張っても、やがて肉体の滅びとともに死が訪れるのであれば、精神の衰弱とともに死神に手を委ねるということも、それほど悪いことではないかもしれない。」

「神に対する信仰のない人の陥りやすい考えだね。――ひとついいことを教えようか？　肉体も永遠に滅びないという思想。東洋の英知だよ。仙人になるということ。君は知らないだろうが、K学院の中学部で国語を教えてもらった広田先生が葛壽仙人となってこの近くに居を定めておられる。訪ねてみるかい？」

それは私の意表を突く言葉であった。話の内容はもちろん信じがたいことであったが、それ以上にこれはカトリック教徒としての彼の信仰に背馳することではないのだろうか？　私はそっと松村の表情を窺った。松村は淡々として表情を変えない。

広田先生は松村と私がK学院の中学部の二年生の時に大学を卒業して赴任された国語の先生で、同時にその時同じクラスであった二人の担任になられた先生である。先生はその若さと、闊達な精神で、たちまち私たちを虜にした。先生は授業の間によく小説を読んで聞かせた。中勘助の『銀の匙』に初めて接したのは広田先生の朗読がきっかけである。そのほかおそらく広田先生との邂逅がなければ接するのが非常に遅れたであろう魯迅の作品の数々。それから、東洋文学が専攻の先生らしく陶淵明の『桃花源記』や黄鶴楼をはじめとする中国の仙人の話。これらの話は私が幼時、母に買い与えられた中国の物語集に入っていたものであるが、先生の話の中で記憶を甦らせ、以後私の貴重な財産となっている。先生は私たちが社会人になって何年かした頃、突然教師を辞められ、東洋の易学の研究に入られたという噂を聞いた。最近になって私がようやく出席するようになった中学の同窓会の席にも先生は姿を見せられず、ただ「社会から離れた生活をしておりますので欠席させていただきます。」という葉書に接するばかりである。私は、初めて先生が教職を離れられたと聞いた時、失礼ではあるがなんとなく「そぞろ神の物につきて心を狂わせ」という芭蕉の『奥の細道』の一文を思い浮かべたが、本当の理由はわからずじまいで、それはいまも同じである。

「先生はたしか阿倍野の晴明通りで運命鑑定の仕事をされていると聞いているが、……」

「ここの近くに葛壽庵という庵をあんでおられることも事実だよ。運命鑑定の仕事が虚で、仙人の姿が実か、あるいはその逆か？　それは先生にお聞きしないとわからない。」

「そういう理性に反することは、君の信条と相容れないのではないのか？」

私はかつて『ノストラダムスの大予言』などという本を読んで彼の不興を買ったのを思い出した。

「それは、そのとおりだが、事実であれば認めざるを得ない。」

彼は苦笑していた。

「広田先生にお会いできるのであれば、ぜひお会いしたいものだな。」

道の果ては三叉路だった。――あの、運命の三叉路。右手の道はそのまま山の高みに通じ、左手の道は、山の嶺線をはずれ、下り傾斜であった。

松村は、そこで歩みを止めて、

「僕が君と一緒にいられるのはここまでだよ。後は君が一人で行かねばならない、右手を行けば、君が麓で出会った東都さんの言うオンボロスに到着する。左手に行けば、いま話した広田先生が住まいを構えておられる葛壽庵に到達する。」

「右手に行くということは、自らの意思で死神に手を委ねるということだね。」

「そういうこと。ただし、東都さんという冥界随一と言われる優れた死神の手に導かれるという僥倖に恵まれることになる。」

「その僥倖とやらは、この機会を失しては二度と巡ってこない、ということだね。」

「それは当然、そういうことだね。そう都合よくはできていない。」

「わかった。せっかくの機会を失うのは惜しい気がするが、――僕にオデッセウスの機知がない以上、いずれか一方を断念せざるを得ないだろう。この際、母親の忠告を無視するわけにはいかないし、仙人になられた広田先生にもお目にかからなければならない。それに、僕の最後の時に、君がもう一度僕の意思を確かめに姿を現してくれるというさきほどの約束を君に履行してもらうためには、いま右手の道をとるわけにはいかないね。」

「そういう意味では、君の選択はあらかじめ決まっているも同然か。——道を教えておこう。左手の道は下り坂で、『沈黙の谷』を経て上りの道に転じ、やがて平坦な道に出る。そのとっかかりに広田先生、——いや葛壽仙人の庵がある。それから、『沈黙の谷』では何人か冥界の住人に会うことになるが、文字通り沈黙が支配する谷で、君はその人たちと一言も言葉を交わすことはできないからそのつもりでいてほしい。」

「いろいろ、ありがとう。君との別れは辛いが、いずれもう一度君と再会することになるだろう、その時まで……」

私は松村の説明にしたがって左手のほうに向けていた視線を元に戻すと、もう松村の姿はなかった。

ただ黄葉がしきりと散っていた。

○

下り坂の道に沿って再び楓系の紅葉が出現した。深山の紅葉は色彩が濃厚で緻密であり、やや傾きかけた太陽の斜陽を受けて絢爛であるが、陽の当たらぬところは重く古色をにじませて凄惨である。

私は乾燥した落ち葉を踏みしめて、ゆっくり歩を進めていたが、思いは、やはりいま別れたばかりの松村のところへと戻っていった。――かつて松村を沈黙の相手としていた私が、なんと饒舌であったことか。そして松村はなんと巧みに私から言葉を引き出し続けたことか、――あくまで聞き手に徹して、そして最後に、実に有効な一撃を加えて去っていったことか！　私は思い出して苦笑いした。私はひとりごちしていた。「松村のやりかたは、いささかマッチ・ポンプの傾向があるな。あるいは巧みに罠を仕掛けられて、自分は見事にその罠にはまったということか？　彼はいつの間にああいう手法を身につけたのだろう？」しかし、それは決して悪い感じではなかった。久しぶりで、旧友のあいかわらず衰えない頭脳の冴えを感じ、――冥界に入って、いくらかストラテジカルな要素が加わったかもしれない、あるいは死者の優越とでも言うべきか？――そして根本のところで彼の言動を支えているのは、やはり私に対する深い友情であることを確信していたからである。彼は最後に実に重い問題を私に投げかけていった。私は、この自分の手にあまる問題をつぶさに吟味しようとしたが、総括しきらないうちに道の果てに人影を認めた。その人影がこちらに向ってくる。私はすぐにそれが倉田譲治だとわかった。

倉田は、K学院の同級生であり、草野球仲間であった。長身で、その長身に運動神経が均等に配分されていないようなところがあって、動作にぎこちなさが伴い、プレーは決してスマートではなかったが、――それに根っからの野球好きが集まっているグループの中では、いくらか醒めていて、野球に対しても一定の距離を置いているように見えたが、それでも誘えば必ず参加してくれて、時々思いがけない大きな打球を打って、味方を勝利に導く貴重な戦力であった。私たちは帰る方向が同じだったので、よく放課後、暗くなるまで球を追い、夕星を見ながら帰途についたものである。

倉田との付き合いは、K学院の一、二年生の半ば頃までで、三年生になってやや疎遠になった。私が野球に熱中できたのはその頃までで、家庭経済の問題が深刻になり出した二年生後半以降は野球どころではなくなってきた。それにより深く付き合い出した松村と吉原の影響で文学に傾斜していった私は、いままでのような放課後校庭で球を追う生活から徐々に抜け出していったのである。倉田も成績がよく、小説などもよく読んでいたが、現実的であり、青臭い文学論や人生論をする連中を見下していた。私が草野球から離れてそういう仲間に入ってゆくことは、彼にとっては裏切り行為のように思えたのかもしれない。

彼は私と同じようにK学院を中学部だけでやめ、府立高校に転じ、大学は神戸の経営学部を選んだ。松村と同じ大学で四年間過ごしたことになるが、不思議に倉田の話を松村から聞いたことはない。学部が違ったこともあろうが、松村と倉田はほとんど接触がなかったようである。あるいは松村は、私と彼が草野球を通じてそれほど親密な時期があったことを知らず、倉田の動静を私に報告することを省略していたのかもしれない。私もとくに倉田の消息を積極的に松村に尋ねた記憶はない。

倉田は衝撃的な生の終わり方で私を驚愕させた。彼は大学を卒業して証券会社に就職したが、一月もたたないうちに自裁した。倉田と最後まで接触のあった友人たちの話を総合すると、彼は会社の——というより、競争的経済社会の、というべきか——あまりに非人間的な取り扱いに殆ど絶望していたという。

彼は入社と同時に営業部に配属され、その時直属の上司に会社のビルの屋上に集合するように命じられた。この時屋上で居丈高に説教を垂れた上司の言葉が引き金となった。「ええか、身を乗り出して下を見ろ。人間が点々になって歩いとるやろ。あの点々のひとつひとつがお前らの客や。人間と思うなよ、ひとつひとつの点々や。あの点々から契約をむしり取ってこい。」

この言葉を聞いて、倉田は大変なショックを受けたようである。

——この言葉が、倉田を死に追いやるほど衝撃的なものかどうか？　当時私はこの言葉を反芻するように思い出して、首をかしげていた。たしかに関西弁の露骨な言い回しで、ほかの地方の出身者がこれをやられるとこたえるだろう。しかしそれでも死を選ぶことはないだろう。まして、倉田は生粋の関西人であり、しかも早くから理念的なものを排し、実務的であると見られていた。事実、私なども彼が経済学部ではなく経営学部を選んだことは、いかにも倉田らしい、と感じていた。

それに、この上司の言葉も視点を変えると愛嬌が見えてくる。映画ファンなら、直ちに気がつくことであるが、この台詞は映画『第三の男』の主人公、ハリー・ライムがウィーンの観覧車に乗って、旧友の三文文士ホリー・マーチンスに語る台詞に酷似している。第二次大戦直後のウィーン。この由緒ある古都は敗戦により、連合国側の四国（米・英・ソ・仏）によって分割統治され、市民は苦しい生活に疲弊している。当然悪の温床である。アメリカから流れてきたハリー・ライムは粗悪ペニシリンを闇市に流して巨利を得ているが、同時に多くの人たちが粗悪ペニシリンの犠牲になっている。旧友ハリー・ライムから招待を受けてウィーンへやってきたホリー・マーチンスは、到着と同時にハリーが前日事故死したと告げられる。しかし、死は偽装であり、やがてホリーはハリーと接触する。悪を嗅ぎつけたホリーをハリー・ライムは観覧車に乗せる。ホリーの自首の勧めを、ハリーは「正義の英雄なんて本の中の話だ、みんな自分が可愛いんだ」と一笑に付し、観覧車が円の軌道の頂点に達した時、ホリーに下を覗かせる。下を歩く人々はひとつひとつの点である。「あのケシ粒のひとつひとつが消えると悲しいか？　一個消すごとに二万ポンドもらえるとしたら君は断るか？」——名場面の連続である『第三の男』のなかでも極めつきの名場面である。殊にこの場面の最後に観覧車から降りて二人が別れる時にハリーがホリーに投げつける言葉。「いいかい、よく聞けよ。——ボルジア家のもとでは、テロや陰謀が横行した。しかし、ミケランジェロやダビンチのルネッサンスの芸術を生んだ。スイスは愛の国だが、スイス五百年の民主主義と平和が何を生んだ、——鳩ポッポ時計がせいぜいさ！　あばよ！」

倉田も映画が好きだった。当時小遣い銭が乏しく、あまり映画を見られなかった私は、倉田の映画談義で映画情報を仕入れていた。倉田が『ニノチカ』を見て、「グレタ・ガルボはええなぁ！バーグマンなんか、足元にも及べへんで！」と陶酔しきった顔で話すのに、「グレタ・ガルボなんて、とっくに映画界を引退した過去の人やんか、」なんて兄のとっていた雑誌『映画の友』から得た知識で、憎まれ口をきいて応酬していたのを思い出す。余談になるが、私は三十代前半に名画劇場でグレタ・ガルボ主演作の連続上映を立て続けに見て、この大女優の醒めた魅力に圧倒され、神聖ガルボ帝国の軍門に下ることになった。つまりこの時、私はこの大女優から手厳しいしっぺ返しを食らうことになったが、同時に倉田の女性に対する審美眼の早熟さに舌を巻くことにもなる。

『第三の男』が封切られたのは、われわれの高校二年生の時であるので、違う高校に通っていた倉田から直接この映画について聞いてはいない。しかし、あの映画狂がこの映画を見逃しているはずはない。彼もあの上司の言葉が、この映画からの引用と気づいていたと思う。もしそうであれば、この説教の出自を手がかりに上司と接触を図り、良好な人間関係を築くことも可能であったのではないか？――あるいは倉田は逆に、奇才オーソン・ウェルズが演ずるハリー・ライムのあの残酷ではあるが奇智に富み説得的である悪の哲学を、かくも安易に、かくも利己的、世俗的に換骨奪胎した上司に激しい憤りと絶望を感じたのだろうか？

倉田は最初の給料日に同僚と呑みにいき、封も切っていない給料袋をテーブルの上にポンと放り出し、

「これ、会社に対して貢献もしていない僕がもらうわけにはいかん。誰でもいいから持って帰ってくれ。」

倉田は冗談ではなく真剣だった。おそらく、その場は同僚たちのとりなしによって、倉田は鉾を収めたのであろうが、詳細は聞いていない。しかし、それから間もなく彼は自ら命を絶った。その方法については、私に彼の死を伝えてくれた友人たちは一様に口を閉ざしていた。私も敢えて聞かなかった。それは死者の尊厳を傷つけることのように思えた。ひょっとして、例の屋上から飛び降りたのではないか？という考えがちらっと頭に浮かんだが、私は慌てて打ち消した。彼がそのような報復的な行為をするとは思えなかったし、――また思いたくはなかったのである。

倉田は近づいてきた。広い額を誇示するかのように学生帽をあみだに、庇《ひさし》をちょっと右に傾けて被るのは倉田の癖である。半袖の白い開襟シャツを着て、黒い長ズボンをはくのはK学院中学部の夏のしきたりである。肩から襷掛けにかけるズックの鞄を腰のあたりで揺らし、脇に野球のグローブをはさんで、真剣な顔をして、真正面を見つめて急いでいる。私は忘れていたことを思い出した。放課後の野球だけでは物足らず、夏には早朝野球をやっていた。放課後の野球は、グラウンド取りが難しく、時にはグラウンドが取れないままで、片隅でのキャッチ・ボールやトス・バッティング程度で終わってしまうこともある。その点早朝野球は広いグラウンドを使い放題にできる。五時前後に起きてすぐ家を飛び出せば六時前後には学校に着き、授業開始の九時までに約三時間野球ができる。おそらく倉田は、早朝野球のために急いでいるのだろう。私は松村の忠告も忘れて、思わず「倉田！」と声をかけたが、——いや、声をかけようとしたが、声にはならなかった。倉田はどんどん近づいてくる。彼はまったく私が目に入らぬようである。私は焦った。できれば私は、彼があの時点で死を選ばなければならなかった状況を詳しく聞いてみたかった。私もまた、就職して二、三年の頃まで、職場の雰囲気に適応できず、暗い気持ちで日々を過ごしていた。そのような時期に受けた倉田の自裁の知らせは、重く私にのしかかった。何故倉田は、もう一度大学院に還る方法を模索しなかったのであろうか？　家庭の事情で退路が断たれている私の場合とは違って、倉田の場合は弁護士を業としている父の庇護で、その選択は可能であったろう。私の先輩の中でも、一旦就職はしたが職場に見切りをつけ、再度大学院に還って、学者としての道を再選択した人はいる。倉田にその能力がなかったとは思えない。あるいは、実務型の倉田にとって学者への道は望むところではなかったとするならば、専攻の学問に適合する公認会計士か税理士に挑戦するという選択もあったのではないか？　彼の家庭は職業専門家の世界そのものではなかったか？　あるいは、倉田は就職してわずか数週間のうちに垣間見た社会のいずこにも、自分が身を置く場所がないことを瞬時に察知し、早々と生に見切りをつけたのであろうか？　もしそうであれば、われわれ友人が彼に対して実務型と判定していたことは大変な誤りであったということになる。いずれにしてもその判定は中学時代の三年間の彼との付き合いから得た印象を基礎としたものである。倉田の性行をより厳密に把握し、彼の自裁の真相に接近しようとするならば、それから三年間の、——いわば人生の疾風怒涛時代ともいうべき時期に倉田がどのように生活し、どのように考えたかを知ることが必要不可欠であろうが、私はその期間にまったく倉田と接触がなかった。彼の通った高校は、私の母校のある池田市と隣接した豊中市にあり、もし望めば中学時代の交友を復活することは容易であったろうが、私はK学院時代の付き合いは松村と吉原に限定していたし、倉田の側からも特に私に連絡はなかった。私は倉田の自裁の原因をあれこれと憶測し、自分自身の社会に対する不適応性と併せ考えて懊悩し、夜も寝れないことがあった。——しかし、時間はいつの間にか倉田の事件を過去へと押し流していった。私の会社に対する適応の悪さは相変わらずだったが、あるいは仕事の繁忙さが私を窮地に追いやることを防いでくれたのかもしれない。もちろんこれは身過ぎ世過ぎのことであって、本質的な問題はあくまで未解決のままであり、——さきほどの松村の指摘は、まさにこの事実を摘出したものであろう。

倉田はもうそこまでに近づいている。相変わらず、真剣な面持ちで、真っすぐに前を見て、私にはまったく気がつかない。そして私とすれ違ってしまった。私は振り返り、倉田が次第に遠ざかってゆくのを見送っていた。晩秋の午後、深山の真紅の紅葉の下を季節外れの服装を身に着けた一人の少年が急ぎ足で遠ざかってゆく。これは未だ現世に籍を置く私の見た光景であるが、——おそらく少年倉田は、真夏の早朝、K学院のグラウンドを目指して、一心不乱に歩を進めているのであろう。

「しかし、それにしても倉田は、あの早朝野球にあれほど真剣な取り組みをしていたのであろうか?」

私は意外だった。彼は野球仲間の中では比較的野球に対してクールで、それほど、――つまりグレタ・ガルボに陶酔するほどには、野球に没頭しているように見えなかったのである。「世の中を斜に構えて眺めていたように見えたのは、倉田のちょっと格好をつけたポーズであって、実際は、――第三者の眼が届かない場所では、あの真剣な面持ちで、一気に自分の生を駆け抜けていったのではないか?」――私はそう考えて、深い憂愁にとりつかれていた。

倉田との遭遇の余韻がまだ醒めやらぬ私は空中に軽やかなメロディを聴いていた。モツァルトの『魔笛』の一節。

道の行く手に人影を認めて、私は心の中で「パパゲーノ!」と叫んでいた。

池田市に転居した場所での隣人は、上原さんという老夫婦だった。

私の記憶にある上原夫妻は、既に人生の大半を終えた老夫婦であった。夫は五十歳を少し過ぎたあたり、妻はそれより二、三歳上、――つまり、二人とも私のいまの年齢より、十歳ほど若かったわけだが、十代の若者にとっては、二人はすでに老齢の人生を歩む人に見えた。いつの時代にも十代の若者は傲慢で、残酷である。夫婦には子供がなかった。そのかわり当時学齢期にも達していない養女がいた。この少女が夫婦とどういう関係にあったのかは不明である。いまの時点で考えれば、人のいい夫婦が、身寄りのない、不幸な子供を養女に引き取ったかとも考えられるが、当時の私にはそんなことを考える余裕もなかった。――ただ漠然と随分年齢の離れた親子関係だな、と考えていた。

隣家といっても、間に村の神社があり、五十メートルほど離れている。それでも、ほかに家がないかぎり隣家であり隣人である。

おじさんは最初の頃は、市役所の水道課に勤めていた。そのうち定年になって、役所の失業対策の道路整備などに従事している姿を見かけることもあったが、――おそらく、あの時、おじさんはすでに市役所を退職していたのであろう。

私が勉強部屋にしていた二畳の玄関の間の窓から、上原のおじさんが顔を出した。突然で、私はおじさんの禿げ頭を見ていきなり入道が姿を出したのかと驚いた。

おじさんはそういう私を見てにやりと笑ってみせ、

「××さん、あした鳥を捕りにいけへんか?」

「――?」

「あんまり、根をつめて、勉強しても身体にようないで。気分転換して、また勉強したらええ。鳥を捕りにいった時間なんてすぐ取り戻せる。」

市制が敷かれているとはいえ、私たちの住んでいた場所は北部の狭い旧村であって、父の商売の蹉跌も、私がいったん進学を断念しながら岡村先生の叱咤激励によって再び進学に挑戦することになった経緯についても、村中に筒抜けになっていた。私の選択は、必ずしも好意的には迎えられな

かった。母は、ある人から、

「お宅は、ご主人が商売に失敗しはっても、息子さんを大学にやりはるなんて、ほんまに甲斐性がおますな。」と皮肉たっぷりに言われたと、青い顔をしていた。

私は周囲が自分の敵になっている、と被害妄想ぎみに考えたりした。あらためて受験勉強に取り組んでみると父の商売の蹉跌のどさくさをいいことに、無為に過ごした夏休みから秋にかけての時間がいかに貴重なものであったかを思いしらされていた。岡村先生は私の実力を客観的に査定されて、O大学を薦められたのであるが、私は自分の実力が果たしてその水準に達しているのかどうか、自信を失っていた。しかし、賽は投げられていた。今更後へ引き戻すわけにはいかなかった。私は失われた時間を取り戻すかのように寸暇を惜しんでいた。しかし、時として暗礁に乗り上げ、絶望的になる。そういう時、周囲の眼が気になる、――私は、きっと受験に失敗する。それを手を打って喜ぶ人がいる。親が事業の失敗という塗炭の苦しみを味わっている時、それを手助けしようともせず、自分のことだけを考えて大学を受験しようなんて、天が許すはずはない、と。私はそういう妄想にとらわれて、頭を抱えて机につっぷすことが多くなった。

中にあって、上原のおばさんは、私の味方だった。この隣人は無類のお人好しで、判官びいきが強かった。私の父の商売が蹉跌する前はむしろわが家は被害者だった。おばさんはかわいそうな人がいると黙って見過ごせなかった。しかし上原さんの一家が、特に経済的に恵まれていたわけではない。母は上原のおばさんが、「おくさん」と言って入ってくるとドキッとすると言っていた。

からである。後に、

「お米を三合貸してくれはれへんやろか?」とか「お金を少し――」というようなことが多かった
「かわいそうな人がいるねん。もう三日も食べてはらへん。おにぎり作って持っていってやりたいねん、」というような理由がつく。

当時お米は貴重品である。戦後わが家の家計は苦しくなっていた。しかし、隣人との付き合いもあり、またそのような理由を示されれば、むげに断りにくい。大抵の時は、母は隣人の要求に応じている。そして、

「こっちのほうがよっぽどかわいそうやわ、」と言って溜め息をついていた。

私の上原さんのおばさんに対する気持ちには非常にぶれがあった。機嫌のいい時は、宮沢賢治の「雨ニモマケズ」の「東ニ病気ノコドモアレバ／行ッテ看病シテヤリ／西ニツカレタ母アレバ／行ッテソノ稲ノ束ヲ負ヒ／――（中略）――ヒデリノトキハナミダヲナガシ／サムサノナツハオロオロアルキ」という詩句を思い出して何となく上原のおばさんの行為に好意的になるが、――しかし、わが家の被害が多くなり、母の溜め息が多くなると、そう好意的にばかりなってはいられない。施しは自分の能力の範囲ですればいいのに、という気持ちになる。しかし、いずれにせよ私は傍観者である。

父の商売の蹉跌が村中に伝わった時、上原のおばさんの態度は一変した。母を訪ねてきて、

「ああ、事情も知らずにおたくには無理ばっかりいうて、ほんまにすまんこってしたなぁ。おたく

が楽な生活をしてはるとばっかり思うてましてん。」

おばさんは母の手をとって泣く。まるで自分が度々母に無理を言ったことがわが家の窮状の原因であるかのように。

さすがに握り飯の差し入れはなかったが、風呂を交替に焚いて、お互いに二度に一度はもらい湯ですます、という取り決めになった。私はそのような共同生活は苦手であったが、それでも三度に一度は上原さんの湯殿を利用させてもらうことになった。

私の進学の決意が村中に伝わった頃、道で上原さんのおばさんにばったり会ってしまった。私は思わず目を逸らせた。私の選択が村の人たちに厚意をもって迎えられていないことは知っていたし、おそらく上原さんもそうであろうと勘繰ったからである。

おばさんは、それが癖の小走りに近い歩き方で、そしらぬ顔で私に近づき、

「××さん、勉強して、えろうなりや。」

それを私の耳もとで囁くと、またそしらぬ顔で去ってゆく。

私はおばさんのいくらか芝居じみた行動がおかしかったが、時が時だけに胸が熱くなり、目頭が熱くなるのを覚えた。

しかし、おじさんの気持ちはわからなかった。おじさんは無口であり、無類の煙草好きで、チェーン・スモーカーである。風呂を使わせてもらった後、おばさんはよくお茶を入れ、かりんとうなどの甘いものを振る舞ってくれたが、そのような時でもおじさんは話の中には入らず、ただ煙

草を吹かしている。おじさんは私の家が風呂を焚く番の時もこちらには来なかった。それは私の父も同じであったから、敢えてそれをおじさんの不機嫌な証拠にあげることはできなかったが、人のよすぎるおばさんの行為を、おじさんは必ずしも歓迎していないのではないかとも考えられた。

——私の張り詰めていた緊張は解け、かつてない和らいだ気分が私の心を占めた。

「ありがとう、明日連れていってください、でも邪魔になりませんか？」

「いや、邪魔になんかならんよ、××さんは無口な人やさかいな。」

上原さんは笑って、

「そんな丁寧な言葉、遣わんでええ。友だちと話すように気楽にしたらいい。——ほんなら、あした誘いにくる。朝、早いで。六時に迎えにくる。」

後で考えると、母がおじさんに頼んだのかもしれなかった。おじさんの野鳥捕りは有名であり、私はかねがねおじさんについて鳥を捕りにいってみたいものだと考えていたし、そのことを母にも漏らしたかもしれない。しかし、そのようなことが実現するとは思ってもいなかった。

私は、その翌朝、六時前に準備を整えて家の前に出た。十二月前半の午前六時は真っ暗である。しかし、かすかに夜明け前の予兆はある。上原さんの家のほうを見ると、暗闇の中で赤い火が一点見える。それは強くなったり弱くなったりしている。上原さんの吸う煙草の火だった。私はそちらの方に近寄っていった。

「お早うございます。」

「おう。もう、準備してたんか。まだ、早いから煙草いっぷく吸うてから、迎えにいこう思うてた。」

暗闇の中では煙草の火も案外照明効果がある。私はおじさんが細い眼をさらに細めて笑っている表情を見てとった。

おじさんが煙草を吸い終わると、二人は肩を並べて、山のほうへと歩き出した。背の高さは同じ位だった。二十分も歩くと、池田市北部に連なっている五月山連峰の麓に着く。そこからは急傾斜の細い杣道である。かすかに東の空は白み始めているが、まだ道筋は定かではない。私はもっぱら上原のおじさんの背中に視線をやって、後について歩いていった。

おじさんは畳んだ霞網と、支柱にする長い竹を二本肩に担いでいる。かなりの重量と思われるが、おじさんは息も切らさず軽々と山道を上ってゆく。

「捕らえた鳥はどうするの?」

日常、人との会話が苦手な私が、ごく自然に話しかけている。

「いい鳥は高う買うてくれる人がいる。鶯とかな。せやけど、高う買うてくれるような鳥はなかなか捕れんな。まあ、普通の鳥でも、家で飼うてたら、そのうちほしい、言うてくる人もいるからな。家で飼うてやるんや。――××さん、今日捕らえた鳥を飼うてみるか?」

「いや、飼うてみたい気もするけど、とても面倒みきれんやろうと思う。」

「まあ、餌と水を忘れへんかったら、難しいことはないけどな、せやけど、いまあんたには、もっと大事なことがあるからな。」

「捕らえた鳥、やはりかわいそうで、殺して食べたりはできんのやろうな？」

「いや、そんなことはないけどな。普通の鳥、あんまり旨うないで。雉とか、山鳩とか、旨いで。せやけど、もうこの辺では捕れんようになった。」

いまでは池田市は大阪の衛星都市として中核の位置を占めており、私たちの住んでいた場所にも中規模以上の家が建ち並んでいる。

しかし、私たちが池田市に住まいを移した時期は周辺部ではまだ旧村の面影が多分にあり、夜中にギャー、ギャーという不思議な声を聞いて、明くる日に村の人に聞いてみると狐の鳴き声だという。そう言えばその頃狐にだまされて近くの池で行水をつかっていた人の話が伝わってきたりした。上原さんと鳥を捕りに行った時点では、その頃と大きな変化はない。しかしおじさんは、最近昔捕れた鳥が捕れなくなったと嘆く。緩慢ではあったが、都市化の波は眼に見えないところで徐々に進んでいたのであろう。

木立が疎らになり、やや平坦な場所に着いたところで、おじさんは立ち止まった。

「さあ、このへんで網を張るとするか。」

私たちが、とりとめもない話をしている間に、かなり高い場所にきている。日はまだ完全には上がっていないが、既に明るくなり始めている。

「いつもの場所？」

「いや、場所はそのたんびに変える。鳥かて覚えるからな。」

木と木の間に担いできた霞網を張り始めた。私も手伝おうとしたがどうしてよいかわからない。

「いや、ええから、そこで見とり。」

おじさんが言うのをいいことに私は少し離れた場所で、観察していた。不器用な私が余計な手出しができないほどおじさんの技は巧みだった。たちまち霞網が張られる。

私たちはちょっと窪んだ茂みに姿を隠す。

「これから、しばらく話するのはやめておこう、」とおじさんは囁くような声で言う。

「ああ、鳥が警戒するね。」

私もしたり顔で応ずる。二人は、お互いにお得意の沈黙の世界に入ってゆく。

空が次第に明るくなってくる。鳥の鳴き声が頻繁になっている。時々、鳥の黒い影がよぎる。その都度ハッとする。しかし鳥は霞網を巧妙に避け、飛び去ってゆく。寒気が強く、身動きもしないでいると、次第に身体の芯のほうまで浸透してくる。秋の名残の菌糸類の発酵するような匂い。時々おじさんの燻らす煙草の匂い。時間が無限に流れるようである。

「かからんな。」ぼそっとおじさんは呟く。

「僕がいるからかな?」私もぼそっと冗談を言う。おじさんは低く笑って、

「そんなことはない、鳥の知ったこっちゃない。」

その時、二人の頭上を、強い羽ばたきの音がして低く鳥が飛び、黒い大きな影がよぎる。鳥は霞

網のほうへ飛び去る。

霞網は強い衝撃を受けて揺れ、おじさんは窪地を飛び出す。私もそれに続く。褐色の地に黒い縞の入った見知らぬ鳥が、空しく羽をばたつかせている。小さな鳥に潜んでいる強い生命の力。おじさんはすばやく鳥を押さえつけ、手際よく霞網から外す。おじさんは鳥を私のほうに差し出す。私は鳥を受け取ることはせず、おじさんの手中にある鳥をおじさんの手といっしょに両手の掌でそっと包む。意外に鳥の体温は高い。生命の温もり。おじさんの手の中で鳥はじっとしている。しかし強く打つ脈拍が鳥の緊迫した状況を伝えている。おじさんは鳥の名前を伝える。私の知らない鳥の名であり、聞いた端から私の記憶装置から漏れてゆく。私はおじさんのために、好事家が「高う買うてくれる鳥」であればいいがと祈ったが、おじさんは苦笑いして首を横に振った。

鳥を籠に入れて、私たちは次の獲物を待って窪地に戻る。しかし、その日の獲物は一羽だけだった。日がすっかり高くなると鳥は霞網よりはるかに高みを飛ぶ。おじさんは霞網を巻き、帰り支度を始める。

「一羽だけの獲物というのも最近珍しいが、しかし年に一回くらいは坊主の日もある。まあ××さんを誘って、坊主でのうてよかったよ、――一羽では残念だけど、そう思うとこう。」

「一羽で十分。霞網で鳥を捕るということがどんなことか、ようわかったよ。」

帰り道もおじさんを先に、私は後に続く。おじさんは肩に霞網などを担ぎ、私は鳥籠を持つ。山道は下り傾斜の方がこわい。足を踏み締め、用心深く歩を進める。

家の前で、おじさんに礼を言って鳥籠を渡した。おじさんは、「飼うてみる気はないか?」と再度尋ね、私は再度辞退した。

鳥はしばらく、上原さんの家の軒先の鳥籠の中で飼われていた。私は家の前を通る度に籠の中を見た。鳥はすっかり落ち着いていて、鳥籠の中で首を傾げ、きょとんとした顔をして私を見つめている。ある日通りがかりに鳥籠を覗くと空になっている。ちょうど家の中からおじさんが顔を出して、

「あの鳥、飼いたいという人があったから、あげた。」

「そうか、いい飼い主が見つかってよかったね。」

「また、いつでもいいから、一緒にいきたかったら声をかけて。」

「うん、またお願いします。」

しかし、鳥を捕りにいったのは結局一度だけであった。おじさんは、おそらく私の勉強の妨げになることを配慮して、積極的に私を誘うことはなかったし、私は私で、一度の思い出を大事に守っていくほうを選んだのである。私はあの捕鳥行の日以来、不思議に落ち着きを取り戻し、勉強に専念でき、なんとか入試をクリアした。しかし、それからが大変だった。私は講義の後ほとんど毎日のようにアルバイトに出かけ、連日帰宅は九時から十時になり、上原さん夫婦と出会うこともなかった。たまに暇ができると、松村のところに出かけ、彼の二階の部屋で音楽を聴かせてもらう。この時期彼はドイツ・リートや、モツァルトに凝っていて、よく『冬の旅』『美しき水車小屋の娘』

『詩人の恋』などのドイツ・リートや『モツァルト歌曲集』——これは当時美形のソプラノ歌手として有名であったエリザベート・シュヴァルツコップフの名盤であった、——を聴かせてくれた。それらの中に『魔笛』の抜粋もあって、例のパパゲーノのコミックな歌や、パパゲーナとの合唱が私を喜ばせた。「鳥刺し」を生計としているパパゲーノが、なんとなく上原のおじさんを思い出させたのである。

上原のおじさんはもうそこまで来ている。あの日と同じように、航空兵がつけるような耳蔽いのついた防寒帽を被り、当時復員服とわれわれが呼んでいた草色の服を着て、足にはゲートルを巻いている。おじさんは私のほうにまったく視線を向けない。その時、私はこの場所では相手は私を認知できない仕組みになっているのだと気づいた。倉田が私に気づかないのは、彼が早朝野球に気があせって、私を見過ごしたのだと考えていた。しかし、上原のおじさんも私に気づいていないということは、この沈黙の谷では、冥界の人たちが現世の住人を認知できない構造になっているとしか思いようがない。上原のおじさんとすれ違う時、私は立ち止まり、おじさんが遠ざかってゆく後ろ姿を哀しい気持ちで見送っていた。

私の哀しみの内容は複雑である。人との別れに伴う哀しみ、あるいは再会しても言葉を取り交わせないばかりか、相手に認知してもらえない哀しみ、——もちろん、それもある。しかしそればかりではなかった。

私は、あれ以来、ほとんど上原のおじさんに会っていない。私たちが池田市を一時的に離れたのは私の大学の三年生の時、その後、兄がもとの家を取りこわして、新しい家を建築して池田市に帰ったのが昭和三十年代の後半の時期、——ただ私は、その頃すでに転勤人生に入っており、京都から東京へと会社の独身寮生活で、池田市での生活を家族と共にはしていない。もちろん、当時、半年に一度くらいは帰阪していたから、池田市の兄の家にも立ち寄っていた。上原夫妻に会おうとすれば会えた筈である。手土産でも提げて、上原夫妻のご機嫌伺いくらいのことはしてもいいはずであるが、私にはその記憶がない。当時はそれほど重大には考えていなかったが、あの時期の上原夫妻の私たち家族に対する姿勢で救われた部分も多いと思う。——私個人に関して言えば、あの時上原のおじさんに鳥を捕りに連れていってもらったことは、私の精神的な行き詰まりを打開するのに大きな意味があったといまこの時点では考える。しかし、私はそのことを長い間記憶の襞の隅に置き去りにしていた。

上原さん夫妻は、まず年下のおじさんが先に亡くなり、それから二、三年して、おばさんが後を追った。

兄は隣人として、応分の供養をすることができた。特におばさんの葬儀の時は、新婚の嫂が、料理の仕出しをとったりして主役を務めたようである。——この時も私は東京にいて、供養らしいことはしていなかった。私は自分の性格にどこか人に冷たいところがあるのではないかと考えて、深い悲哀を感じていた。

下り坂の道はわずかに平坦の部分にさしかかり、すぐに緩やかな上り勾配の道に接続している。

沈黙の谷の行程は、半ばを過ぎたようである。

次に姿を現されたのは、熊村先生だった。熊村先生は今年の六月に亡くなられていた。いわば冥界では新参である。しかしすでに新盆は迎えられている。その意味では立派に冥界の住人であられるのであろう。

先生は濃紺の背広の上にベージュ色のレイン・コートをまとっておられる。

先生は、私たち三年生の後期に東北から移ってこられ、すぐに経済政策の講義を担当された。講義の内容は後に先生の主著となる『経済政策原理』の草稿ともいうべき格調の高いもので、私たちはたちまち先生の講義に魅了され、虜になった。当時四十歳を少し過ぎられたばかり、年齢的にはいわば男盛りという時期ではあったが、若い頃に肺結核で大きな手術をされ、蒲柳の質で、——男盛りという言葉から喚起されるギラギラした闘争的なところは皆無で、物静かな思索的な態度で終始されていた。先生は当時大学の構内にある官舎に住まわれていて、講義がある時は、官舎から直接教室へ出てこられる。その時先生は、学生が多く利用する構内の道は避けられ、わざわざ池の堤などを歩いてこられた。ちょうど秋の季節、薄が白い穂を揺るがせている中を、背が高く、痩身の先生が濃紺の背広にベージュ色のレイン・コートをまとって歩いてこられる姿はまことに印象的であって、孤高の人という感じが強かった。

先生はいま、あの時の姿で、歩いてこられる。

――当時、学内でもっとも親しく付き合っていた石中と、四年生のゼミは、熊村先生のゼミに参加しようか、などという話が出たが、私はいまひとつ決心がつきかねていた。

三年生の時のゼミは藤倉先生で、当時三十歳を過ぎられたばかりの少壮助教授で、――すでに数冊の著作を持たれ、中堅の経済学者として声名が高かった熊村先生と比較すれば、社会的知名度こそ少なかったが、――当時綺羅星のごとく集うておられたO大学の若手助教授の中でも最も年齢が若く、将来を嘱望された学者であった。ゼミで使われたテキストは、ハンセンの『ケインズ経済学入門』("GUIDE TO KEYNES")であり、私はこのゼミでケインズ経済学について多くのことを学ばせていただいている。藤倉先生のゼミを離れる決心はなかなかつかなかった。

しかし私の躊躇は、学生課の掲示板の一枚の告示によって断たれた。掲示板に貼られた一枚の紙は、新学期から、熊村先生がゼミを担当されること、用いられるテキストはシュンペーターの"CAPITALISM, SOCIALISM AND DEMOCRACY"であることを告示していた。当時、O大学経済学部の講座の多くにはケインズ経済学の知識が豊富に織り込まれていて、ケインズ経済学の勉強には事欠かなかったが、もう一人の魅力ある経済学者シュンペーターについて、体系的な講義は存在しなかった。もちろん経済原論で高田保馬先生が頻繁にシュンペーターを話題にされ、ほかの先生方の講義にもその名前が登場することがなかったとはいえないが、いずれも断片的であった。私は、大学生活の最後の年に、真剣にこの学者に取り組んでみようと考えた。もちろん熊村先生の謦咳に接することができるというのも大きな魅力であった。

私は石中に、私の決意を伝えた。石中は行動派だった。早速、熊村先生を訪ねて、ゼミに入れていただくようお願いしてみよう、と提案した。彼の提案にも一理ある。応募者がひとつのゼミに集中する場合は選抜制で、これに漏れた場合、第二志望に回されることになる。熊村先生のゼミは応募者が殺到する見通しであり、私がせっかく四年次を過ごす立派な計画を立てたとしても、水泡に帰する可能性はある。そうかといって、抜け駆けする後ろめたさは自分の人生に汚点を残すのではないか？　また、あの孤高の学者が、果たして事前運動にきた学生を快く迎えてくださるだろうか？と迷っていた。

あとのほうの懸念に対して石中は、

「それは絶対に、悪くとられることはないよ。自分のゼミに入って勉強したいと言ってくる学生を、冷淡に扱われる筈はない。」と、強く主張する。石中に引っ張られるようにして、官舎の前まできたが、行動派の石中もさすがに玄関の敷居が高いらしく、前を行ったり来たりしたが、やがて勇を鼓して玄関の戸を開ける。玄関に出てこられた熊村先生は、私たちの来意を聞くと、

「まあ、入り給え。」と玄関の脇の応接室に招じ入れてくださった。

私たちの話を聞き終わった後、

「僕はO大学に来て間がないから、ゼミの学生をどのように選ぶのかわからないが、希望をすれば入れるんじゃあないの？」と素朴な疑問を投げかけられた。

「それは基本的にはそうでしょうが、先生のゼミは希望者が多くて、選抜制になると思います。」

「そうかね？　今までの大学でも、僕のゼミはそんなに希望者が多いということはなかったよ、だいたい僕はあまり甘い点をつけないほうだし、就職のお世話をできるほど財界の知り合いはいないし、――」

私はぎくりとした。たしかに、四年次のゼミは、就職と結び付いているので、就職率のいいゼミに学生が集中する傾向がある。しかし、私はその点は覚悟していた。学究的な熊村先生が、それほど熱心に就職の世話の労をとられるというふうには思えなかったので、そもそもそういう期待から熊村先生のゼミを希望するのは間違っている、とは考えていた。ただ前半の「甘い点」をつけないという宣言は、「僕のゼミに来るのであれば、相当の覚悟は必要だよ、僕はゼミの学生に手心を加えることはしないのはもちろん、相当厳しくしごくことになるが、その覚悟はできているのかね？」というふうにとらえられた。

はたして、熊村先生は次に、

「教科書や、藤倉先生がゼミで使われた本以外に君たちは、どんな本を読んだの？」という大きな質問を投げかけられた。

石中はちらり、と私に一瞥を投げかける。

石中とは予め役割分担ができていた。石中は哲学青年で、哲学書はよく読んでいたが、経済学の書物はあまり読んでいなかった。彼は、卓球部の正選手で、卓球の練習に割く時間が多く、課外の読書の時間は限られ、自分の得意な哲学書や文学書につい手がいって、経済学の書物まで、手が回らなかった。

「熊村先生はきっと僕たちの経済学の知識を試そうとなさるに違いない。その時は君がうまく答えてくれよ、そのかわり、それ以外のことなら僕がうまくやるからな。」

私は熊村先生に質問をされる局面を想像して背筋に悪寒が走る思いであり、損な役割だな、と考えたが、たしかにこと経済学に関しては石中が応答するより私のほうがましかな、と考えたのが運の尽きであった。

熊村先生の質問に、私は翻訳書として、ケインズの『雇用・利子および貨幣の一般理論』とディラードの『ケインズ経済学』、原書として J. Robinson の "Theory of Employment" と、R. Harrod の "Toward Economics Dynamics" の二冊をあげた。

熊村先生は頷かれ、

「それで、感想は？」

私はやはり背中に冷や汗を流しながら、

「ハロッドの本は難しくて、手こずりました、」と答えた。

「ハロッドのどこが難しい？」

私はこのあたりで、すっかり上がってしまい、

「私は数学が苦手で、どうも深いところまで読み切れないようです。」

論理の乱れがあった。私は、日常の数学コンプレックスから、ハロッドの本を離れ、一般論に足

を踏み入れていた。

先生はちょっと首を傾げて、

「ハロッドの、あの本に難解な数学など出てこないよ。たとえば、ヒックスの『価値と資本』の数学註が判らないというのであれば、なるほどと頷くことができるのだがね。」

先生は、あくまで緻密で容赦がなかった。私は、黙ってしまった。

——おそらく、こう言えばよかったのだろう、「ハロッドの規定する、さまざまな抽象的な成長率の概念規定がいまひとつ理解できていなくて、そのさまざまな成長率の組み合わせが、現実の問題としてどのような意味を持つのか、把握できないのです、」と。

熊村先生はいぶかしげに、沈黙の砦に閉じこもってしまった私を見つめておられたが、

「ちょっと待って、」と断られて席を立ち、やがて黒い表紙のノートを持ってこられ、もう一度私たちの姓名を確認されて、ノートを繰っておられたが、やがて先生の表情が和らぎ、

「まあ、僕のゼミに来ることが決まれば、よく読み直して、判らないところに的を絞って、また質問してください。」

先生の持ってこられたノートには、おそらく先生の経済政策の試験の結果が記入されているのであろう、——まだ、結果の発表はないが、私はある程度答案に自信があったし、先生の顔の表情が和らいだことで、ほぼ試験の結果の推察はついた。私はほっとしたが、同時に先生の質問にうまく答えられなかったことに、落ち込んでいた。

「ところで、石中君はどういう本を読んでいるの？」

先生の鉾先は、今度は石中のほうに向かった。石中は泰然として、

「実は、僕は経済学の本をあまり読んでいないのです。どうしても、哲学や文学の本を読むのに忙しいのです。」

先生は、一瞬目をぱちくりなさったが、――自分のゼミに入れてほしいと言って頼みにきた学生が、「実は経済学の本をあまり読んでいない」という告白をするなど先生の意表を突いたに違いない、――やがて、

「ほう、」と感嘆の声を出されて、

「それで、哲学の本は、どんな本を読んでいるの？」

この時石中がどんな本を挙げたのか記憶にない。私は熊村先生の質問にうまく答えられないで、沈黙の砦に閉じこもってしまった自分の不甲斐無さに愕然としていた。

熊村先生は、自分も哲学に凝った一時期があるとなつかしげに回顧され、旧制高校と大学のはじめの一年間ほどは、夜と昼をとり違えた生活をして、哲学書に取り組んだ、あの時は楽しかったと言われ、石中はすっかり点を稼いだ。

やがて、先生は、

「僕としては、教務課からゼミ生の名簿を受けとって、そのままのメンバーで、ゼミを進めるほかはないと考えているが、万一意見を求められるようであれば、二人の名前を頭の隅においておきま

しょう、」とおっしゃっていただいた。

それを潮に、私たちは早々に先生のお宅を辞したが、玄関を出るなり石中は、

「君も要領の悪い奴だな、自分から進んで判らないところを告白する奴があるか、ああいう時はだな、自分の得意な分野をとうとうと述べればいいんであって、限られた時間を十分使いきって、相手に質問の隙を与えないようにするのが戦術だよ。俺は君がもっと雄弁に自説を展開するかと思ったよ。」

「相手が悪いよ、——熊村先生の前に出ると、蛇ににらまれた蛙の状態だな。」

「とうとうたらり、とうたらりか？——まあ、これからはもっと要領よくやることを心がけないと、社会に出てから損をするぜ。」

石中はさんざん私の傷口に塩を擦り込んだ。しかし、石中はアポロンの如き予言能力を持っている。現在石中は大会社の専務取締役の要職にあり、私は早々に銀行を退職して、いまは市井にあって、零細事務所に拠って悪戦苦闘している。

私たちが懸念したとおり、熊村ゼミは希望者が殺到し、選抜方式であったが、幸い二人とも選に入っていた。

私たちはさっそく、お礼に伺った。

熊村先生は、

「いや、僕は何も働きかけていないよ、二人とも教務の方のリストに入っていたから、何もするこ

とはなかった。」

先生はこうおっしゃられたが、事実はどうであったろうか？

この日は、先生も私たちも気楽な話に終始した。先生もにこにことされ、機嫌がよかった。

文学の話になり、先生は最近読んで感動した本として、ショーロホフの『静かなるドン』を挙げられ、この本は私たち二人とも読んでいたので、話は盛り上がった。

この時、意表を突かれたのは先生のほうである。

「小説の中ほどに、川で鯉釣るところがあるだろう？　あそこはいいね。」

私は先生が言われた「鯉釣る」を「Koitus する」というふうに聞き違え、謹直な先生がとんでもないことを言われる、と驚いたが、実際は「鯉を釣る」だった。しかし、あの壮大な大河小説の中で、「鯉釣る」場面を特にとり上げられた理由が判らなかった。先生は私が怪訝な顔をしているのを認められ、その理由を説明された。

「いや、僕は魚釣りが好きでね、小説の中でも魚釣りの話が出てくると夢中になるのだ。この間も林房雄に手紙を出してね、魚釣りの場面をできるだけ多くしてくれと書いたよ。」

当時、林房雄氏が新聞小説で腕を振るっており、私たちは読んでいなかったが、先生は愛読されていたようである。その中に魚釣りの好きな人物が登場するようである。

「先生は、林房雄をご存じなのですか？」という私の質問に、

「いや、一読者として手紙を出した。ちゃんと返事がきたよ、できるだけ御期待にそうようにす

る、とね。」

林房雄氏もさぞ驚かれたであろう、と私は考えた。しかし新聞小説執筆中の作家は、――たとえ、林房雄氏のような強面の作家であっても、――読者サービスをするものなのだ、とおかしかった。

それから、好物の話になり、先生はステーキとコーヒーをあげられた。蒲柳の質の先生がステーキが好きだとは意外であったが、それはそれで十分説明がつくことなのかもしれない、と納得した。コーヒーについては、好きな豆として、ブルー・マウンテンをあげられたが、貧乏学生の私が、その銘柄について承知しているはずがない。後に、――ずっと後になってからの話であるが、私にもコーヒーに凝った一時期があって、その時ブルー・マウンテンがほかの豆と比較して著しく高価なことに驚いて、先生もずいぶん贅沢をされていたのだ、と感心した。そして家族の誕生日とか、来客がある時とか、ちょっとした儀式にはブルー・マウンテンを買い求めたが、その都度先生のことを思い出すことになった。

私はその時、コーヒー豆と小説を結びつけて一冊の本を先生にお勧めした。獅子文六氏の『可否道』である。

――後に、ゼミが終わった時に先生に呼び止められ、

「君が言っていた『可否道』、読んだ。面白かったよ、また面白い本があったら、教えてくれたまえ。」と言われた。

その日、別れ際に、先生は、

「また、いつでもいいから、立ち寄ってください、」とおっしゃってくださったが、私たちも特に用事がある時以外は訪問を遠慮した。ゼミが始まってからは、ほかのゼミ生に対する遠慮もある。また、ゼミの時間に先生は、時々鋭い質問を発せられ、われわれはその都度ヒヤリとさせられた。二度目の訪問の時のように万事うまくいくとは限らないのである。それに私も石中もアルバイトに忙しく、――加えて石中には卓球部の部活がある。二人の都合がぴたりと合う機会はそれほど多くはない。逆に、先生のほうからお声かけいただくことがあった。ゼミが終わった後、先生のところに質問にいっている間にほかのゼミ生が帰ってしまって二人きりになった時、あるいは校舎の廊下で偶然ばったりと出会った時、――おそらく、それは先生が比較的暇のある時だったのだろう、――「君、時間の余裕があるか?」と聞かれ、私が、「はい」と答えると、「ちょっと、話していかないか」とお誘いをうける。もちろん、そういう機会がそれほど多くあったわけではない。研究室へ一度、官舎までお供したことが二度ばかり。最初の時は、私も緊張したが、先生も心得ておられて、経済学の話より小説の話をはじめ雑談が多かった。私もまたシュンペーターの『理論経済学の本質と主要内容』や、『経済発展の理論』を読み続けていることは隠していた。うっかりそのようなことを話題にして、先生にいろいろ質問され、読みの甘さを指摘されるのが恐かったのである。私は、最初の訪問の時に立ち往生したことが心の傷になっていた。

先生は、その頃の新進作家の作品も読んでおられた。

当時文壇では、第三の新人と言われる人たちが活躍していた。私は、庄野潤三が好みだったが、先生は安岡章太郎、吉行淳之介の二人をよく読んでおられた。なかでも安岡章太郎氏の『海辺の光景』を絶賞されていた。安岡、吉行の両作家の大病体験が、同じ経験をされている先生の共感を呼ぶようであった。私が石川達三氏の『自分の穴の中で』を誉めたのに対し、先生は、石川達三はその時々によってスタンスにずれがあって、好きになれない、ということをおっしゃった。それなら、転向作家の林房雄はどうなんですか？と言いたかったが、それは黙っていた。しかし先生にはそれなりの理由があったに違いがない。私はその頃、石川淳や安倍公房、外国の作家ではF・カフカのような作家に、より熱中していた筈であるが、これらの作家が話題になった記憶はない。これらの前衛的な作家に先生が興味を示されるはずはないと判断して、こちらのほうから遠慮して話題にしなかったのか、——これらの文学は私の聖域として、漫りに話題にすることは避けて、できれば秘匿しておきたいという気持ちが強かったのは事実である、——あるいは話題にはしたが先生のほうがあまり興味を示されなかったのか？　それは記憶にない。

——就職も決まり、卒業が近くなった時点で、石中と私は、先生の官舎を訪問し、いろいろとお世話になったお礼に、ステーキとブルー・マウンテンの食事を共にしていただけないか、というお伺いを立てたのである。

先生は、軽く笑われて、

「親がかりの身で何を言っている、そんな心配は必要ないよ。」とおっしゃった。

われわれは、アルバイトと奨学金で、親の世話にならない学生生活を送ってきた、その中でのささやかな宴である、それに、先生をご招待するというような、そんな気持ちではなく、われわれが先生と［最後の晩餐］の時間を持って、卒業の記念にしたいのだ、是非お受けいただきたい、と執拗に食い下がった。［最後の晩餐］という言葉に、先生は苦笑いされたが、やがて先生も根負けされて、

「それでは、」と手帳を出されてしばらく考えておられたが、

「三月十日はどうだろう。」

「それは、ちょっとまずいんじゃないでしょうか、その日は茶話会があります。」

茶話会は、その年の卒業生が、先生方にお世話になったお礼の意味をかねて招待する儀式である。この会合には、本格的な食事は準備されず、その後に各ゼミ生がゼミの先生を招待することが暗黙の習慣になっている。

「茶話会って、三時頃に終わるんだろう。」

「それはそうですが、その後、ゼミ生が先生を囲んで二次会をすることになると思います。」

「いや、それは僕はご辞退する。君たちと食事をする約束がなくてもそうする。」

先生は強い調子でおっしゃられた。私たちは絶句した。

「実は、ここのところ、気分が優れなくて弱っている。ゼミ生の諸君には悪いんだけれど、二次会まで、とても気分的についていけない。」

先生はいつになく憂鬱そうであった。

先生は言葉を続けられた。

「君たち二人なら、それほど気を遣わなくてすむからね。全員ということであれば、ちょっと体力的、気力的に駄目だね。」

ゼミ生の誰かとトラブルでもあったのだろうか？　それとも、大病の予後が思わしくないのだろうか？　先生ほどの、頭脳と能力と、それに学会での恵まれた地位を築いておられる人でも、憂鬱症に陥られることがあるのだろうか？　いずれにせよ、それは問題の性質上、気軽に質問することは憚られた。私たち二人との会合には出席していただけるというのは有難かったが、別の困難が予想される。おそらくわれわれ二人は、茶話会の後先生を独占したことで、ほかのゼミ生から強い非難を受けるだろう。しかし、先生は他の日は都合がつかないとおっしゃる。私たち二人が言い出したことである。今更私たちのほうから食事会の撤回を申出るわけにもいかないし、かりに食事会を取り止めたとしても、二次会には出席しない、とおっしゃる。私たちは結局、茶話会の後の会食に決定するほかはなかった。

はたして、茶話会の後、ゼミ生が先生を取り巻き、二次会の申し入れをしたが、先生は柔らかく、

「申し訳ないが、先約があるから、失礼するよ。」とおっしゃって、ゼミ生の集団から、ちょっと離れた所にいた石中と私を振り返り、

「じゃあ、行こうか。」と声をかけられた。

私たちは先生の後にしたがったが、おそらくほかのゼミ生は、呆気にとられていたに違いない。背後にその視線を感じ、背に汗を滲ませながら、――そして、後ろを振り返る勇気もなく、ただ先生の背中を見て歩を進めていった。

いまのようにステーキ・ハウスがどこにでもあるという時代ではなかったが、戦前からの老舗のいくつかが焼跡に店を再建し、営業していた。もちろん、私たちがこのような店を知っているはずはないので、この日のために石中が情報を仕入れて、そのうちのひとつを選択したものである。ステーキも、コーヒー（もちろん、ブルー・マウンテン）も、そして石中が入念な注意をはらって選んだ店も、先生の気に入っていただいたようである。先生は絶えずにこにこと上機嫌で、このところ先生がしばしば見せられた憂鬱な表情は影を潜めていた。ただ食後、柔らかな椅子の背に身体を預けるような姿勢をずっととられており、身体の状態は決して万全ではないことが窺われた。

石中がからかいの対象となった。石中は、ある大手繊維会社に就職が決まるとほぼ同時に郷里の資産家の美しい令嬢と婚約しており、下世話にいえば「盆と正月が一度にやってきた」状態だった。「皆のレポート（先生は決して卒論とはおっしゃらずにレポートと表現されていた、新制大学の学部の二年間で論文の名に値する成果物ができるはずがない、というのが先生の持論であった）を読ませてもらったが、それぞれに面白かったよ。やはり、相当な人たちが集まっていると思ったな。」

私たちはゼミ生一同が誉められたことに満足であったが、実はこれは、枕詞にすぎないことはすぐに判った。ここで、先生は石中のほうに視線を移して続けられる。

「ただ、ひとりだけ例外がいたよ。石中君、君のレポートだよ。」

思いがけない展開に、心臓の強い石中も顔を真っ赤にして頭を掻いている。

「君のレポートは、面白くもなんともなかったよ、君、あれは何かの本をほとんど丸写しだな。種本はなんだい。」

それは決して叱責ではなく、相変わらず上機嫌で、石中をからかって楽しんでおられることは明白である。熊村先生は、例の哲学談義以来、旧制高校の学生を彷彿させるといって、石中を気に入っておられた。

石中はクラインの『ケインズ革命』と、ほかの二、三の本をあげた。

実は、レポートを提出した後に石中の下宿に寄ったが、彼は、机の上にクラインの本を載せて苦闘していた。私はシュンペーターを論じるのに、何故クラインの『ケインズ革命』だろう、と不思議に思ったが、時々意表をついて成果をあげる石中のことだから、何か意図があるのだろう、と思って黙っていた。ただ、進行状態はよくないようだった。

「おい、早々に自分だけレポートをだして涼しい顔をしてないで、ちょっと助けてくれよ。」

珍しく石中は弱音を吐いたが、いくら私がお人好しだからといって、婚約者にラブ・レターを書く時間を捻出してやるためにレポートの手伝い――あるいは代作――をしてやるほどにはお目出度くない。それに、私自身、自分のレポートを仕上げるのに全精力を使い果たしていて、あとには何も残っていない状態だった。おそらく先生は、卒論をレポートと呼んでゼミ生の心の負担を軽くしていただいたのだろうが、それでも先生の失笑を買わないレポートを仕上げるのに力を使い果たしていた。

私も熊村先生ののりをいいことに、先生に加担した。

「石中は、婚約者にラブ・レターを書くのに忙しくて、レポートを書く時間がなかったんです。」

「お前まで、何だよ！」

石中は抗議したが、力はなかった。以前、石中は私が先生の質問で立ち往生して苦境に立った後、さんざん私の傷口に塩を擦り込んでいる。正面きって、抗議する立場にないことは彼にもわかっている。

「そんなことだと思ったよ。それで、参考書を丸写ししたな。ひとつの論文では足がつくと思って、二、三冊準備したようだけど、あのカクテルではすぐにわかるよ、シェーカーの振り方が足りないよ。まあ、及第点はさしあげたがね。ラテン系諸国では、恋愛のパッションによる犯罪は罪一等を減じられる、というからね。」

先生も、ひどい例を持ち出される。しかし、先生は楽しそうである。

石中は、徐々に態勢を立て直してきた。

「なんだか、大きな猫が二匹、小さな哀れな鼠を部屋の隅っこに追い詰めて、いたぶっておりますね。」

われわれは大笑いした。石中は冗談とも、本気ともとれる調子で後を続ける。

「まあ、［窮鼠猫を噛む］という諺がありますから、お二人とも、その辺でお止めになったほうがよろしいんじゃあ、ありませんか。――先生、『出来の悪い子ほど可愛い』という俗諺もありますから、今後とも宜しくお願いします。」

石中の抗議を契機として、先生もその辺で鉾を収められた。たしかに、石中が本気になって噛みつくと、少々厄介である。

石中が手洗いに立った後、先生は急に真面目な顔に戻られ、私のほうに向き直られた。

「実は、――君に、話しておかねばならないことがあるんだ。――これは内緒にしておく約束だったが、去年の十二月に、君のお母さんが訪ねてみえてね、――君はお母さんから聞いているかい？」

私は寝耳に水だった。

「いいえ。」

「ああ、やはり、内緒のままにしておられたのだな。――それでは、僕からこの話を聞いたことは、この場限りのことにしてほしい。お母さんは、君が就職が決まってからも鬱々としているが、どうしたらいいでしょうか？と相談に来られた。もちろん、お母さんは、君は大学院に進んで勉強を続けたいのだろう、と察しておられた。中学時代に仲の良かった友人二人が学問の道に入るということで、――同じようにしてやれないのが、かわいそうだと言われてね。もし、本人が、いままでどおりアルバイトを続けながら、大学院へ通うという決心をすれば、それは可能なことでしょうか？と真剣に質問されてね。――僕は、就職が決まっていないのなら、そういう選択も考えなければならないでしょう、しかし世間で一流と見られている企業に就職が決まっているのに、その選択はお勧めできません、本人にもそのことを好く説明しておきましょう、といってお帰り願ったよ。そういうわけだから、君も決して職場を途中で辞めて、大学に帰るというような気は起こさないでもらいたい。」

私は、頭を下げて、

「いろいろご心配をおかけして、申し訳ありませんでした。その件はもういいのです。」

「うん。」

先生は軽くうなずかれて、

「断っておくが、君に学者としての適性がないというのではないのだよ。少なくとも、会社勤めよりは、学問の世界に入るほうが適性があると思うよ。それは、君のようなタイプの人が大学院に入って、僕の研究室に来てくれれば僕もうれしいよ。ただ、僕自身が果たして今後、どれだけ健康でいられるか、自信がないんだよ。」

そこで先生はひと息つかれたが、後を続けられた。

「――それに、これは誤解されると困るんだが、僕は教師の俸給だけで、生活しているわけではないのだよ。」

それは、著作の印税が多いという意味なのか、生家に膨大な資産があるという意味なのか、ちょっと判断がつかなかったが、いずれにせよ、戦災で破綻に瀕している家庭の事情を顧みず、アルバイトで食いつなぎながら大学院に行くというような無謀な計画はさっぱりと諦めて、早く安定収入を得て、両親を安心させてあげなさいという先生の老婆心であった。

石中が席に戻ってきて、その話はそこで打切りとなった。

それから、間もなく私たちは会食をお開きにした。石中と私は、どこか喫茶店にでも行って、先生ともう少し話したいと思ったが、先生は、

「いや、これくらいがちょうどいいんだ、」とおっしゃってレストランの前でお別れとなった。

熊村先生にこのように親密にお付き合いいただけたのは、私にとって人生の宝であり、深く感謝している。しかし、そもそもの発端が、抜け駆け的な訪問に始まっており、その点を考えると忸怩《じくじ》たるものがある。最後の三人での会食は学生時代のもっとも貴重な思い出であるが、しかし、それにはゼミ生の先生との団欒の機会を奪ったという悔恨がつきまとう。私は以後の人生において、職場の実力者や、直接の上司を私的に訪問することを禁じて今日に至っている。それは、ひとつの埋め合わせとして、——いくらか辻褄が合わないが、贖罪として、自分に課してきた。

卒業してからも、私は人生の節目節目で先生にお世話になっている。

勤めにはいって約三年を経過した時期に、自宅が火災で全焼し、私たち一家は、戦災から二十年を経ないうちに、再度「焼け出され」の身となった。

石中からこの話を聞かれて、先生から石中に、私を連れて一度自宅に来るように、とおっしゃっていただいた。

勤めが終わってからの訪問で夜になった。

学生時代に馴染みになっていた玄関脇の応接間に通されて、先生は私の罹災の状況を確認された。殆ど全焼の情況を聞かされ、先生は眉を顰められた。それから蔵書も焼け、残ったものも冠水してほぼ全滅の状態であることを確かめられて、先生がこの五年ほどの間に出された三冊の著書を進呈してくださった。

先生は、お元気そうであった。われわれのゼミの最終の時期に先生がしばしば見せられた憂鬱そうな表情はすっかり影を潜め、気力が横溢していられるように見受けられた。私の罹災の問題はさておき、そのような先生の状態を拝見することは嬉しいことだった。この三年間に、健康をすっかり回復されたこと、それに、日本の経済が徐々に整備され、いわば高度成長の前夜の時期に当たり、先生たち近代経済学者の発言が徐々に力を増してきている時代だった。とくに先生は深い学識と高潔な人柄が高く評価され、学会における地位も重く、オピニオン・リーダー的存在になられていた。先生の言葉の端々にその自信のほどが窺われた。

久しぶりに先生のお元気な姿に接し、また著作の贈呈を受けたことで、私はいい気分で先生のお宅を出ることができた。

石中と私が、玄関を去って五十メートルばかり過ぎたところで、「××君、」と先生に呼び止められた。

私は、石中を残して、先生のもとに戻った。

和服姿の先生は懐手の姿で私を待っておられた、私が近づくと、

「君、——何か僕に相談があるのではない?」とおっしゃった。

私は、

「いいえ、特には……」

「そう、——いや、実は卒業の時に、君を冷たく突き放したようで、気になっていた。あの時、僕は健康も優れなかった時期で、万事に消極的になっていた。しかし、あれから健康もすっかりよくなったし、われわれの学問に対して、世間も非常に期待している状態にもなって、いまなら君に違ったアドバイスができると思ってね。」

私は先生のお気持ちが有難かった。しかし、私の家庭の事情は、今度の罹災でまた振り出しに戻っていた。

「有難うございます。しかし、いま私が抜け出すわけにはいかないのです。」

私のこの言葉で、先生は万事を察しられたようである。

「よくわかった。——まあ、人間、その持場持場で、最高の努力をすれば、道は開けると思うよ、くれぐれも健康に注意して頑張ってくれ給え。機会があればまたお会いしましょう。」

私が躊躇したのは、家庭の事情ばかりではなかった。大学を卒業してすでに三年の歳月が経過している。非常に能力のある人なら、——たとえば、熊村先生や松村のような力のある人ならば、三年のハンディキャップぐらいは容易に取り戻せるであろうが、私は自分をそこまで評価していな

かった。その松村はすでに三年前にスタートしている。同じスタートラインに立っても及ばぬ相手に、三年のハンディキャップを背負っては到底太刀打ちできないのはわかっていた。ただ、先生のお気持ちは非常に嬉しかった。

その後、先生がある中央官庁の経済研究所の所長をされている時に、たまたま石中も私も東京に転勤していたので、一緒に先生を訪問している。ただ、この時、どういうわけか、アポイントをとらずに訪問したものだから、先生の言葉をそのまま使えば、「いま、猛烈に忙しい」時期にお伺いすることになって、薄暗い官庁の廊下での立ち話に終わってしまった。石中も私も社会に出て十年を越えた時期であったから、要職にある人を訪問するのにアポイントが必要なことくらいはわかっている筈である。先生に対する甘えがそうさせたのか、——あるいは、学生気分に立ち戻ってしまったのか、いずれにせよ失態である。

それから、私が遅い結婚をした時、披露宴に先生を主賓としてお招きして、快く出席していただいている。この時友人代表としてスピーチをしたのが松村と石中であった。松村は中学時代からその時点に至る付き合いを要領よくまとめた、〝されどわれらが日々〟と題する好スピーチをしてくれたが、石中は披露宴にそぐわないまことに辛辣な私の性格分析などをして、しかもそれが熊村先生の好評を買うという私にとってははなはだ面白くない結果となった。しかし、熊村先生もまたアポロンのごとき予言能力をお持ちである。

「石中君のスピーチは、面白かった。石中君のような幹部候補生がいるかぎりK社（石中の勤めている会社）は大丈夫だよ、」と。

――私が、長い回想に耽っている間に、熊村先生はすぐそこまで来ておられる。長身の先生が、濃紺のスーツに、ベージュ色のレイン・コートを羽織って、物思いに耽って歩いてこられる。病み上がりのせいか、顔色は抜けるほど白い。白皙という言葉がぴったりであり、それが濃紺のスーツに映えて、匂い立つような男の色気がある。もっとも、これはいまの年齢になった私が感じることであり、学生時代はそこのところまではわからなかった。いま、先生は私のすぐそばをすれ違おうとしておられる。

先生と最後に話をしたのは、私がいまの事務所の開設の挨拶状を出したのに対し、思いがけなくお電話をいただいた時である。

先生は、私の事務所の開設の挨拶状と、石中がK社の常務取締役就任の新聞記事が同時だったので、懐かしくなって電話をしたのだとおっしゃった。先生は、O大学を退官された後、二つの私学の教授を歴任されたが、いまは悠々自適の生活に入られていた。

「二人とも頑張っているると思ってね、ちょっと君にお祝いを言おうと思ってね。」

先生はそういうふうに言われた。

「いや、お目出度いのは石中のほうです。私のほうは不況の真最中の独立で、まったく先の見通しが立ちません。」

石中は会社の出世レースにおいて、同期入社のトップを切って走っているという社会的な成功だけではなく、家庭生活も充実していた。学生時代の婚約者とは結局不調に終わって永らく独身でいたが、四十代の半ばに才色兼備の若い女性と結婚していて、まさに「望月の欠けたること」のない状態であった。

「いや、起業は景気循環の底の時点で行うのがいいので、やがて景気回復の上昇機運に乗って、隆盛に向かうよ。」

私は、意外の感にうたれて、ちょっと言葉を失った。先生は、今回の不況を普通の景気循環の一局面と捉えておられるのだろうか？　私は景気循環の一局面というよりも、原因はもっと根深いところにあると考えていた。通常に言う構造的不況というのとも少し違う。いずれにせよ、ここからの脱出は、容易なことではない、と考えていた。もっとも、学者としての先生は、わが国に蔓延したヒュブリスの罪、その当然の結果として社会のあらゆる側面で生じているモラル・ハザードの激しさについて、ご存じないのかもしれない、あるいは、そんなことも、先刻ご存じの上で、単に私を慰めるためにそうおっしゃっていただいたのだろうか？

私はそういう疑問を直接に先生にぶつけることはせず、

「先生、あのバブル経済は日本の経済にどのような意味があったのでしょうか？　たとえば、国民所得に関連して、――長期的にどのような意味があったのでしょうか？」

「――うん、その問題に君が関心があるようであれば、斎原君の『国民経済計算』を読めばいい。彼はその道の専門家だからね。読んで、斎原君と話したらいい。斎原君の電話番号を教えておこう、ちょっと待って。」

先生は電話帳を取りに行かれ、やがて電話口に戻られて、電話番号を告げられた。私は斎原さんの著作名と電話番号をメモに控えた。

「これは、面白くなってきたぞ、斎原・××論争に期待するよ。」

先生の言葉に私は驚愕した。斎原さんは、私より二、三歳年上で、大学院生として、熊村ゼミに参加していた先輩である。その後一貫して学問の道を歩んだ秀才であり、いまはある大学の教授である。いまとなっては世俗の塵、芥に汚れている私が同じ土俵で相撲がとれる相手ではない。

私はそれには答えず、

「先生、一度お目にかかりたいのですが、お宅に訪問させていただいてよろしいでしょうか?」

「いや、僕もすっかり歳をとってね、今更、老残の身を君たちに晒したくないのだよ。こうして、電話で話をしているのが一番いいんだよ。」

それは先生が、初老に入られた時期から口にされていた言葉であり、いわば持論だった。私も深追いはしなかった。斎原さんの著作は購入はしたが、読めなかった。忙しい時期でもあったが、先生の言葉が大きな負担となったのも事実である。非常に懐かしい方ではあったが、同じ理由で斎原さんにも電話をすることは差し控えた。

それ以降は、先生との付き合いは年賀状の交換に留まっていた。ただ、平成六年の賀状に、「不況があまりにも長いのに驚いています」と添え書きがあったのが印象的であった。

先生の訃報を受けたのは今年の六月、つまりいまから約半年未満前のことである。私は連絡のとれるかつてのゼミ生と一緒に葬儀に参列した。

葬儀はかつて先生とかかわりのあった人たち、お世話になった卒業生が参列し、盛大であった。往時、生の真っ盛りにあったかつての若手教授、助教授、それに助手、大学院生、ゼミ生も一様に歳をとり、頭に霜を置く老年に差しかかっていた。学士院会員であられたためか、祭壇の中央に白い杉の三方に載せた天皇陛下のお供物があったのが印象的だった。

――熊村先生は、私のそばを通り過ぎられ、私は三たび立ち止まって、遠ざかっていかれる先生の後ろ姿を見送った。

私は心の中で先生に語りかけていた。

「――先生、私は先生のおっしゃったとおり、晩年の先生を訪問させていただくことを断念しました。先生が老残の身を見せたくない、とおっしゃったと同様に、私もかつての先生の輝かしい姿の記憶をそのまま留めておきたいという気持ちが働いていたのかもしれません。――しかし、老いは老いとして、――老いられた先生と、同じく老いた私がいっとき歓談するという一局面があってもよかったのかといまでは思います。私がもし無理やり押しかけたとしたら、――つまり、以前、中央官庁の経済研究所長をされていた時、いきなり訪問したように訪問させていただいていたら、あるいは先生は、喜んでお会いいただけたのではないでしょうか？　私は一見先生の意思を尊重したように見えて、実は自分のエゴで、訪問を見合わせたのではないでしょうか？　私はどこか人間的に駄目なところ、冷淡なところがあるのでしょうか。それから、ある人の弔辞のなかで、先生は阪神淡路大震災以来、悗々として楽しまれなかった、というお話がありましたが、あの時先生のお宅に何回もお電話をしたのですが、電話が通じませんでした。先生のマンションは、激震区の神戸市灘区でしたから、あるいは被害が大きかったのかと心配していましたが、ある友人から先生はご無事だと聞いて、そのままになってしまいましたが、先生がそれほどあの地震から精神的に打撃を受けられた、とは知りませんでした。あるいは、地震はひとつのきっかけに過ぎなくて、先生があれほど大事に思っておられた日本の経済が、崩壊の危機に瀕し、社会の至るところで危機的な社会現象が発生したわが国の状況が先生を悗悩させたのではないでしょうか?――」

先生のことは、ひとつの推測にすぎず、私のような凡俗の徒には窺い知れぬことである。しかし、私は、自分が間違いなくパラダイス・ロスト・シンドロームとも言うべき症状に浸食されていることを発見し、深い憂愁に捉えられ、そして閉ざされていった。

最後に姿を現したのは父だった。

行く手の道の果てに、ぽつりとその人影が浮かんだ時、私は父と認知できなかった。やがて、その姿が大きくなるにつれて、自分の記憶にあるいちばん若い時の父だということがわかった。

「自分は、あの頃の父の姿が見たかったのだろうか?」と私は呟いていた。先に母が、――死者は現世の人間のもっとも見たい時の姿で現れる、と言っていたのを思い出していた。それにしても父は若い。二十代の後半だろうか？　上質のグレイのウール地のスーツに、カシミヤのチョッキなど着込んで、ダンディである。あの頃は、いわばわが家の全盛時代ともいうべき頃だった。六十軒ほどあった家作からの収入で楽に生活ができ、いわば遊民（高等遊民とまではとても言えないが）として過ごせる身分であったが、若い頃の父はそれにあきたらず、儲けにならない商売などして、財産を擦り減らされないかと祖母をはらはらさせたという話はわが家の伝説となっていた。実業家気取りで取り巻きを連れ、その頃大阪に百台となかったという自家用車を持って得意になっていたようである。その車のことは私の記憶にもある。私は苦笑とともに心の中で呟いていた。

「しかし、父さん、あの自家用車はよく故障しましたね。日曜日には郊外に連れてってやると言って、さっそうと大阪を出たのはいいけれど、途中で故障して動かなくなり、阪神国道を乗っている家族が総出で車の後押しをしましたね。」

まだ大阪にいた頃。それから兄と私が肺門リンパ腺炎にかかって、宝塚に居を移した初期の頃――あの頃の父は若く、自信にあふれていた。私はよく、父があぐらをかいて晩酌をしている膝に乗っかって、盃の酒を舐めたりした。私が幼く、身が軽いうちは父も喜んで私にその座を与え、私をあやして機嫌がよかったが、やがて私の体重が重くなると、

「ああ、重うなったな。もうかなわんわ、堪忍してくれ、」と悲鳴を上げた。

こうして私はその玉座を失ったが、――父の膝から滑り降りた時に、私のパラダイス・ロストは始まっていた。

病気で一年進学を遅らせている間に太平洋戦争が始まり、小学校（いや、国民学校だった）の教育は戦時色一色だった。それでも初期の頃は、日本の形勢がよく、景気のいい臨時ニュースで沸き立ったが、やがて戦争の旗色が悪くなるにつれて、私たちの生活も深刻になってきた。音楽の授業は、米軍の艦載機の爆音を聞き分ける訓練に充てられ、体育の時間は軍事教練並みに分列行進の連続であった。私たちの国民学校のN校長は、退役の将校で、狂信的な国家主義者で有名だった。毎月、八日の大詔奉戴日（昭和十六年十二月八日の開戦を記念して、毎月八日はこのように呼ばれていた）には全校生徒が早朝から村の神社に集められ、戦勝祈願の礼拝を行う。N校長は、軍服姿に身を固め、日本刀を腰につけ、儀式の半ばで「宮城に遥拝！」と号令をかけて、日本刀を抜き放つ。おりから、朝日の光を受けて、日本刀は燦然と光を放つ。ある時この儀式に参列していた女教師である K 先生が薄化粧をしていたことでN校長は激怒し、生徒の目の前で、

「ここを何処と思っとるのか、顔を洗って出直してこい！」と、思いきりビンタを呉れたので、大騒ぎとなった。K先生はその日以来学校に出てこなくなった。──彼女は町の有力者の嫁であったので、陰ではN校長は平謝りであったというが、しかし時代の趨勢がN校長に味方し、県の視学もN校長罷免にまで持ってゆけず、引き続き校長職に居座った。私も一度被害に遭っている。体操の時間に、例の行進があって、N校長がわれわれの行進をじっと見つめていたが、突然私のところに走ってきて、

「お前が、歩調を乱す！　足が合ってない！」

そう叫んで、私を力一杯殴りつけた。小学校の低学年を退役の軍人が精一杯殴りつけるのであるから、もちろん私は吹っ飛んで運動場に叩きつけられた。

「そこで、立っとれ!」

私は、屈辱で青ざめたが、一方、狂犬に噛みつかれたのだからしょうがない、という変に醒めた気持ちになっていた。いまなら大騒ぎとなるところだが、その頃は、――N校長の所業はいささか狂的で、極端だったが――体罰はタブーではなかった。もちろん、その日のことは両親に報告もせず、自分の心の中にしまっておいた。例のK先生が殴られるのを見て以来、私は子供心にもN先生を尋常ではない、と見据えていた。私を目がけて走ってきた時のN校長の目は、――ちょうどK先生を殴打した時と同じような、凶暴で狂気の色があった。中原中也の詩に仮託すれば、『茶色い戦争』の匂いがした。私は、何故かN校長を深く恨むということもしないで、事件をやり過ごした。

そのうち、私たちは分列行進から解放されることになった。食糧生産の名目で、校庭は生徒たちの勤労奉仕によって芋畑となった。私は分列行進より耕作のほうが有難かったが、そのうち授業時間は勤労奉仕に振り替えられることが多くなった。学校の裏山の木の幹を傷つけたり、松の根を掘り返して松根油を採集する仕事は畑の耕作よりずっときつかった。ただ、子供心にも、これだけ苦労して採集した松根油が、果たして飛行機を飛ばすことができるのだろうかという疑問を払拭することはできなかった。

時世は、厳しい時代へと移っていったが、それでもしばらくは両親の庇護は続き、家庭内の平穏は保証されていた。しかし、軍人の嗅覚と入手した情報の分析で、事態の推移を重く見た母の妹の主人の勧めで、母の両親と妹夫婦の二世帯が私たちの家に疎開することに決まり、一家水入らずの生活は終わりを告げた。祖母と、叔母と、それに生まれたばかりの姪が共同生活に加わり、――叔母の主人は信太山の聯隊から習志野の聯隊へと転勤していて、敗戦までは単身赴任だった、――末っ子で甘え放題だった私の楽園は完全に失われた。しかし、私たち家族の運命を大きく変えた最大の事件は、昭和二十年三月十三日夜の、大阪大空襲だった。

その日、夜に空襲警報が発令され、われわれはいつでも防空壕に飛び込めるように準備していたが、B29の編隊は、宝塚のほうまで飛来せず、南のほうに留まっている様子に安心して、雨戸を開けた。B29の編隊は、低い爆音を響かせて、南の空を西から東へと――つまり、神戸方面から大阪方面へと移動してゆく。そして東方に至って焼夷弾をぱらぱらと落としてゆく。それが明瞭に見てとれたということは、南東の空の一部がすでに赤く染まっていたからで、それが見る見るうちに南の空いっぱいに広がっていった。母は大阪が空襲に遭っているのではないか、と心配したが、父は楽観していた。戦力に関係のない民家が空襲されるはずがない、というのが父の持論であった。おそらく西宮から尼崎を中心とした阪神工業地帯か、大阪であっても、南のほうの工場が密集している場所であろう、というのが父の推測だった。いまから考えると、父は自分と家族の動揺を抑えるために、敢えて楽観的な予測を立てたのかもしれない。事実、大阪が空襲に遭っているという忌まわしい想像は、その時点で、私たちの脳裏から遠ざかっていった、――しかし、後になって、父はこの時の見通しの甘さを家族中から嗤われることになる。——大阪が空襲に遭っていないとしても、あの空の下で、灼熱地獄の苦しみを味わっている人たちがいる、そう考えると、胸の波打つ思いだったが、真っ赤に燃えている空が、どうしょうもなく美しいのも事実であった。

明くる日、父は出かけたと思うとすぐに帰ってきた。電車が不通で、大阪に出かけられないという。その頃には新聞やラジオで大阪空襲のニュースが伝えられていた。ただ、情報量が極端に少なく、どの程度の被害なのかいっこうに摑めなかった。父が毎日通っている、いまは父がその一部を事務所がわりにしている私たちのかつての住まい、あるいは私たち一家の収入源である家作、それらが無事かどうかは一家の最大の関心事だったが、情報は極端に制限されていた。しかし、二日ほどたって、母の従姉妹の一家が、大阪から線路伝いに逃れてきて、私の家に助けを求めてきたことで、初めて大阪が壊滅状態であることがわかった。それでも、われわれはまだ一縷の望みをもっていた。電車が開通すると、父は兄を連れて大阪に出かけた。しかし、西区には到達できず、大阪駅からすぐ引き返してきた。大阪駅のプラットホームに立つと、難波の高島屋のビルが見え、その間は目ぼしいビルを残して焼け野原であったという。もちろん、当時大阪市内を走っていた市電は止まっている。これでは、到底西区の家が残っているはずはない、と考えて、そのまま引き返してきたという。留守番役に回った母と私は、なぜ現地に行って、焼けているかどうか、はっきりと確認しなかったのか、不思議に思ったが、いまから考えると、焼け跡の整理もついていない段階で、小学生の兄を伴って遠路を歩くことは危険だという父の判断があったのかと思う。しかし、それから明らかになったことは、西区の自宅は全焼、六十軒の家作のうち十軒を残してすべて焼失というさんざんな結果だった。その残った十軒も次の空襲で失い、わが家は完全に収入の道を断たれることとなった。

多くの犠牲者が出たあの空襲で、ともかく一家中でひとりの怪我人も出なかったということは、運がよかったと思わねばならなかった。事実、一家と縁のあった人々の罹災は多く、死亡した人々も少なくなかった。悲報がもたらされるたびに、私たちは胸が塞がれる思いをした。私個人としては、信ちゃん一家の全滅が最大の悲劇であったが、家族のレベルでは、同じようなケースが多くあった。

そして、終戦。安堵感と虚脱感と屈辱感。

人々は、八月十五日の敗戦の思い出として、安堵感と虚脱感のみを強調するが、私の場合、戦に敗れたという屈辱感も強かったと思う。私は自分が特に軍国少年であったと思わないが、宝塚のように辺鄙な場所——当時はもちろん市制は敷かれていず、私たちの住んでいた逆瀬川流域は武庫郡良元村だった、——にも米軍の進駐軍が駐留していたが、進駐軍にまとわりついて、「ギブ・ミー・チョコレート！」というようなことを言うのは大変な屈辱である、というくらいの矜持は持っていた。私の一番大きな衝撃は教科書に墨を入れることだった。過剰反応をしたのは、学校側だろうか、県の視学だろうか？——いや、当時は国定教科書だったから、やはり国の施策として、文部省からの指示なのだろう、——最初は比較的残った記述も多かったが、そのうちエスカレートして、何でもない記述まで墨で塗りつぶすことになり、あわれにも教科書はほとんど黒く塗りつぶされた無残な姿に変わり果てた。

N校長は、戦争中の狂信的で国家主義的な言動が忌避されて、放逐された。被害者の多かった生徒たちは一斉に喜びの声をあげたが、私は、必ずしも素直に喜んだわけではなかった。N校長から受けた屈辱は生々しく私の心の中に息づいていたが、不思議に大きな傷痕を残していなかった。N校長もまたあの時代の犠牲者であるような気がしてならなかった。――しかし、N校長の失脚は、時代の変化を表すもっとも象徴的な事件には違いなかった。

戦後社会は徐々に立ち直りの気配を見せていた。そして、戦渦の爪跡は、緩慢ではあったが次第に姿を消し、人々は敗戦の痛手から立ち直りを始めた。

戦災から終戦、それから終戦の後、世間が少し落ち着きを取り戻すまでの間、わが家の家計がどういう状態であったのか、それはまだ小学生であった私に理解の届かないことであった。そのくらいの貯えはあったのかとも思うが、戦後の進行するインフレ、それに旧円封鎖の措置により、過去の蓄積が急激に役に立たなくなってゆく事態の推移であったと思われる。

父は、こんどは収入を目的として、商売を始めなければならなかった。

父はその元手づくりに宝塚の自宅を手放すことにした。大阪に残った地所は最後の砦として、手つかずで残しておかねばならない、という主張だった。これには誰も反対できなかった。ただ、私にとって、幼年時代の後半から少年時代にかけて育ったこの家と別れることは、身を切られるように辛かった。私はこの家を最後にした日のことをいまでも覚えている。トラックの荷台の後尾に兄と二人で乗り、逆瀬川の沿岸を走って、家が次第に遠くなり、見えなくなるまで家から目を離さなかった。将来あの家をきっと自分の手で取り戻してみせる、そう考えて身体を震わせていた。——しかし、少年のこの夢は、実現しなかった。——私は、四十代のはじめに、ローンまみれで宝塚市に家を建てたが、高級住宅地となってしまった逆瀬川沿岸には手が出せず、長尾山の南斜面を切り開いた新興住宅地に、三分の一に満たない敷地を確保するのが精一杯であった。——それはともかく、池田市の住まいは、宝塚の住まいとは比べ物にならない見窄《みすぼ》らしいものだった。大阪にまだ地所があって、いずれは大阪に帰るのだ、ここは仮の住まいなのだという思いがわずかに一家の支えとなっていた。しかし、父の仕事はなかなか軌道には乗らなかった。

私は、私立のK学院を中学部だけでやめ、府立高校に転じていた。父の姿から若い時の精気は消え、疲れきって帰り、酒の量が多くなり、そして溜め息をつくことが多くなっていた。私は、次第に、これは到底進学は無理であろうと考え、学校の勉強はそっち除けで、好きな本を読み散らしていた。私の予感が悪い形で当たったというべきか、私が高校三年の夏休み、ついに父は母に重大な打ち明けをした。もう仕事の継続は無理なこと、大阪の地所も詐欺同然にだまし取られたこと、——その時点で、私たち一家の、再起にかけた夢が脆くも崩れ去った。母の悲嘆は大きかった。私は、母の悲嘆を見るに忍びなかった。そして、その反動として、父に対する憎しみの感情を蓄積していった。

――父はすぐそこにきている。若い時の、何ひとつ苦労しないで育った父である。

私は、心の中で父に話しかけていた。

「父さん、いい時代は、長くは続かなかったね。父さんも、本当に苦労したね。だいたい、魑魅魍魎が跳梁跋扈するようなあの時代に、父さんのような、いままで生活の苦労をしたこともない人間が商売して太刀打ちできるはずはなかったのにね。」

私が、初めて口にする、父に対する労いの言葉であった。しかし、父の存命中に、私は父に優しい言葉ひとつかけることもしなかった。いや、それどころか、父の行動に厳しい批判の目を向け、非難の言葉しか口にしなかった。――父は私を楽園から追放した下手人ではないか。あの上品で気位の高い美しい母を世俗の塵、芥に塗れさせた張本人ではないか？　なんでも時代のせいにするが、この時代にあっても、家族を守り、立派に生活し通している男は多い。――

私の父に対する非難の言葉は止まることを知らなかった。私は父に対して反抗的になり、父の一切を否定した。いま考えると矛盾もはなはだしいが、父の考えを功利的であると否定し、父の薦める職業に直結する学部の選択や公的資格――たとえば弁護士――の取得のための勉強を切り捨てた。

そして、――五十を過ぎた歳で、不動産鑑定士の資格に挑戦する羽目になって、仕事が終わってから夜、予備校に通い出した。夜遅く、私は蹌踉として、予備校のあった市ヶ谷の坂を下り、街灯によって私の影が長く道路に横たわるのを見た時、父が私に寄り添っていると感じたのだった。私は目に見えない同伴者に話しかけていた。

「父さん、父さんは俺の言うことを若い時に聞いておけば、いまこんなに苦労することはなかったのに、と思っているのだろうな。」

いま、沈黙の谷の父は私の横を通り過ぎ、背中を見せて遠ざかってゆく。

「しかし、父さん、――貴方に向かって吐いた唾は、――すなわち、天に向かって吐いた唾であって、間違いなく僕の顔に降りかかってきました。僕は、父さんに対して行った仕打ちの報いを、いま十二分に受けています。そして、後悔しています。――しかし、もう一度生を享けて、貴方を父として、人生をやり直ししたとしても、同じことの繰り返しでしょう。やはり僕は、父さんに辛く当たり、素直に心を開くことはできないでしょう。」

私は涙が頬を伝うのを感じていた。

私の目は虚ろであり、視界は突然昏らくなった。

空から誰のものかわからないが声が落ちてきた。

「汝もまた、オイディプスの末裔！」

○

谷を登り切ったところの平地に、葛壽庵は建っていた。

仙人の住まい、ということで、私は漠然と道教ふうの廟のような建物を想像していたが、純粋の和風建築である。

背後に松林があり、おりから強い風が起こって、松籟が繁く聞こえる。

——なるほど、仙人の発祥は中国であるが、本邦においてもすでに市民権を得ているということか、そう言えば、昔読んだ少年向けの昔話集に、本邦の松葉仙人の話というのがあったな、そうだ、粂ノ仙人も忘れてはなるまいな。——

私は瀟洒な小振りの門に掲げてある「葛壽庵」と刻まれた古ぼけた扁額を眺めながら、ぼんやりとそんなことを考えていた。気分的にはまだ、沈黙の谷で出会った冥界の住人たちの影響下にあって、深い憂愁に支配されていた。

「おう、××、来たか。中に入れよ。」

建物の内側から声がした。記憶にある広田先生の声だった。先生は若い時からくぐもった、老成した声を持っておられた。

私が門を潜った時に、その先の玄関から、それ相応に年齢をとられた広田先生が姿を見せられた。白い緩やかな着物を着た先生の案内で、玄関から長い廊下を通り、奥の部屋に招じられた。部屋は十二畳の広い和室であり、縁側を経て、庭に通じている。

庭の中央には小さな池があり、灯籠や庭石が配置されている。庭はすぐ瓦を冠った白い築地の塀で遮られ、そのきわに楓の木が二本植っている。楓の葉はいまがさかりの真紅の紅葉であり、その燃えるような色彩は、たちまち「霜葉紅於二月花（霜葉は二月の花より紅なり）」という詩句を、私の頭の中に喚起した。

私が、縁側に立って、その見事な楓の紅葉に陶然となっているうちに広田先生は、――いや、葛壽仙人は簡単な酒肴を準備した大きな盆を両手で支えてこられた。

私は用意された座布団に着座し、先生と向き合った。

「先生は、僕が訪ねてくることをご存じだったのですか？」

「ああ、易の卦でわかった、それに冥界からも松村が、連絡してきた。」

「松村と連絡がとれるんですか？」

「ああ、必要に応じて、現世の世界、冥界を問わず情報を集める。」

「松村と、たったいままで、会って話していたところです。」

「そのようだな、松村は、君が迷路にはまり込んでいるから、指針を与えてやってほしいと言っていたよ。道に迷える子羊を救うのは君の役割だろう、と言ったら、冥界に籍を置くものは現世の人間に強く影響を与えることは許されないのだ、とひどく窮屈なことを言っていた。」

先生は、ちょっと戯けたような表情をされた。

「いや、――でも、松村は相当に突っ込んだ話をしてくれましたよ。」

私の言葉の中には、旧友を庇おうとするあまり、いくらか先生の言葉に対して非難めいた調子が含まれ、やや厳しい口調になったかも知れない。しかし、先生はそれをさらりと受け流され、

「それでもまだ道に迷える子羊を救えなかったというふうに彼は考えているのだろう、――君はちょっと頑固なところがあったから、当然俺の手に余るということもあり得る。ただひとつの接点は、君が中学二年生の時に書いた作文だよ。桃源を捜して春の一日、野山をさまよって、空しく帰ってくるという話で、中学二年生としてはひどく退嬰的だが、なかなかいい作文だった。」

「そんな作文を書いていましたか、ちょっと記憶にないなぁ。」

記憶にはないが、いかにもありそうな話である。広田先生に紹介された陶淵明の『桃花源記』に魅せられて、その頃現実逃避の傾向が強くなっていた私は、『武陵桃源』という記号に夢中になって、休日には自転車に跨って、一日中池田から箕面、豊中を中心に探索行をして、暗くなるまで帰らなかった。まさか北摂のどこかに『武陵桃源』が実在すると信じたわけではなかったが、次第に人間嫌いになってゆく自分が身を寄せ、心の安らぐ隠れ里が何処かにないものかと、密かに捜し求めていた。――池田、箕面、豊中の三市はいまでは北摂を代表する大阪の衛星都市であるが、当時

はいずれも中心部を少しはずれれば、田園風景が広がり、特に春の季節には、梅、桃、桜、杏などの花が若干の季節のずれを伴って一斉に咲き乱れ、遠くには霞がたなびき、夢幻の世界が現出した。私が隠棲できる隠れ里が、何処かにひっそりと存在していると空想することも決して不似合いではない空間だった。

「書いた本人は忘れていても、教師はちゃんと覚えている。」

先生は愉快そうに大笑された。そして、私に盃をとるように勧め、徳利を取り上げて、

「君はいける口なんだろう？　まあ一杯やれよ。」

盆の上には、徳利と盃が二つ、それに小鉢の中には冬瓜の葛かけが入っている。なるほど、この肴は、仙人めかして風流でもある。

「有難うございます、でも、これからまだ山道を帰らなければなりませんので、少し頂戴します。」

「なあに、いい酒は悪酔いしないから大丈夫だよ。」

私は、「おや？」と思った。これは、先ほど酒亭「黄鶴」の亭主に私が言った台詞である。そして、注がれた酒を一口すすって、口の中にかすかに残る花の香りに記憶があった。ただし、酒としての資質はこちらのほうがさらに上回っている。

「先生、この酒は、ひょっとして『葛の葉』という酒ではありませんか？」

先生は、――いや、葛壽仙人はにやりと笑って、

「そうだよ、君が先ほど『黄鶴』で飲んだ酒と同じ酒だよ。」

私の頭に閃くものがあった。

仙人——葛壽仙人——銘酒「葛の葉」

あるいは、

阿倍野の晴明通りの易学者——陰陽師安倍晴明——安倍保名の狐女房「葛の葉」

そうか、一連の仕掛人は広田先生——いや葛壽仙人であったのか！

私の思惑とは、一切かかわりなしに、先生は、

「ただし、熟成の年代は、こちらのほうがずっと古い、」と、ちょっと得意げな表情をされる。

そう言えば、いい酒の特徴である、アルコールの揮発性が巧妙に抑えられているところがあって、更に口に抵抗がなく、熟成度の高さが窺える。

「ああ、『黄鶴』の亭主が言っていた仙人というのは先生のことでしたか。でも亭主はたしか古い仙人が書き残した文献を参考にして、泉州の醸造元が醸した酒だと言っていましたが、……」

私は半ば肯定しながら、一部では疑念を隠しきれなかった。

「ああ、あれはいつのことだったかなあ。いつも飲んでいる酒に飽きがきて、あれこれ銘柄を変えてみたが、どうもしっくりこない。それで、自分の酒を醸造することを考えた。その、——なんというか、今様でいうレシピを書きつけた紙が何故か好事家の手に渡り、書物の中に記録されたというわけだ。書き物として残ったのはごく初期のもので、その後の改良の過程は、どの書物にも記録されていない、——『黄鶴』で君が飲んだ『葛の葉』はごく初期のもので、いま君が飲んだ酒の試

作品という位置づけだな。」

「黄鶴の亭主とはお知り合いですか。」

私はそろりと探りを入れた。

「いや、知り合いというほどでもないがね。俺も時には里へ出る。仙人も霞ばっかり食っているわけではないのだよ。旗亭に立ち寄ることがある。あの亭主が多少書物も読んでいるようだから、自然足が向く。この間の震災で、客足が落ちて経営が苦しいと嘆くものだから、変わった酒でも準備したら、と古い書物を教えてやった。亭主は喜んで、どこかの酒屋に造らせたようだ。」

黄鶴の亭主の話と若干食い違っている。しかし、この責めは、黄鶴の亭主が負わねばならないだろう、と私は考えた。たしかに、自分が葛壽仙人から、直接教えてもらったというよりも、泉州の醸造元が仙人の書いた記録から、新しく酒を醸造したという、さきほどの黄鶴の亭主の説明のほうが、面白くまたもっともらしいと言えるだろう。つまりは、黄鶴の亭主の創作部分であろう。

「先生はやはり仙人になられたのですね。しかし、少しおかしいな。時間的な辻褄が合わない。まさか先生がわれわれの前で教壇に立たれた時、すでに仙人であった、というわけはないですよね。」

私は、回り道はしないで、率直に疑問を先生にぶつけていた。

「仙人は時空を超越していることを忘れちゃあ困るよ、君たちに教えたのが先か、仙人になったのが先か、いまとなってはそれはどうでもよいことなのだ。そのことはまた話すとして、君、君にとっての『武陵桃源』は見つかったのかね。」

先生は、柔和な表情を見せて、私に問いかけられた。その表情の中に、私はかつての教師時代の面影を見いだして、嬉しくなった。

「先生も、――いや、仙人も、随分わかりきったことを聞かれますね。そんなもの現実にはないこと、わかりきっているじゃないですか。」

私は、昔大学卒業とほとんど同時に教師として赴任された若い先生と交わす、友人との会話に近い無遠慮な物言いをしていた。

「うむ？　そう断定したものでもないと思うがね。」

仙人はちょっと身を開くようにして、後ろの方を示した。

いままで気がつかなかったが、仙人の背後に、六曲の屏風がある。庭から縁側の光線が明るすぎて、仙人の背後の空間は薄暗い。私は瞳を凝らして屏風を凝視し、そしてその実体が明らかになるにつれて、心臓の鼓動が早くなっていった。屏風は富岡鐵齋の『武陵桃源図』だった。――そんな馬鹿な！　あの絵は京都博物館に所蔵されている筈である。この、葛壽庵にあるというのはどういうわけか！　もっぱら清澄寺の鐵齋美術館に拠って、この画家の作品の鑑賞を行っている私には未見の作品である。ただ、その作品の完成度はきわめて高く、鐵齋の最高傑作のひとつと聞いている。いま、仙人の背後にある絵は、まさに名作の噂にたがわぬ鐵齋の逸品である。

私は仙人を押し退けるようにして屏風に近づいた。ひょっとして巧みに制作された印刷物でないかと疑ったからである。しかし、疑いは無用だった。絵は、まさしく鐵齋の直筆であり、神韻縹渺とした天地の描写は、直筆のみが与え得る迫力に満ちている。

中央に峨々たる南画風の山塊が描かれ、左右の世界を分けている。右手には、水の流れがあり、行き着くところに滝が見られる。これは、漁夫が溯ってきた水流であろう。流域には、花をつけた桃の木が描き込まれ、現に、滝の下のほうに船に乗った三つの人影が見える。そして、その近くの山塊の麓に、小さく洞が穿たれている。おそらく、この洞は左手の空間、――つまり桃花の郷に通じているのだろう。

左手は、平坦な土地の広がりであり、陶淵明が『桃花源記』に描写した、桃源郷そのものであろう。通常、ほかの画家が描く桃花源の絵には、――鐵齋自身が描いたほかの桃花源の絵も含めて、――画面の大部分が桃の花で埋め尽くされているが、陶淵明の記述では、桃の花は水流を溯ってゆく漁夫の眼前に現出し、桃以外の木は一本も混じっていない状態が続き、やがて漁夫は郷に通ずる洞穴を発見する。しかし、漁夫が洞穴を通って郷に入ってからは、むしろこの郷の住民の生活の背景になる天地の描写が多い。「土地平らかにして曠く、屋舎儼然として、良田・美池・桑竹の属あり。阡陌交わり通じ、鶏犬相聞ゆ」（陶淵明『陶淵明全集』より、「桃花源記」松枝茂夫・和田武司注岩波文庫）という次第である。

その意味では、この屏風の絵はより陶淵明の描写に忠実である。

左手の郷には、桃の花の描写はごく一部に限られ、桑や竹の類いの木が多く、縦横に通う道や美田が描写され、田畑を耕す村人や、馬上の人、船を操る人影が小さく描き込まれる。

ただ、陶淵明の『桃花源記』の印象とやや異なる点は、まるで、水郷のような印象を与えるほど池、あるいは湖が多いことである。たしかに、陶淵明の記述のなかに「美池」の文字は見えるものの、この絵の描写ほどには池の占める割合は多くないのではないか。左手の下のほう、及び中央の大部分は池ないし湖である。水際には東屋があり、浮御堂がある。舟も浮かんでいる。そういえば陶淵明の記述と異なっている点がもうひとつある。画面右手の、桃源郷にいたる洞穴の入口付近の流れに浮かぶ舟の上に、三つの人影が見えるのもやや奇異な感じがする。漁夫は一人で流れを遡ってきたのではなかったのだろうか？　それとも漁夫は仲間と一緒に流れを遡って、仲間を残して自分一人で洞穴を潜ったと解すべきなのだろうか？――それはともかく、見事な絵である。見る者が全体を俯観できる構図であり、たちまち桃花源の天地に入り込むような錯覚を与える。

「この絵がなぜここにあるのですか？　たしか、京都の博物館にあるはずですが。」

「京都の博物館にあるものが真でこれが虚か？　あるいはその逆か？　あるいは両方とも真か？　両方とも虚か？　――いずれかだろうよ。」仙人はにやりと笑って言った。これは禅問答である。いや、仙人問答と言うべきか？　私は、そのような実りのない議論に時間を費やすのが馬鹿らしくなって、――いずれにせよ、私は仙人の神通力を信じざるを得なかった、――再び絵画のほうに注意を戻した。

私はユルスナールの『東方綺譚』の中にあった、中国の山水画に魅いられ、絵の中に入り込んでしまう人物のことを思い出していた。

「この桃花源の絵であれば、点景の人物になってしまうのもいいかもしれない。」

葛壽仙人は耳聡く私の呟きを聞き取った。

「なに、そんなことは簡単さ。」

突然、仙人の姿は、私の傍から掻き消えた。

私は、周囲を見回し、仙人の在処を求めたが、見あたらなかった。

「おおい、ここだよ、ここだよ。」

声は、屏風の中からした。

見ると、ほぼ画面の中央の畦道に、点描で小さく仙人が描き込まれている。太い杖をついた仙人はこちらを向いて手を振っている。なるほど、この仙人は、先ほどまで画中に描かれていなかった筈である。

私は、画中の仙人に、大声で呼びかけていた。

「先生！　先生が絵の中に入ってどうするのですか！　そんなこと、仙人の神通力からすれば当たり前ですよ。僕が、その絵の中に入りたいのですよ！」

「それは君、できない相談だよ。」

仙人は、私の隣の席に、もう姿を現している。

「仙人の神通力で、私を絵の中に送り込むことはできないのですか？」

「それは、君、無理な話だよ、君自身が現世の生の人間である以上は、いくら俺の神通力を使っても、君が画中の人となるのは、困難だよ。」

「やはり、だめですか。」

私は、がっかりした。

仙人は、そういう私を、さも気の毒だ、といったふうに、じっと見つめている。

「そんなに、桃花源に行ってみたいかね。」

「この『武陵桃源』のような郷であれば、もう出てこれなくても本望です。」

「贅沢言ってはいけないよ。いま言ったように、君がこの絵の中に入ることは困難だ。ただ、非常に難しいことだが、君が桃花源に至る道はないわけではない。――その桃花源が、果たしてこの絵にそっくりであるかどうかは保証の限りではないがね。」

仙人は、目を細めるようにして私を見据えた。

「本当ですか、――その、道を教えてください。」

「この俳句を知っているかい？

桃源の路次の細さよ冬籠」

「知ってます。與謝蕪村ですね。」

「そう、知っておれば好都合だ。それで、君はこの俳句をどう解釈するね？」

私は、ほとんどK中学の広田先生の国語の時間に返ったような気分になっていた。

「いきなり、質問されると困りますね、たしか先生は宿題を当てる時も、あらかじめ当てる人をちゃんと予告されていましたね。まあ、いいか。常識的なことしか言えませんよ。桃源の理想郷にたどり着く路地は細く、発見するのは容易ではない、――このくらいしかわかりません。もちろん、路地の細さには陶淵明の『桃花源』にある、漁夫の通った狭い洞穴が前提にされていると思います。」

「まあ、的は外していないが、自分で言ったとおり、常識的だね。それに、『冬籠』についての言及がない。この俳句は『冬籠六句』と題された発句連作詩の第四句にあたる。明和五年十二月の作品。この頃蕪村は京都の四条烏丸東へ入町に住んでいた。住まいは三菓亭と名づけられ、同時に俳人画家蕪村のアトリエでもある。――いや、蕪村の意識ではアトリエが大部分で、一緒に住む家族はつけたしである。この年の十月に『冬籠六句』に先だって、『冬籠三句』という発句連作詩を作っている。この三句に、三菓亭での蕪村の生活がユーモラスに伝えられている。

変化住む屋敷もらひて冬籠
勝手には誰が妻子ぞ冬籠
苦にならぬ借銭負うて冬籠

妖怪変化が住むと噂されるぼろぼろの屋敷をもらい、冬籠する。台所にいるのは誰の妻子であろうか、借金がある貧しい生活だが、それも苦にならない額であり、まずは冬籠に専念しよう、これが三菓亭での蕪村の生活である。もちろん、蕪村が『冬籠』という言葉で、動物の冬眠状態をさしているのではないということは明らかだろう。ここに蕪村の密かな決意を認めねばならないだろう。『籠る』というからには、世間との隔絶を意味している。世間との隔絶はいうまでもないが、蕪村は、妻子ですら『誰が妻子ぞ』と突き放してしまう。これは生半可な世捨人の生活ではない。俗生活とは一線を画し、自身のかかわる俳句と絵画という分野における芸術活動、――精神活動をまず生活の中心に据えるという決意であろう、――いや、こういう言い方だと誤解を受けるかもしれない。蕪村の芸術は、松尾芭蕉のように倫理的でも、求道的でもない。あくまで、市井の詩人であって、とりあげる題材も、その調理の方法ものびやかである。いわば春風にたゆたうような芸術の境地であり、縁側で日向ぼっこをするような、あるいは炬燵に入って、茶を啜りながらうつらうつらするような境地である。しかし、そのような境地であっても、いやそのような境地であればこそ、作者の側には、ある種の韜晦《とうかい》が要求されるのであろう。さて、『冬籠六句』の方に進もう。

ひとり行く徳利もがもな冬籠
冬籠妻にも子にもかくれんぼ
寒梅や梅の花とは見つれども
桃源の路次の細さよ冬籠
禁足の初めなりけり冬籠

鍋敷に山家集あり冬籠

まず、注意してほしいのは、先の『冬籠三句』とのかかわりだ。第一句は、一人で酒を買いにゆく徳利があればいいのに、という虫のいいことを歌っているのだが、しかし徳利に手足が生えて酒屋に通うということになれば、これはちょっとした妖怪変化の類であって、すなわち先の『冬籠三句』の第一句に対応する。第二句は、蕪村の日常は妻子とも没交渉である状態を『かくれんぼ』とユーモラスに、純粋な精神の子供の世界（もちろん、これは蕪村の芸術の境地との関連を象徴している）の遊戯に託して表現したもので、これはあきらかに先の第二句の『誰が妻子ぞ』に対応する。こうして、前に置かれた二つの句によって、この発句連作詩『冬籠六句』は、先立つ『冬籠三句』と同様、四条烏丸東へ入町の三菓亭での世界を引き継いでいることが示されており、第三句から新しい展開がはじまると言える。第三句には、有名な和歌が下敷きにされているが、誰の歌だかわかるかな？」

先生は、いわば、息継ぎに質問されただけで、もとより私から正確な答えが戻ってくることを期待されたわけではないだろう。私は先生の意にそって、首を横に振り、

「いいえ、」と小さな声で答えた。

先生は大きくうなずかれ、それから酒を口に含み、それが喉元を過ぎるまで、静かに目を閉じておられたが、やがて、

「安倍宗任が、前九年の役で敗れ、京都で捕らわれ人の生活を送っていた時、公家衆がこの夷人に試すように寒梅を示し、『これは何だ』と質問した。これに対し宗任は、

我が国の梅の花とは見たれども
　　大宮人は如何いふらむ

と和歌で答えた。夷人宗任の、公家衆の意地の悪い仕打ちに対する痛烈な皮肉であり、一種の開き直りでもある。この歌を下敷きにして、蕪村は三菓亭の路地に咲いた寒梅（紅梅）を見て、その色彩のあでやかさから桃の花を連想する。『この花は寒梅に違いはないけれども、その花の紅の色から、桃の花を連想する。いや、私の観念の世界で、此の花を桃と断定して、何が悪かろう』と言う。これも一種の開き直りともとれる句である。そして、その仮想の桃の花の残像が消えぬうちにあの第四句に続くわけだ。

桃源の路次の細さよ冬籠

路地の細さは、君がさっき言ったように桃源郷に至る洞穴の狭さに呼応しているが、何よりも現実の三菓亭が細い路地の奥に位置していたことを示すのであろう。逆に言えば、そのような路地奥

に位置している屋敷であるから、たとえ『変化住む屋敷』と噂されるようなぼろ家でも、蕪村はここに三菓亭を結ぶことを決意したのであろう。

もうひとつ注意しなければならないのは、第三句で省略した『冬籠』をここで復活させたということだ。『桃源』と『冬籠』は呼応している。『桃源』の世界はすなわち『冬籠』する三菓亭の蕪村の世界である。ただ、三菓亭で座して待つだけでは、『桃源』の世界は現出しないのである。第五句、第六句は、その在り方に対する蕪村の決意である。……君は、鬼貫のことを知っているかね。」

私は再び頭を横に振って、小さく「いいえ、」と答えた。

「厄介だな、何から何まで説明しなくてはならないとはね。」

先生は、苦情を言われながらも、楽しそうである。

「上島鬼貫。伊丹の人、――つまり、君が住んでいる宝塚市に隣接するいまの伊丹市で生まれた。こう言えば、少しは親近感が湧くだろう? 時代としては江戸前期。蕪村より一世代前の人だよ。

この人の著作に『禁足旅記』がある。禁足とは、文字通り足を禁じられるということ、――本来旅とは結びつかない概念だ。あえて、鬼貫が『禁足旅記』と言ったのは、これは普通に言う旅ではなく、いわば、観念の世界における旅、ということだな。実は鬼貫は、芭蕉の『奥の細道』に魅了されながらも、両親の面倒をみているために旅に出られない自分の境遇において、架空の旅記を綴って芭蕉に対抗しようとした。俳諧師が、その創作の過程において、心の中において行う旅ということであろう。蕪村は、この路地裏の三菓亭において自ら禁足を課して、鬼貫に学んで『禁足の旅』に出ようとする。『禁足の初めなりけり』は、冬籠が如何なる意図の下になされたか、を示している。ここまで判れば第六句の意味は明瞭だろう。西行の『山家集』のことは知ってるな?」

「ええ、ただし常識程度ですが。」

「いや、結構。この際は常識程度で十分。」

先生はここでもう一度、酒を口に含み、小休止をとられる。やがて、

「旅で生涯を終わった西行の『山家集』が冬籠の三菓亭の鍋敷になっているなど、西行ファンにとっては我慢のならないことだろうが、これは見事に蕪村の三菓亭における状況を象徴している。西行の旅の生涯を三菓亭の鍋の下に閉じ込めることによって、第五句の『冬籠の禁足の旅』の決意を再確認している。こうしてみれば、第一句の、

ひとり行く徳利もがもな冬籠

の句が再び明瞭に理解される。冬籠が禁足を伴うものであれば、一人酒を買いに行って、徳利を満たしてくる、そういう妖怪変化の徳利が住みついてくれればいい、という願望が必ずしも手前勝手な物臭さから出た願望ではない、ということがわかる。現実には、酒を買いに行くことすら自らに禁ずるほど、禁足が徹底していたかどうかは疑問だがね。蕪村の禁足の旅はもちろん細い路地を潜っての桃源への旅であり、蕪村の芸術に即して言えば、俳句と絵画の世界への耽溺の旅である。」

「――ああ、昔を思い出すなあ。先生にそうやって、いろんな小説や詩の解説をしてもらって、僕は文学に興味を持ち始めたのですよ。もっとも、いま仙人になられ、俗界から離れておられる先生に、こういう述懐をしてもいいのかどうか、判りませんがね。」

私はこう言って、先生の、――いや、葛壽仙人の反応を窺った。広田先生と、葛壽仙人が果たして同一人物なのか、あるいは同一人物であったとしても、いまの仙人と、かつての中学時代の恩師が、どの程度繋がりを――同一性を維持しているのか、私は疑っていた。

先生は、素直に喜ばれた。

「いや、そう言ってもらえば、教師冥利に尽きるというものだ。いくら俗世間から離れているとは言っても、人間の感情をまったく捨て去ってしまったというわけではないのだよ、――しかし、だからといって、その感情にほだされて、君に易々と桃源への道を示すわけにはいかないのだよ。まさに『桃源の路次の細さよ』だよ。君が、桃源行にふさわしい人間であるかどうか、厳しく試してみなければならないのだよ。」

私は瞬時ためらったが、

「まるで、『杜子春』の話ですね。でも、僕はもう父にも母にも会ってしまいました。畜生になって鞭打たれる両親を見たとしても、それは虚構として退けることができるでしょう、」と応じた。

仙人はちょっと皮肉な笑いを口元に浮かべた。

「それは君、芥川龍之介の『杜子春』であって、芥川が種本にした『唐宋伝奇集』に収められている『杜子春』ではないよ。本家はもっと陰惨な物語を準備している。だが、安心したまえ、そんな意地の悪い、心理的な拷問は俺の趣味ではない。君がいかに虚心に、そして切実に桃花源を希求しているか、それが判ればいいのだよ。もちろん、欲を言えば、君が桃源に行って、何をしたいのか、それが知りたいところだが、そこはかつての教え子との信頼関係、――君が大悪をなす恐れはなさそうだし、またいまの君に、蕪村並みの決意を期待するのは無理というものだよ。君が何をしようとするのか、それは無事着地してからの課題だよ。」

どうやら先生は、私に過酷な試練を与えようとされているのではないようである。

「それで、僕は一体、どうすればよろしいのでしょうか?」

「そうだな。」

先生は、さらに盃を口元に運び、酒を口に含まれる。私も、何度目かの盃を口にした。先生は沈黙されたままである。私は、李白の名詩、『山中にて幽人と対酌す』を思い出している。

両人対酌山花開　両人対酌すれば　山花開く
一杯一杯復一杯　一杯一杯復た一杯
我酔欲眠卿且去　我酔うて眠らんと欲す卿且く去れ
明朝有意抱琴来　明朝意有らば　琴を抱いて来たれ

（一海知義『陶淵明―虚構の詩人』より、李白「山中にて幽人と対酌す」岩波新書）

仙人は、顎をさすりながら思案している。

どうやら、仙人は、他の誰かに桃源への道を教えたわけではなさそうである。私が初めてのケースのようである。仙人は、いろいろな方法を思案しているようである。やがて、

「中学時代に、君たちに、山村暮鳥の『風景』という詩を教えたが、覚えているかね？」

「ああ、あの、

いちめんのなのはな
いちめんのなのはな
いちめんのなのはな
いちめんのなのはな
…………………………
…………………………

（伊藤新吉　他編『山村暮鳥詩集』弥生書房）

と、無限に続く詩でしょう？　覚えていますよ。」

「うん、覚えているな。厳密に言えば、『いちめんのなのはな』という詩句の連続の中に、違う詩句

も混じっているのだが、まあ、そこまで覚えていなくても、それは、結構。上等だよ。」

先生は、昔そうであったように、寛大で、優しかった。

「そうでしたか? 私はただ、『いちめんのなのはな』という詩句だけが羅列されている、と思っていましたがね。もっとも、私は記憶力に自信のあるほうではありませんから、いまさら驚きませんがね。」

「念のため、説明しておく。この詩は、三節から構成されており、各々の節には、九行の詩句が並んでいる。一行目から七行目まで、それに最後の九行目は君の記憶しているとおり、『いちめんのなのはな』という詩句の連続だが、各節の八行目だけは、詩句が変えられている。一節目は『かすかなるむぎぶえ』、二節目は『ひばりのおしゃべり』、三節目は『やめるはひるのつき』という詩句に変えられている。」

「ああ、思い出しました。先生は、この一行の変化が、この詩を生かしている、というふうに説明されていました。」

「いや、後学のために、と思うだけで、他意はない。——ところで、君はこの詩をどう思うかね?」

「そうですね、いまどう思うかといきなり聞かれると困りますが、——あの時、先生からこの詩を教わって、なんだか変な詩だな、と思っていましたが、目をつぶって、お経みたいに『いちめんのなのはな』と唱えているうちに、黄色い色が視界一杯に広がり、やがて目の前が開けて、黄色い菜の花が視界に飛び込んできて、それが視界一面に広がり、——地平線の彼方まで、菜の花畑が広がり、――ああ、これはすばらしい詩なんだな、と思いました。」

広田先生は、私の返事を聞いて、わが意を得たり、というふうににっこりと笑われ、

「よし、この詩でいこう。『いちめんのなのはな』の代わりに、『いちめんのもものはな』という詩句を、目を閉じたまま無限に唱え続ける。君が、虚心にこの言葉を唱えるうちに、無限の時間がたち、やがて桃色の色彩が視界に広がり、そして目の前が開けて、桃の花が視界に飛び込んできて、それが渓流の沿岸に広がり、桃の花以外の雑木は見あたらなくなる。その近くに、桃源郷に至る洞の入口がある。」

私は、何か仙人にからかわれているような気がしてならなかった。

「ええ?」

私は絶句したが、やがて
「うーむ、――それは簡単なことですが、……そんなことで桃花源への道が見つかるのでしょうか?」

「もちろん、ただ唱え続けるだけでは実現しない。虚心に、ただ桃花源にたどり着くことを一心不乱に念じて、無心にこの詩句を唱え続けねばならない。けっして、たやすいことではないはずだよ。」

私はなんだか気乗りがしなかった。

「しかし、『いちめんのもものはな』は、何となく語呂が悪いな。『いちめんのなのはな』は、なか

なかいい詩ですがね。」

仙人の機嫌が少し悪くなった。

「それは、慣れのせいだよ、『いちめんのなのはな』は五・四調、『いちめんのもものはな』は五・五調、日本の詩歌の伝統を踏まえれば、後のほうがむしろ正統だよ。」

私は、ちょっと仙人に逆らってみたくなった。

「それは悪しき伝統主義、歴史主義ですね。現代の詩の美学では、むしろ乱調に美を求めます。いささか手垢にまみれた言葉で恐縮ですが、『美は乱調にあり』ですよ。」

仙人はとうとう癇癪を起こした。

「君はいったい、桃花源に行きたいのかね、行きたくないのかね！」

私は慌てた。ここで仙人を怒らせてしまえば、元も子もない。

「やります、やります、仙人のおっしゃるとおりやります。――逆らうようなことを言ってすみませんでした。僕はどうしても桃花源に行きたいのです。」

「初めから、素直にそう言えばいいのに。相変わらず、一度は異議を申し立てる癖が直ってないな。」

仙人の和らいだ感情がもとに戻らないうちに、私は謙虚に座布団の上に正座して、目をつぶった。

私の神妙な姿勢を見て、仙人は声を上げて笑った。

「その姿勢では、十分とは持つまいよ。長丁場を覚悟して、もっとゆったりと姿勢を取らなければ。」

私は仙人の勧めにしたがって、あぐらをかいた楽な姿勢に切り替えた。そして、目をつぶり、仙人の教えた言葉を唱じた。

いちめんのもものはな
いちめんのもものはな
いちめんのもものはな
いちめんのもものはな
いちめんのもものはな
いちめんのもものはな
…………………………
…………………………
…………………………

最初、精神統一はなかなかうまくいかなかった。今日の午後から始まったこの奇妙な体験の中に現れた冥界の住人たちの姿が、——まだ姿を現していない人たちも加わって、入れ替わり立ち替わり現れて私の精神を乱したが、やがてそれらの人たちも姿を消して、残るは松籟の音——。それも間遠になり、私は瞼の裏の薄明の世界の中で、意識を封じ込めることに成功した。私の意識のうちで時間は無限に経過したが、現実にはどのくらいの時間が経過したのか？ 私は、私の網膜の上にぼんやりと桃色の色彩が写るのを意識の隅でとらえていた。

——ああ、桃花源は近い！ 川のせせらぎが聞こえる。私を乗せている小舟の揺れが感じられる。私の胸は躍った。

——しかし、一方で私は桃花源とは異質の音を捕らえていた。かすかな弦の響き。官能に訴える嫋々とした低音の呟き。桃色の色彩は、私の無意識領域で官能の血をかき立てていた。なまぬるい風が吹く。弦の音は徐々に高まってくる。ニンフの呼ぶ声が聞こえる。あの帆柱に括りつけられた豪勇オデッセウスをさえ身悶えさせ眩惑させた、サイレンの歌。

Naht euch dem Strande,
naht euch dem Lande,
wo in den Armen
glühender Liebe
selig Erbarmen,

(『名作オペラブックス』より、ワーグナー「タンホイザー」音楽の友社)

stll'eure Triebe!

(岸に向かいましょう。陸に上がりましょう。燃える愛の抱擁の中で、至福の喜びがあなた方の欲望を鎮めるように!)

──私は背徳の騎士タンホイザーになっていた。敬虔なキリスト教徒の身であり、また、エリーザベートという領主ヘルマンの清純な娘に思いを寄せられる身でありながら、ヴェヌスブルグに迷い込み、ヴェヌスの美と官能に溺れ、爛れた生活を送っていた。しかし、退廃と官能の閉鎖的な循環の日々に、私は倦怠を覚え、神への怖れの観念を甦えらせた。止めるヴェヌスを振り切って、私は、ワルトブルグの騎士団に戻った。長期の不在に多くの騎士たちが疑念を持つ中を、誠実な友人、ヴォルフラム・フォン・エッシェンバッハの懸命のとりなしで領主ヘルマンも私を再び騎士団に迎え入れてくれた。しかし、復帰直後に催された歌の殿堂における歌合戦で、ヴェヌスの官能を賛美する歌を歌い、会場を混乱に陥いらせた。不躾にヴェヌスの官能を賛美する露骨な歌詞に耳を蓋ぎ逃げまどう貴婦人たち、公然と冒瀆の論理を展開する私にいきりたつ騎士たち。剣で私を成敗しようとする騎士たちを懸命に止めるエリーザベート。この度は、ヴォルフラムも取りなしのしようがない。領主ヘルマンは、エリーザベートの懇請にほだされて、騎士たちの剣による成敗をかろうじて押し止め、私に贖罪の旅を命じる。私は蹌踉《そうろう》として、ローマ詣での巡礼の列に加わる。しかし、ローマの裁断は、巡礼の杖に、若木の芽が生える奇跡にでも恵まれぬ限り、私の罪は決して許されないだろうという厳しいものだった。

私は、騎士団に戻ることはせず、そのまま、ヴェヌスブルグへと向かった。ワルトブルグ近郊の谷にさしかかった時、たまたま通りかかったヴォルフラムに出会った。訝る彼に、私はローマの裁定の一部始終を語り、ヴェヌスブルグに赴いて、そこで生を全うする決意を告白した。

——そしていま、ヴェヌスブルグは顕現した。私は、ヴォルフラムの制止を振り切って、桃色の靄《もや》に包まれたヴェヌスブルグのほうに近づいていった。あの異教の愛の女神ヴェヌスの館の方へ！


同時に私は観客であった。別の私は、客席に座ってヴァグナーの歌劇『タンホイザー』を観劇していた。「ヴェヌス」を演じるプリマ・ドンナは誰だろうか？　私は、手持ちのレーザー・ディスクの『タンホイザー』の中で、一番気に入っているヴェヌス役のワルトラウト・マイヤーであればいいのに、と思っていた。メゾ・ソプラノからソプラノに転じたこの歌手は、幅広い音域と異教的な美貌を武器にして、妖婦役として頭角を現してきた歌手で、私は、『ローエングリーン』のオルトルート、『パルシファル』のクンドリー、それに『タンホイザー』のヴェヌスを映像で観て、その歌唱力、演技力に魅了されている。いま、ヴェヌスを演じるのにもっともふさわしい、円熟した歌手である。

ヴェヌスは、朧ろげではあるが姿を現した。闇の中から、桃色の光線を浴びて、紗を纏い、艶然と姿を現すヴェヌス。
ヴェヌスは歌う。

Willkommen, ungetreuer Mann!
Schlug dich die Welt mit Acht und Bann?
Und findest nirgends du Erbarmen,
suchst Liebe du in meinen Armen?

(お帰りなさい、不実なあなた、あの世界は、あなたを拒絶し、あなたを追放したのね?　誰もあなたを憐れんでくれないものだから、私の腕の中に愛を求めてやってきたの?)

ヴェヌスは、彼女を裏切った私を許そうとしている。あの、ローマ世界の偏狭さと比較して、この世界はなんと寛大なことか!　ローマ世界から追放された自分の居場所はここにしかないのだ。再びヴェヌスとの退廃と官能に満ちた生活に身を浸そう。私は二度とこの場所を去ろうというような愚かな考えを抱かないだろう、――それは、閉ざされた世界かもしれないが、私はここに籠るよりほかに安住の世界はないのだ。
私は、ヴェヌスの方に近づいていった。観客席にいる私も、ヴェヌスを演じている歌手が誰であるか確認するように、とタンホイザーの後押しをする。

その時、突然黒い姿が、私とヴェヌスの間に割って入った。長い黒髪を振り払って、私をはったと睨みつけたのは、東都さんだった。清澄寺で出会った東都さんは、冷静で、憎らしいほど落ち着き払っていた。いま、彼女は、感情を顕にし、怒気を含んだ蒼白の顔を私に向けている。その顔は凄惨なまでに美しい。私は、彼女の出自をいやというほど思い知らされていた。

「ああ！　エロスとタナトス！」

私が、心の中で呟いた時、東都さんのアルトの声が響いた。

「たわけ！——お前は金髪のタナトスに身を委ねるつもりか！」

東都さんは、白い二の腕を見せて手にした鎌を高く振りかざし、私の頭を目がけて振りおろした。私は脳天に強い衝撃を受け、その場に蹲《うずくま》った。

私は、頭を抱えて、踞っている。脳天が痺れている。痺れがとれてくるにつれて、新たに痛みの波が私の頭を襲う。

仙人が、私の脇に立っている。右手に太い筮竹《ぜいちく》の束が握られている、おそらく仙人は、この束で私の頭をしたたか打ちすえたのだろう。

「たわけ！——もう少しで、桃花源に到着するという大事な時に、ヴェヌスの誘惑に負けるということは、どういうことだ。君の桃花源に行きたいという気持ちは、その程度のものなのか？」

私は、脳天の痛みに耐えかねて、呻き声を漏らすだけで暫く口も利けないでいたが、痛みがやや

薄らいだ段階で、

「……ひどいなあ、あんなに、力一杯殴らなくてもよさそうなものなのに、……」

仙人は私の抗議を途中で遮った。

「君は、俺にそんなことを言えた筋合いかね？　君が、あの鐵齋の桃花源屏風に入り込めないと知ってしょげ返っているのを見て、つい仏心を起こした俺が馬鹿だったということか？　俺は秘術を尽くして、君を桃花源へ送り込もうとした、それなのに、ことが結実する直前になって、君がヨーロッパのデーモンの差し出す手に、易々と乗ってしまうというのはどういうわけなのだ？　君があのヨーロッパのデーモンに心を奪われた時期があるということは、俺も知っていた。しかし、もっと早い時期、君が中学時代に桃花源に対する熱い関心をもっていたことも俺は知っている。いまさっき、君が桃花源行を希求した時、ようやく君にも東洋への回帰が始まったのだと俺は信じたのだ。かつての教え子の希望をどうしても叶えてやりたいと思ったのだ。この段になって、まだあのヨーロッパのデーモンと手が切れていないとはねえ！」

先生は長々と嘆息された。

先生は、右手の壁を指さされた。

そこには、いままで気がつかなかった床の間があって、そこに双幅の軸がかかっている。見ると、蕪村の『武陵桃源図』である。私はもう驚かなかった。先生は、——いや仙人は、その時々の都合に合わせて、適当に屏風や掛軸を現出させるのであろう。

「この掛軸のことは、君もよく知ってるね。さきほど、君が鐵齋美術館で思い浮かべていた軸だよ。」

なるほど、仙人の側からすれば、私のここに至るまでの行動はすべてお見通しなのだろう。それにしても、心の中までお見通しというのは、仙人の神通力というものは、誠に油断がならないと私は考えた。私は仙人の顔をそっと窺った。顔の表情は相変わらず厳しかったが、しかし眼元にはかすかながら、笑みの兆しがある。私は黙って、仙人の次の言葉を待っていた。

「君は、この絵に描かれている漁夫について、『一見魯純そうで、それでいて油断のならない表情だとか、『何のためらいもなく約束を反故にする人柄』といったいかにも軽蔑しきったような批評をしているが、君はこの漁夫に遥かに劣っていると自覚したほうがいい。少なくとも漁夫は、桃花源に辿り着き、いくらかの期間、ここで生活できたわけだからね。洞窟の入口の寸前で、ヨーロッパのデーモンの誘惑に負け、桃花源にも行き着けなかった者とは大違いだよ。」

これは私にとっては耳の痛い指摘である。ただ、私はこの言葉にそれほど打撃を受けていなかった。

私は、再び仙人の顔を窃み見た。顔の表情は相変わらず厳しいが、眼は明らかに笑っている。

私は、仙人が供した「葛の葉」という酒を疑っている。たしか、さきほど旗亭「黄鶴」で、この「葛の葉」（——仙人の言葉によれば、その試作品）を飲んだ後、やはりいろいろなイメージの襲来があったことを思い出した。この酒には幻覚を催す作用があるのではないか?

「ひょっとして仙人は、最初からこの結果を予測されていたのではありませんか？」

仙人の顔に、一瞬、明らかにうろたえと見える表情がかすめたが、すぐに態勢を立て直した。

「馬鹿言っちゃあいかんよ、――これは、ますます問題だね。いまの発言は、君の人格にかかわる問題だね。同時に、俺の人格にかかわる問題でもあるね。最初から結果が判っていて、君に挑戦を薦めたということであれば、これは一種の詐欺行為だからな。もちろん、君が桃花源に辿り着く可能性はあったよ。その可能性は、非常に少なかったかもしれないがね。」

ここで、仙人は声を低く落とした。

「まあ、非常に少ない可能性の中で、せっかく桃の花を垣間見るところまで行っておきながら、別の方向に逸れて終ったのが、あまり残念だったから、俺の失望も大きく、怒りも激しくなってしまったのかな？」

私は、うなずいて、

「せっかく貴重な機会を与えてもらいながら、うまくいかなくて、申し訳ありませんでした。」

「いや、――まあ仕方ないな。何度も繰り返すようだが、『桃源の路次の細さよ』だからな。」

「あまりにも私の望みが身の程知らずで、高過ぎたのでしょう。人造の翼をつけたイカロスが、あまり高みを飛び過ぎて、蠟は太陽の熱に熔けて、ひとたまりもなく墜落する、――まさしく、あの神話の通りでしょう。」

仙人は柔和な笑顔を見せた。

「こんどは嫌に聞きわけがいいな、——ただ、喩えがギリシャ神話というのが気に入らないね。ここは中国の『捜神記』あたりから引用してほしいところだ。」

しかし、そこで仙人は、ちょっと警戒するような表情になった。

「何か魂胆がありそうだな。君が殊勝な態度を見せる時が、要注意だな。——君は中学時代から、どうも油断がならないところがあったな。聖書の授業時間で、君が突如としてキリストの十字架上の言葉について疑問を投げかけ、反乱の口火を切ったのは有名な話だからな。授業を担当された高安牧師は、普段おとなしい君に、手ひどい反乱を起こされたと言って嘆いておられたよ。」

「いや、あれは反乱などではなくて、本当に真剣な、私自身がキリスト教徒になるかどうかの瀬戸際の質問だったわけです。しかし、あの件はさておき、いまの局面において、確かに仙人の危惧は当たっております。やはり見破られましたか。実は、桃源郷に辿り着けもしなかった人間が、仙人になろうというのはそもそも無理な話だろうな、と考えていたところです。」

「なんだ、そんな大それたことを考えているのかね。」

仙人は、「ふううん」というような大きな鼻息を漏らした。

私は、慌てて仙人の懸念を打ち消した。

「いや、そんなことは無理に決まっています。そんな無理を先生にお願いするつもりは毛頭ありません。ただ、先生がどうして仙人になれたのか、それが不思議です。たしかに先生は、東洋文学を専攻され、東洋の文学に通じられ、そのうち易学の研究に入られました。先生は、いわば東洋学の権威であられたと思います。しかし、知識の面の東洋学の権威は他にたくさんいらっしゃいます。——こういう言い方は先生に大変失礼かと思いますが、世俗的な意味で有名な東洋学のオーソリティは、他にたくさんいらっしゃいます、その方々をさしおいて、先生が仙人になられたのは、どういうわけでしょうか？」

「ふううん、」と先生は再び大きな鼻息を漏らされ、

「君も案外、世俗的なことに、こだわるのだな。人のことなどどうでもいいではないか。知識の量を、いくら積み重ねても質への変換は起こり得ないのさ。この際弁証法的発展などとは無縁だということ。言っておくが、俺は東洋学の権威になろうなど、大それた野心を持ったことなど一度もない。この方面の世界に遊ぶのが好きで好きで大好きで、死ぬほど好きな、——いや、これはいかん、つい調子に乗って俗謡の歌詞になってしまった、——まあ、言いたいことは、世俗の名誉などという野心とは無縁の世界だということだよ。そのうち、教職という職業に割く時間も惜しくなって、隠遁の生活に入ることにした。運命鑑定の看板は一応揚げることにしたが、これを家業としたわけではない。そしてある朝、目が覚めると、突然自分は仙人になっていた。もちろん、それまでに自分は仙人になろうと希望したわけでもない。君は、俺が真実を秘匿したととるかもしれないが、それ以上ほかに説明のしようがないのだ。」

「いや、僕はそうは受け取りません。ある日突然に、理由もなく、というのは二十世紀の小説ではよくある話です。ある朝目覚めた時、ベッドの中で巨大な虫に変身している自分を発見した、と

か、ある朝、突然に理由もなく逮捕されたとか、小説の冒頭で不可解な事件が発生し、それに対する理由づけはまったくなされないまま、それを既成の事実としてそこから小説は展開します。先生がある日突然に理由もなく仙人になられた、ということが事実であれば、そこを出発点として、理解すればいいのです。」

「ふうん、いやに聞きわけがいいね。」

仙人はまたしても疑い深い視線を私に向けた。私はその視線を振り払うようにして続けた。

「ただ、そうであっても、変身してからの状況、逮捕されてからの経過は、実にリアルに描写されています。先生も仙人であることを発見した前後の経緯は詳細に描写されねばなりません。」

「なんだか、君の主導で話が進んでゆくようで、面白くないな、――まあいいか。」

仙人は、ここで新たな酒を盃に注ぎ、ぐいと呑み干した。そして、一息入れた後、おもむろに語り始めた。

「あれは忘れもしない、長年のこだわりで改良に改良を重ねてきた『葛の葉』が、ついに完成した日の翌日であった。前の晩、もうこれ以上改良の余地がないという完成版『葛の葉』をたらふく呑んで、酔い潰れてしまった。そして翌日、目が覚めると、俺の感覚が妙なんだ。どう妙なのかといえば、何か、俺を取り巻く時間、空間に歪みを生じているような、まことに奇妙な感覚なのだ。何か、時間と空間がどんどん広がっていく。そのうち、俺の魂が宙に浮かんで、もの凄い勢いで、宇宙の果てに向かって飛び出した。」

私は先生もまた、あのあやかしの銘酒「葛の葉」によって、幻覚症状に襲われたのではないかと疑った。仙人というのは、実はこの酔いがなせる錯覚で、「葛の葉」を呑み続けることによって、幻覚症状が連続する状態ではないのだろうか？　もちろん、私は先ほどから、仙人の神通力をいやというほど見せつけられている。しかし、その客体である私もまた、「葛の葉」の幻覚作用を受け続けているのであるとしたら？　そうであるとしたら、仙人が忌避するヨーロッパのデーモンの世界とそれほど大きな較差はないのかもしれない。ヴァグナーの歌劇や楽劇では、魔法によって調合された美酒が、しばしば登場人物の運命を変えてしまう。しかし、もし「葛の葉」による幻覚作用であったとしても、仙人であるということは、いわば「酔生夢死」という、東洋のひとつの理想の生き方であろう。かりにも「酒仙」という、言葉があるではないか？――私のこのような心の動きを仙人は早くも察知した。

「おいおい、君は何か疑っているな？　俺が真面目に話しているのに、何か他のことを考えているな？　いいかい、この話は、君がどうしても話せというから始めたことであって、君が聞きたくないのなら、止めたっていいんだよ。」

私は慌てて、咄嗟の判断で、問題をすり替えた。

「いや、――ちょっと、時間的に辻棲が合わないな、と思いましてね。私は銘酒『葛の葉』は、先生が仙人になられてからの作品とばかり思っていました。先ほど、『黄鶴』の亭主があの『葛の葉』の試作品を仙人の書いた古い書物から発見したと言っておりましたし、先生ご自身もこの酒のレシピが記述されている古い書物を亭主に教えてやったとおっしゃいました。つまり、『葛の葉』は、先生が仙人になられてからの作品でなければ、どうしても辻棲が合いません。」

　先生は、不興げに舌打ちされた。

「先ほど、仙人は時空を超越した存在だ、と言ったばかりでないか？　今度つまらないことで話の腰を折ったら、もうこの話は打ちきりにするからそのつもりで！」

　私は、恐縮して恭順の意を示した。

「えーと、どこまで話したのかな？　そうだ、俺の魂が身体から遊離して、物凄い勢いで宇宙の果てに向かって飛び出した、ところだったな。俺は光速の何倍もの速さで飛んだ。何故かと言えば、俺はやがて宇宙の果てに辿り着く。光速と同じ速さで飛んだのでは、ものすごい速さで膨張する宇宙の果てに到達するはずはないからね、――やがて、と簡単に言ったが、実に長い時間だ。君、君が知っている一番大きな数の単位は何だ？」

　突然、話を振られて、私はどぎまぎした。

「私の知っている数の単位と言えば、一、十、百、千、万、億、兆、京、くらいです。京の上に、実に多くの数があることは知っていますが、いわば私には無縁の数字で、覚えていません。」

「君は昔、銀行に勤めていたのではなかったのかね？」

「私が勤めていた頃の銀行で、日常の業務で必要な数字は、せいぜい億単位ですよ、業界を通じてみても兆単位かな。京にはとても辿りつきません。」

「インフレーションだの、バブル経済など、大袈裟なことを言いよって、所詮そのくらいの数字でガタガタしてたのかね？　京の上の単位は垓《がい》、以下、秭《じょ》、穣《じょう》、溝《こう》、澗《かん》、正《せい》、載《さい》、極《ごく》、恒河沙《こうがしゃ》、阿僧《あそう》祇《ぎ》、那由他《なゆた》、不可思議《ふかしぎ》、無量大数《むりょうたいすう》と続く。参考のためにいっておくが、最後の単位である無量大数は、十の六十八乗の数値である。」

「そんな、仏教の教典に載っているような観念的な数字が、現実の世界でそれぞれ意味をもって動き出したとすれば、大変なことになりますよ。それは、単位としてあっても、現実の社会と無縁の数値です。」

「ところが、俺はその数の単位を実感したのだ。宇宙の果てに至るまで、本当に無量大数の数倍の時間と空間を経過した。太陽系などひとっ飛びで背後に消えた。われわれの銀河系も驚くほど速く後ろに飛び去った。後は、暗黒の宇宙を背景に、渦巻く星雲や、光り輝く島宇宙、銀河系宇宙の衝突、青白く輝く超新星の誕生、衰弱して死滅する星の最後の爆発、――われわれの想像もつかない美しい光景が連続していた。そして、宇宙の果て。

　漆黒の虚無の世界を、膨張する宇宙の果てが、物凄い勢いで浸食していく。

　ところが、宇宙の膨張する速度が次第に弱まり、ある一点でぴたりと止まった。と見るうち、宇宙は収縮しはじめた。」

「ちょっと待ってください。ビッグ・バンによって創造されてから、宇宙が膨張を続けているのはたしかな事実のようです。ただ、この膨張がある一点で止まって、以後収縮するのか、それとも膨張し続けて、その後宇宙が拡散してしまうのか、現代の宇宙物理学には二説あって、いまの段階ではどちらが有力なのかはわからない、と聞いております。先生は収縮説をとられるのですね。」

「俺の説などではない、現に俺が見届けているのだ。いままで浸食され続けていた漆黒の虚無は、こんどは逆襲に出だした。虚無の領域が、宇宙の領域を物凄い勢いで浸食して行く。それを見届けた直後、俺はまた物凄い勢いで、現時点まで戻ってきた。それからというもの、俺は空間と時間の領域を自由自在に操れるようになった。」

私は、仙人の話の荒唐無稽さに返すべき言葉を知らなかった。先生は、ここでちょっといたずらっ子のような表情をして、

「さて、君のさきほどの疑問に答えておこう。実は、『黄鶴』の亭主から相談された時、分身の術を使って、平安の初期の時代に遡って、例の『葛の葉』のレシピを置いてきたのさ。完成品のほうはちょっともったいないから、試作品のほうをね。あとは、好事家が、――いつの時代にも、好事家はいるものさ、――自分の書物に書き込むのを見届けて、急いで取って返し、『黄鶴』の亭主にその本を教えてやった、というわけさ。」

「それは、とんでもないタブーを犯しましたね。S・F小説のタイム・マシーンもので、過去の世界で何か悪戯をして、歴史を変えるということは、絶対犯してはならないタブーですよ。」

「大袈裟なことを言うなよ。たかが新酒のレシピがひとつ加わったくらいで、歴史は変わりはしない。」

「それは、どうでしょうか？　近頃、平安時代の陰陽師の話が読書界で持てはやされていますが、先生がレシピを置きにいかれた時期と一致しませんか？」

「そんな、戯作者の創作物は俺となんの関係もないよ。」

「そうですか、それでは歴史は変わらなかったことにしましょう、——歴史は変わりはしませんが、私の人生は確実に変わりました。先生が『黄鶴』の亭主に『葛の葉』の作り方を教えられたおかげで、私は今日、不思議な体験の連続です。」

私は黄鶴の亭主に薦められた「葛の葉」を呑んで仮眠をとり、さまざまなイメージに見舞われた後に東都さんに会い、冥界に足を踏み入れたことを思い出していた。

「今日の体験に、君は不服を唱えるのかね？　こうして、俺に出会ったことも、不服なのかね。」

「いや、それは別の問題です。ある体験によって私の人生が変わったか、変わらなかったか？という議論に、その体験が私にとって心地好いものかどうか、有益なものであるかどうかということを混同させてはならないと思います。もちろん、私は両親や松村、熊村先生をはじめ懐かしい人々に出会い、いまこうして先生と対話できていることについて、本当にありがたいことだと思っています。」

「それなら、何も問題はないではないか？」

「そう、問題はなにもない、どころか貴重な体験です。」

私はここで、「これが、かりに幻覚であったとしても……」という言葉をかろうじて飲み込んでいた。

「ただ、」

私は苦笑いとともに、

「思いがけないこともありました、実生活では、まったく無縁であったヴェヌスブルグでの放蕩……フロイト主義者の、私のヴァグナーへの愛好は潜在意識下の願望という指摘であるのかもしれません。この指摘は、私の予期せぬことであり、あまり愉快な発見とは言えませんでした。」

先生は笑って、

「それに、桃花源行の不成功は、自業自得だが、仙人になる道がまったく閉ざされていたということも、君の釈然としないところだろうな。」

「いや、先生。実は、僕はそれほど仙人になりたいという気持ちはありませんでした。飯沢匡に『崑崙山の人々』という戯曲がありましたね。」

先生はにやりと意味深長な笑みを漏らされた。

「なるほど、その手できたか。君はあの芝居が好きなのかね?」

「いや、芝居は見たことはありません。しかし、レーゼ・ドラマとして面白かったですね。それとその本の扉のところに口絵が一葉ありましてね。第一場の幕が開いたところ。首のない仙人が何人か座っている場面。地べたには切り落とされた首が並んでいる。不老不死を獲得した仙人が、生に厭きて、何とか死ねないかと首の切りっこをするが、哀しいかな、会得した術が仇をなして試みはすべて失敗する。切り落とされた首はすぐにもとの首に復元してしまう。冒頭の場面は、芝居として見た場合、もっと迫力があって面白いだろうな、と思いましたね。全体に生の倦怠感がみなぎっていて、人間の永遠の生命に対する願望が、実は実現してみれば退屈で退屈でやりきれないものだという、あのテーマは、なかなか意味深長でしたね。」

「まあ、仙人にはなれない君があの話に慰めを見いだすのは、それも仕方のないことだろう。実は、以前、崑崙山に遊んだ時、その地の仙人たちにあの『崑崙山の人々』の話をしてやったのさ。すると、彼らは一様に、『それは、侘だとか寂だとかの美学を持つお前の国にお似合いの芝居だな。』と大笑いしやがった。そして、『大体お前の国の人間は、どうも植物的で、旺盛に生きようとする力が乏しいのではないか？』と言いやがった。たしかに仙人の人口はあの国に比較してずっと希薄だよ。ただ、少なくとも仙人になった者たちの間で、何とか死ねる方法はないかと模索する奴はおらんよ。君をがっかりさせて悪いがね。」

「しかし、仙人だって衰える時がくるのでしょう？　天人ですら、衰えがくるのですから。」

「天人に五衰あり、か？　しかし、なぜ『天人ですら』なんだ？　その言葉の使い方では、天人を上位に据えていることになるな。もともと天人は仏教から出た存在、一方仙人は道教から出た存在、比較は無意味だよ。」

「なるほど、仙人は永遠に不滅です、ということですか？」

「いや、永遠に、とは言っていない。永遠なんて言葉を、みだりに使用するべきではない。永遠なんて、どこにも存在しない。いま、この宇宙は虚無を食い尽くして膨張しているが、先にも言ったように、この虚無はやがて逆にわれわれの宇宙を食い尽くし始める。いわば『絶対的虚無』の到来。宇宙はどんどん収縮し、やがて膨大な質量を持ったひとつの小さな点になる。その時、仙人の存在する余地はないだろう。もちろん、その時までには、無量大数の数倍以上の時間の経過が必要だろうが、それでも永遠ではないと言うべきだろう。」

私は黙ってしまった。

先生も、沈黙された。あとはお互いに酒を酌み交わし、黙々と酒を呑むばかりである。

やがて、先生は大きな欠伸をされ、

「いかん、少し眠くなった。追い立てるようで悪いが、これくらいにしておこう。秋の陽はつるべ落としと言う。君にはまだ帰路がある。『我酔欲眠卿可去（我酔うて眠らんと欲す、卿去るべし）』だな。」

先生は、李白の詩句でもあり、陶淵明の文章でもあるあの言葉を巧みに利用された。

「ああ、その詩は、私もさきほど思い浮かべておりました。それで、『明朝有意抱琴来（明朝意有らば琴を抱いて来たれ）』ですか?」

しかし、先生は珍しく悄然とされ、

「いや、申し訳ないが、そういうわけにはいかんのだよ。君は二度と再びこの葛壽庵に戻ってくることはできない。」

「なるほど。あり得べきことです。私は、先生のご厚意にもかかわらず、桃花源行に失敗しました。いわば先生の不肖の弟子です。お出入り差し止め、ということもやむを得ないことかもしれません。私にとっては、誠に残念な結果ですがね。」

私の口調には、いささか恨みがましいものが混じっていたのかもしれない。

先生は、慌てて私の言葉を打ち消された。

「いやいや、決してそういうわけではない、神仙譚の終わりはそういうふうに決まっているものだよ。君が、もし桃花源行に成功していたとしても、事情は変わりない。」

「それでは、これでお別れということですか？　なんとなく中途半端だな。」

「何が中途半端だい。君は何かを期待して、ここに来たのか？　先にも言ったとおり、迷える子羊を救うのは松村の役割であり、俺はその任にないよ。君が俺と話すことによって、少しでも慰めの中で、救いを見いだせたらそれはそれで結構。しかし、君が、俺との出会いにおいて、救済を見いだせるのであれば結構、そう思って、君がここにやってくることを拒みはしなかった。君がそいだせなかったとしても、俺が責任を感じなければならないことは、何もないのだ。仙人はもともと老荘の徒、そもそも人を善導しようという、義務も情熱もありはしないのだ。そういうミッションは、背負ってはいないのだ。いわば、善悪の彼岸に立っている。虚無と向き合っている。そして、やがて迫ってくる、これこそ正真正銘の、『絶対的虚無』に吸い込まれることをもってよしとする存在なのだ。――君にはわかっているとは思うが、宇宙の果てからやってくる『絶対的虚無』とはひとつの比喩であり、その到来は意外に早いかもしれないのだ、——それは君も承知の上での訪問であろう。」

「いや、ある程度の方向はわかっているつもりでしたが、善悪の彼岸とまでは考えておりませんでした。しかし、全き善悪の彼岸、すなわち全き没価値の世界など、この世の中にあるのでしょうか？　もし先生が全き善悪の彼岸に立つ、ということであれば、何故さきほど私がヨーロッパのデーモンに見せた関心に、あれほど激怒されたのですか？」

「いや、別にいいんだよ、万物斉同だよ。君がヨーロッパのデーモンの虜になろうといっこうにさしつかえない。ただ、君が桃花源に行く、ということが前提であれば、あの際、桃色の色彩のなかに桃林を見ずに、ヴェヌスブルグの退廃の宴を見たということは、致命傷であったということだ。それだけのことだ。価値判断ではない、——いいではないか、君がそうしたければ、存分にヨーロッパのデーモンの使徒となればよい。」

私は、私を突き放したような仙人の発言に戸惑いながら、

「その一方に決めてかかることができないところが私の辛いところです。ヨーロッパのデーモンに魅惑される瞬間もあれば、桃源の路地の細さに感動することもあります。」

仙人は大きな溜め息をつき、

「そう欲ばってはいかんな、あのオデッセウスでさえ、禁忌の魅力を探訪するために、帆柱に、自らを拘束したではないか、……」

ここで、再び仙人は大きな欠伸をした。

「いかんな、もう限界だ。どうしても睡魔を退散させることはできない。」

私は、仙人の神通力をもってすれば、睡魔の退散など、わけもないことだろうと一瞬考えたが、それは噫にも出さず、ようやく仙人のもとを去る決意をした。

「いや、どうも長居をしてすいませんでした、それでは、もうお目にかかることもないかと思いますが、ご機嫌よう。」

私は立ち上がって、丁重に挨拶した。

「うん、君も元気でいてくれ、今日は楽しかった。」

先生も立ち上がって、私の挨拶に応えられた。

「最後に、まだ難問題が待っているな。」

奥の座敷から、廊下を通って、玄関に向かう途中で、先生は私に囁かれた。

「はあ?」

「いや、山の麓で待っている東都さんのことだよ。」

「ああ、もちろん先生は、あの件についてはご存知でしょうね。なにか、いいアドバイスがいただけますか?」

先生は黙ったまま私を伴って、玄関を通って、門のところまで送ってこられた。別れ際に、

「死神なんぞ籠絡してしまえ、——と言いたいところだが、そうもいかんな。あの死神は到底君の

手には負えんだろう。籠絡するなど君には無理な話だろう。」

仙人はこう言って呵々と大笑した。

○

帰路は、ちょうど映画のフィルムを逆に回すようで、――いや、いまふうの表現ではビディオ・テープを逆に回すというべきであろうが、――辿ってきた道をそのまま遡及すればよかった。沈黙の谷はすでに陽の光が届かない領域に入っており、夕暮れの闇が忍び寄っていた。私は重く古色を滲ませた紅の楓の下の坂道を小走りに下り、そしてやがて自然の起伏にしたがって、坂道を上っていった。

さきほど松村と別れた三叉路に至り、私は少し息を入れた。空がまだ明るく、夕暮れの闇がこの高みに浸食してくるまで、少し余裕があるらしいことにひと安心した。私はここで、まだ足を踏み入れていない、三叉路の一方の、オムボロスに至る道に一瞬視線を向けたが、すぐに目をさきほど松村と辿ってきた道のほうへと移動させた。いまさら未練がましく自分が選択を諦めた方向に執着するのは潔くない、という気持が強く働いた。それに、敢えてそちらの方向に執着しなくとも、束都さんが間違いなく麓で私を待ち受けているのであろうことは、さきほど葛壽仙人が別れ際に暗示したとおりである。

私は、立ち止まって、煙草に火をつけ、深く吸い込んだ煙をゆっくりと吐き出した。煙は、透明な秋の空を向けて上り、空の高みに至って消えていった。こうして立ち止まってみると、夕暮れに近い秋の冷気が冷え冷えと身体に伝わってくる。

——風が出てきた。風は強く、そして黄金色の落葉が激しい。古代ギリシアの遺跡の大理石の柱列のように並んでいる並木の道は、風の通り道になっている。さきほど、松村と歩いた時には、黄金色の葉をつけて華やかであった並木は、いまは、黄葉も疎らとなって、黒い幹をあらわに見せており、忍び寄る寒気に対応しようとしている。

風はますます強くなる。私はあわてて煙草の火を入念に消して、それからゆっくりと道を下っていった。松村の姿は、もうここにはなかった。しかし、私の思いは、自然に松村の方へと向かっていった。

——松村は実に重い課題を私に投げかけていった。私はその課題に対する解答を、まだ見つけてはいない。いや、その糸口さえつかんでいない。それは当然と言えば当然、——その重い課題は、私の残されたわずかな時間のすべてをかけて、出さねばならない解答であろう。ただ、いまの段階で言えることは、松村、君が先ほど指摘した私の生き方に対する態度は、私としては、精神的側面に限定して捉えるべきではなかろう、ということである。それは、私が投げ入れられた生の環境の中にあって、私が生きてきた、——そして、これからも生きようとするその生のあり方のすべてにかかわる問題であり、精神のあり方のみに限定するわけにはいかないのではないか、ということである。松村は生前、私に仕事をし過ぎるという批判をし続けてきた。それは、籍を冥界に移してしまったいまでも変わりないことは、さきほど彼が私に与えた忠告の内容からも明らかである。その言葉とは逆に、松村自身は、猛烈に仕事をした人だった。私は、彼の早すぎる死は、彼が仕事に燃焼しきった故ではないかと密かに考えている。大学の行政職、専攻の経済学の勉強に加えて、カトリック神学の面においても、彼が研鑽を積み、その結果として彼がこの方面の深い学識を備え、カトリックのヒエラルヒーにおいても、聖職者と同等の高い位置にあったようである。私自身がこの方面に暗く、また彼自身が生前にはそのことに沈黙を守ったことから、具体的なことは判らないが、少なくとも洗礼を授ける聖職者と同等の資格を有していたことは確かである。この間の矛盾をどう捉えるべきか？　それは、ひとつは彼は自身の職業並びに信仰の領域を、神から与えられた天職と考えていたことにかかわっていることは確実である。彼がこのベルーフに対して、全智全霊を棒げるということと、私が世俗の世界の職業に過度にかかわりを持つと言うことの間に、明らかな差異を認めていたことは確かである。彼のベルーフ、——それは、恵まれた環境の中で、これも恵まれた高い資質を受けて育ち、敬虔な信仰心の裏打ちがあって初めて可能な、——いわば真の意味でのエリートであった松村にあって初めて可能な選択であった。一時期、——というよりも、かなり長い時期、私は彼の恵まれた環境、備わった高い資質を羨ましいと思ってきた。しかし、いまでは私は自分が投げ入れられた自分の生を取り巻く環境を、そして自分が持って生まれた乏しい資質を、そのまま受け入れようと考えている。私の世俗の世界とのかかわりを必要とする人が一人でもいる限り、そして世俗の世界がそれを許す限り、私は働き続けねばならないのである。それが私の生のあり方の、——すべてではないが、——重要な一部分である。もっとも、それもこれから先、そう長い時間ではないだろう。おそらく、年配の職業人にとっては苛酷な社会がもうそこまで迫っている。それから、君に生兵法は大怪我のもとと喩された、経済ならびに経済学に対する関心を、ここで放棄するわけにはいかないだろう。しかし、安心してほしい、いままでもそうだったが、——今日は、君の巧みな誘導に従って、つい饒舌になったが、——これからも、おそらく自分の分に見合ったささやかな関心を抱いて、多くは語らず、沈黙することになるだろう。君が薦めたシュンペーターの原典を精読することも、更に、ウェーバーに遡って、価値に対する考察を行うということなど、及びもつかぬ無理な話とは思うが、もし私に思いがけなく多くの時間が残されるのであれば、それに挑戦してみよう。

松村、——と私は呼びかけた、君から与えられた課題に対して一生懸命に答えを出そうと努力するが、是非、さきほど約束したように、僕の最後の瞬間にもういちど姿を現して、信仰のあり方にとどまらず、生のあり方を、生の終わり方を確認しに来てほしい。その時、私が絶対者の恩寵にすがり、それに帰依しようとするのか、それとも葛壽仙人の言う絶対的虚無の中に散華しようとするのか、それは、いまの私には見当もつかぬことである。間違いなく言えることは、この期に及んでも、私はなお生き続けねばならないということである。あの三叉路で、オンボロスへの道を選択しなかった私は、いまこの時点で、自分の手で自分を縊《くび》るわけにはいかないということである。更に言えば、あの、掟の門の前で、私に与えられる自分の生に対する許諾を待ち続けるわけにもいかないのである。あのイザヤ書の中の有名な問い、「将兵よ、夜は更けたりや、明けたりや?」――いま、この問いを発してはならない、ということである。そのような時間はもう私には残されてはいないのだ。気障を承知で言えば、明日この世が破滅すると判っても、なお今日ここに林檎の樹を植えなければならないということである。乏しい知識と、そして定かならぬ倫理感を武器に、なお生に挑戦しなければならないということである。

そして、刀折れ、矢尽きた今際《いまわ》の際に、松村よ、私の前に是非もう一度、姿を現してほしい。

並木の道は尽きようとしていた。

私の思いは松村を離れ、葛壽仙人、――いや、広田先生の方へと戻っていった。

「先生、先生は私の桃源行の夢を、ものの見事にお断ちになりましたね、――いや、苦情を申し上げようというのではありません。桃源行が失敗に終わって、かえってよかったのでしょう。こうしてもういちど現生に立ち戻ろうとする私にとって、桃花源は、これから私に残された時間を支えてゆく究極のトポスであり続けることでしょう。先生と酒を酌み交わした時間は本当に楽しかった。明日の朝、琴を携えて、もういちどお訪ねしたい心境です。それに先生の言動には、どこかユーモラスなところがあって、これも中学時代の先生を彷彿とさせました。

でも、最後に先生は、正真正銘の、絶対的虚無の到来が必然であることを予言されました。先生は、少しも深刻ぶらずに、時には諧謔も交えておっしゃいましたので、あの時点ではそれほど重大なことに考えていませんでしたが、これは大変な問題ですね。――」

虚無という記号は、私の脳裏にひとつの詩を喚起した。

一と日われ海を旅して
（いずこの空の下なりけん、今は覚えず）
美酒少し海へ流しぬ
「虚無」にする供物のために……

誰ぞ汝が喪失を望まん、おお酒よ！
われ聖なる意志に従いしか？
わが心の欲するままに、
酒を流しつつ、流血を夢みしか？

つかのまは薔薇いろの煙たちしが
たちまちに常の如すきとおり

清げにも海はのこりぬ……

この酒を空しというや？……波は酔いたり！
われは見き、潮風のうちにさかまく
いと深きものの姿を！

（河上徹太郎『新聖書講義』より、ヴァレリー「失われた酒」角川文庫）

このヴァレリーのソンネ（十四行詩）『失われた酒』は、過ぐる青春の日々に、私を支え続けた詩であった。私は挫折を繰り返し、その都度美酒ならぬ安酒に酔い痴れ、かろうじてこの詩を口ずさむことによって救われたのであった。あるいは、きわめて稀に、天空に聖なるものの飛び交う「美しい日」に遭遇した時、その空間と時間に、「いと深きものの姿」を垣間見たのであった。

「――しかし、先生は繰り返し、『絶対的虚無』という言葉を遣われましたね？　それは、普通言う『虚無』とは違うのでしょうね。われわれが通常使う『虚無』という言葉は、『相対的虚無』なのでしょうか？　先生のおっしゃる『絶対的虚無』の世界はもっと厳しく、暗い世界なのでしょうね。いや、暗さも、世界そのものも存立しないのでしょうね？　『絶対的虚無』に供物を捧げても、『いと深きものの姿』など、現れることはないのでしょうね。」

私は阿倍野の晴明通りに一度先生を訪問してみようと考えた。おそらく先生は、長期にわたる私の無沙汰を咎め立てなどせずに、喜んで会っていただけるだろう。

ただし、おそらく先生は、葛壽仙人のことなど否定なさるであろう。

「葛壽庵？　知らんね、——何？　そこで僕が仙人になって住んでいただと？　君、なにか悪い夢でも見たんとちゃうか？」

先生は目を丸くして、久しぶりに姿を現した教え子が、実は精神に異常を来していたことを嘆かれるのではないか？　私はその架空の光景を思い浮かべて、苦笑いした。

さきほど、信ちゃんが重なるように消えた石仏を最前列に、数十体の石仏が道端にひっそりと立っている場所にさしかかった。私はあの最前列の石仏の坊主頭に静かに手を置いた。ひんやりとした感覚が手に伝わってきた。私はこの石仏に身を隠しているであろう信ちゃんに囁くように話しかけた。

「信ちゃん、また来るよ、それも、それほど遠くない時期にね。こんど、ここを通る時には、君に真実を話して、どうしても君が閉じこもっているこの石仏から君を連れ出して、冥界への道を、ともに手をとって、歩いていこう。——幼い時、よくそのようにして遊んだようにね。」

もちろん、答えはなかった。

私はその場所を立ち去り難かった。しかし、もう太陽は大きく西に傾いている。急がねばならなかった。私は身を引き離すようにして、その場所と別れを告げた。

私はこの場所で信ちゃんと出会う前に、しきりと心の中に浮かんだもう一人の友人のことを思い出していた。

「大川、――君はとうとう姿を現さなかった。君が姿を現さなかった、ということは君がまだ冥界の住人に、――それに、仙人にも――なっていないということであろう。僕が、あと生きてゆく限られた時間のうちに、果たして君に出会えるのかどうか、それは判らない。出会えればいいと思うが、この長い時間出会えなかった君に、あと残されたわずかな時間に出会える可能性は少ないだろうな。君がいい生活を送ってくれればいいが。」

私は、彼が東北地方の旧家の出身であることをおぼろげに思い出していた。私はふと、ユイスマンスの『さかしま』の主人公のデ・ゼッサントのような美的な隠棲生活を送っていてくれればいいが、と考えて、かすかに微笑した。それが、大川にとってもっともふさわしく、幸せな生き方ではないかと思ったからである。あるいは、あの時の母の死という痛手から立ち上がって、たくましい生活人として、活躍しているのだろうか？

下りの道は早かった。

さきほど母が、立ち罩《こ》める霧に紛れて姿を消したあたりにさしかかった。

あの時霧に包まれていた場所は、いまは明快に晴れ、おりからの落日は、道のはるか行く手の、六甲連山の彼方に沈もうとしている。

この風景に接して、私は三好達治の『乳母車』の一節を思い出していた。

時はたそがれ
母よ　私の乳母車を押せ
泣きぬれる夕陽にむかって
轔々と私の乳母車を押せ

（三好達治『三好達治詩集』より、「乳母車」新保光太郎編　白凰社）

——母よ、貴女は、私を天界へと導くベアトリーチェの役割を拒絶した。貴女の導きで、天界を経巡るのであれば、どんなによかったことであろう。この詩の末尾に置かれた詩句とは異なって、私はこの道の行方を知らない。しかし、母よ、私は貴女の押す乳母車であれば、その行方を拒みはしない。未生の時間へと遡ってゆくのか？　それなら、もう一度この生へと回帰するのか？　いや、それはできれば勘弁願いたい。

——あるいは、文字通り西方浄土への旅か？　それとも、落日に向かっての大いなる没落か？　そうだ、母よ、あの落日に向かって、没落していこう。

陽は沈んだ。しばらくはオレンジ色の残光が空を染めていたが、それも急速に薄れていった。夜となった。夕焼けの荘厳に彩られ、高揚した私の精神も急速に醒めていった。

私は葛壽仙人が別れ際に、「死神など籠絡してしまえ、と言いたいところだが、それは君には無理なことだろう」と哄笑とともに言い放った言葉を思い出していた。

今日のこの奇妙な体験は、葛壽庵を頂点として、膨張を続け、そして収縮に転じ、いまある一点に向かって収斂している。その一点の中心には東都さんがいる。「絶対者の恩寵にすがり、それに帰依する」にせよ、「絶対的虚無に散華」するにせよ、あるいは「落日に向かって大いなる没落」をするにせよ、当面は東都さんを通過点として対処しなければならないということである。

私が下って行く道のはるか彼方に、東都さんが落葉を炊く焚火の光がちらちらと見え始めた。落日の残照はもはや見る影もないが、東の空に仲秋の名月がかかり、皓々と冴えわたっている。月光も意外と照明効果がある。道は一筋である。月明かりを頼りに、焚火を目指して歩いていけば、麓にたどり着くのは容易であろう。私は道端に格好の木の切り株を見つけて腰を下ろし、さきほど強風により中断した煙草に火をつけ、一息いれた。

私は、いまから数年前、まだ勤めにあった時に、最初に出会った死神のことを思い出していた。おそらくその時、私は鬱屈した精神を抱いていたのであろう、退社後、すぐに地下鉄に乗る気がしないで、人通りの多い御堂筋を迫ってくる夕闇に紛れて歩いていると、突然黒衣を着た男が前に立ち塞がった。

私は、その男を無視して通り過ぎ――というよりは、片手を上げて私の行く手を遮ろうとする男の中を通り過ぎたというのが正確であろうが、いずれにせよ、私はそのまま近くの喫茶店に入って、手近な席に腰を落として、心臓の鼓動が正常に戻るのを待っていた。死神の出自は知れていた。もう三十年以上前に見た、スウェーデンのイングマール・ベルイマンの映画『第七の封印』で十字軍から脱落した騎士を脅かす、髑髏に似た顔を持つ死神。

時は西欧中世。一人の伴を連れた騎士が、海岸を歩いていくところから映画は始まる。海岸で休息をとっている騎士の前に、突然行く手を塞ぐように立ち塞がった死神、黒尽くめの緩やかなマントのような衣を身に纏い、そこだけが白い髑髏に似た顔に厳しい表情を浮かべて、騎士を凝視する死神。騎士は、自分の逃れ得ない宿命を瞬時に悟るが、なお死神の鎌の刃を免れるために、最後の賭けに出る。死神の好きなチェスによる判定——つまり、チェスに負ければ、騎士は死神に運命を委ねようと提案する。もとより、死神とチェスの勝負をして、勝つ見込みのないのは十分承知の上で、騎士は自分の運命に最後の賭けを挑むのである。死神はこの挑戦を余裕を持って受け容れる。こうして騎士は昼は旅を続け、夜は死神とチェスを争う生活を始める。騎士は十字軍を脱落した身ではあるが、神に対する信仰をまったく見失ったわけではない。夜のチェスは、また死神との直接の闘いであるが、昼間の生活において神へのゆるぎのない信仰を取り戻すことも、死神との闘いであろう。しかし、騎士の目前に繰り広げられる世界は終末的様相を示している。民衆は戦渦に追われ、猖獗《しょうけつ》を極めるペストに苦しみ、魔女裁判は平然と行われて憑衣状態にある無実の少女を火焙りの刑にかける。僧侶は苦行を強いる行列の中にあって、輿の上で傲慢に反り返り、——そして、神は沈黙している。死神は、昼間の世界にまで出没し、騎士に闘いを挑む。騎士が懺悔聴聞僧に神の沈黙をなじる言葉を漏らすと、聴聞僧はいつの間にか不敵な笑みを口元に浮かべる死神に変わっている。昼の世界も、夜の勝負も、次第に騎士にとって敗色の濃いものとなってゆく。騎士にとってひとつの光明は、ある事件から行動を共にするようになった旅芸人の一座である。純粋無垢の若い役者は、白昼に天使や聖母子を見る幻視者であり、世俗の基準からは、いくらか脳の足りない男である。やはり若い役者であるその妻は、そういう夫を半ば馬鹿にしながらも、いとしみ、庇護している。夫は自分の見た聖母子の幻のことを妻に話す。妻は、「また、夢を見て」などと言って夫をからかうが、夫の見た幻をまったく否定するわけではない。夫婦の信仰は、騎士の神に対する懐疑に比較すれば単純で素朴であるが、いささかの揺るぎもない。やがて、ある夜、大木の下でチェスを争う死神と騎士の姿を目撃した夫は、寝ている妻を起こし、この場から脱出しようと提案する。妻も夫の見た幻影を信じ、直ちに状況を把握し、わが身と家族を救うために馬車を出す。おりしも死神は最後の一手を打とうとしているところである。勝ち誇る死神。騎士は、旅芸人の馬車が走り出したのを視線の隅で捉え、死神の注意を逸らすためにチェスの駒を手で払う。駒の配置を忘れてしまったという騎士に対して、死神は余裕をもって、「俺が覚えている」と言って、駒を並べ直し、最後の一手をおもむろに打つ。敗北した騎士は、それでも「楽しかった」と落ち着いて死神に対応する。死神は、「今夜はこのまま帰る、今度会った時にお前を連れてゆく」と言って、消える。結局、死神は、旅芸人一家の脱出には気づかない。やがて、騎士は故郷の家に辿り着き、一族郎党が一堂に集まって死神を迎える。不安に慄く一族にヨハネ黙示録を読んで聞かせる騎士の妻、——死神を迎え、なお神に問いかける騎士。死神は酷薄な笑みを唇に浮かべている。

脱出行を阻む強烈な風雨にさらされながらも、ようやく死神の手から逃れた旅芸人の一座は、嵐の明けた朝、家族が寄り添って虹のかかる中空を見上げている。幻視者の夫は、騎士とその妻、そしてその一族が、はるか遠くの丘陵の上で手をつないで死の舞踏を踊りながら彼岸の世界に旅立つのを見る。

——私は喫茶店の椅子に背を凭れさせて、この作品を思い出し、自分に知識がないために余計な神学論争などしなかったことが、かえって死神の腕の下をかい潜った秘訣であったかと深い溜め息をついていた。

そしていま。私は巧みに死神の腕の下をかい潜ったつもりであったが、あの世界はなかなか執念深い、こんどは手を替えて女の死神を派遣してきた、と私は煙草を吹かしながら考えていた。しかも、冥界屈指の腕利きの使者を。私は遠くにちらちらと揺らぐ小さな焚火の光を眺めていた。煙草を吸い終わったが、まだ下に降りる決心はつかなかった。私は、もう一本煙草を抜き取って、口にくわえた。

私は、もうひとつの映画を思い出していた。『第七の封印』より更に古い時代の、フランスの詩人コクトーが監督した『オルフェ』。ギリシャ神話のオルフェウスの話を現代に移した作品で、ここにも死神が出現する。しかも女の死神である。死神を演じたのはフランスの女優マリア・カザレスだった。この女優は主に舞台で活躍した女優で、映画の出演はあまり多くない。『オルフェ』の前に『ブローニュの森の貴婦人たち』『天井桟敷の人々』『オルフェ』の後には『パルムの僧院』、それに

『オルフェ』の後日談というか、楽屋裏の内訳話というか、これもコクトーが監督した『オルフェの遺言』くらいしか私には思い出せない。しかしこの女優の『オルフェ』の死神は絶品だった。

マリア・カザレスという女優は、いわゆる古典的な美人ではない。額が広く、目は大きく冷ややかな情熱をたたえていて、顔の上半分は古典的美人の要件を備えている。しかし、頬から顎のあたりが極端に細く、この不均衡が、彼女の相貌をやや人間ばなれした異界の住人という印象を与える。『オルフェ』の死神役はうってつけであったといえる。舞台は第二次大戦後のパリ。カザレスの扮する死神は、黒っぽい緩やかなコートのような衣装を羽織り、いかにも現代的な死神に相応しく、単車にまたがった部下を伴っている。

死神は連れ去る相手を選定し、部下はその指示に従って、エンジンを音高く吹かして単車を駆けり、犠牲者を捕獲する。この死神が禁忌を犯して、ジャン・マレーが扮した詩人オルフェに恋をすることから悲劇は始まる。夜毎、死神は詩人の枕もとに姿を現し、恋しいオルフェの寝顔を眺め続けている。更に恋情の募った死神は、寝顔を眺めるだけではあきたらず、オルフェの前に、自分の姿を晒す。この伝説の出自であるギリシア世界を彷彿させる大理石の列柱が並ぶ街角に巧みに出没し、オルフェはこの死神の妖しげな美しさに魅了され、死神を追う。死神は巧みにオルフェの追求を躱《かわ》し、オルフェの恋情を掻き立てる。死神はさらに禁忌を犯す。まだ死期には至ってない詩人の妻を部下の単車の犠牲にして冥府に送り込む。妻の死を嘆くオルフェ。しかし、オルフェの心の中には死神に対する恋情は強く残っている。伝説に有名なオルフェウスの地獄巡りは、コクトーの映画『オルフェ』にも存在するが、――それは、妻を取り戻すための地獄巡りというよりも、死神を求めての地獄行という性格を持っている。冥府への入口は、伝説のいう地面の裂け目ではなく、鏡である。死神が黒い手袋をはめた両手を鏡に向けて差し出すと、鏡面には水面のような漣《さざなみ》が立ち、鏡の裏の冥府の世界へと導かれる、――このあたりのコクトーのイメージ処理の手際はまことに見事である。

死神の度重なる規律違反は、やがて冥府の王の知るところとなり、死神は王の訴追をうけ、捕縛される。死神は最後に詩人の妻を現世に戻し、オルフェの記憶から、死神に関する情報を完全に消し去る。

朝の光の中で、妻と睦み合うオルフェ。一方では、冥府の王の繰り出した使者の手で取り押さえられる死神。

伝説のオルフェウスとは異なって、コクトーのオルフェは妻を取り戻す。この、一見ハッピー・エンドに見える結末は、しかし、非常に残酷な要素を内包している。伝説のオルフェウスは、冥府の王との約束――というより契約か?――を破り、冥土と現世の境界で、禁じられた背後を振り返るという行為を犯し、妻を冥府に連れ戻されてしまう。オルフェウスの悲しみは癒されることなく、故郷トラキアの草木も打ち萎れるほどに悲しい嘆きの歌を歌う。最初はオルフェウスの妻を思う情愛の深さに同情していたトラキアの娘たちも、自分たちに見向きもしないで、いつまでも亡き妻に恋々としているオルフェウスに憎しみを抱き始め、やがて嫉妬心が昂じて、オルフェウスを八つ裂きにしてしまう。この伝説において、楽人オルフェウスに割振られた役割は、現世においては悲劇的な運命に翻弄されながらも、精神の高みにおいて、徹底的にひとつの愛を貫いた誠実な夫である。一方、コクトーのオルフェは、現世では妻を取り戻したものの、この事件の過程において、美しい死神を熱愛したという妻に対する背信があり、この背信が、――たとえ一時記憶から消し去られたとしても、――将来において、オルフェの精神の基盤を根底から揺るがすことになりかねないという不安定さが残る。事実、コクトーは、最晩年において、『オルフェの遺言』という映画を作っている。コクトーは決してこの事件を忘却という封印で、閉じ込めてはいないのである。『オルフェの遺言』は、厳密には『オルフェ』の続編ではないが、この映画の冒頭で、『オルフェ』の一場面――時空に逆らって逢引するオルフェと死神の美しい映像――がほんの一瞬ではあるが挿入されていて、はっとさせられた。この映画そのものは死を意識したコクトーの回顧的な詩的世界の映像化であり、独りよがりのパフォーマンスがやや鼻について、『オルフェ』の芸術的な完成度には及ぶべくもないが、しかし、自らをオルフェに擬し、遺言と銘を打った映画であるから、コクトーとしては貴重な作品なのであろう。その冒頭に、旧作の中でただ一場面、この部分が挿入されているということは、オルフェと死神の悲恋が、いかにコクトーの意識の底に沈殿していたかという証であろう。

私は、三本目の煙草に火をつけた。

『第七の封印』と、『オルフェ』というまことに見事な男女の死神の出現する映画を思い出して、つぎに私を捉えたのは、いったい、本来死神は男なのか女なのだろうか?という疑問だった。男の死神が圧倒的に多いことは間違いなかった。絵画に現れる死神の多くは、骸骨が黒衣を纏っているもので、厳密には男女の区別がつかないとも言えるが、大鎌で人間を威嚇する攻撃性から、やはり男に分類すべきであろう。それから、タロット・カードの死神。古いところでは、エウリピデスの『アルケーステス』の死神(タナトス)。この作品の死神が男であるという確証はない。しかし、同じ題材を扱ったプリュニコスの、いまはわずか五行しか残されていない断片の中に、死神とヘラクレスとの格闘と思われる部分がある。ギリシャ神話最大の英雄と格闘するのはやはり男性の筋力を必要とするのだろう、——時間がない、いきなり二十世紀に飛ぶ。トーマス・マンの『ヴェニスに死す』が一種の地獄巡りの物語であるという、評論家エーリッヒ・ヘラーの指摘は、今日では作品解釈として、まず揺るぎのない位置を占めるであろう。この作品の冒頭に出てくる、あの異国風の斎場の建物を背景にして立つ不気味な男、——主人公アッシェンバッハを旅へと駆り立てる男は、まさしく死神以外の何物でもないだろう。マンはこの男の容貌を、あきらかに死神を意識して描写している。——なぜなら、夕日に向かって、まぶしさに顔をしかめているせいか、または顔つきがいつでもゆがんでいるせいか、ともかく彼の唇は短すぎるように見えたからである。すっかり歯からまくれてしまって、歯ぐきまでむき出しになった歯並みが、白く長くそのあいだからあらわれているほどだった、——(トーマス・マン『ヴェニスに死す』実吉捷郎訳　岩波文庫)——つまりは髑髏を連想させる容貌である。

ユニークな男の死神は、現代ドイツ文学の、――といっても既に物故者であるが、――ノサックの『死神とのインタビュー』に出てくる死神である。この死神は、都市近郊に住まいを構えている。現代の、――といっても第二次大戦の最中、およびそれに続く敗戦直後の混乱したドイツ社会――死神は虚無的である。死神が虚無的というのはおかしいが、とにかく戦争の大量殺戮のおかげで、死神が直接関与する出番はすっかりなくなり、屋敷の敷地の中に工場が建設され、死者が行列をつくっている。この小説はN（作者のイニシャルか？）というジャーナリストが死神にインタビューするために訪問するところから始まるが、Nが訪問した時、死神はまだベッドの中にいて、起こしに来た母親に「もううんざりしているんだ」などと言って自堕落であるが、ようやくNの前に姿を現した時には如才のない事務屋に変貌している。それから、これはいくらか脱線であるが、この『死神とのインタビュー』を表題にしたノサックの作品集には死の影の濃い短編が並べられている。その最末尾に、『オルフェウスと――』という小品があるが、これは、まさしくコクトーが、映画『オルフェ』で試みた主題である。ただ、この小品の場合、オルフェ（オルフェウス）が恋するのは死神ではなく、冥界の女王ペルセポネなのだが……。

私は煙草を深く吸い込み、深い溜め息とともに煙を吐き出した。

女の死神はなかなか見つからない。いや、女の死神が存在しないのではない。たとえば、映画『シラノ・ド・ベルジュラック』の終わりに近い場面で、政敵に襲われ、瀕死の重傷を負ったシラノが、自分の死が間近に迫っていることを知って、別れを告げるために愛しいロクサーヌを訪問する。

「どうか、ごゆっくりなさってください」と薦めるロクサーヌに対して、シラノは致命傷を押し隠して、

「そんなにゆっくりしているわけには参りません。そこに女を待たせております」という、まことに気の利いた台詞で応答する。この台詞の「女」は間違いなく「死神」であろう。もっとも、この台詞はロスタンの原作に照らしても見あたらなかったので、この絶妙の台詞は、映画台本の脚本家に負うところであろう。

——私の注文も難しかった。

さきほど、夢うつつでヴェヌスと東都さんの幻影を前にして、「ああ、エロスとタナトス！」と呟いた時、ヴェヌスをエロスに、東都さんをタナトスに擬していた。それに対して東都さんは、ヴェヌスを「金髪のタナトス」と表現して私を懲らしめた。

この問題に解決を与えたのは、やはり松村だった。ずっと昔、まだ高校の二年生の頃、松村の本棚で、ロレンスの〝Sons and Lovers〟を見つけて、私が、

「あ、『息子と恋人』があるな、君は英文でこんな本が読めるのか？　すごいな、」と驚いたのに対し、松村は、直接それには答えず、遠慮がちに、

「この表題の and は、並列的に〝と〟と言うだけでなしに、——『息子にして恋人』の意味も読み取らなければいけないようだな、」と呟くように教えてくれたのを思い出していた。その論法でい

けば、「エロスとタナトス」はまさに、「エロスにしてタナトス」でなければならないだろう。私の女の死神の選択には、いつの間にかこの基準が入り込んでいたのであろう。あの『オルフェ』のマリア・カザレスのようにエロスとタナトスを一身に具現した死神はなかなか見あたらない。

——そうだ、この条件を満たす格好の女の死神を忘れていた、ヴァグナーの楽劇『ニーベルングの指輪』四部作に出てくるワルキューレたちは間違いなく死神であろう。ワルキューレは、ゲルマン神話の主神ヴォータンと地母神との間に生まれた娘たちであるが、彼女たちの役割は、ヴォータンの居城ワルハラを守護させるために、戦場で斃れた英雄たちを運ぶ「戦の女神」である。私がワルキューレたちを死神と気づくのに時間がかかったのは、通常この楽劇を神々の側に立って見ることと、死を宣告する相手が英雄たちに限られていること、また連れ去られる場所が神々の居城ワルハラであり、また神々の居城を守護するという名誉ある役割が英雄たちに与えられている、というような要素が原因であろう。更に、この楽劇の後半で、ワルキューレたちの長女ブリュンヒルデがヒロインとなり、この楽劇が彼女を中心として展開するのであるから、この人格に死神としての性格を把握することとは、観客にとって容易なことではない。しかし、ワルキューレたちは、必ずしも結果として戦場で斃れた英雄たちをワルハラに運ぶのではなく、ヴォータンが「これは」と目をつけた英雄の運命を、その指示にしたがって左右する立場にあるのであるから、「使者」としての「死神」の資格を十分に備えていると言わねばならない。たとえば、『指輪』の第一夜『ワルキューレ』の第二幕第四場。ヴォータンによって敗北が運命づけられているジークムントの前に姿を現したブリュンヒルデが槍を相手に突きつけて言う言葉、「私の姿は死すべく定められた者にしか見えない」(『オペラ対訳ライブラリー』より、「ニーベルンゲンの指輪」高辻知義訳　音楽の友社)は、ワルキューレの死神としての絶対性を表現している。

『指輪』四部作は、毎年バイロイト音楽祭で上映されるが、それぞれの演出家の考えによって、ブリュンヒルデをはじめとするワルキューレたちのコステュームも目まぐるしく変わっている。私が初めてこの楽劇の一部に接したのはいまから三十年以上前、バイロイトの引越し公演ということで、大阪のフェスティバルホールで『トリスタンとイゾルデ』と『ワルキューレ』が上演されたときであった。昨今のようにオーケストラまで引き連れての引越し公演ではなかったが、演出はリヒァルト・ヴァグナーの孫ヴィーラント・ヴァグナーということで前評判が高かった。しかも、この公演の直前にヴィーラントが急死するという事故があって、この公演がヴィーラント最後の演出公演となった。この時のブリュンヒルデのコステュームは、ギリシャの巫女のように純白の緩やかな衣装を纏っただけで、おそらくヴィーラントの意図は、演出家の解釈を観客に押しつけることを回避して、観客の自由な解釈に委ねたいということであろう。ナチとの関係で、一時はその名誉が地に堕ちたヴァグナーの音楽、並びにバイロイト音楽祭を甦らせるためには、この方法以外にはなかったであろう。私はこのヴィーラントの演出を最高のものと考えるが、それ以後の演出家によるブリュンヒルデのコステュームはまさに百花繚乱、その経過をつぶさに調べていけば、このブリュンヒルデが、タナトスであると同時にエロスでもあるということが判る。海外旅行に出る金も暇もない私が、ヴァグナーの『指輪』に触れる機会は、海外からの引越し公演を待つか、レザー・ディスクによる観賞しかないわけであるが、今から十年ほど前にベルリン・ドイツ・オペラの引越し公演で観たブリュンヒルデは、黒の衣装に黒のブーツを履いていた。私が一番初めに見たヴィーラント演出のブリュンヒルデの衣装との違いには驚くほかはない。しかし、それ以後、数多く販売されているレーザー・ディスクのブリュンヒルデの衣装は、ひとつとして同じ物はない。この衣装の多様性は、演出家のブリュンヒルデ――つまり、ワルキューレのエロスとタナトスの両義性に対する哲学が示されていると言っていいのではないか。……


私は、煙草を持っている指先に、ふとかすかな陰りを認めて、空を見上げた。

西の空から、一団の黒い雲が、早い勢いで東進している。その雲の先触れのような小さな雲の切れ端が、いま月の表面をかすめようとしている。

私はようやく下へ降りる決心をした。間もなく月はあの群雲に覆いつくされるだろう。急がねばならぬ。

「月に群雲、花に風」――私の脳裏に、むかし池田市の住まいの近くで毎年夏に催された盆踊りの歌の一節が突然甦った。説教節の石童丸を主題にした古い物語風の歌の一節。

月に群雲、花に風、――それでは紅葉には？　そう、紅葉には鬼女。――紅葉には鬼女がよく似合う。

○

東都さんは、木橋の手前の、楓の群生の中にあって、比較的立木の少ない空間に、焚火の場所を選定していた。

焚火は、私の予想をはるかに超えて、大がかりになっていた。東都さんが、神聖な午後の時間いっぱいをかけて掻き集めた落葉が小山のようにうず高く積み上げてあり、強い風に打ち落とされた木の枝が、これもかなりの分量になって集められ、焚火に添えられている。火は勢いよく燃え上がっているが、それでもまだ焚火の材料は、たっぷりと残されている。

雲は既にすっかり空を覆い尽くしていて、仲秋の名月も、――いや、ひとつの星影がはい出る隙間もなかった。ただ、暗い空を背景に、焚火の炎だけがあたりを支配していた。炎は揺らぎ、瞬時に変化する様々な光と影の陰影を、深紅に染まった燃えるような紅葉に、そして、その下に立つ東都さんに投げかけ、不安定な躍動を繰り返していた。

東都さんは、山から降りてきた私に、ちらりと冷たい一瞥を投げかけたまま、無言で私を迎えた。

私は秋冷で凍えた手を焚火にかざした。

「ああ、暖ったかい。やはり、このあたりは山の続きで、日が落ちるとめっきり冷えますね、まるで、冬の寒さだ。」

私は、さりげなく言葉を投げかけたが、東都さんはそれには応えず、視線を焚火のほうにやったまま、沈黙を守っていた。

私も、東都さんにならって、うつむき加減に視線を焚火のほうに向けて、そのまま口を閉ざした。いくらかの時間がこうして経過した。しかし、私はやがてこの重い沈黙に耐えかねて、上目遣いに東都さんの顔を伺った。

東都さんの長い黒髪で縁どられた顔は、あくまで端正で、焚火の光にも、深紅の紅葉の反映にも染まず、見事な白さを保っている。そこには、私が葛壽庵で体験した、東都さんの幻影が見せた激情の微塵の破片もない。山に上る前の、とりつく島もない、あの東都さんがここにいる。私は一点非の打ちようもない彼女の美貌をまるで一個の美術品を眺めるように凝視していた。——そう、これは観賞用の美術品に相違なかろう。離れていると気にかかる女性ではある。しかし、こうして目前に存在する彼女を、生身の一人の女性として対処するには、やはり何かが欠けていると言わねばならないだろう。

私の不躾な視線を振り払うように、東都さんは面を上げた。

「やはり、オムボロスには行かずに引き返して来られたようですね、」と、静かに言った。

私は、この問いが当然私に向けられることを予想していた。

しかし、東都さんが私に向けて放つ第一声がいきなりこの内容であるとは考えていなかった。

私は無防備のまま、

「ええ、私も最初は、貴女に教えられたオムボロスに行くつもりでしたが、いろいろな経緯があって、こうして帰ってきました。」と答えたが、最後の部分で、少し言い淀み、口を濁した。――私は東都さんと冥界に籍を移したかつての知人たちとの距離を計りかねていた。私がうかつなことをしゃべって、知人、友人たちに迷惑をかけるのではないかと躊躇していた。

東都さんは、私の逡巡をあざ嗤うかのように、冷ややかな笑いを見せた。

「もう、貴方は、私が何者であるのか、よくご存じなのでしょう。私は、貴方が山の中で過ごされた一刻々々を、そして、ここに降りて来られる前に貴方を捉えた想念の数々を、詳細に把握しております。」

ここで彼女は、一拍をおいた。私の予想に反して、彼女はかすかに微笑して、柔らかな眼差しで私の眼を捉えた。

「貴方は、貴重な時間を存分に楽しまれましたね。両親や、幼な馴染みや、親友や、恩師に出会い、そのうちのいく人かとは心ゆくまで会話を交わし、それが議論の水準にまでたかまり、その合間には古い映画や小説のことを思い出し、――貴方にとってはまるで至福の時そのものでしたね。それに極めつきはあの葛壽仙人という、私たちにとっては厄介な存在。――つまり、未だ生ある身でありながら、死の運命から免れるという特権で護られ、私たちの力の及ばない存在。」

彼女の、やや詠嘆的ともとれる感情のこもった述懐に惹き込まれ、私も会話に参加することになった。

「貴女がおっしゃるように至福の時であったかどうか、それはわかりません。私には、あの人たちとの会話や議論を楽しむというような余裕はありませんでした。もちろん、貴女のご指摘のとおり、もう冥界へと籍を移した両親や、恩師や、旧友と再び会えるというすばらしい機会、――おそらく、そのような機会が再び巡ってくるなど考えられもしなかったその機会が実現したこと、その一事をもってしても、――望外の幸せが訪れたことは確かなことのようです。しかし、あの人たちの会話は、私にとって、心地よいことばかりではありませんでした。これは、こちらにも責任がありましょう。冥界の人たちの挑発に乗って、つい言わでものことを口にしてしまいました。しかし、冥界の人たちは、私に単に回顧の情に浸るといった気楽な対応を許してくれなかったのも事実です。私には多くの疑問が新たに残されることになりました。私は多くの悔恨にさいなまれ、私自身の生の欠陥ともいうべき多くの事象を指摘され、この期におよんでなお深い闇に閉じ込められた感があります。

ただ、新しい発見もありました。

不思議なことに、冥界の人々は、自身の冥界での生活については、一切口を閉ざしたということです。私もまた、一種の虞《おそ》れから、敢えてそれを尋ねようとしませんでした。あのオデッセウスの前に入れ替わり立ち替わり姿を現した冥界の人々が、冥界での生活の辛さを口々に述べたのと比較すれば、大変な違いです。

もうひとつ、新しい発見がありました。それは、いままで、私が漠然と考えていた、死者は生者を自分たちの領域に招く、という私の常識が打ち砕かれたということです。

彼等は一様に、私を冥界に伴うということを拒否しました。ある人は積極的に、ある人は消極的に、という違いこそあれね。もっとも徹底していたのは母でした。――貴女が、ひょっとして死神ではないか、という疑問を抱いたのは比較的早い時期、貴女と別れ、木橋を渡って間もなく、山道を上りながらふと振り返った時、――貴女が移動する度に、貴女の頭上の紅葉が激しく散るのを目にした瞬間です。そして、それから間もなく、母が姿を現し、私がふと口にした疑問、――貴女が死神ではないか、という疑問を、母は否定しませんでした。その時私は、間違いなく母が私を迎えに来てくれたのだ、と思いました。あのダンテの『神曲』におけるベアトリーチェの役割を果たすべき女性、――即ち、私の人生の初期において、ただいちどの邂逅によって私に強烈なインパクトを与え、私の人生を拘束し続け、しかも早々と世を去った薄幸の女性――が私に存在しない限り、天界への案内役として、母ほどの適役はないのだろう、と。しかし、私の推量は外れました。母にはその意志がありませんでした。いや、それどころか、私が母の居住する世界へ接近することをやんわりと拒絶しました。その後に姿を現した松村も同様に、私がオムボロスに近づくのを回避させるように巧みに誘導しました。」

私はここで、一息ついて、東都さんの様子を窺った。彼女は、せっかく和らいだ表情を再び引き締め、言葉をはさんだ。

「私の誤算は、冥界に籍を移した人たちが、あれほど熱心に貴方の前に姿を現したことです。それに、葛壽仙人という強力な援軍が現れようとは！　ただ、ご心配にはおよびません。すでに冥界に籍を移された方々に、あるいは仙術を体得され、すでに永世を保証された方に対して、私に何ができるでしょう。私はただこれから死すべき運命にある生者と関わりを持つ者です。貴方をオムボロスに近づけまいとして巧みに誘導する彼らの仕打ちに対して、私がどれだけ腹立たしく思ったにせよ、彼らに対して、私はまったく無力です。私は、彼らに誘導される貴方を、それこそ切歯扼腕しながらも、それを妨げることはできませんでした。私にできることは、ひたすら山を下ってくる貴方を待つことだけでした。――そして、いま。こうして、山を下りてきた貴方に対して、なお成功のあてのない説得を続けなければならないとは！　つくづくといまの時代に存在するわれわれ死神の無力さを痛感しております。ひと昔前であれば、強権をもって、われわれに与えられた超自然の能力を存分に振るって、獲物を強奪することが許されたでしょうに。――つまり、鎌のひと振りで、ね。」

　彼女の表情には厳しさが加わり、――その表情の凄まじさは、彼女の無念さがいかなる程度であるかを直截に伝え、――鬼女に変化する一歩手前でかろうじて踏み留まった、という様子が窺われた。

私は東都さんの感情を刺激するのはできるだけ避けたかった。私は努めて彼女の顔に浮かんだ表情には気がつかないふりをした。そして、できるだけさりげない調子で、——その一方で、葛壽庵で私を捉えた疑問を解消する、この絶好の機会を逃さず捉える方法を選択した。

「貴女も見かけに相応しくない残酷なことをさらりと言ってのけられますね。しかし、私は、既に貴女の鎌のひと振りを十分に経験させていただきました。——あれが私の妄想でないとすればね。」

「あれが、貴方の妄想であるとすれば、冥界の王も私をお咎めにはなりますまい。」

私は、直ちにすべてを了解した。

「その口振りから察するに、やはりあれは貴女の仕業ですね。貴女は葛壽仙人が私に与えた幻覚——いや、銘酒『葛の葉』が与えた幻覚というべきか、——の中に巧みに自身を滑り込ませ、葛壽仙人の動きに見事同調させて、私をお仕置きなさいましたね。」

彼女はかすかに顔を赤らめた。いや、ようやく焚火の反映が彼女の白い顔に映じた、ということであったのかもしれない。

「貴方が金髪の神に帰依しようとすまいと、それは私の関心外のことです。しかし、貴方が金髪のタナトスに心を奪われるようなことがあれば、それは私の恥辱と捉えます。」

私は、彼女の顔の中に、かすかではあるが、ある種の艶《なまめ》きの表情が瞬時よぎったのを見逃さなかった。私は、漱石の『草枕』の終わりの部分で主人公の画工が、旅先で知り合った異常に気の強い女性那美さんの表情に、いままでかつて見たことのない「憐れ」が一面に浮いているのを見て、

「それだ！　それだ！　それが出れば画になりますよ」と那美さんの肩を叩く場面を思い出していた。東都さんの顔に浮かんだ表情は、まさに画龍に点睛を投じたといって差し支えない。しかし、「余が胸中の画面はこの咄嗟の際に成就したのである」という具合にはならなかった。

　東都さんは直ちに態勢を立て直した。

「誤解をなさらないように付け加えます。貴方が私の支配下にある限りにおいて、ということです。つまり、貴方を冥界へ無事穏便に導くという私の役割が終結するまでは、ということをお忘れにならないように念を押しておきます。」

　私はせっかくの画趣を、言わでもの補足説明で撲ち壊しにした東都さんの冷静さを恨んだ。

　私はその、はぐらかされたような思いをぶちまけるように、頭の中に浮かんだ言葉を碌に吟味もせずに、そのまま彼女に投げかけていた。

「さきほど葛壽庵で、貴女が巧みに私の幻想の中に身を滑り込ませたあのお手並みから察するに、貴女に備わった超能力が、いまの時点で衰えたようには思えません。まだまだ貴女の超能力は健在でしょう、――さきほど、私の脳天を鎌でひと打ちなさった時に、どうしてひと思いに私の首を撥《は》ねてしまわれなかったのですか？　そうすれば、厄介な、――貴女の言葉をそのままお借りすれば、『成功のあてのない』、――説得という手段に、あらためてこの段階で頭を悩ませることもなかったでしょうに。」

　私のいくらか精神の均衡を欠いた言葉は、逆に東都さんにあの彼女独特の冷静さを呼び戻させる効果があった。

彼女の表情は再び安定した。彼女は緩やかに首を振り、静かに答えた。

「かつて、死は絶対でした。『死に至る病』が、――それが肉体的なものであれ、精神的なものであれ、――ひとたび人々にとりついたが最後、あとの処理は完璧でした。われわれ死神がおごそかに死を宣告し、人々もまた宣告された死に、従順に従いました。中にあって、ごく希にこの宣告に抗う者があれば、その時には強権を発し、われわれの超能力で以て、その者を鎌のひと振りで息の根をとめ、拉致すればよかったのです。どこからも反対はありませんでした。われわれ死神に対する絶対的な信頼が、――現世の生身の人間にすら存在したのです。人々は恐怖に震えながらも死の絶対性を運命として受け入れたのです。ところが、いつの頃からか、事態が変化しました。それは、あなた方の住む、あなた方の言う現世の事情の変化と微妙に連動しています。人間世界における国王たちの追放、あらゆる権威、非合理的なカリスマの基盤の崩壊、神々のたそがれ、――あるいは絶対的な唯一神に対する死の宣告。そして、貴方たち人間は、運命というものに対しても、素直に従おうとしなくなりました。貴方たちの前に立ちふさがる最大の危機である死に対しても、その訪れを最大限に引き伸ばす努力が重ねられ、そしてそれはかなりの部分まで成功しました――科学主義万能の時代。しかし、この科学主義は同時にその成果をもって大量殺戮をも実現しました。この、わけのわからない人間たちの行動は、冥界の秩序を混乱させました。もはや、死は冥界の王が一元的に統べる領域ではなくなっているのです。貴方たちの世界ではもはや死語に近い〝形而上界〟の王たちは、憂愁に閉ざされました。冥界の王もまた例外ではありませんでした。王のなかの王、——あの、情け容赦のない恐怖に満ちた王もまた深い憂いに閉ざされました。人間たちの神々に対する反乱、——いや、暴虐といって差支えのない愚行に対して、こちらも強権を持って望むべきだという議論もありました。人間の世界がいかに進歩したといっても、所詮われわれの強権に及ぶものではないだろうと。それを重々しく止められたのは冥界の王でした。王の結論は、人間たちが横暴を極めるいまの世であるからこそ、われわれの世界は冷静に対処しなければならない、暴虐に対して、暴虐を以て報いたのであれば事態は紛糾するばかりだ、あくまで徳を以て報いなければならない、と。——おや、お笑いになりましたね。」

東都さんは、目敏く私のかすかな笑みを見逃さなかった。

「これは失礼。——ただ、いままで人間の生を奪い死に至らしめるという最大の暴虐を司ってきた王の言葉としては矛盾もはなはだしいのではないか、と私には思えるのです。」

東都さんは、静かに、私を諫めるような調子で続けた。

「それを暴虐と呼ぶか、あるいはひとつの摂理と捉えるのか、それは意見の分かれるところでしょう。それは兎も角、——冥界の王も老い、弱気になられたのではないかという考え方もたしかにあります。一方では、そうではないのだ、王は極限まで我慢を重ねて、それでも人間たちの行いが改まらない時は、以前にも増して厳しい行動に出られるのではないか?という臆測をしているものもおります。実を申せば、私自身はそうであってほしいと思っております。——しかし、ご安心なさい、いまのところは、まだ冥界の王は、世間の評判を気にかけておられて、ともかく穏便に、候補者に十分納得させて、あの世界との境界を跨がせることを第一義とするようわれわれ死神にお諭しになっています。いずれにせよ、われわれは王の命令にしたがって、備わった能力に訴えるのではなく、ただ、技量を磨くばかりです。」

「貴女には、実に正直に実情をお話いただきました。その話をお聞きしますと、ドイツの作家ノサックの『死神とのインタビュー』という作品の中に出てくる死神のおかれた状況と、貴女のおっしゃる冥界の事情とがあまりにも酷似していることに驚きます。ノサックは、あなた方の世界の状況を予め知った上であの小説を書いたのでしょうか？」

「貴方は、ついさきほど、松村さんとの会話のなかで、『優れた詩人は予言者である、』とおっしゃったばかりではありませんか？　その作家が、冥界をとりまく事情を承知していてあの作品を書いたのか、あるいは冥界がその作家の書いたあなた方の世界の時代背景を敏感に察知し政策を打ち出したのか、それをいま詮索することは何の意味もないことです。死と生はお互いに影響しあい、模倣しながら成り立っているものですから。」

私は、東都さんの言葉を、非常に素直に受け入れた。

「なるほど。判りました。——それから、もうひとつ。私は、いろんな人から、貴女が冥界きっての優秀な死神であると聞いてきました。しかし、それにしては、貴女の語り口に憂鬱な気配を感じとって意外に思います。優秀な貴女はおそらくあの王の命令に従って、技量を磨かれて、立派な成果を上げておられるのだと思います。それにもかかわらず、王の打ち出された施策に不満げであるように思われるのは何故でしょうか。」

彼女は、しばらく厳しい顔で身じろぎもせず、黙って焚火を凝視していた。彼女の大きな切れ長の目の中に収まっている、美しい黒瑠璃のような艶やかな瞳の中で焚火の炎が踊っている。やがて彼女はかすかな溜め息とともに、

「私は必ずしも私一人の個人的事情から物を申しているのではないのです。かつては存在した死の尊厳の喪失は、同時に、生の尊厳の喪失でもあります。冥界の王の判定は、冥界にとっても、人間社会にとっても大きな損失をもたらしたのではないかと、私は心配するのです。二つの社会にとっての危機的状況をどのようにして打開するのか、その方法は果たして存在するのかどうか、私は憂いているのです。――私個人の問題に即して言えば、たしかに、いままでのところは、一度として説得に失敗したことはありませんでした。しかし、弱音を吐くわけではありませんが、この度の見通しは暗いと考えております。そのような時に、封じられた禁じ手のひとつでも使えたら、と弱気になってしまうのです。」

私は東都さんの内面の告白の意味を計りかねていた。こんなに簡単に、当の相手に自分の弱気をさらけだしていいものだろうか？　それとも、これもまた優秀な死神の手練手管のひとつなのだろうか？　情に訴えられると弱いという私の性格上の欠点を掌握した上での戦略であろうか？

「私のことに関しては、――」

相変わらず、黒い瞳に焚火の炎を踊らせている東都さんの顔を覗き込んで私は口を切った。

「あの、オムボロスと沈黙の谷へと岐れる三叉路で、オムボロスへの道を選択しなかったいま、残念ですが貴女の意向にそうわけには参りません。しかし、そのことが、貴女の名誉ある経歴の汚点になるとは考えたくありません。よもや、冥界の王はそこまで狭量ではないと信じたい。冥界の掟は、あの人間世界の悪しき実績主義の価値判断と無縁の世界であると信じたいのです。名誉ある冥界の価値基準は、人間世界の実績主義がばっさりと切り捨てる過程の吟味が十分に働く世界であると信じたいのです。私は貴女の意向にそうことはできないが、しかし、貴女との邂逅は私にとって非常に貴重なものでした。冥界の王の規制にしたがって、貴女がいかに自己を抑制し、自分の持てる超能力の行使を控え、――いささかの脱線はありましたが、――いかに真摯に行動なさったかは私にはよく判っています。願わくば、冥界の王の判断が、結果主義ではないことを、――いや、そうでないことを私は信じております。貴女の優秀な能力に対する評価がいささかも減じることがないであろうことを、人間世界の堕落が、冥界にまで及んでいないことを確信しております。」

東都さんは、ゆっくりと面を上げ、しばらく焚火に固定していた視線で再び私の視線を捉えた。

「貴方も随分都合のいい理屈をおっしゃいますね、まるで貴方自身が神であるような、あるいは王であるような、おっしゃりようですね。私は先刻、つい自分の分に過ぎた発言をしましたが、――しかし、私の身分はあくまで冥界の王の使者に過ぎません、私自身に対する判定はあくまで冥界の王のみが下されることであり、そのほかの誰であれ、容喙《ようかい》できるものではありません。――もちろん、貴方がおっしゃるように、結果がすべてという判断を王がお出しになることはありませんでしょう。過程も十分に吟味検討していただけるものと思います。しかし、結果もまた無視できないのは当然のことではありませんか？　王の使者である私は、王の意向にしたがって、目的を達するのを第一義的に本分とするものです。」

私に向けられた強い視線にたじろがず、私もまた強い視線を返した。

彼女の二重瞼の大きな目は炯々と強い光を放って私の視線を受け止めている。この目の下に品よく整った鼻がすらりと伸び、薄いが決して小さくはない唇が意志的に結ばれ、顔全体を引き締めている。そして、長い艶やかな黒髪がその顔を縁取っている。私の心の中にかすかな揺らぎが生じている。――この類い稀な美貌の女とは前に会っている、と私は感じていた。いわゆる既視感というよりはもっともっと明確な記憶。私はもどかしげにひとつの想念が出現するのを切迫した気持ちで待っていた。それは、私の内面の辺境の果てからいま立ち上ろうとしていた。

「――単に平凡な使者であるなどと、私はそのように貴女を軽く見ているのではありません。実は、私は既にこれまでになんども貴女に会っていることに気がついたのです。」

「『去年の夏、マリエンバートで』ですか？」

東都さんは、もううんざりとした、というような表情を見せていた。

「なるほど、貴女はよくよく優秀な死神だ、私の好みの映画をよく調査しておられる。それに、あの映画のシチュエイションも、この場面にぴったりかもしれません。」

私もそれに応じて、皮肉たっぷりに答えていた。

「——しかし、ご安心ください。私はいま、あの映画のことを長々と貴女に講釈しようというのではありません。いまはその次元の話をしているのではありません、——これは非常に大事なことですから、よくお聞きになってください。貴女は過ぎ去った私の人生のあらゆる局面に既に姿を現しておられた。非常に巧妙に、私の記憶装置にまったく痕跡を留めないで、しかも、私の潜在意識に確実に影響を与えるという方法でね。いま流行の言葉で言えばサブリミナル効果というやつ。

貴女が最初に私の前に姿を現したのは私の人生のごく初期のこと、乳飲み児の私が母の胸に抱かれ、上目遣いに母の表情を窺いながら、唇をせわしく動かして、乳房から母乳を吸引している時、既に貴女はいまの顔貌で、私たちの背後にひっそりと立っておられた。」

東都さんは、口元にかすかな笑みを浮かべ、軽く冗談口を叩くような調子で、

「貴方はまるで、私のことをフラウ・ゾルゲのようにおっしゃいますね。」

「フラウ・ゾルゲ、——貴女も懐かしい名前を口にされる。」

私は昭和のごく早い時期に新潮社から出版された、本邦で初めての世界文学全集を思い浮かべていた。大阪の家の二階の、あまり使われることのなかった薄暗い父の書斎の書架にあったそのシリーズは空襲で焼失したが、ただ一冊、ズーデルマンの『猫橋』『憂愁夫人』が入った巻だけが、どういうわけか宝塚の家に持ち出されていて焼失を免れていた。『憂愁夫人』は、私が初めて読んだ外国の小説だった。私はこの本を繰り返し読んだので、最初きれいな絵の入ったカバー付きの保存状

態のよかった本からまずカバーが失われ、箱はどこかにいってしまい、くたくたになった本体だけが残された。『猫橋』のほうにはまったく目もくれず、ただ『憂愁夫人』だけを繰り返し読んでいた。「――せっかく、懐かしい名前をおっしゃっていただきましたが、私は貴女を決してフラウ・ゾルゲとは思っていません。あの『憂愁夫人』の小説の中に出てくるフラウ・ゾルゲは、主人公にただ愁いと悩みと災いをもたらす存在。私は、貴女をそのようには捉えておりません。いや、その逆に、貴女はもっと、積極的な役割を担っておられる。つまり、貴女は、私のこれまでの生の指導原理であったということです。私を導くものは、『永遠に女性的なるもの』などではなくて、――いや、もちろん、『永遠に女性的なるもの』も大変に魅力的ですが、真に私を導くものは、『エロスにしてタナトス』である貴女だった、ということです。更に言えば、貴女は、あのラビリンスの入口で、テセウスがミノタウロスを成敗してから迷うことなく帰還できるように命綱である糸の一方の端を持って待っているアリアドネであり、盲目のオイディプスの手を引いて導くアンティゴネであったということです。迷路に迷いやすく、盲目に等しい私をここまで導いてくれたのは貴女だったということです。

幼児期に貴女が私の前に姿を現されたのは当然と言えば当然、――羊水に浮かんで平安に過ごしていた世界から、いきなり未知の世界への恐怖に満ちた泣き声とともに現世に生を享けたばかりの幼児にとっては、むしろ貴女の所属する世界の方がより近しい世界であったでしょう。おそらく、どの幼年期にとっても、『エロスにしてタナトス』の貴女は、親しい存在であったに違いありません。そして、成長するにしたがって貴女の姿は次第に薄れ、遠ざかり、やがて霧散し、そして近しかった貴女の姿は完全に忘れ去られるという運命にあったのでしょう。しかし、私の場合、死は常に親しい存在であり続けました。腎臓に宿痾を抱え短命を予測された母、当時不治の病である小児結核に罹病し、周囲の人たちから夭折を運命づけられた子と見做された私、幼な友達を戦禍で亡くした衝撃、——私の生は常に死と隣り合っていました。

私は、貴女を『エロスにしてタナトス』と初めて認識した幼年期のある夕方を、明確に記憶の底から甦らせました。

ある日の午後、鴉が私の家の屋根にとまり、不吉な声で鳴きました。いまでも私の耳の奥には間近で経験したその時の鴉の鳴き声が残っています。それは、日常耳にしていたこの鳥の鳴き声とまったく様子が異なり、間延びのした、陰鬱で不吉な凶事を十分に予測させるものでした。母は顔色を変えました。母は、決して迷信深い人ではありませんでしたが、鴉が屋根に止まって不吉な鳴き方をした時、その家には必ず死人が出るという言い伝えを思い出して、慌てて家中の雨戸という雨戸を閉め切りました、そうすることによって、凶事が家の中に侵入することを防げる、とでもいうように。普段の母の優雅な身のこなしからは想像もできない、その時の母の恐怖に満ちた慌しい動きは、私の心にも強い恐怖を惹き起こしました。死そのものに対する恐怖というよりも、母がそんなにも恐れている〝死という観念〟に対する恐怖と言ったほうが正確かもしれません。私は、長い闘病生活の中で、初めて『死ぬのは嫌や』と大泣きしました。母は私に、寝床の中で大人しくしているように、と厳しく命じました。私は、幼い心の中で、自分を待ち構えている昏《くら》い死を想い、絶望的になって目を閉じていました。しかしその時、不思議な陶酔が訪れてきました。私は初めて死への恐怖が、——死への予感が一種の恍惚へと転化する瞬間を経験しました。その時、私は、『エロスにしてタナトス』である貴女の訪れを初めて明確に意識しました。幼い私は、ほとんど母に抱かれるのと同じ感覚で、貴女にすがりつきました。死への恐怖の果てに私を訪れる痺れるような陶酔感、生への手がかりを得るために死の予感を滋養とするこの矛盾、この二律背反に私は次第に慣らされていきました。

——一年遅れの通学が始まってからも、私は微熱に悩まされ、長期に学校を休み、床に就く生活が続きました。私の病床の夢想はより具体的な姿をとるようになっていました。『エロスにしてタナトス』である貴女に代わって、美しい少女が出現しました。しかし、美しい少女、——私を魅惑する空想上の美しい少女は、必ずその周辺に死の予感を漂わせ、精神に深い宿痾を抱えていました。

幸福の絶頂にあって、地に吸い込まれ、愛しいオルフェウスと引き離されて冥界へと拉致されてゆくエウリディケ、恋人ハムレットの装われた狂気の犠牲になって自らが狂気の淵に足を掬われ、水上を滑るように流れて行くオフェリア、シューベルトの弦楽四重奏『死と乙女』の、重厚ではあるが底流に死への甘美な誘惑をたたえたあの旋律、——ずっと後になって、つまり少年期の後半から青年期の前半になって遭遇した文学や音楽に現れる死の刻印を額に受けた少女たちは、私にとっては、すでに幼年期の病床の夢想の中に出現した『エロスにしてタナトス』である貴女の息吹を十分に受けた少女たちでした。」

東都さんはかすかに首をかしげて、再び視線を焚火のほうに向け、私の話に耳を傾けた。私はそのまま話し続けた。

「その後も、貴女は私の人生のあらゆる場所で私の周辺に出没されました。戦争が終わった頃から、私はすっかり健康を取り戻し、流行り出した草野球に熱中する活発な野球少年へと変貌していきました。私はようやく『エロスにしてタナトス』である貴女の領域から逃れ出たような錯覚を抱いておりましたが、しかし、心の奥底に貴女はずっと生き続け、私とともに存在し続けていたのです。たとえば、――もっとも娯楽的な銀幕のスターたちに対する偏好も同時代の若者たちと一線を画していました。当時人気のあったハリウッドのセックス・シンボルたちやフランス映画の性の小悪魔たちにはあまり興味を惹かれず、私はもっぱら異界の住人たち、華やかな過去に生き続け、現実には陰として存在するようなキャラクター、あるいは冥界と契約を結んでいるとしか言いようのないファム・ファタール、既にして冥界の人間でありながらなお現世の人間に強い影響を与え続ける存在に執着し続けていたのです。話は前後するかもしれません。なにしろ貴女の私の生に対する関わり方は複雑に絡み合っていて、明確に時間軸で整理することが困難です。

『オルフェ』の死神、『舞踏会の手帳』の伯爵夫人、『悲恋』のイゾルデ――そう、私はヴァグナーの舞台より以前にこのファム・ファタールに出会っていた！――『ホフマン物語』の己の魅力で男の鏡像を奪い去って死に至らしめるヴェヌスの娼婦ジュリエッタ、――ずっと後になって、『惑星ソラリス』の、宇宙の辺境にあって、宇宙船の船長の観念から再生する、ずっと以前に死去していた彼の妻。つまり、私の銀幕のスターたちに対する偏愛は、一人の生身の女優に定着せず、彼女たちが演じる額にタナトスの刻印を押された女たちに魅惑されるという側面を持っていきました、――いや、それればかりか、いま貴女の忌避する金髪のヴェヌスに私が魅惑された瞬間にも、貴女は私に寄り添うようにして立ち会っておられました。まだ小学生の私が、中学生になったばかりの兄の美術の教材として使う西洋美術の画集の中に、ボッティチェリの『ヴィナスの誕生』のヴィナスの顔の部分――さすがに当時の中学校の教材でしたから、ヴィナスの裸身が顕に描かれている全体の掲載はありませんでした、――を見つけ、密かに兄の鞄の中からこの本を取り出し、飽かず眺めるという母には言えぬ秘密を持った時にも、貴女は私のその状況に立ち会い、ともすれば陥りやすい私の羞恥心と罪悪感を拭い去る役割を務めていただきました。いま、すべてを思いだしました。貴女は微笑みながら、私に、

『美しい女性を、素敵だと感じることに、何も恥ずかしいことはないのですよ、あなたがこの絵姿に、恋心を抱いたとして、男性としてそれは当然の生理であり、ごく自然なことです。もちろん、あなたがおぼろげに感じているように、母さんには内緒にしておいたほうがいいのかもしれない。母さんにとっては、あなたはかけがえのない、純粋無垢な天使であり、あまりにも早く自分以外の女性に気を惹かれることを忌避されるということは十分に考えられることです、――あなたのいま

の心の動きを、できるだけ母さんに悟られないよう、注意することです。母さんに隠し立てをするということではなく、母さんの気持ちに対する当然の配慮と言えましょう、』と囁きました。私は貴女の行き届いた忠告にしたがい、母に対して秘密を持つ、ということに隠微な罪悪感を感じるという退廃から免れることができました。

それから、少年期に入ってから、初めて聴いたクラッシックの音楽、チャイコフスキーの交響曲第六番『悲愴』の第一楽章、――ことにその第二主題を聴いた時、私は心を鷲掴みにされたように戦慄し、身の震えを止めることができませんでしたが、――まさにその時、私は『エロスにしてタナトス』である貴女の強い支配を感じていました。後年、人がチャイコフスキーの音楽に対して、あまりに過剰なセンチメンタリズムを指摘する時も、それに同調しながらも、なお私は『悲愴交響曲』の第一楽章第二主題に対する偏愛を捨てることができませんでした。シューマン、ブラームス、ヴァグナー、ブルックナー、マーラー、R・シュトラウス、そしてまた、フォーレ、ドビュッシー、ラベル、デュパルクと遍歴し、――ことにヴァグナーの、暗い地の底から天空の高みに駆け上がる、あの無限旋律の恐ろしい音楽に、もっとも強く『エロスにしてタナトス』である貴女の本質を把握しながらも、なお私は『悲愴交響曲』、厳密に言えばその一部分が、さる高名の詩人の言う、『初花のかぐわしきかな』という詩句とともに記憶され、――つまり、私の音楽体験の黎明期における貴女との邂逅が、原体験として私の感覚に刻印され、この旋律に対する執着を放棄することができませんでした。貴女の異常とも言える私の生に対する干渉は、逆に私の観念から〝永遠〟というキー・ワードを駆逐してしまいました。

　私は大学時代に、松村から中学時代の思い出として、宇宙の生成に関する科学特集のラジオ番組を聴いていて、宇宙の無限性に比較すれば、われわれ人間の生命が如何に短く、はかないものかということに思い至って、激しい恐怖に襲われ、数ヵ月間というものは恐慌のうちに過ごしたという告白を聞いた時も、私には彼のその時の恐怖の質がよく理解できませんでした。常に貴女の存在を身近に感じていた私にとって、生が有限で、瞬時に過ぎ去るものであるということは自明の理で、大秀才松村が、何故そのような自明の理に恐怖を感じるのか私には理解できなかったのです。その頃松村とは、頻繁に出会っていましたので、頭脳の明晰さは別としても、感受性や、考え方の方向はかなり近いのだと思っていましたが、――その時初めて私はこの範疇においても松村は私と決して一体ではないのだと感じました。いま、考えれば、おそらく松村はその時、〝永遠の生命〟というキー・ワードに囚われていたのであろう、……後に彼が信仰生活に入って、心の平安を得たのに対して、私が未だに信仰生活の入口にも到達できないのは、この二人の死生観の違いから当然のことであるかもしれません。私にとって、〝永遠〟という記号は、馴染みの少ない抽象的な概念でした。

　しかし、このような思い出を、ひとつひとつ、つぶさにとりあげて検証すると、時間はいくらあっても足りません。急ぎます。――それから、あと、私の人生のあらゆる局面で、貴女は姿を現されました。美しいものに感動した時、あるいは異性に対する淡い憧憬と別離、さらには苦しい愛の悩み、――そう、貴女は私に大変な試練をさえ与えられた、奔放で多情な、移り気の女性を、まるで聖女のように愛するという悩み。あるいは、何ひとつ不自由のない生活をしていた女性を、私という無頼の人間の伴侶として、私の苦悩の多い人生に巻き込むという悲しみ、――いやそのような愛や美意識とおよそ縁のない、実務上の蹉跌のような散文的な事件で私が苦境にある時も貴女は私の身近に存在していられた、――時にはエロスの香が強く立ち上り、時にはタナトスの恐怖の気配が身近に迫るという、わずかな差異はありましたが、――そしてごく稀に、エロスとタナトスが絶妙に混合し、一体となって私に訪れる時、私は至福の時を過ごすのでした。まさにそのような時には、貴女は常にも増して光り輝いていました。ヴァレリーの詩句にある『いと高きものの姿』が実感されたのは、そのような時です。」

私がここで区切りを入れた時、東都さんは、静かに面を上げ、私の視線を捉えた。私は、彼女の目が強い光を放っているのを認めた。

「貴方は非常に的確に状況を把握されてます。そして非常に正直にお話になっていらっしゃいます。しかし、貴方は――故意か、それともお気づきになっていられないのか、――ひとつ、秘匿なさっておられることがあります。それは、貴方が、醜い生を醜く生きるより、むしろ潔く死を選ぶという、一種の厭世観を持ち続けておられたことです。

貴方は自身持って生まれた生き方の不器用さに絶えず傷つき、貴方がさきほど言われた言葉をそのまま採用するならば挫折の連続でした。そのような時に貴女を捉えたのは死への希求でした。貴方はたやすく死の淵へと運ばれていきました。もちろん貴方は、実に用心深く、この傾向を他人の目に晒すことは回避なさいました。のみならず、貴方はその種の弱さをさらけ出したあの流行作家の作品を本気で拒否されておられました。

しかし、私の目から見れば、貴方は危険極まりない存在でした。私はまだ摂理が到来する前に貴方が生を放棄するようになることをどれだけ警戒してきたことでしょう。

死を願い、死の淵を彷う貴方の恐怖に青ざめた表情は私たちタナトスにとって、なんと魅力的だったことでしょう！　その魅力に抗しきれず、あの髑髏の顔を持つハイエナのようなタナトスは、貴方が私の支配下にあることを知りながらも、貴方の前に姿を現し、貴方を拉致しようと巧んだのです。幸い、私の気がつくのが早かったので事なきを得ました。

あるいは貴方は、自分の強力な意志の力で死の淵から引き返してきたとお考えかもしれませんが、私がここまで種明かしをすれば、私の支えがあってこそ貴方は生に踏み留まることができた、――そういう局面もあったということをいまは否定はなさいますまい。そしていま、ようやくその時がきて、冥界の王の摂理に従って、誰に遠慮することなくあの境界を越えることができる段階になって、――つまり私が喜んで手を差し延べ、貴方を導く段階になって、そして、大願成就のその時になって、何を逡巡なさるのですか？　貴方は総じて私との関係を明確に把握されておられます。そこまで判っていながら、何故私が差し出す導きの手を拒否するのですか？　冥界の王が決定し、私が使者に立った貴方の運命に素直にしたがおうとせず、何故に逆らい、私の手をすげなく振り払うのですか？」

「申し訳ないことですが、――同じことの繰り返しになります。あの運命の三叉路で、オムボロスへの道を選択しなかった私は、いま、貴女の方針にしたがうわけにはいかないのです。」

「貴方は先ほど、貴方の母君がベアトリーチェの役割を放棄した、と嘆かれました。少なくともその段階では、貴方の視野の中に、冥界への道は明確に見えていた筈です。いま、貴方は、私が貴方の人生に果たした役割を明確に把握しておられます。ある意味では私は、母君以上に、――ということは、母君より長きにわたって、という時間の長さのみを申しているのではありません、――重要な役割を担ってきたと言っても言い過ぎではないでしょう。貴方もそのことは、敢えて否定をなさらないでしょう。その私が、母君の果たさなかった冥界への案内役を、代わって務めようと申しているのです。しかも、――それが貴方にとって至福の時間であることを私が保証しています。貴方がそれを拒む何の理由がありましょうか？」

「たしかに、母に会ったあの時点で、私が死に異様に接近していたことに間違いはありません。三年前の松村の死、昨年初頭に発生した阪神淡路大震災、その後東の方で発生したオカルト集団による恐怖の事件、今年の六月にあった熊村先生の死、これら一連の出来事が、私に深い喪失感を与え、私から現実に生きているという実感を徐々に削いでいったということでしょう。おそらくあの時、母が手を差しのべたのであれば、私は間違いなく境界を越えたのでしょう。しかし母は私が母の所属している世界に接近することを黙示的に回避しました。その後に現れた松村は、明確に私の生の、救いがたい未熟さ、不完成さを指摘しました。私はこの懐かしい友人に、なお生に立ち向かい、——それがかりにわずかな時間であったにしても決して疎かにせず、最後の瞬間に至るまで生に誠実に対処することを約束しました。その後で現れた葛壽仙人は、私のあこがれの里である桃花源への道を断つ、というかたちで私に生への回帰を促しました。このような事情が重なって、いまここで生を終わるわけにはいかないのです。」

彼女は執拗に食い下がった。

「愚かなことを！——この段階になって、いまさら、貴方に何ができるというのですか。何が変わるというのですか？　しかも、私という伴走者なしで！　生が未完成なのは当り前のことで、見事に完結した生など、自家撞着です。——ああ、貴方は見かけによらず、勇気のない人ですね。私の口づけで始まる甘美な死を、貴方はとうとう逃がしておしまいになりましたね。」

なお説得を続けようとする東都さんに辟易して、私の言葉はつい投げやりになってしまった。

「私は死の接吻を受けるには値しない人間です。」

東都さんは、怒りを顕にして、強い調子で私の妄言を退けた。

「信仰心を持たない人間が、聖書の一場面を引き合いに出して問題を回避するのは、聖書に対する冒瀆であり、人倫に背馳する卑怯な行為であり、恥ずべきことです。」

私は、返すべき言葉を失い、黙ってしまった。東都さんは、そのことでは私を深く追及することはせず、

「貴方は永遠に、死が快楽をもって始まることを、ついに知ることができませんでしたね、——も

ちろん、貴方が、それを拒絶するのは自由です。貴方が、それを選好しなかっただけのことですから。しかし、私という伴走者を失ったこれからの貴方の生は、どのような形で展開してゆくのか、問題をあれほど正確に把握されている貴方なら、十分に想像がつくでしょうに、」と、嘆くように言った。

私は、再び言葉を失った。

こうして、二人が沈黙に閉じこもると、恐ろしいほどの静寂が支配している。晩秋の山中の空間で、ただ焚火のはぜる音だけが、静寂を破る。

彼女が指摘したことは、漠然とではあったが、すでに私が予想したことであった。

いま、私は彼女の放った言葉を十分に噛み締め、彼女の言葉をその本質において理解した。

「もちろん、そのことは、私にも痛いほどわかっております、――実は、それが私がこの結論を出すに際しての、解決すべき最大の懸案事項であったわけです。」

私は、次に言うべき言葉を吟味するために、しばらく時間をおいた。

「――いや、そこで貴女にお願いがあります。貴女もそこまで判っておられるのであれば、私もお願いしやすいというものです。私は、いろんな経緯から、再び生に立ち戻る決心をしました。しかし、ご指摘のとおり、貴女の伴走なしの生では、精気の失われた索莫としたものになることは明らかです。私の守護天使として、引き続きこれからも私の生の伴走者になっていただくわけにはいかないものだろうか？というまことに厚かましいお願いです。」

彼女の白磁の顔から、更に血の気が引くのが判った。彼女の声は怒りに震えていた。

「何という恥知らずな！」

彼女は怒りを鎮めるために、ここで区切り、息を整えた。

「あくまで、立場というものを忘れないでください。私は、貴方に引導を渡す役目の死神です。その、死神に守護天使になれ、などと思い違いもはなはだしい！」

最後のほうの言葉は悲鳴に近かった。

「いや、私は貴女をただの死神とは思っておりません。エロスとタナトスを兼ね備えた希有の存在です。いままでの私に強く影響を与え、私の指導原理であった貴女の存在は、私のこれからの生になお必要なのです。もちろん、貴女の究極的な役割が、私を冥界へと導くところにあることは私も承知しています。しかし、より良き死はより良き生の果てにあるもの、と考えます。将来、燃え尽きるべき時期が来れば私のほうから冥界へのご案内をお願いする機会があるかと思います。」

「家畜はたっぷり餌を与えて、太らせてから屠《ほふ》れ、ということですか？　しかし、私たち死神は、貴方がた人間の『良き死』など期待してはいないのです。今日、ここで貴方に冥界への境界を跨がせることが、冥界の王の定められた摂理です。この摂理を貴方に納得させられない以上、私は貴方のそばから離れなければならないのです。二度と貴方の生に容喙することは許されません。」

私は、ようやく彼女の翻意が困難であることを理解した。私は深い溜め息とともに、

「これで、私の貴女に対する接触は終わりました。私の敗北という形でね。貴女の指摘を待つまで

もなく、貴女なしで生きる生というものがどれほど索莫としたものであるか、私にも十分に予測がつきます。しかし、それでも私は、もう一度、――かりにそれが貴女なしにという厳しい条件であったとしても、生に立ち戻らなければならないのです。」

私は葛壽仙人が別れ際に哄笑とともに言い放った言葉を苦い思いでかみしめていた。

東都さんは、私の言葉に対して力なく首を横に振った。そして、低い、弱々しい声で応じた。

「いや、ここは、私の敗北と捉えるべきでしょう。私は貴方を摂理にしたがわせることに失敗しました。これは、私の初めての敗北です。しかし、最後にひとつだけ忠告しておきます、――貴方はまだ非常に甘い見通しを持っておいでになる。私とここで離れても、まだ次なる『エロスとタナトス』が自分の前に姿を現すであろうという都合のいい、得手勝手な考えを持っていられるのでしょう。貴方の会いたい死神は、ヴェヌスブルグでタンホイザーを籠絡したヴェヌスか？　白き手で劇薬を弄び、トリスタンを破滅させた運命の女、金髪のイゾルデか？　長脚の鼎《かなえ》のような椅子に腰かけ、大地の瘴気を吸っておぼろげに予言を伝えるギリシャの巫女か？　古城を囲む靄の中から現れる幻想的な高貴な生まれのアドリエンヌか？　胸に赤児を抱き、青い光の中で背の高い肘掛椅子にぐったりと寄りかかるように座っている、憂いに満ちた、病める〝城の娘〟か？　それとも、ブーツを履き、槍を持ち、悍馬《かんば》に跨ったワルキューレがいいのか？　ところが残念なことに、私を手放した後に貴方の前に現れる死神は、『エロスにしてタナトス』ではなく、ただ、ひたすらに『タナトス』です。貴方の精神の状況のいかんにかかわらず、貴方の肉体の破壊と同時に姿を出す、ハイエナのような『タナトス』です。二度と、再び『エロス』が登場することはありません。」

彼女の声は次第に熱を帯び、最後のほうは、力強い、断定的な調子が加わっていった。

「もちろん、そのことも十分覚悟の上での決断です。それに、……」

私は、ここで一拍おいて、これが見納めであろう彼女の美しい顔をいとおしみ、視線を外さなかった。

「貴女の推量は間違っています。たしかに、いま貴女が名前を上げられたそれら金髪のタナトスたちは、かつて私を魅了した女神たちです。しかし、私の今際の際に私を導くタナトスは、やはり黒髪の貴女であってほしいものです。ことに、ワルキューレに関しては——純白のキマトンをまとったヴィーラント演出のブリュンヒルデには興味がありますが、兜を被り、黒い鎧とブーツで武装し、槍を手にした彼女には興味ありません。その趣味はないのです。できれば、あの『紅葉狩』伝説の平維盛のように、貴女と格闘し、貴女を捕らえ、貴女を拘束したかった。しかし、非力の私にはそれは無理というものでしょう。」

東都さんの表情がみるみるうちにこわばり、怒気を含んだ厳しいものになっていくのを見て、私はここを潮時と考えた。

「それでは、私はあの木橋を渡って、再び私の生に立ち戻ります。私にとっては初体験の、——おそらく貴女なしの、索莫とした生へと。」

私は、向きを変え、彼女に背を向けて、足早に、木橋のほうへ立ち去ろうとした。

「お待ちなさい。」

彼女は、裂帛の気迫で私を呼び止めた。

瞬間、私は彼女が間違いなく鬼女に変化した、と考えた。私は思わず足を止め、振り返った。

紅葉の下で焚火の炎の反映を受けた東都さんの姿は、怒りを全身に含ませて凄惨である。鬼女にこそ変化していなかったが、威圧感にあふれ、身の丈がひとまわり大きくなったように感じられる。彼女は低いが直接こちらの心臓に響く異様な声で話し始めた。

「最後に、貴方は大変な侮辱を私にお与えになりました。このままで、お帰しするわけには参りません。——冥界の王の禁制にしたがい、鎌の使用はいたしません。しかし、ここで私が、受けた恥辱を雪《そそ》ぐために超自然の能力を行使することは止むを得ぬ手段として、冥界の王もお許しになるでしょう。貴方には無明長夜の苦しみを味わっていただきます。」

こう言って彼女は、手元にあったバケツを取り上げ、燃え盛る焚火に水を注いだ。

私はその時まだ高を括っていた。今日の午後、清澄寺の境内のはずれの小さな焚火の火を消すのに、私はバケツの水を満たすために幾度か渓流に下らねばならなかった。いま、焚火はその数倍の規模になっている。この火を消し止めるには、十数度にわたって渓流を上り下りせねばならないだろう。彼女が水を汲むためにこの場所を外した隙を狙って私が行動を起こしても、ここから木橋までの距離は五十メートルあまり、小走りに駆けて一分とはかからないであろう、と。

しかし、やがて私は、東都さんの言った「超自然の能力」の意味を、いやというほど思い知ることとなった。水はバケツの口からとうとうと滝のように流れ、尽きることを知らなかった。

私はようやく、アリアドネがラビリンスの入口へと通ずる命綱の糸を断ち、アンティゴネが盲目の父を誘導する役割を放棄したのを知った。

――あとは漆黒の闇。

私は、手探りで木橋の在処を捜さねばならなかった。

あとがき

この作品は、平成九年十一月号より平成十三年十月号まで、雑誌『ももんが』に掲載された。あいだに自己都合による休載が二回、雑誌の特輯號による休載が数回あって、全三十八回の断載であった。書き始めたのは平成八年の秋からであって、私は五年間、この作品に拘束されたことになる。

平成七年という年は、阪神淡路大震災に始まり、その後も連続的に世間を震撼させる、それまでの常識からは信じられない事件が続き、われわれの社会を脅かした。この作品は、平成八年の晩秋の一日が舞台となっているが、当然このような社会の状況が色濃く影を落としている。

作品の完成までに時間がかかり、さらに今回の出版に要する時間が加わって、作品の時間軸からは五年以上の歳月が経過している。今回、一作品にまとめるにあたって、相当の加除訂正をおこなったが、この時間軸を変更することはしなかった。この後に生起したいろいろな事件に言及することによって、より事象が鮮明に浮かび上がるということが考えられ、時間軸を変更したいという誘惑にかられることもあったが、敢えてこれを退けた。外的事件の描写もさることながら、作品の主題は、二十世紀末の一時期を生きた、ある一人の男の内面描写に、より比重がかかっているからである。


この作品の成立には、いろいろな方のお世話になっている。

まず、雑誌『ももんが』の主宰者・田中隆尚先生と、現発行人の片桐幸雄先生。

田中先生は、文学的経歴が皆無な私を『ももんが』の同人に加えていただいたばかりか、新参の同人である私の大量の原稿を長期にわたり掲載していただいた。先生は平成十四年十月二二日の払暁、私がこの作品の初校校正中に逝去された。この作品の完成を見ていただけなかったことは、誠に残念なことであった。謹んで一本を霊前に献じ、心からご冥福をお祈り申し上げる次第である。

片桐幸雄先生は、途中で体調を損じられた田中先生に代わって『ももんが』の発行人になられたが、基本的には田中先生の方針を踏襲していただき、最後までこの作品を掲載していただいた。

校正の労をとっていただいた故片岡壽雄さん、林和人さん、――ことに林さんには、ともすれば弱気になり、挫折しがちな私を宥めすかすように叱咤激励し、とにかく作品を完成へと導いていただいた。

また、雑誌連載中、『ももんが』感想欄へ投稿していただいた同人および読者の方々にもたいへん勇気づけられた。特に渡邊祐幸さんと小野雅人さん。渡邊さんは、この作品が軌道に乗るまでの期間、毎月のように投稿していただいた。小野さんは、『ももんが』のバックナンバーを揃えるために苦労しておられ、私の手持ちの雑誌をお送りしたところ、懇切なお手紙をいただき、この作品に対する共感を寄せていただいた。

私が奉職していた三井銀行（現三井住友銀行）の上司であられた木村申二さんは、『ももんが』連載中より、この作品に目を通していただき、厚意あふれる批評をいただいた。木村さんは三井銀行の支店長、昭和飛行機株式会社取締役をはじめ、経済界での要職を歴任されたが、傍らシャーロック・ホームズの研究家、アラブ問題の研究家としてすでに多くの著書、訳書をお持ちで、いまなお旺盛な研究活動によって、後輩に範を垂れていただいている。木村さんの厳しい執筆生活という模範がなかったならば、意志の弱い私は、日常の勤務を終えた後、あるいは休日に、乏しい能力に鞭打って原稿を書き続けるという、一種ストイックな生活に耐えられなかったであろうと思われる。

三井銀行同期入社の服部滋さんには、作中の経済ならびに経済学に絡む事項について、原稿を読んでいただいた。服部さんは、やはり実社会での要職を歴任されたが、退職後、母校慶應義塾大学大学院に学び、いままた東京大学の大学院で経済学を研究されている学究である。服部さんには、私の文章を実に詳細に読んでいただき、数多くのご指摘、ご指導をいただいた。今回一冊にまとめるにあたり、ご指摘に従って一部改稿をおこなったが、全体の均衡を配慮して、改稿しなかった部分も多い。論述に誤りがあるとすれば、服部さんの適切なアドバイスにもかかわらず、私が頑固に意思を通した箇所であって、その責めはすべて私に帰属するものである。

高校、大学の同級生である吉治仁義さんは、大同塗料株式会社の代表取締役として多忙な日々を送っておられるが、同時に読書の習慣を疎かにしない同好の士として、長らくお付き合い願っている。吉治さんには、雑誌の連載が終了した時点で原稿を読んでいただき、まことに適切な批評をいただいた。私が最終的にこの作品の出版を決意したのは、この旧い友人の腹蔵のない意見に接した時点である。

文芸社の皆さんのお蔭で、このような立派な本に仕上げていただいた。同社企画部課長吉田良太郎さん、同部小林加代子さん、編集部汐川誠さんには特にお世話になった。

皆様に厚く御礼申し上げます。

平成十四年十二月　津島　和彦

参考文献

芳賀徹『與謝蕪村の小さな世界』　中公文庫
坂内正『カフカの「城」』　創樹社
エムリッヒ『カフカ論Ⅱ　孤独の三部曲』志波一富／中村昭二郎訳　冬樹社
エリアス・カネッティ『もう一つの審判』小松太郎／竹内豊治訳　法政大学出版局
マックス・ブロート『フランツ・カフカ』辻＝林部恵一／坂本明美訳　みすず書房
フランツ・カフカ『カフカ全集』新潮社
F・カフカ『城』前田啓作訳　新潮文庫
F・カフカ原作／ブロート・ジイド・バロオ脚色　戯曲『審判・城』塚越敏／白井健三郎訳
人文書院
山本七平『禁忌の聖書学』新潮社
G・ネルヴァル『火の娘』中村真一郎訳　新潮文庫
B・スィーリング『イエスのミステリー』高尾利数訳　NHK出版
飯田経夫『日本経済成長の結末』PHP研究所
伊藤光晴『「経済政策」はこれでよいか』岩波書店
伊藤光晴『日本経済の変貌　倫理の喪失を越えて』岩波書店
岩井克人『二十一世紀の資本主義』岩波書店

西部邁『恐慌前夜の独り言』新潮社
西部邁『国柄の思想』徳間書店
伊藤光晴『ケインズ　新しい経済学の誕生』岩波新書
伊藤光晴／根井雅弘『シュンペーター　―孤高の経済学者―』岩波新書
根井雅弘『シュンペーター　企業精神・新結合・創造的破壊とは何か』講談社
大林信治『マックス・ウェーバーと同時代人　ドラマとしての思想史』岩波書店
長部日出雄『二十世紀を見抜いた男　マックス・ウェーバー物語』新潮社
ビル・エモット『日はまた沈む　ジャパンパワーの限界』鈴木主税訳　草思社
中谷巌『入門マクロ経済学』日本評論社
司馬遼太郎『この国のかたち』文藝春秋
高橋庄次『蕪村伝記略談』春秋社
坪内稔典『上島鬼貫』神戸新聞総合センター
『唐宋伝奇集』岩波文庫
河上徹太郎『私の詩と真実』福武書店
エーリッヒ・ヘラー『トーマス・マン　反語的ドイツ人』前田敬作／山口知三郎訳　筑摩書房
ノサック『死神とのインタビュー』神品芳夫訳　岩波文庫
坂内正『カフカ解読』新潮選書

著者プロフィール

津島　和彦（つしま　かずひこ）

1934年生まれ
大阪大学経済学部卒業後、三井銀行（現三井住友銀行）に入社。
現在自営業
雑誌『ももんが』同人。

紅葉狩

2003年2月15日　初版第1刷発行

著　者　津島 和彦
発行者　瓜谷 綱延
発行所　株式会社文芸社
〒160-0022　東京都新宿区新宿1－10－1
電話　03-5369-3060（編集）
03-5369-2299（販売）
振替　00190-8-728265

印刷所　株式会社ユニックス

© Kazuhiko Tsushima 2003 Printed in Japan
乱丁・落丁本はお取り替えいたします。
ISBN4-8355-5232-6 C0093